LE MAGICIEN

DANS LA MÊME COLLECTION

Emmuré vivant	Natalia Alexandrova
Le Tribut de l'or noir	Jack Du Brul
La Menace de l'Axe	Joe Buff
L'Odeur de la nuit	Andrea Camilleri
La Peur de Montalbano	Andrea Camilleri
La Première Enquête de Montalbano	Andrea Camilleri
La Patience de l'araignée	Andrea Camilleri
La Lune de papier	Andrea Camilleri
Pas droit à l'erreur	Lee Child
Folie furieuse	Lee Child
Liste mortelle	Lee Child
Le Carnet secret de Michel-Ange	Paul Christopher
Rupture de contrat	Harlan Coben
Balle de match	Harlan Coben
Faux rebond	Harlan Coben
Du sang sur le green	Harlan Coben
Temps mort	Harlan Coben
Sourire en coin	Nicci French
Les Morsures du doute	Nicci French
Aide-moi	Nicci French
Les Morsures de l'ombre	Karine Giébel
Ne te retourne pas	James W. Nichol
L'Ange de la vérité	Mark Nykanen
Bone Parade	Mark Nykanen
Meurtre en direct	Carol O'Connell
Verdict assassin	Carol O'Connell
Coupe-gorge	Carol O'Connell
Retrouve-moi	Carol O'Connell
Le Sourire de l'assassin	John Rickards
L'Ordre du Dragon	James Rollins
Lediacre et les intouchables	Didier Sénécal
Les Deux Amis	Didier Sénécal
Les Voitures vides	Didier Sénécal

JEAN-MARC SOUVIRA

LE MAGICIEN

Fleuve Noir

ISBN : 978-2-266-08614-2

PREMIÈRE PARTIE

1

Centre pénitentiaire de Moulins-Yzeure

Novembre 2001

Un jour gris et pluvieux s'est installé sur la région. Les gens du coin savent qu'ils en auront pour toute la semaine au minimum. L'humidité et le froid de ce mois de novembre laissent de marbre les détenus de la centrale de Moulins. Qu'il fasse beau ou qu'il gèle, ils sont derrière des barreaux. Alors la météo, ce n'est pas vraiment leur truc. Ce qu'ils veulent, c'est partir d'ici le plus vite possible. Vivants ou morts. De préférence vivants.

Une cohorte de femmes attend devant l'entrée de la prison. C'est jour de visite. Elles sont résignées, patientant dans le froid. Jeunes, vieilles, mères, épouses, fiancées, sœurs, avec leurs paquets qui seront fouillés à l'entrée. Elles ont toutes entendu la phrase magique : « Je te jure, je recommencerai plus. » Et elles sont là pour la demi-heure de visite hebdomadaire, sauf si le type qu'elles viennent voir est au mitard. Résignées, elles reviendront la semaine prochaine avec leurs paquets.

À l'intérieur de la prison, les activités ont commencé. Dans un grand couloir peint aux couleurs gaies et lavables du gris administratif, deux détenus poussent un chariot rempli de linge. Ces deux-là n'ont pas de visite. Les deux hommes ne se parlent pas, ils sont indifférents l'un à l'autre. Le plus petit des deux a l'air complètement absent, s'il était sur la lune ce serait pareil. Sauf qu'il a seulement l'air d'être absent, tous ses sens sont en éveil, surtout la vue ; il a repéré, quinze mètres devant, deux ouvriers faisant des travaux, accompagnés d'un surveillant. L'homme pousse le chariot du côté droit, les ouvriers sont sur sa droite. Juste avant d'arriver à leur hauteur, il a aperçu un banal tournevis qui se trouve sur le dessus de la boîte à outils. Il le veut. Il sait comment il va le transformer. En passant devant les ouvriers, un linge tombe naturellement du chariot ; sans même regarder ce qu'il fait, machinalement et l'air absent, le type récupère le linge et le tournevis. Personne n'a rien vu, pourtant tout le monde l'a regardé ramasser son linge. L'outil se trouve dans la pile de linge. Arrivé dans la lingerie, le tournevis passe de la pile de linge à l'intérieur de la manche de sa chemise. Le petit homme vient d'enclencher son dernier acte en prison. Il quitte la lingerie et se rend avec d'autres aux cuisines.

Le petit homme fait partie de l'équipe des cuisines, pas pour préparer les repas, mais pour toutes les tâches de plonge, de nettoyage et du service des trois repas. À l'office, les couteaux servant à découper la viande sont dans une armoire fermée à clef. Ils sont tous numérotés et remis aux cuisiniers sous l'œil d'un gardien. Dès que la découpe est finie, le gardien reprend les couteaux et les remet sous clef dans l'armoire. Le petit homme a rapidement écarté l'hypothèse de se servir de l'un de ces couteaux qui font fantasmer tous les détenus. Il a son tournevis.

Contrairement aux prisons américaines, il n'y a pas de réfectoire dans les prisons françaises. Pas de scène d'émeute, pas de chahut, pas d'objet que l'on frappe sur les tables. La surpopulation et la promiscuité sont bien suffisantes pour alimenter les tensions. Les taulards prennent leurs repas en cellule. Seule une dizaine de détenus sont aux fourneaux, et d'autres transportent les plateaux repas par chariot vers les cellules sous la surveillance d'un gardien. Rituel immuable où les hommes attendent en gueulant qu'il y en a marre de bouffer de la merde. Ça fait partie de l'ambiance.

La prison est le lieu clos où s'exerce une violence quotidienne inimaginable, ponctuée d'intimidation, de bagarres, de vols, de viols, de meurtres sur fond de drogue. Sexe, drogue, sans rock'n roll. Avoir un couteau ou tout autre objet remplissant les mêmes fonctions peut valoir à son détenteur le mitard, mais aussi une assurance-vie. Donc, entre le mitard et l'assurance-vie, les taulards ont vite choisi. Promenade. Le petit homme est dans la cour accroupi contre un mur. Impassible. Les autres détenus passent à côté de lui comme s'il n'existait pas. Ils jouent au foot, courent, hurlent, échafaudent des plans, s'échangent des puces de téléphones portables. Perdu dans son monde de violence et dans son chaos cérébral, il ne laisse rien paraître de son agitation intérieure. Tout ce qu'il souhaite, c'est être invisible, gris comme les murs d'enceinte, et silencieux. De ce point de vue, il a gagné.

Le dîner est fini, les cuisines sont nettoyées. Réintégration des cellules. Enfin seul. Il est tranquille dans ces neuf mètres carrés, quand la règle, due à la surpopulation carcérale, est six pour à peu près la même surface. C'est un des rares détenus de la centrale à être seul dans une cellule. Il sait pourquoi, et c'est ce souvenir qui le fait agir. Normalement cette histoire sera bientôt terminée. Allongé sur son lit, il attend que les surveillants fassent leur ronde, regardent au travers des judas et éteignent les lumières. Dans toutes les cellules, il y a des télévisions, sauf dans la sienne. Il n'est pas puni, il n'en veut pas. Les types laissent parfois fonctionner leur télé toute la nuit, avec une prédilection pour les programmes faisant la part belle aux femmes dénudées. Ça rend encore plus dingues les détenus, et oblige certains autres à subir et vivre le restant de la nuit comme un calvaire.

Dans sa cellule, il sort le tournevis de sa manche et peut enfin le contempler et le toucher. C'est ce qu'il lui fallait. C'est un outil d'une trentaine de centimètres à l'embout plat. Le manche de couleur rouge est en bois ; il le trouve trop gros et trop voyant. Il descend de sa couchette et commence à frotter le manche contre le sol cimenté. Le ciment fait office de râpe. Il fait ça lentement en essayant de faire le moins de bruit possible. Il profite des bruits des premières heures de la nuit pour râper le manche de l'outil. Il a l'habitude de transformer des tournevis en arme redoutable. Il se projette déjà dans ce qu'il va faire et ça le fait transpirer, la sueur lui pique les yeux. Il se frotte les yeux avec le dos de sa main, s'arrête pour écouter les bruits. Ce n'est pas le moment de se faire prendre. Il nettoie le sol de sa cellule, planque le tournevis dans le pied en métal de son lit, et se couche. Il est à cran, même si cela ne se traduit par rien de visible extérieurement, sauf peut-être les poings serrés. Il ne s'endormira qu'à l'aube, insensible aux bruits de la prison, aux hurlements et aux sanglots qu'il ne perçoit même plus. Dans les jours qui viendront, il aura hâte de regagner sa cellule pour s'occuper de son tournevis pendant la nuit.

Une semaine plus tard, il contemple en connaisseur l'outil enfin devenu une arme redoutable. Le manche de bois a perdu sa couleur rouge et a été considérablement aminci, il peut facilement le tenir. Il manie cette arme avec une incroyable dextérité, son visage ne reflète aucune expression. Mais le plus impressionnant réside dans le bout de l'outil, aiguisé sur le ciment, et devenu une pointe acérée. Il passe ses doigts fins sur son arme, touchant la pointe, convaincu des dégâts qu'elle causera. Maintenant, il n'y a plus qu'à attendre. Se tenir tranquille et attendre. Tous les jours, il a son tournevis planqué dans sa manche ou coincé contre la hanche, maintenu par son pantalon. Il n'a plus qu'un mois et demi pour accomplir son projet. Que quelques secondes dans le mois et demi. Il saisira la première opportunité.

Décembre 2001

Cuisine. Fin des repas, corvée de plonge et de nettoyage. Un poste radio braille la musique assourdissante d'une station à la mode, ponctuée de messages publicitaires. Régulièrement, le gardien vient baisser le volume de la radio, et dans les dix minutes qui suivent le volume du son reprend sa position originelle.

— Vous faites chier, les mecs, avec votre radio à la con. Le premier qui monte encore le son, j'embarque la radio. Vous pouvez pas l'écouter comme tout le monde, calmement !

Tollé chez quatre jeunes détenus qui prennent la remarque sur le ton de la plaisanterie :

— Chef, vous avez rien compris, quand on va sortir, faut pas qu'on soit en décalé avec les autres, sinon on va passer pour des gros nazes, donc on entretient notre culture.

— OK, les gars, mais vous l'entretenez en sourdine.

Les autres détenus se marrent, le petit homme n'entend même pas la radio. Il est de corvée de plonge. Il a repéré sa cible : un autre détenu, deux mètres et cent dix kilos de muscles. La cible a remarqué le petit homme et ne le quitte pas des yeux. Ce dernier a l'air plus absent que d'habitude, et, avec son mètre soixante-dix et ses soixante kilos, il n'impressionne vraiment personne. La cible est pourtant sur ses gardes et se rassure en contemplant l'homme qui porte difficilement dix lourds plateaux métalliques, quand lui en porte sans difficulté une vingtaine d'un bras. L'homme a surveillé la circulation des autres détenus dans les cuisines, il sait qu'il va croiser sa cible seule pendant deux à trois secondes. Il tient péniblement ses dix plateaux à deux mains. Il a chaud, la tête lui fait mal à éclater, il tient ses yeux baissés, parce qu'il sait que ses yeux sont comme deux projecteurs de haine pure et que n'importe qui pourrait y lire ce qui va se passer. Il sait comment agir. Des types nettoient le sol avec des raclettes, ils balancent de l'eau sur le sol et la poussent vers un écoulement central. La cible attend deux à trois secondes avant de passer. Et lui est à sa hauteur à ce moment.

Il est près du gros type qui l'observe avec ses dix plateaux, mais quelque chose cloche, la cible comprend une seconde trop tard. L'homme, dont la rage qui bouillonne en lui décuple les forces, tient ses plateaux de sa seule main gauche, et de sa droite a jailli comme par enchantement une espèce de pointe qu'il plante à toute vitesse de bas en haut dans le cœur du type qui s'écroule. Le gros type n'a rien pu faire, ni parer le coup ni crier. Il fait deux pas et s'écroule, dans un fracas de plateaux lâchés, mort au moment où sa tête s'explose sur le carrelage. Comme il est tombé à plat ventre, les autres n'ont rien compris et se marrent, croyant que le mec a glissé. Mais le type ne bouge plus et du sang commence à apparaître. Grand silence et malaise. Le petit bonhomme a bénéficié, sans le savoir, du jeu entre les détenus et le surveillant autour du volume de la musique. Il a continué d'avancer comme si de rien n'était. Il se trouvait au milieu d'eux quand le silence s'est installé. Un jeune mec a coupé le son de la radio, rendant le silence pesant. Tous les types ont compris qu'il vient d'y avoir un meurtre, et que le meurtrier est parmi eux. Le petit homme leur tourne le dos, il a posé ses plateaux dans le bac de la plonge en mettant ses deux mains dans l'eau.

Il a le cœur qui sprinte à trois cents à l'heure, il a du mal à respirer, mais s'ils le chopent maintenant il s'en fout encore plus. C'est terminé, il a fait ce qu'il fallait. Il arrive à se calmer, son état fébrile est passé inaperçu, il a su rester gris, invisible et silencieux. Dans son cerveau, c'est hurlement et déchaînement. Dans la cuisine, la confusion est à son comble, personne n'a vu ce qui s'était passé, y compris le surveillant qui comprend que lui va au-devant d'emmerdements administratifs et que sa prime de Noël vient de sauter. Les gardiens arrivent et constatent les dégâts. L'homme s'est vidé de son sang sans pouvoir parler. Les huit détenus présents dans la cuisine sont collés au mitard. L'enquête de police est confiée au commissariat de Moulins. Constatations, auditions, confrontations. Personne n'a rien vu, et c'est vrai. Le mort, un type condamné pour un double assassinat, n'engendrait pas vraiment la sympathie. Les flics du commissariat ont d'autres enquêtes sur les bras pour perdre leur temps dans la centrale, où ils sont convaincus qu'ils n'apprendront plus rien.

2 janvier 2002

Les deux employés qui se trouvent au greffe de la prison se préparent à libérer le premier détenu de l'année. Après avoir raconté leur réveillon du jour de l'An – « Qu'est-ce qu'on s'est marrés ! » –, le repas, les cotillons, les danses, la gueule de bois, les deux greffiers préparent leur matériel pour démarrer la journée de travail. Le plus âgé des deux regarde machinalement le nom du premier libérable de l'année et siffle. C'est un long sifflement ponctué d'un : « Putain, il sort ! » Le plus jeune – il termine sa première année dans l'administration pénitentiaire – interroge du regard son camarade, vingt ans de boutique dont quinze à la centrale de Moulins-Yzeure.

L'ancien, conscient de son savoir, prend son temps, attrape une clope, l'allume avec un briquet publicitaire et enfin répond :

— Le type que tu vas voir, t'en verras pas beaucoup comme ça dans ta carrière. Il est arrivé en janvier 1990 condamné à quinze ans de réclusion par les assises de la Seine pour un viol commis sur une personne âgée. La femme en question, qui devait avoir dans les quatre-vingts ans, a failli y passer. Le choc l'a rendue complètement muette. Le type ne s'est même pas sauvé, il est resté à côté de sa victime terrorisée pendant le reste de la nuit. Au petit matin, quand l'assistante ménagère est venue dans l'appartement, elle a vu le type, et elle est partie en courant au commissariat.

— Le mec s'était pas sauvé ? C'est un âne, ce gars !

— Attends la fin de l'histoire, mon gars. Les flics sont venus et le type n'avait toujours pas bougé. Il n'a rien dit, ni aux flics, ni à son avocat, ni au juge d'instruction, ni pendant son procès. Rien. Tout ça je l'ai lu dans les canards qui s'en sont donné à cœur joie sur cette affaire. La grand-mère est morte deux ans plus tard sans jamais avoir une seule fois ouvert la bouche. Quand il est arrivé ici, c'était la bête curieuse. Il ne parlait pas.

Le jeune greffier veut en placer une :

— Pourquoi il causait pas, le gars ?

— Pourquoi ? T'en as de bonnes, toi ! Si on savait ! Le mec il est resté des mois, des années sans parler. En plus, tout s'est très vite gâté. Au tout début, il était en cellule avec trois autres types. Dix-huit mois plus tard, on l'a retrouvé à moitié dans le coma. Pendant dix-huit mois, les trois types l'ont violé, on l'a su plus tard. En général, c'est ce qui arrive aux violeurs, aux pointeurs comme disent les taulards. Il a voulu s'étrangler avec son drap mais a loupé son coup. Le toubib, qui avait des doutes sur ce qui l'a amené à tenter de se suicider, l'a examiné en profondeur, si tu vois ce que je veux dire, et a compris ce qui s'était passé. Le gars n'a jamais moufté.

— Il a pas balancé les mecs ? Il est dingue, ce gus ! Il avait rien à perdre, pourtant, conclut le jeune greffier.

— Le type ne s'est jamais plaint. Sauf que ses trois compagnons de cellule sont morts. Le premier, vidé de son sang deux ans plus tard, la carotide tranchée pendant qu'il prenait sa douche. Il y avait quinze détenus, dont notre type, personne n'a rien vu. Tu peux me croire, si quelqu'un l'avait vu faire quoi que ce soit, il aurait été balancé. Mais, bon, au début il n'était pas plus suspect que les autres. Le second a été étranglé avec une cordelette dans la bibliothèque. Ça s'est passé trois ans après le premier macchabée. Là aussi, il y avait entre quinze et vingt détenus, plus les gardiens, et personne n'a rien vu. Notre mec était encore sur les lieux.

— Et ils ont rien vu ici, ni le dirlo ni les surveillants ?

— J'ai été le seul à en parler au directeur et aux flics chargés de l'enquête. Ils m'ont dit que je me faisais trop de cinéma. Le troisième est passé à la casserole le mois dernier. Je peux te dire qu'il était vigilant, le gros, il faisait gaffe à jamais croiser le mec seul, et surtout il avait confiance en sa force physique. Il savait que le type était libérable en janvier, et il avait hâte de le voir partir. Pas de pot, il est mort dans les cuisines. J'en ai parlé au nouveau directeur qui m'a dit de me mêler de mes oignons, que ce n'est pas moi qui enquêtais.

— Et ce mec, il s'est jamais fait repérer, jamais de mitard ?

— Rien, mon gars. Que dalle. Pendant les douze ans passés ici, il s'est tenu tranquille. Détenu modèle. Sauf qu'à mon avis, les trois mecs, il les a tués, trois mecs. Les autres détenus l'évitaient, ils ne l'aimaient pas et devaient bien se douter de quelque chose. Il a passé son CAP de plomberie. Il y a deux ans, ses parents sont morts dans un accident d'autocar, lors d'une excursion, une connerie de ce genre. Le directeur de la centrale lui a octroyé vingt-quatre heures pour aller aux obsèques, entouré de gendarmes, bien sûr. Le type a dit simplement non ! D'ailleurs, il n'ouvrait même pas les lettres ni les paquets que ses parents lui envoyaient. Un type qui fout vraiment les jetons quand t'y réfléchis bien ! En plus, il refusait les permissions de sortie que lui octroyait le JAP[1]. Enfin, bon maintenant c'est fini… ou ça va commencer.

— Comment y s'appelle, ton gars ? demande le jeune gardien.

— Arnaud Lécuyer.

Au même moment, deux gardiens entrent dans le greffe avec le petit homme visage baissé, épaules en dedans. Le jeune greffier a les yeux braqués de curiosité sur lui.

1. Le juge de l'application des peines est le magistrat qui suit le détenu, notamment lorsqu'il est en liberté conditionnelle.

L'ancien, jouant les blasés devant son jeune collègue, prend ses documents et dit d'une manière quelque peu solennelle :

— Arnaud Lécuyer, né le 17 mars 1970 à Paris XIIIe, matricule 900.137, détenu depuis le 7 janvier 1990. Vous bénéficiez à compter de ce jour 2 janvier 2002 d'une libération conditionnelle. Avant de signer le registre de levée d'écrou, je vous remets la somme de 530 euros, qui est votre pécule. Veuillez indiquer ici l'adresse à laquelle vous vous rendez. Je vous remets également votre dépôt : un permis de conduire, une carte nationale d'identité, les clefs du domicile que vous avez déclaré en arrivant ici, ainsi qu'un coupe-ongles.

« Conformément aux instructions reçues de M. le juge de l'application des peines, je vous remets également l'adresse de l'employeur chez qui vous devez vous rendre dès demain 3 janvier, ainsi que l'adresse du psychiatre judiciaire qui va vous suivre, et chez qui vous avez obligation d'aller. Le premier rendez-vous est fixé au 7 janvier à 11 h 30. Vous recevrez par courrier une convocation pour vous présenter chez le juge de l'application des peines à Paris, ville où vous allez résider. Le non-respect de ces clauses peut entraîner une révocation de votre libération conditionnelle et une réintégration en cellule. Signez ici.

Le greffier tend son stylo à Lécuyer qui signe sa levée d'écrou. Il empoche les 530 euros, ses affaires et les deux adresses que le greffier lui remet. Il est vêtu d'un pantalon bleu, d'une chemise blanche, d'un pull noir et d'un blouson beige. Il n'a rien d'autre. Il attend. Le greffier appelle par l'interphone le gardien qui est de l'autre côté de la porte sécurisée. Il s'assure que tout va bien, ouvre la porte du greffe, et accompagne vers la sortie le petit homme qui n'a pas prononcé un seul mot. Traversée de la cour. Sas de sécurité. Déblocage du sas. Porte sur l'extérieur. Déverrouillage de la porte. Dehors. Terminé.

Le jeune gardien qui a regardé toute la scène s'adresse à son collègue :

— Putain, t'as raison, quelle tronche il a ! Ce mec fait peur à voir ! Et ses yeux ? Il en veut au monde entier ou quoi ? Et en plus il a rien dit, pas un mot ! J'ai même pas entendu le son de sa voix.

— Tu apprendras à décoder les taulards, petit. En prison, pour beaucoup d'entre eux, ils jouent leur survie. Je veux pas les excuser en disant cela.

— Ouais, mais un mec comme ça devrait pas sortir, c'est une bombe à retardement. Il faut prévenir les flics qu'il est dehors.

Son collègue se marre, écrase sa clope dans un cendrier en secouant la tête.

— Et tu vas leur dire quoi, aux flics ? Y a un mec avec une tête de dingue qui vient de sortir de taule. Ils ne vont plus s'arrêter de rire. Ils ont d'ailleurs suffisamment à faire avec les dingues en liberté qui ont commis des tas de conneries, de crimes et autres saloperies du genre humain. Si en plus on leur donne ceux qui vont peut-être en faire... Et puis tu oublies une chose, gamin, c'est qu'un mec qui sort de taule a payé sa dette à la société comme on dit, et que le but de la prison, c'est la réinsertion dans la société. Enfin, il paraît...

En fait, le chef greffier ne trouvait pas si absurde que ça la réflexion de son jeune collègue. *De toute façon*, se dit-il, *on le reverra bientôt, ici ou ailleurs, et il aura fait des dégâts.*

2

Gare de Moulins, 2 janvier 2002

Arnaud Lécuyer vient d'acheter son billet de train avec des euros.

— Un aller simple pour Paris en seconde, a-t-il murmuré d'une voix sourde.

C'est la première fois qu'il voit cette monnaie. Il est rentré en taule, c'étaient les francs, il en sort ce sont les euros. En prison, il avait eu des cours sur l'euro, mais il n'y allait pas. Il s'en foutait. Il se fout de tout, d'ailleurs. L'employée de la SNCF a l'air gênée d'être en face de ce type, contente d'avoir entre elle et lui un guichet sécurisé anti-agression. Elle est soulagée de le voir partir.

Lécuyer entre dans les toilettes, et se dit qu'il a vraiment un regard à faire peur, mais qu'il ne peut pas se balader les yeux baissés toute la journée. Règle numéro un : ne pas se faire remarquer. Jamais. Être un monsieur tout-le-monde, gris de transparence. Il entre dans une des boutiques de la gare et achète une paire de lunettes de soleil, la plus discrète possible, ainsi qu'un journal et un jeu de cartes. Il est content de tenir des cartes, il s'amuse à les manipuler, à faire disparaître un as, etc. C'est avec ce don de prestidigitateur qu'il a fait tant de ravages. S'en souvenir lui procure un frisson de plaisir. Il vient de repenser à sa collection et il a hâte de la retrouver. De toute façon, elle est bien planquée, et si on l'avait découverte, ça aurait fait un sacré bordel.

Lécuyer est assis dans un wagon dans le sens de la marche, siège près de la fenêtre. La place à côté de lui est libre. Les deux sièges situés de l'autre côté du couloir sont occupés par une mère et son fils, un gamin d'une dizaine d'années.

Lécuyer regarde son visage, rendu inexpressif avec ses lunettes de soleil, qui se reflète dans la vitre, brouillé par le paysage, les tunnels, les poteaux électriques qui défilent. Il est perdu dans ses pensées, ses cartes à la main.

Le petit homme a réussi à tromper le psychiatre de la prison. Il ne lui a raconté que des âneries que l'autre recopiait doctement sur un grand cahier. La force de Lécuyer, c'est sa mémoire. Jamais pris en défaut. Il s'était construit un personnage de mec banal dès sa première rencontre avec le psy et il avait continué au fil des entretiens à approfondir ce personnage. Le psy lui posait des questions sur ce qu'il avait dit un ou deux mois auparavant, et le petit homme répondait calmement de sa voix sourde. Jamais pris en défaut. Il s'était inventé une autre famille, une autre enfance, et il la faisait coller avec son nouveau personnage. Parfois dans sa cellule avant de s'endormir, il se laissait emporter vers sa nouvelle famille, et le matin à son réveil il avait du mal à se rappeler qui il était. Il lui fallait une ou deux minutes pour atterrir. Le psy, et Lécuyer l'avait vu venir de loin, tentait de retrouver dans les conversations le pourquoi et le comment de l'agression et du viol de la grand-mère. Le petit bonhomme s'en donnait à cœur joie. Jubilation intense complètement dissimulée. Il écartait les bras, les paumes des mains tournées vers le ciel, plus que jamais petit homme gris et transparent, des yeux de chien battu, les jambes serrées.

— J'aimerais bien le savoir, merci de m'aider docteur, ça me fait tellement de bien, murmurait-il.

Et le psy à la fin de la conversation n'était pas plus avancé qu'avant.

Quand le petit homme regagnait sa cellule, il était en sueur, des picotements lui parcouraient le dos, il avait du mal à contenir sa colère. Mais il faisait attention à ne pas exploser de rage et continuait à jouer son rôle d'insignifiant. Il attendait que les pas du gardien s'éloignent pour se jeter sur son lit et se tordre, comme en proie à une violente douleur. Parfois il se levait d'un bond, il avait cru que le gardien était revenu sans bruit et l'observait à travers le judas de la porte de la cellule. Alors il se tenait droit, fixant sans cligner des yeux le judas pour essayer de savoir si quelqu'un l'épiait. À force de fixer ce point lumineux sans ciller qui le relayait au couloir, ses yeux brûlaient et il s'écroulait sur sa couchette en proie à un vertige.

— Monsieur, monsieur, comment tu fais ce tour ?

Il est tiré de sa rêverie par quelqu'un qui lui parle, qui lui touche le bras. En proie à une subite angoisse, il manque d'air. Pourquoi cet enfant lui parle ? Il ne devrait pas, ce n'est pas possible. Cette même phrase résonne en écho et se répète dans son cerveau comme si plusieurs enfants parlaient en même temps. Il sursaute, laissant échapper ses cartes par terre. Lécuyer vient de réaliser qu'il est dans le train et qu'un môme est assis à côté de lui.

La mère s'est levée et ramène son enfant à son siège :

— Excusez-le, monsieur, c'est un enfant curieux et vos tours de cartes l'ont étonné. Vous êtes vraiment très adroit ! Éric, reste assis ! Il ne faut pas déranger les gens.

Lécuyer a bredouillé et ramassé son jeu de cartes. Perdu dans ses pensées, il ne s'est pas rendu compte qu'il jouait, de manière automatique, avec ses cartes. Il regarde de biais l'enfant. Dans son cerveau, il y a comme une sirène d'alerte qui s'est déclenchée. Et elle sonne tellement fort que c'en est assourdissant.

36, quai des Orfèvres. Siège de la PJ parisienne. Même journée

La secrétaire adresse un sourire au policier présent devant elle, prend son téléphone, enfonce une touche et dit :

— Madame le Directeur, M. Mistral est là. Entrez, elle vous attend.

Le directeur de la Police judiciaire de Paris, Françoise Guerand, est la première femme à occuper ce fauteuil. Fille de policier et femme de caractère, elle a occupé la plupart des postes difficiles de la PJ parisienne. Elle accueille chaleureusement le policier.

— Bonjour, Ludovic, contente de te revoir. Ces six mois aux États-Unis se sont bien passés, m'a-t-on dit. Je suis ravie que tu prennes en numéro deux la Brigade criminelle. D'autant que pour l'instant il n'y a pas de chef en titre. Jean Chapelle est parti en retraite, nous n'avons pas encore retenu son successeur. Le prochain mouvement de mutations chez les commissaires est dans six mois. D'ici là, on verra. Pour l'instant, tu diriges la Crim'.

Ludovic Mistral est ravi de retrouver le Quai des Orfèvres après les mois passés en stage au FBI.

— Merci de ton accueil ! Après cet intermède au FBI, je suis vraiment content de reprendre en service actif, qui plus est à la Crim'. Au point de vue effectifs, comment ça se passe ?

— Tu as le chef de la SAT[1], Philippe Martignac, qui est un type sympa, donc RAS de ce côté. En revanche, il manque un commissaire chef de section qu'on devrait avoir également au prochain mouvement. L'autre chef de section, c'est Cyril Dumont, que Chapelle avait plus ou moins positionné comme futur numéro deux. Mais là je suis plutôt réservée. D'ailleurs, avant de partir il avait dû réfléchir, et m'a dit que ce ne serait pas une bonne chose pour le service. Bon flic, mais trop perso, trop « moi je ». Je pense qu'avec lui ça se passera moyennement bien. Il faudra faire avec en attendant.

1. Section antiterroriste de la Brigade criminelle.

Alors, ton stage ? Ces Américains du FBI, aussi bons qu'on le dit ?

— C'est un stage qui vaut le coup. Grosse activité physique le matin, tous les cours en anglais l'après-midi. Journée bien remplie. Là où ils sont vraiment bons, c'est en matière d'analyse du comportement des criminels violents. Beaucoup d'avance sur nous. On devrait pouvoir s'en inspirer. Si tu en es d'accord, j'en parlerai au service de la formation chez nous pour voir ce que l'on peut faire. Quant à Dumont, j'ai déjà eu l'occasion de le côtoyer un peu, et je n'ai pas trop d'atomes crochus avec lui. Mais je ne déclencherai pas les hostilités pour autant. Sinon, quelles sont les affaires en cours ?

Françoise Guerand passe en revue rapidement l'activité de la Crim'. Bien qu'elle soit le directeur de la PJ, elle continue d'avoir un regard affectif sur ce service qu'elle a un temps dirigé.

— Ces temps-ci, dit-elle, il n'y a rien eu de transcendant, la SAT exploite des renseignements sur l'implantation d'éventuels terroristes islamistes sur Paris. En ce qui concerne le droit commun, il n'y a eu que des meurtres basiques rapidement élucidés. Cependant, dans un groupe dirigé par le commandant Vincent Calderone il y a un truc pas mal, une histoire de double homicide, mais Calderone dit avoir des billes[1] pour sortir l'affaire. Sinon, il y a sept affaires qui datent de l'an dernier et qui n'ont pas encore été élucidées. Trois femmes qui ont été assassinées dans des parkings, deux autres chez elles, et deux types qui cherchaient des aventures faciles dans le bois de Boulogne.

Françoise Guerand a terminé cette phrase d'un ton ironique.

Ludovic Mistral prend congé du directeur, regagne son nouveau bureau et pose ses affaires. Il fait le tour du service, accueil froid et bref de Dumont, plus chaleureux de Martignac, et se rend chez Calderone. Mistral et Calderone se connaissent. Tous deux sont originaires de Provence, ils ont la connivence des gens d'une même région, qui ont

1. Des éléments dans une enquête.

fréquenté les mêmes lieux et parfois les mêmes personnes. Cette proximité n'empêche pas les relations hiérarchiques, et Calderone quarante-six ans, pourtant plus âgé de dix ans que Mistral, reste très respectueux des règles. Calderone, vingt ans de Brigade criminelle, a eu l'occasion de travailler avec Mistral alors jeune chef de section à la BRB[1] quand la Crim' avait besoin de renforts sur des cas difficiles. Les deux hommes s'étaient tout de suite appréciés. Aussi, quand Mistral entre dans le bureau de Calderone, les deux hommes échangent une longue poignée de main en souriant.

— Très heureux que ce soit vous le patron, dit simplement Calderone.

— Content de vous retrouver, on va faire du bon boulot. Guerand m'a dit que vous avez quelque chose en cours ?

Calderone sert deux tasses de café, en tend une à Mistral.

— Du sucre ?

Mistral fait non de la tête.

— Un couple de cafetiers dans le XIe arrondissement, rue Amelot, a été retrouvé mort, abattu au fusil à pompe dans leur rade peu après la fermeture. Les constatations n'ont rien donné, aucun prélèvement ADN ou empreinte n'a pu être relevé. Comme d'habitude, le car PS[2] de la PUP[3] de l'arrondissement a déboulé sur les lieux, les gardiens ont touché à tout, bref rien. Je me demande ce qu'ils leur apprennent dans les écoles ! On leur rebat les oreilles avec la préservation des traces et indices, mais rien n'y fait. Ils n'ont qu'à regarder les feuilletons à la télé, au moins ils sauraient qu'on ne doit toucher à rien. Surtout quand il y a deux morts, on ne peut plus grand-chose pour eux, et ce n'est plus la peine de tout tripoter.

1. Brigade de répression du banditisme.
2. Police secours.
3. Police urbaine de proximité. A remplacé la Sécurité publique parisienne. Elle est composée essentiellement de policiers en uniforme.

Donc, faute d'éléments scientifiques, on exploite d'autres pistes, mais c'est un peu prématuré pour faire le point.

— Ça marche pour moi, je continue de faire le tour du service. Merci pour le café.

Arnaud Lécuyer descend du train gare de Lyon. Il est surpris par tout ce monde qui court, cette agitation, et se trouve emporté malgré lui vers le bout du quai par cette foule dense qui se précipite vers la sortie. Il reçoit des coups de valise dans les jambes. Cela fait plus de douze ans qu'il n'a pas vu autant de monde et il a du mal à se repérer. Se laissant porter par le flot, il pénètre dans la station du métro et s'appuie à la première occasion contre un mur pour reprendre son souffle et rassembler ses esprits. Se reprendre, ne pas se faire remarquer. Il se dirige vers le guichet, achète des tickets et demande sa direction. Il éprouve des difficultés à se situer dans des lieux qu'il a naguère connus.

Place d'Italie. Il se repère plus facilement, maintenant. Davantage de voitures, de bruit et de lumière. De manière automatique il retrouve le chemin de l'appartement de ses parents. Le quartier de la Butte-aux-Cailles, XIIIe arrondissement de Paris. Il descend par le boulevard Blanqui sur le trottoir de gauche, prend la rue du Moulin-des-Prés et tout de suite à droite la rue Gérard. Dans le prolongement sa rue, la rue Samson. Il remarque que les voitures sont toutes stationnées sur le côté droit et que sur les bordures du trottoir de gauche se trouvent des petits plots en fonte pour empêcher les voitures de s'y garer.

Première angoisse. *Et si on me reconnaissait ?* pense-t-il. Il se rassure et hausse les épaules. *De toute façon, qu'est-ce que ça changerait ? En fait, plus personne ne me reconnaîtra !*

Arrivé rue Samson, son cœur commence à battre bien plus qu'il ne l'aurait imaginé. Invisible d'insignifiance, il a croisé quelques personnes qui ne l'ont même pas regardé. Dans cette rue, aucun commerce, si ce n'est deux ou trois restaurants qui n'existaient pas douze ans auparavant.

Arnaud Lécuyer arrive chez lui au 46 de la rue, petit immeuble vieillot qui un jour sera rasé. Premier étage porte droite sur le palier. Il est arrivé. C'est le seul bien qu'il possède désormais, un petit trois-pièces où il a d'ailleurs toujours habité. Depuis la mort de ses parents il y a deux ans, une tante a réglé les diverses charges prélevées sur les économies de ses parents. C'est le JAP qui lui a dit ça, mais il s'en fout.

Il prend ses clefs dans la poche gauche de son blouson. Ses mains tremblent et il ne peut pas les contrôler. En mettant la clef dans la serrure, il a le cœur qui bat. Fort. Il sent venir du plus profond de son être des sentiments mitigés, qu'il ne croyait plus pouvoir éprouver. Il a chaud. Il appuie son front contre la porte, la main crispée sur la clef. Il entend les pulsations de son cœur qui tapent dans ses oreilles et ouvre grand la bouche par manque d'air. Peut-être qu'ils sont là ! Il tourne la clef lentement dans la serrure, un tour, deux tours, et la porte s'ouvre sur un salon-salle à manger tristement meublé d'une table, de quatre chaises, d'un bahut sans style, d'une télé dans un coin et de deux fauteuils face à la télé. Le tout passablement recouvert de poussière.

Il ferme la porte lentement et dit à voix basse, mais sur un ton enfantin : « Papa, maman, c'est moi Arnaud », et fait le tour de la table en trottinant, les bras écartés. Il fait l'avion comme lorsqu'il rentrait de l'école quand il avait huit ans. Quand tout allait bien. Quand ils étaient heureux. Avant que tout ne chavire, avant que tout ne se déchaîne. Pendant qu'il trottine autour de la table les bras écartés, il a l'impression de voir devant lui l'enfant qu'il était. Il court, voulant peut-être le rattraper ; il ne sait plus où est la réalité. Pour l'instant, il court avec un enfant autour de la table. La sueur lui pique les yeux, son cœur bat à rompre, il ne peut plus respirer, il suffoque.

Il cesse de tourner autour de la table, le petit garçon est parti sans l'attendre. Il pose ses lunettes de soleil, se frotte les yeux avec la manche de son blouson et s'assied sur une chaise, les coudes sur la table, la tête dans les mains. Il reste là plusieurs minutes, n'osant plus ouvrir les yeux. Il se calme, retrouvant le rythme régulier de sa respiration.

Il ressent quelque chose de bizarre, comme s'il allait pleurer, mais n'y arrive pas. Il ouvre les yeux en regardant la tapisserie beige passée, des cadres accrochés provenant de couvercles de boîtes de chocolats qu'ils achetaient pour Noël et que sa mère encadrait ensuite.

Il se lève, entre dans le couloir. Trois portes. Celle de gauche, sa chambre, porte de droite la chambre de ses parents, porte face, toilettes et salle de bains. Il hésite et entre dans la chambre de ses parents. Il appuie sur l'interrupteur, rien. C'est vrai le courant est coupé. Il aperçoit dans la pénombre que rien n'a changé. Un lit, une armoire, deux chevets. Rien au mur. Sur un des chevets, du côté de sa mère, leur photo de mariage. Lécuyer, calmement, défait le cadre, sort la photo et la déchire en mille morceaux. Il va dans le chevet utilisé par son père, sort un paquet de bougies et une grosse boîte d'allumettes. Il savait que les bougies étaient là, elles ont toujours été là. Il en allume quatre dans la chambre. Ça fait un peu mortuaire, mais il ne s'en rend pas compte. Il s'accroupit devant le chevet ouvert et sort une quinzaine de magazines pornos. Il n'a pas oublié que son père était un grand amateur du genre. Apparemment, il n'avait jamais cessé de continuer à les lire. Son père lui en avait fait voir des dizaines. Il les feuillette rapidement et les laisse par terre, ceux-là ne l'intéressent plus. Il se relève et jette un rapide coup d'œil circulaire dans la chambre.

Il regarde le lit, la nausée le prend. Il se souvient d'un mercredi après-midi, il avait huit ans et demi, il n'était pas allé jouer. Son père était ce jour-là à la maison, sa mère partie faire des courses. Son père l'avait regardé bizarrement, pris par la nuque, entraîné dans sa chambre, et l'avait violé. Il revivait cette scène où son père lui avait fait mal, l'avait mis à plat ventre sur le lit en lui écartant les bras. Mais il ne comprenait toujours pas pourquoi. Le soir, sa mère en rentrant avait tout de suite compris. Cris, disputes. Mais rien n'avait cessé. Elle avait accepté sans rien dire. La peur, peut-être, de perdre son mari et la relative sécurité financière qu'il apportait. Toujours est-il qu'elle n'avait rien fait pour que cela cesse. Et lui, Lécuyer, avait basculé. Échec scolaire, grande difficulté à parler, enfermement, violence, cruauté. Les médecins scolaires n'avaient pas cherché vraiment les causes de ce brusque changement, et dans les années 70 on parlait peu de ces choses-là.

Mais c'était lui, Lécuyer, qui avait fait cesser cinq années consécutives de viols, un jour où son père le prenait comme d'habitude par la nuque pour l'entraîner vers la chambre. Ce jour-là, Lécuyer était assis à la table du séjour. Son père s'était levé et avait mis sa main droite sur la nuque de l'enfant, la gauche posée à plat sur la table. Lécuyer avait senti sous sa main la paire de ciseaux qui était sur la table. Sans réfléchir, il l'avait prise et l'avait plantée de toutes ses forces dans la main de son père, la transperçant. Épinglée comme un papillon. Pas un cri. Rien. Son père savait maintenant qu'il ne faudrait plus qu'il le touche. Lécuyer avait treize ans. Ensuite, il avait enchaîné les fugues et les placements dans des foyers. Personne n'avait décelé les causes de cette errance. Il n'en parlait pas. Réformé du service militaire car « inadapté ». Jeune majeur, il allait de stage en stage, de formation en formation. La seule qu'il réussira sera son permis de conduire. Il était plus ou moins électricien à l'époque de son incarcération, il en sortira plombier.

Arnaud Lécuyer prend une dizaine de bougies et entre dans sa chambre. Rien n'a changé non plus. Sa chambre ressemble davantage à celle d'un enfant qu'à celle d'un adolescent ou d'un jeune adulte. Un lit à une place, un secrétaire, une chaise, une armoire, le tout acheté dans un catalogue de vente par correspondance. Un papier à fleurs, et des posters d'animaux. Lécuyer allume ses bougies et les met un peu partout dans sa chambre. Il s'assied sur son lit et se souvient de toutes ces années. Pas de tristesse, seulement un concentré de haine pure.

D'un geste qu'il a fait mille fois, il met la main sous son lit et ramène à lui sa boîte de magie. Il espérait la trouver là.

Elle y est. Et avec elle, des cortèges de souvenirs. Cette boîte provenait d'un cadeau offert par sa tante pour son anniversaire, ses dix ans. Grâce à cette boîte, il avait vécu des moments extraordinaires. Très adroit de ses mains, il excellait dans les tours de cartes, la disparition de pièces, de billes, tous ces trucs qui rendent sympathiques les gens qui les exécutent. Il ouvre sa boîte, tout y est. Prêt à fonctionner comme avant ? Pourquoi pas ?

Il prend une bougie, entre dans la cuisine, saisit un grand couteau à trancher, retourne dans la chambre de ses parents, et calmement lacère le lit, plante le couteau, tire, déchiquette draps, couvertures, matelas. Il est épuisé, mais il continue. Il s'arrête quand les bougies s'éteignent. Il sort de la chambre, referme la porte en sachant qu'il n'y rentrera plus jamais, regagne sa chambre et va chercher sa collection. Il la retrouve intacte planquée dans son secrétaire, anonyme entre des livres qu'il n'a jamais ouverts. Réflexion faite, il se dit qu'elle n'était pas vraiment planquée. Un grand cahier parmi d'autres livres et d'autres grands cahiers.

Quand les flics l'avaient ramené chez lui, les poignets menottés dans le dos, sans sa ceinture ni ses lacets, tenue réglementaire du gardé à vue, il avait balisé dur de peur qu'ils ne trouvent sa collection. Les flics avaient fait une rapide perquisition dans sa chambre. En fait, ils ne savaient pas quoi chercher. Résultat, on ne trouve rien quand on ne sait pas ce qu'on cherche. Lécuyer s'était progressivement senti rassuré quand il avait écouté les deux flics discutant avec ses parents.

— Votre fils a violé une vieille dame et il est resté ensuite à côté, c'est là où on l'a interpellé.

Ses parents étaient restés frappés de stupeur et n'avaient pas essayé de lui adresser la parole. Ils évitaient même son regard, c'est dire... D'ailleurs, ils ne se parlaient plus depuis deux ou trois ans. Lécuyer ne s'en souvenait plus et il s'en foutait. La dernière fois qu'il les avait vus, c'était pendant le procès. Il devrait dire « aperçus » plutôt que « vus ». Ils étaient sur le banc du public à la gauche de Lécuyer. Pour les voir, il aurait fallu qu'il tourne la tête. Et comme il restait le visage figé, droit, sans expression…

Bon, sa collection. Les flics ne cherchaient rien en particulier. Le type avait violé une vieille, et il était resté sur place. Enquête facile. Ils étaient venus chez lui comme ça, par routine. Ils n'étaient restés que quelques minutes, fouillant du regard plutôt que des doigts. Donc, comme on dit dans les procès-verbaux d'enquête, la perquisition s'est avérée vaine. Au revoir m'sieur dame.

Lécuyer, précautionneusement, l'étale sur son lit. Elle est composée de huit doubles feuilles. La toucher, la regarder, lui procure davantage que des frissons. Il passe dessus ses doigts doucement. Il ferme les yeux et revit les actes qui l'ont conduit à constituer ce qu'il appelle sa collection. Il est dans une sorte de transe, les yeux révulsés de plaisir. Il n'est plus sur son lit, il est ailleurs, il a décollé. Avant de refermer sa collection, il la feuillette encore. Six doubles pages sont complètes, deux uniquement les pages de gauche. Ces deux pages incomplètes le font souffrir. À la fin du cahier, il y a des articles de presse qui le concernent. Lui. Le Magicien comme la police l'a surnommé. Là aussi, avec précaution, de crainte de déchirer ou de décoller les feuilles de journaux pliées en trois ou quatre, il les déplie et relit quelques articles, ne se souvenant pas de la frayeur qu'il avait déclenchée à ce point à Paris. Il se souvient de la puissance qu'il ressentait à cette époque, renforcée par les articles des journalistes qui traînaient les flics dans la boue. Il aimait bien ce nom, « le Magicien », c'était valorisant. Il le préférait à celui de « tueur d'enfants », comme il avait été appelé au début.

Quand ses émotions cessent, il range avec soin sa collection et se dit qu'il va devoir la compléter.

Arnaud Lécuyer entre dans la salle de bains avec une bougie. Bien sûr, il n'y a pas d'eau. Il ouvre l'armoire vitrée et regarde. Sur une des étagères, un flacon d'eau de toilette achetée pour une fête des pères au moins vingt ans plus tôt. Machinalement, il secoue le flacon, il en reste encore. Quelques gouttes viennent s'échouer sur le col et les épaules du vêtement.

Il a froid, faim, il est fatigué. Trop d'émotions et trop de souvenirs l'épuisent. Il sort de chez lui et se rend jusqu'à la place d'Italie à pied. Il entre dans un McDo rempli d'adolescents bruyants. Il est dans la file pour choisir son repas, ivre de bruit et de voir autant de monde. En fait, il agit en observant les autres. Quand la jeune fille lui demande ce qu'il souhaite, il ne sait pas, lève les yeux vers les photos présentant les plats et en désigne un au hasard. Il mange en trois minutes. Demi-tour vers la maison, il pénètre dans sa chambre, se couche sur son lit tout habillé, sans se déchausser, et s'endort les poings serrés dans les poches de son blouson.

3

Sept heures trente. Mistral prend son petit déjeuner avec son épouse Clara. Ils habitent une jolie maison à La Celle-Saint-Cloud dans la banlieue chic de Paris. Son épouse travaille comme « nez » pour la maison Chanel. Elle est la créatrice de deux parfums célèbres qui lui ont valu des royalties confortables, ce qui a permis aux Mistral l'acquisition de leur maison et de s'offrir quelques extras, des voyages par exemple. Ludovic, qui démarrait sa carrière de commissaire à la Police judiciaire de Marseille, a connu Clara à Grasse, la ville des parfums, où elle travaillait. Il lui a dit qu'elle avait un air de Louise Brooks. Elle exerce maintenant à Paris, mais effectue de fréquents allers-retours vers Grasse.

Cette relative aisance financière agace quelques aigris du Quai des Orfèvres, Dumont notamment. Clara et Ludovic sont parfaitement heureux et ont deux enfants, Mathieu, neuf ans, et Antoine, six ans.

Comme tous les matins, Ludovic déjeune en écoutant France Info, tic d'un flic qui dès son réveil veut avoir une oreille sur ce qui s'est passé la nuit. C'est plus une habitude qu'autre chose, parce que si un événement grave s'était passé dans Paris, l'état-major l'aurait appelé.

Clara et Ludovic parlent de la journée à venir. Les deux enfants prennent leur petit déjeuner les yeux rivés sur leur boîte de céréales, lisant avec application les inscriptions colorées. Clara termine sa semaine de vacances des fêtes de fin d'année et va emmener les enfants au manège. Ludovic lui dit sa satisfaction d'aller travailler dans un service qui lui convient parfaitement et dans lequel il espère mettre en pratique ce qu'il a appris au FBI.

Huit heures. Mistral monte dans sa Peugeot 406 de service, met en marche la radio « fréquence Police », direction le Quai des Orfèvres.

Six heures trente. Arnaud Lécuyer est assis sur son lit. Il s'est réveillé automatiquement à l'heure prison, un réveil dans la tête calé sur cet horaire depuis douze ans sans interruption. Il lui a fallu plusieurs minutes pour savoir où il était. C'est la première nuit qu'il passe en liberté. Mais en fait, il ne s'en rend pas bien compte. Il est dans sa chambre. Il a peur de sortir et a froid. Il prend dans son blouson les deux papiers que lui a donnés le greffier, l'adresse de son employeur et celle du psychiatre. Celle du psy dit : Jacques Thévenot, 288, rue de la Convention Paris XVe. Celle de l'employeur dit : Da Silva et fils – Tous travaux immobiliers – 93, rue Championnet Paris XVIIIe.

Sept heures quinze. Arnaud Lécuyer sort de chez lui dans la grisaille du matin froid de cet hiver parisien, les lunettes de soleil rivées sur le nez. Il est sur le pas de la porte de son immeuble. Progressivement, il se souvient où sont les commerces. Il part à droite et arrive une centaine de mètres plus bas rue de la Butte-aux-Cailles. Encore à droite, il se souvient qu'il y a un marchand de journaux, un café et une boulangerie. Transi, il entre dans le bar. Des habitués agrippés au comptoir, une télé qui balance à jet continu des infos de sport. Des accrochages publicitaires aux couleurs violentes. Lécuyer ne voit rien et il s'en fout. Un café, un croissant. Il ne se rend même pas compte du plaisir que peut procurer ce simple premier café pris en homme libre. Lécuyer n'a pas conscience de sa liberté. Il est là, point. Le patron du bar ne fait pas attention à ce type au visage blême et émacié qui, en plein hiver, le jour pas encore levé, se balade avec des lunettes de soleil. Tout au plus il pourrait penser à un fêtard un peu fatigué.

Son café avalé, Lécuyer, branché en pilotage automatique, laisse ses pieds le guider vers le métro Place-d'Italie. Après avoir tâtonné quelques minutes, il prend la bonne direction et arrive vers neuf heures chez son futur employeur. De l'extérieur, il voit une enseigne lumineuse plaquée au-dessus d'une vitrine qui dit « Da Silva et fils ». Sur un pan de mur, un panneau blanc, en long, avec des caractères bleus qui indiquent la spécialité de l'entreprise : « Rénovation. Installation. Dépannage. » Sur une vitrine poussiéreuse où l'on devine de la lumière qui permet à peine de voir l'intérieur, il y a une affichette en plastique où est inscrit « Bureau, entrée porte à gauche ». Lécuyer se dirige vers cette porte. À côté, une petite cour où est garé un véhicule utilitaire blanc sans inscription particulière. En poussant la porte d'entrée, une petite sonnerie électrique aigrelette retentit. À l'intérieur, le capharnaüm. Derrière un comptoir en bois surchargé, un type en fin de soixantaine, des lunettes de vue vissées sur un gros nez.

— Bonjour, monsieur Da Silva, je suis Arnaud Lécuyer, je sors de la centrale de Moulins et j'ai un CAP de plombier. Je dois me présenter chez vous ce matin, murmure le petit homme.

L'homme qui est derrière le comptoir du magasin écoute religieusement l'horoscope sur Europe 1 et fait signe de la main droite à Lécuyer d'attendre deux minutes. Publicité. C'est un homme à l'aspect débonnaire avec une salopette bleue sur une chemise à carreaux, une casquette sur l'arrière du crâne, souriant, qui tend la main à Arnaud :

— Luis Da Silva le père. Tous les matins j'écoute l'horoscope, aujourd'hui il est bien. Moi j'y crois et il se trompe rarement. Alors c'est toi, Lécuyer ? Avec la voix que tu as, il vaut mieux que tu fasses plombier que chanteur. Qu'est-ce que tu as aux yeux pour porter des lunettes de soleil ?

— Rien de bien grave, une légère inflammation de la paupière. La climatisation du train peut-être.

Da Silva regarde le petit homme.

— Tu sais, mon gars, j'ai pris l'habitude depuis quinze ans d'aider les taulards, et jusqu'à présent je ne l'ai jamais regretté. J'espère que tu vas suivre la bonne direction, maintenant. Aujourd'hui, tu vas débuter avec mon fils, il va te faire voir en quoi consistent les dépannages. Si tu fais l'affaire, tu iras ensuite tout seul. Pour commencer, je te paye au SMIC. Le matin, il faudra te laver et te raser avant de venir bosser.

— Oui, monsieur.

— Tu vois, ici c'est une entreprise un peu familiale. Mon fils Georges est plombier, comme moi, mais maintenant, je ne fais plus de déplacements, je laisse la place aux jeunes. Il y a six autres ouvriers : un serrurier, un électricien et deux peintres, un maçon et un carreleur. Des types du bâtiment si tu préfères. Toi, tu seras le septième.

— Moi, je ne suis que plombier.

— C'est déjà pas si mal, mon gars. Tu as passé ton diplôme en prison ?

— Oui.

— C'est une bonne chose, tu as un vrai métier entre les mains. Mon fils ne devrait plus tarder à arriver. Les autres ouvriers sont sur leur chantier. On va prendre un café en l'attendant et tu vas me raconter comment tu vis.

Certainement pas comme tu le crois, pense Arnaud Lécuyer. Il explique qu'il n'a ni l'eau ni l'électricité et qu'il ne sait pas comment s'y prendre. Da Silva, d'un air compréhensif, note son adresse et lui indique qu'il va s'en charger pendant qu'il fera une tournée avec Georges.

La première journée de travail d'Arnaud Lécuyer va se passer avec le fils Da Silva. Arnaud très adroit de ses mains et rapide dans le travail fait bonne impression, même si quelque chose dans son comportement indispose Georges. Quoi ? Il ne saurait le dire. En fin de journée, l'essai est concluant. Arnaud Lécuyer indique qu'il a rendez-vous chez le psy lundi matin, et qu'il viendra travailler ensuite.

Le petit homme rentre directement chez lui, achète une pizza et une bouteille de Coca. L'eau et le courant ont été rétablis. Il trouve qu'avec la lumière, c'est encore plus triste. Il allume la télé qu'il ne regarde pas, il y a du son et des images et ça lui tient compagnie. Il n'écoute pas la musique, rien ne lui plaît. Il s'endort sur un des fauteuils devant la télé, se réveille à six heures trente comme d'habitude. La télé marche toujours. C'est samedi. Premier week-end en liberté. Il se demande ce qu'il va bien pouvoir faire.

Pendant deux jours, il va marcher dans Paris, déambulant sans but, rentrant chez lui pour dormir. Il marche sans cesse, poings serrés dans les poches du blouson et lunettes de soleil vissées sur le nez du matin au soir. Quand il a faim, il mange un sandwich, quand il a soif, il boit un café. Il passe dans des rues qui le ramènent bien des années en arrière. Dans son cerveau se télescopent des images de violence, de cris, de fuites. Les grandes avenues éclairées, la circulation automobile, les bruits l'effraient un peu. Il pensait que tout le monde allait le regarder, lire dans ses pensées de monstre encore en léthargie. Mais non, il est tellement banal que les passants ne le voient même pas. Ça tape dans ses tempes, ça cogne fort. Il s'adosse à un mur pour reprendre son souffle et tente de faire cesser les images de violence qui sont encore floues dans son esprit, mais qui bientôt seront beaucoup plus nettes. Les cris, les sons qui accompagnent ces images lui parviennent indistinctement, déformés. Il devine que ce sont des voix d'enfants. En prison, il ne les entendait pas, mais de nouveau en liberté elles reviennent.

Il est en sueur malgré le froid vif de janvier et a parfois du mal à se repérer. La nuit le surprend sur l'avenue des Champs-Élysées. Lécuyer a l'impression d'être dans un tunnel de lumière et de bruit qui l'étourdit. Il trouve une entrée de métro et finit par rentrer chez lui, littéralement épuisé. Il sait que ses vieux démons sont de retour. Ils sont là, tapis en silence, planqués dans les recoins de son cerveau. Dans l'attente. Mais qui le pousseront comme avant. Il les a déjà entendus chuchoter, il sait que bientôt ils lui parleront plus fort. Quand il est occupé, il ne les entend pas trop et arrive à les faire taire. Assis sur son lit, il prend sa boîte de magie et pendant une partie de la nuit va s'amuser ou s'entraîner, il ne sait pas trop. Il se couche tout habillé.

Six heures trente, debout. Il faut faire bonne impression au psychiatre. Dans la salle de bains, Lécuyer trouve un rasoir et du savon à barbe, il prend une douche, met des vêtements propres et se compose un visage de type bien gentil et bien propret que la prison a préparé pour la réinsertion.

Le psy le dévisage. Pourquoi des lunettes de soleil ? Réponse toute faite sur l'inflammation de la paupière. Il lui pose plusieurs questions, son enfance, le décès de ses parents, la détention, la liberté. Arnaud Lécuyer, qui réussit dans l'attitude du petit homme malingre, ne répond que par monosyllabes. Bredouille, bafouille, ne répond pas vraiment aux questions, joue les embarrassés. Le psy regarde sa montre : quinze minutes d'entretien. C'est le temps imparti pour ce type de visite. Il tamponne le carton de visite d'Arnaud, et lui donne un rendez-vous pour la quinzaine suivante en espérant que ce type fermé comme une huître arrivera à décoincer quelque chose.

Lécuyer sort de chez le psy et se rend chez Luis Da Silva. Dans ses mains, il a une pièce de monnaie qu'il fait tournoyer entre ses doigts, disparaître, réapparaître dans l'autre main. Il fait ça automatiquement, les yeux dans le vague. Les voyageurs du métro, assis à côté de lui, qui le voient faire avec autant d'adresse lui sourient, mais lui ne les voit pas. Les magiciens attirent toujours la sympathie des gens. Ils créent l'illusion et sont plus forts que la raison. Mais lui est ailleurs, en proie à ses démons qui prennent de plus en plus d'assurance. Il les laisse se manifester, même s'il en a un peu peur.

Mois de janvier à la Brigade criminelle

Train-train habituel. Mistral en profite pour s'investir à fond dans le travail des équipes, et suit personnellement les activités de trois groupes de droit commun, dont celui de Vincent Calderone, du fait de l'absence d'un commissaire chef de section. Il a aussi commencé à occuper l'espace de son bureau, et déballé une partie de ses affaires, bouquins juridiques, revues spécialisées, etc. Il fait le tour de son nouveau bureau du regard. Conclusion : pour le rendre moins administratif, il apportera des objets plus personnels. Il a dans son garage un ou deux cartons de souvenirs, de ses précédents services ou de ses missions les plus marquantes, qu'il retrouvera avec plaisir. Avec Cyril Dumont, les relations sont courtoises mais sans plus. Ce dernier a visiblement du mal à accepter de rendre des comptes à Ludovic sur les affaires conduites par ses groupes.

— Cyril, il faut que tu comprennes que le patron c'est moi. Je sais que ça ne te plaît pas, mais c'est comme ça. Tant que tu resteras à la brigade, il n'en sera pas autrement. Libre à toi de te trouver rapidement un poste ailleurs, avait conclu Ludovic un soir où Dumont avait dépassé les bornes.

Ce dernier n'avait pas répondu et avait quitté le bureau de Ludovic en faisant la gueule.

Mois de janvier d'Arnaud Lécuyer

Lécuyer en rentrant chez lui a trouvé un soir dans sa boîte aux lettres une enveloppe à l'en-tête du tribunal de grande instance de Paris. À l'intérieur, un formulaire administratif émanant du juge de l'application des peines le convoquant pour la semaine suivante. Il s'est assis à la table de la salle à manger, la convocation posée devant lui. Il fixe ce document. L'institution du juge de l'application des peines ne lui est pas inconnue. Il a rencontré deux ou trois JAP durant ses douze années de détention et a réussi à les berner comme les autres. Le dernier lui avait dit d'un ton grave :

— Votre bonne conduite vous permet d'obtenir une libération conditionnelle.

Le JAP ne s'attendait pas à des tombereaux de remerciements, juste deux ou trois mots. Mais Lécuyer, fidèle à lui-même, n'avait pas moufté et n'avait laissé transparaître aucun sentiment. Un mur. À l'intérieur, Arnaud Lécuyer hurlait de rire. *Trois morts au compteur égalent une bonne conduite. Formidable !*

Réflexion faite, Lécuyer se dit qu'il n'y a pas de raison que ça change. Il va continuer le même cinéma avec ce nouveau JAP, lui racontera des bobards que l'autre gobera. Tout est question d'entraînement. Et à ce jeu-là, il n'est pas mauvais.

Question boulot, Lécuyer donne entière satisfaction. Il est rapide, consciencieux, honnête et, depuis quelques jours, Lécuyer va seul en dépannage chez les clients. Il a une fourgonnette Peugeot Expert de couleur blanche, sans inscription particulière. Il rentre avec chez lui en fin de journée, et attaque directement les dépannages notés par Luis Da Silva, le père, qui lui a fixé trois rendez-vous hebdomadaires, lundi, mercredi et vendredi, pour prendre la liste des clients et remettre l'argent des dépannages. Georges a quelques réserves qu'il communique à son père :

— On peut lui faire confiance dans le boulot, pour le reste, ce type me gêne. Mais je ne sais pas dire en quoi.

Le père a hoché la tête et a répondu :

— Je suis d'accord avec toi. Mais douze ans de cabane, ça modifie le comportement d'un type. Et je crois qu'il a morflé, d'après ce que j'ai cru comprendre, même si on ne m'a pas tout dit.

Question psychiatre, Lécuyer ne se débrouille pas trop mal. Il a réussi la composition du petit homme que tout écrase dans la vie. Pour les visites, il ne met plus les lunettes de soleil, a le regard souvent baissé, les épaules en dedans, et répond toujours à voix basse et par monosyllabes. Le psy a quinze minutes d'entretien, si on peut dire ; il note sur la fiche : « se livre peu, introspection difficile », et tamponne son carton de visite. Tout le monde est content et trouve son compte : le psy qui n'a pas à signaler qu'un type en semi-liberté ne se présente plus, donc des tas de paperasses à remplir, et Arnaud Lécuyer qui respecte ses obligations judiciaires et qui n'est pas emmerdé. Il a demandé au psy des comprimés pour dormir. Le psy a dit « oui bien sûr, mais il ne faut pas en abuser » et lui a prescrit du Rohypnol. Il a également ajouté du Temesta, à prendre le soir, « si le besoin s'en fait sentir ». Lécuyer en sortant de chez le psychiatre est allé acheter ses médicaments qu'il a enfouis au fond de son sac à dos.

Question vie personnelle, c'est le désastre. Le domicile de Lécuyer s'est transformé en un véritable taudis, les vaisselles sales ne se comptent plus ; de même, les sacs poubelles s'entassent dans la cuisine qui est devenue le paradis des cafards la nuit. Dans sa chambre, le linge sale jonche le sol. À l'extérieur, il donne seulement l'apparence.

Dans sa tête, c'est devenu un véritable carnage. Les démons s'y sont définitivement installés et poussent Lécuyer à agir. Ils parlent haut et fort. Il ne les a plus repoussés et n'en a plus peur. Il sait que l'inéluctable est de nouveau en marche, ce n'est qu'une question de jours ou de semaines et d'opportunité. Il passe des heures le soir avec sa boîte à magie, c'en est devenu obsessionnel. Il s'étonne lui-même parfois de tant d'agilité, que ce soit avec les cartes, les dés, les cordelettes, ou tout autre accessoire. La télé marche vingt-quatre heures sur vingt-quatre, le son est bas. Il ne sait pas sur quelle chaîne elle est calée mais elle fonctionne maintenant non-stop. De temps en temps, il jette un œil, mais il ne comprend pas de quoi il s'agit, de toute façon il s'en fout.

Lécuyer a réaménagé sa chambre à sa manière. Il a retrouvé dans un placard sa tente qu'il avait quand il était enfant, un cadeau de Noël lorsqu'il avait sept ans. Il s'agit d'une tente d'Indien à une place, un tipi en tissu imprimé tendu sur un cadre tubulaire. Longtemps, cette tente était restée installée dans sa chambre, et elle était devenue son refuge. Un refuge illusoire de deux kilos, mais c'était son refuge. Et après, quand il était entré dans l'enfer à huit ans, lorsque son père le cherchait et l'emmenait par la nuque dans sa chambre, si Arnaud était réfugié dans sa tente, son père n'osait pas venir l'entraîner. Dans sa tente, il y avait une lampe électrique et un coussin.

Il a reconstitué sa tente refuge. Il y a de nouveau une lampe électrique, plus de coussin, et sa collection. Il est assis en tailleur, comme un Indien. Cette similitude ne l'a pas effleuré. Et il ne sait pas ce que c'est que l'humour. Sur ses genoux, sa collection. Il se balance d'avant en arrière, les yeux clos.

Un soir de janvier, en rentrant de son travail, Arnaud Lécuyer n'a plus pu ou plus voulu refréner ses pulsions. Il est entré dans un grand magasin de presse, a déambulé parmi les rayons et a acheté un catalogue de vente par correspondance après en avoir feuilleté plusieurs. Avoir fait ce premier geste, complètement banal pour le quidam moyen, mais qui est pour lui le commencement des actes préparatoires, a déclenché chez Lécuyer une sorte de signal de départ. Et c'est d'une allure décidée qu'il se dirige vers le XVIIIe arrondissement où il sait qu'il y a de nombreux sex-shops.

Il se gare en haut de la rue de Clichy et va à pied dans le quartier Pigalle. Il ne veut pas qu'on fasse le rapprochement entre lui et sa voiture. Il entre dans les sex-shops, en regardant discrètement s'il n'y a pas de vidéosurveillance. Quand il les détecte, il ressort aussitôt, toujours calmement. Ne pas laisser son image. Enfin, il entre dans une boutique sans caméras. Il joue au client distrait, regarde un peu tout et s'attarde sur les magazines pornos. En douze ans, le contenu a énormément changé. Davantage de déviance, beaucoup de zoophilie. Lui, ce qu'il recherche, c'est du porno traditionnel, et il y en a de moins en moins. Il en trouve quand même dans le rayon « soldes », en achète cinq ou six, paye en espèces et s'en va calmement, les magazines dans un sac anonyme. Il remonte dans sa voiture et rentre chez lui.

Si Lécuyer est excité, il reste prudent. À compter de ce jour, il va devoir se comporter parfaitement et éviter les fausses notes. Il a suffisamment lu et écouté en prison pour savoir quoi faire, mais ça, c'est pour la suite.

Tout d'abord, conduire prudemment, mettre sa ceinture de sécurité et respecter le code de la route au millimètre. Ce serait trop stupide d'attirer l'attention des flics pour une banale faute de conduite. Ensuite, se fondre dans la population, ne regarder personne dans les yeux, ne pas courir, même après, rester habillé discret et ne pas avoir de signe distinctif. Il a, à regret, ôté ses lunettes de soleil. Il les conserve sur lui au cas où. Il s'entraîne à avoir un regard neutre, mais quand il est seul, dans sa voiture, ou mieux dans sa tente, il donne libre cours à sa rage et laisse son regard chargé de haine l'envahir.

Lécuyer est chez lui. Aussitôt la porte refermée, il se précipite avec ses achats dans sa tente. Au passage, il a pris une paire de ciseaux et un tube de colle. Assis en tailleur, à l'étroit, il a le catalogue de vente par correspondance sur les genoux. Il le feuillette à toute vitesse jusqu'à ce qu'il trouve les pages réservées à la mode pour enfants. Les fillettes ne l'intéressent pas. Il a trouvé les garçons. Il regarde attentivement. Quelques-uns lui plaisent. Il prend les ciseaux, et soigneusement ne découpe que les têtes. Il en a sélectionné sept ou huit. Il fait chaud dans sa tente, il est dans son monde. Il referme le catalogue et prend les revues pornos. Là, c'est plus facile. Il découpe des couples, essentiellement des homosexuels. Quand il a fini, il prend les têtes des enfants et les colle sur les têtes d'adultes des corps qu'il a sélectionnés. Le résultat est saisissant et fait frissonner : des corps d'adultes dans des situations pornographiques avec des têtes d'enfants de dix ans.

Il va pouvoir compléter sa collection. Enfin presque. Ce n'est qu'un début. Il attrape sa collection, compare les photos-montages réalisés une douzaine d'années auparavant et trouve que les têtes des enfants ont changé, mais pas beaucoup les corps d'adultes. Il regarde sa petite collection faite entre 1988 et 1989, elle n'a que huit doubles pages.

Il prend ses photos-montages et les colle à la suite. Les photos sont sur les pages de gauche. Il en colle ainsi sur cinq autres pages de gauche. Les pages de droite sont réservées. Il revient en arrière dans son cahier et, les yeux fermés, passe les mains en effleurant à peine les pages de droite pour sentir et se souvenir. L'émotion le gagne, il en tremble. Il ouvre alors les yeux et, calmement, referme son cahier. Il a dit oui à ses démons, frissonnant parfois de peur et de désir à la fois. Il sort de son tipi et tout habillé se couche sur son lit. Demain, il doit aller chez des clients, et après on verra. Il s'endort profondément, son sommeil sera agité de cauchemars.

Dans le bureau de Vincent Calderone se trouve un jeune couple d'une vingtaine d'années, assis et menottés dans le dos. Calderone pose les questions, un jeune lieutenant tape sur un clavier d'ordinateur, enregistre les questions de Calderone et les réponses, tantôt celles de la jeune femme, tantôt celles du jeune homme. Parfois, le lieutenant reformule à haute voix les réponses et tape en même temps qu'il écrit, pour être sûr de bien retranscrire ce qu'ils disent.

Ludovic Mistral est dans le bureau, derrière eux, discret, appuyé contre la porte. C'est le stade final de la procédure, celui où le couple est dans la phase des aveux.

— Oui, je suis bien l'instigateur du vol à main armée chez le buraliste de la rue Amelot, dit le jeune homme à voix basse.

Silence pesant.

— Qui a tiré ? demande sobrement Calderone.

Il aurait pu dire : « Qui a tué le couple d'un coup de fusil à pompe à bout portant ? » Mais en vieux routier de la procédure criminelle, et fin psychologue, il sait que la façon de poser une question peut tout changer. Le sens est identique, pas les mots. Une formulation trop violente sur des assassins d'occasion peut entraîner un blocage et les faire prendre conscience de la « réalité vraie » de leur acte. À la question « qui a tiré ? », posée de façon presque anodine, du genre « c'est juste pour comprendre », le couple se regarde, silence et tension palpables.

Le lieutenant semble absorbé par l'écran de son ordinateur. Il sait que Calderone est au tournant de l'audition, donc on se fait invisible. Mistral, silencieux depuis le début, apprécie en connaisseur la conduite de l'interrogatoire. Calderone attend, ne pas brusquer. Il a des billes sur les auteurs du vol à main armée, mais aucune sur celui du coup de fusil. Pas de témoin. Si le couple a de la ressource, ils peuvent lancer les flics sur une fausse piste, inventer un troisième larron qu'ils ne connaîtraient que par un prénom, mais pas d'adresse, et là pour retrouver la vérité, c'est même pas la peine d'y songer. Un vol à main armée, c'est sept à huit ans pour des primaires, un homicide, c'est vingt ans.

Machinalement, pendant que le couple est silencieux, Calderone, d'un geste étudié et qui se veut négligent, tripote les scellés. Des pièces à conviction. Le fusil retrouvé sur place, mais sans empreinte ni trace, des télécartes et des boîtes de cigares retrouvées en perquisition à leur domicile. Calderone ne brusque rien. Il a maintenant un dossier entre les mains, intitulé « rapport de la police technique et scientifique », mais il est complètement creux, il n'apporte aucun élément de preuve permettant d'identifier des auteurs. L'attitude de Calderone signifie : « Avec ce que j'ai entre les mains, vous êtes cuits. »

Il les regarde de nouveau, presque gentiment, et dit calmement :

— Alors ?

— C'est moi.

La jeune femme a répondu d'une voix presque inaudible.

Calderone ne bronche pas et lui demande comment elle s'y est prise. Le jeune lieutenant ne bouge pas, il attend le feu vert de Calderone.

Celui-ci dit enfin :

— OK, on va prendre ça par écrit, maintenant.

Et se tournant vers le lieutenant :

— Bon, on y va.

Mistral a écouté la fin du dénouement procédural avant de bouger. Il a regardé Calderone, lui a fait un signe de félicitation en levant son pouce de la main droite. Il est ensuite sorti du bureau discrètement, sans que le couple ne se retourne.

4

Lécuyer a prévenu son patron la veille. Il a rendez-vous chez le JAP le lendemain à neuf heures trente. Connaissant le quartier du Palais de justice, il a choisi sans hésiter le métro. Ce qui lui a permis de se mettre dans la peau d'un pauvre type malmené par la vie. Sa démarche et sa posture engendrent plus la pitié que la peur. Il est satisfait de l'image que lui renvoient les vitres de la rame. Il se présente à l'accueil du Palais de justice avec sa convocation timidement tenue dans sa main droite. L'hôtesse le renseigne sans le regarder. Il est maintenant assis sur un banc en bois avec d'autres personnes. D'autres libérés sous condition qui attendent aussi de voir un JAP. Dans le couloir, des gendarmes montent la garde. Imperturbable, épaules affaissées, Lécuyer regarde ses chaussures. Le JAP a presque une heure de retard, et Lécuyer ne manifeste aucune impatience. *Les gens soumis c'est comme ça qu'ils sont*, se dit-il.

Il entend son nom. Lève son regard sur une femme qui appelle de nouveau, déjà agacée de ne pas avoir eu de réponse la première fois. Lécuyer se lève avec sa convocation. La femme, dans un demi-tour, lui fait signe de la suivre. Dans un couloir moyennement éclairé par des néons, une porte de bureau est ouverte amenant l'éclairage de l'extérieur. La femme s'arrête pour laisser passer Lécuyer.

Elle claque la porte. Sur l'extérieur de la porte se balance une pancarte : « entrée interdite, audition en cours ».

Lécuyer se tient debout au centre d'une pièce complètement envahie de dossiers. Des chemises à sangle, au dos desquelles il y a un numéro et un nom, sont empilées partout. Deux chaises font face à un bureau. Derrière, un petit homme nerveux trie des papiers. Il jette un vague coup d'œil à Lécuyer et renonce à finir son tri. De la main, il désigne un siège au petit homme humble qui s'excuse presque en s'asseyant sur le bout de la chaise. D'un rapide clin d'œil, Lécuyer a vu que la femme qui l'a accompagné est maintenant assise derrière un écran d'ordinateur attendant ce que va dire le JAP.

Lécuyer observe le magistrat. Visage inquiet, yeux chassieux, l'air débordé. Après avoir tripoté un dossier sur lequel Lécuyer a reconnu son nom, le JAP se lance. Il parle en regardant les feuillets.

— Je vois que vous avez bénéficié d'une conditionnelle pour bonne conduite. Vous avez été condamné pour viol par les assises de la Seine en 1989.

Il pose enfin les yeux sur Lécuyer qui se dit : *Je vais me régaler avec ce mec.* Lécuyer ose un regard interrogateur.

— Vous n'avez pas eu de... euh... problème en prison, du fait de votre... euh... condamnation pour viol ?

Lécuyer fait signe que non avec la tête et précise :

— Les autres détenus ne me parlaient pas, et je leur parlais pas non plus.

— Bon. Pourtant, dans votre dossier il est indiqué qu'au début de votre détention, vous avez subi des agressions sexuelles de détenus qui partageaient la même cellule avec vous.

Le juge regarde Lécuyer en attendant la réponse.

— C'était au début, comme vous dites. J'avais oublié. Après, je suis resté seul en cellule.

Lécuyer parle d'une petite voix et commence à être inquiet.

Où il veut en venir, ce con ? Il va falloir jouer serré. Reste concentré. Il est plus mariolle que tu croyais.

Le JAP continue de feuilleter son dossier un peu dans le désordre.

— Apparemment, vous n'êtes pas un grand expansif. Les entretiens avec les psychiatres de la prison font ressortir que vous vous livrez peu. Pourquoi ?

Aussitôt Lécuyer pense : *Parce que si je dis qui je suis, vous partez tous en courant.* Mais il se contente de hausser les épaules en parfait petit homme triste.

— Je n'ai jamais su parler de moi. C'est difficile.

Le JAP pose encore quelques questions relativement inoffensives à Lécuyer qui, rassuré, arrive à se contrôler. Lécuyer observe le magistrat. Quand il parle, il a un peu de salive qui relie le milieu de ses lèvres. Et comme le magistrat ouvre peu la bouche pour parler, cette salive fait comme un joint entre ses lèvres. Il voit que son interlocuteur ne parle plus et l'observe de manière interrogative. Après quelques instants de silence, le juge parle plus fort.

— Monsieur Lécuyer, je vous ai posé une question. Comment se passe votre travail ?

Lécuyer se reprend, tend un bulletin de salaire de quinzaine et le pose sur le bureau encombré du juge.

— Voilà, je travaille comme plombier et je suis content. Mon patron m'a dit que je donnais satisfaction.

Lécuyer sait que le magistrat lui pose la dernière question.

— Vous êtes suivi deux fois par mois par un psychiatre judiciaire. Vous pouvez me faire voir votre carton de présence ?

Lécuyer sort avec des gestes étudiés de maladresse le carton de sa poche. Le juge vérifie qu'il est bien tamponné, attestant son passage chez le psy.

— Bien. Continuez de vous tenir tranquille. À la moindre incartade, j'ai la faculté de vous remettre en prison. Donc à vous de faire ce qu'il faut pour éviter d'y retourner.

— Vous pouvez compter sur moi. Une fois, ça m'a suffi.

Lécuyer sort du cabinet du JAP en sueur. Il a l'impression que ce mec joue au chat et à la souris avec ses allusions. *Va falloir être hypervigilant avec monsieur salive, sinon il va te recoller au trou vite fait, et fini ta collection, tu la reverras plus.*

Il reprend le métro pour aller récupérer sa voiture. Toujours dans son attitude de pauvre type aux épaules basses. *C'est de l'entraînement, il faudra que j'y arrive instinctivement.* La journée passe lentement avec des clients bavards. Lécuyer en a marre. Il a hâte de rentrer chez lui.

Le petit homme n'a encore presque pas dormi. Une fois de plus, il a passé la nuit assis dans son tipi, avec sa collection, effleurant du bout des doigts les pages de droite, revivant grâce à ces touchers des moments vécus bien des années plus tôt. En sortant de son tipi, Arnaud Lécuyer a regardé l'heure. Six heures trente. Le moment de démarrer pour aller prendre un café. Il entre dans la salle de bains, se passe sur le visage un vague coup de rasoir électrique, mouille son visage et ses cheveux, se sèche ensuite vigoureusement avec une serviette. Il enfile son blouson, regarde sa liste de clients et, avant de partir, s'asperge de quelques gouttes d'eau de toilette du flacon paternel.

Il sort de chez lui, reste quelques secondes sur le trottoir, indécis, et décide d'aller rue de la Butte-aux-Cailles. Il entre dans le bar où il est déjà venu, et presque timide commande son café. Des habitués sont déjà en train de s'enfiler des cafés-calvas en lisant *Le Parisien*. Le patron met une petite tasse fumante devant lui. Lécuyer prend le sucre enveloppé dans un sachet en papier en forme de tube, découpe avec précaution le bout et avale le sucre. Ensuite, il boit son café.

Huit heures trente. Le premier client est un fleuriste du XVe arrondissement. Lécuyer s'affaire depuis près d'une heure à remettre en état le système d'évacuation d'eau. Opiniâtre dans son travail, il ne répond pas au commerçant qui le saoule de questions. Travail terminé. Facture réglée. Au revoir et merci.

Lécuyer apprécie d'être dans sa voiture anonyme. Il se sent en sécurité et peut se déplacer dans tout Paris. Toujours discret, respect scrupuleux du code la route. Ne pas se faire remarquer. Se fondre dans la circulation. Il se rend à son second rendez-vous, celui de dix heures, et trouve porte close. Il patiente quelques minutes puis remonte dans sa voiture. Destination nulle part. Il ne sait pas quoi faire en attendant le troisième rendez-vous qui est aux alentours de onze heures. Il démarre et roule lentement. Il rôde. Ses yeux balaient les trottoirs de droite et de gauche. Il commence à se rendre compte qu'il est en chasse. Prédateur dans sa voiture anonyme, il se sent bien, puissant, invincible et invisible.

Son pouls s'accélère, ses lèvres se sèchent. Il a repéré sur un trottoir un enfant qui marche. Seul. C'est un garçon d'une dizaine d'années. Il reconnaît à la façon de marcher de l'enfant que celui-ci s'ennuie. L'enfant donne de petits coups de pied dans une capsule de bouteille, puis s'en désintéresse. Plus rien n'existe pour Lécuyer. Tout est devenu flou excepté le petit garçon complètement net et isolé dans le paysage. Lécuyer a confirmation que l'enfant est bien seul. Aucun adulte à l'horizon. Ses démons ont pris le contrôle, et il les laisse piloter avec plaisir, même s'il se répète plusieurs fois d'affilée : *C'est trop tôt, c'est trop tôt, tu n'es pas encore prêt.* Cependant, il laisse ses démons conduire la manœuvre. Il n'a pas envie de lutter contre, il aime les entendre parler. Il dépasse l'enfant et gare sa voiture quelques centaines de mètres plus loin. Lécuyer est transformé, il se sent fort. *C'est reparti*, se dit-il en souriant. Cela faisait plus de douze ans que Lécuyer n'avait plus souri. La dernière fois, c'était lors de l'agression de la grand-mère. Quand Lécuyer sourit, cela signifie seulement que sa bouche s'étire de droite et de gauche. C'est tout. Son regard demeure inchangé.

Stratagème qui a fait ses preuves. Lécuyer est appuyé contre un mur. Il a préalablement vérifié dans la poche de son pantalon si tout ce dont il a besoin s'y trouve. Rassuré, il a pris une pièce de monnaie et s'amuse à la faire disparaître. Le résultat ne se fait pas attendre. L'enfant qui s'ennuie s'arrête pour regarder Lécuyer. Celui-ci continue comme s'il était seul, faisant semblant d'ignorer l'enfant qui s'approche un peu plus. *Ferré comme un poisson !* observe Lécuyer. *Il va falloir le remonter sans casser la ligne.* Il sait qu'il n'a pas perdu la main. Il est devant lui. Cinquante centimètres les séparent. Le prédateur au centre de sa toile a attiré l'enfant. Sa main s'approche de la tête du garçon qui médusé essaye de voir comment cette pièce disparaît. Lécuyer ouvre ses deux mains. Vides !

— Comment tu fais ça, monsieur ?

Lécuyer entend de nouveau cette phrase magique.

— La pièce est dans la poche de ta chemise, dit-il.

Aussitôt l'enfant y met la main et ressort triomphant la pièce.

— Trop fort. Tu peux m'apprendre ?

Rien ne change, pense Lécuyer. Les mêmes phrases prononcées qui l'encouragent à poursuivre. Il répond automatiquement que « oui, bien sûr, c'est facile ». Ensemble, ils remontent le boulevard. Les démons dans sa tête le félicitent. *Bravo, c'est comme ça, continue, rien ne va t'arriver.* Encouragé, Lécuyer avance, même s'il a un peu peur, mais il est tellement excité qu'il en tremble.

D'abord quelques questions pour le mettre en confiance, sourire, faire le gentil.

— Comment t'appelles-tu ? Quel âge as-tu ?

— Je m'appelle Gilles et j'ai dix ans. Et toi ?

— Gérard. Tu ne vas pas à l'école aujourd'hui ?

— Jamais le mercredi. Tu savais pas qu'on était mercredi ?

— J'avais oublié. Donne-moi ta main, je vais te faire voir quelque chose.

Gilles, ravi, la lui tend. Lécuyer prend une pièce, la pose dans sa main.

— D'abord, il faut que tu sentes bien la pièce et que tu t'entraînes à la faire circuler entre tes doigts.

L'enfant essaye et la pièce tombe par terre. Plusieurs fois, Lécuyer lui fait voir comment s'y prendre. Il regarde sa montre. Plus que vingt minutes. Sa gorge se sèche, il n'a plus de salive dans la bouche. Il en a tellement envie qu'il échafaude des plans à toute vitesse. Il ne peut plus s'en empêcher, mais il faut être prudent le plus possible. Il n'avait pas prévu de passer à l'acte si vite. Il sait, dans les quelques secondes de lucidité qui traversent son esprit, qu'il joue avec le feu. Il ne devrait pas poursuivre, rien n'a été préparé. Mais il ne peut plus lutter et n'en a pas envie. Il faut qu'il le fasse. Coûte que coûte. Les démons hurlent et l'encouragent. *Vas-y, mec, ça roule !*

Il essaye de maîtriser son émotion et d'être le plus naturel possible quand il dit :

— Gilles, je dois vérifier l'électricité du prochain hall d'immeuble que tu vois là-bas sur ta droite. Si tu m'accompagnes, je te dis le secret de la piece magique.

— Non, je peux pas, ma maman dit qu'il faut pas que je suive les gens que je ne connais pas.

Il faut insister sans se faire pressant. Et d'une voix la plus calme possible, mais légèrement tremblotante d'émotion :

— Ma maman me disait la même chose. Mais moi, ce n'est pas pareil. Tu me connais, je m'appelle Gérard. Et en plus, je te donnerai le secret de la pièce qui disparaît. Tes copains à l'école seront verts de jalousie.

C'est bien, apprécient les démons, *mais vas-y mollo quand même, ne précipite rien.*

L'enfant est tiraillé par l'interdit et par l'envie de connaître le secret.

— Bon, d'accord, mais il faut faire vite.

Il se retient de hurler de plaisir.

— Compte sur moi, je ne vais pas traîner.

Maîtrise-toi, maîtrise-toi, se répète-t-il, *tu y es presque. Tu as gagné*, murmurent cette fois les démons.

Lécuyer et l'enfant passent sous un grand porche d'immeuble, puis devant un local où sont entreposées les poubelles roulantes. Lécuyer y jette un rapide coup d'œil. Trop risqué, trop près de la rue. Ils entrent dans une grande cour. Lécuyer a repéré une porte métallique sur laquelle est marquée « local vélos ». La porte s'ouvre sur une enfilade de pièces où se trouvent des bicyclettes, des poussettes. Il y a un énorme tas de chiffons et de couvertures contre le mur ainsi qu'un chariot de supermarché surchargé de cartons et autres objets hétéroclites. Le petit homme entend son cœur qui commence à cogner fort, il sent les pulsations taper dans son crâne. Ce moment tant attendu arrive enfin. Il se sent monter en puissance.

Lécuyer tente de raffermir sa voix :

— C'est dans la pièce du fond qu'il y a un problème d'électricité. En deux minutes, je vais arranger ça.

Il a de plus en plus de mal à maîtriser l'émotion qui le gagne. Son dos est parcouru de frissons. Il a les jambes en coton.

— J'ai peur, je veux repartir, commence à pleurnicher l'enfant.

Lécuyer sait qu'il doit passer à la vitesse supérieure. Il saisit l'enfant par le bras et l'entraîne vers la pièce du fond où se trouvent des tas de Mobylettes désossées.

— Lâche-moi, tu me fais mal, je veux partir.

Gilles pleure.

Lécuyer panique. *Tu es allé trop vite*, se dit-il, sachant qu'il ne peut plus faire marche arrière. Il sort de sa manche un curieux tournevis dont le manche est très fin et la pointe acérée. C'est son arme fétiche qu'il a fabriquée après être sorti de prison ; la dernière était restée plantée dans le ventre du gros type de la cuisine.

Il tient son tournevis par la pointe et porte deux violents coups, avec le manche, sur la tête du garçon qui s'effondre.

Les démons maintenant gueulent : *Dépêche-toi, y a danger.*

Lécuyer halète, il respire comme s'il avait couru dix kilomètres. Il l'allonge à plat ventre, le visage tourné vers la droite, lui écarte les bras, les paumes contre le sol, doigts également écartés. Pendant qu'il l'installe pour sa mise à mort, il se revoit le faire avec les six autres. Les images de ses six préparations au meurtre se superposent. Il ne sait plus s'il est dans le rêve ou dans la réalité. Il se relève, surexcité, pour observer la scène. Soudain, une main puissante le saisit par la nuque.

— Mais qu'est-ce tu fais à ce gosse ?

Lécuyer a failli hurler. Foudroyé. Il écarquille les yeux, ouvre grand la bouche, laisse échapper un râle. Il n'arrive plus à respirer. La main qui le tient le serre un peu plus fort.

Lécuyer, qui a l'impression d'avoir la nuque prise dans un étau, est tiré en arrière dans la première pièce.

— Viens par là que je voie un peu ta tête. Ici il fait jour, gronde l'homme.

Lécuyer serre son tournevis par le manche, et de toutes ses forces, pour s'arracher à l'étreinte qui le broie, il pivote. Il se trouve face à un type gigantesque, hirsute, sale, habillé de haillons.

Lécuyer est terrorisé. En hurlant, il plante la pointe du tournevis de bas en haut dans le cœur de l'homme qui semble n'avoir rien senti. Lécuyer ressort sa pointe et tente de partir en courant. L'homme s'agrippe à ce petit homme qui ressemble à un dément. Il vient de ressentir une douleur puissante dans le cœur et sait maintenant qu'il va mourir, c'est comme si deux mains étaient entrées dans sa poitrine et tentaient de lui arracher le cœur. Dans un réflexe, sa main s'est tétanisée sur le tissu de l'épaule du blouson. Lécuyer, complètement transcendé par la peur, bondit vers la porte du local entrouvert, laissant un morceau de tissu du blouson dans la main de l'homme. Celui-ci fait quelques pas et s'écroule dans les vélos. Lécuyer sort en courant et aussitôt se met à marcher calmement. Ne pas attirer l'attention.

Enlève ton blouson déchiré ! lui disent les démons agacés. Aussitôt il l'enlève, le plie et le met sous son bras. Il a une envie folle de courir et de hurler, comme si une main gigantesque le poussait violemment dans le dos.

Pas de mouvement désordonné qui pourrait te faire repérer, suivre du regard et identifier ensuite ta voiture, se raisonne-t-il. Il marche près des arbres en direction de sa voiture. Il sait que personne ne peut le voir. Les gens regardent habituellement le trottoir plein axe et quasiment jamais les bordures. Arrivé devant sa voiture, il a du mal à l'ouvrir tellement ses mains tremblent. Il entre, se laisse tomber sur le siège et respire par saccades, la bouche grande ouverte comme s'il avait failli se noyer.

Il faut partir d'ici. Calmement, pas de démarrage brusque. Il attache sa ceinture de sécurité, met en marche, clignotant gauche, rétroviseur, s'apprête à déboîter. Une voiture de police arrive. Panique. La voiture continue de rouler, simple patrouille, passant à vingt mètres d'un homicide. Lécuyer démarre, le cœur qui bat à tout rompre. Il se tord de frustration sur son siège, met une main devant sa bouche et réprime un sanglot. Il a un quart d'heure pour se calmer avant de se rendre à son second rendez-vous. Les démons n'osent plus rien dire.

Ludovic Mistral vient enfin d'achever l'installation de son bureau. Il compare mentalement son bureau avec celui de ses homologues américains et il sourit. Ses collègues des services criminels de New York ou Washington, qu'il connaît bien, travaillent dans des locaux « high tech » avec la technologie informatique et téléphonique de pointe. Le bureau qu'il occupe a certes été repeint il y a un an ou deux, mais l'équipement est nettement en dessous. Tout bien réfléchi, il préfère être au centre de Paris, dans ce mythique 36 Quai des Orfèvres immortalisé par Simenon, que dans un immeuble de verre et d'acier, anonyme et sans passé. D'ailleurs, une photo en noir et blanc de Georges Simenon fumant la pipe, avec en arrière-plan la plaque de rue « 36 » figure en bonne place dans l'antichambre du directeur de la PJ.

Bien que ce soit une femme, elle ne veut pas entendre parler de « madame la directrice » et préfère « madame le directeur ». C'est la note de service n° 1 qui a précisé cette appellation, juste après son installation par le préfet de Police qui a été le premier à essuyer les plâtres. « Nous allons donc dire maintenant madame la directrice ? » avait-il suggéré onctueusement avec un sourire finaud. Elle avait répondu avec un grand sourire : « Je tiens à être appelée madame le directeur, cela n'enlèvera en rien mon côté féminin. »

Mistral a accroché quelques cadres, s'est fait livrer une plante verte, et a mis sur son bureau des objets personnels auxquels il tient, par exemple une superbe pendule offerte par le directeur du FBI. Il est tiré de ses pensées par le téléphone, le voyant indique que le chef d'état-major l'appelle.

Après les brèves formules de politesse d'usage, le chef d'état-major rentre dans le vif du sujet.

— Ludovic, les gars de la 1re DPJ[1] sont boulevard Murat dans le XVIe pour un homicide sur un clochard. Ça s'est passé dans un local à vélos. Plus emmerdant, il y avait un gamin assommé dans une autre cave. On n'en sait pas plus. L'OPJ[2] sur place a fait un compte rendu par téléphone au magistrat de permanence, qui souhaite que la Crim' lui donne son sentiment là-dessus.

— Bien sûr, enchaîne Mistral. Je vais même y aller avec le groupe de permanence, ça fait trop longtemps que je ne suis pas sorti. Qui c'est le proc[3] ?

— C'est Bruno Delattre. Un jeune type assez sympa. N'oublie pas non plus de nous tenir au courant. Salut.

Mistral regarde le tableau de permanence des groupes et note que c'est Calderone qui est de permanence. Bref coup de téléphone interne.

— Vincent, prenez votre groupe, on va dans le XVIe sur un homicide concernant un clochard, mais comme il y a un môme dans l'histoire, le proc veut qu'on lui fasse le point pour savoir si c'est la DPJ ou nous qui serons saisis l'affaire.

Mistral est dans la voiture que conduit Calderone, deux autres voitures suivent.

Les deux hommes sont silencieux. Au bout d'un moment, Calderone laisse échapper :

— Je n'aime pas les affaires avec des enfants. Y a rien de pire.

— Oui, mais pour l'instant ce n'est pas le gosse qui est victime, c'est un type, poursuit Mistral. On verra sur place.

1. Division de Police judiciaire. Il y a trois DPJ à Paris, chargées de la moyenne délinquance.

2. Officier de Police judiciaire.

3. Abréviation de procureur, appellation habituelle des policiers pour désigner le substitut du procureur de la République.

Mais je suis d'accord avec vous, les enfants victimes, ça m'a toujours remué.

— Vous avez des enfants ? interroge Calderone

— Deux garçons. Six et neuf ans. Et vous ?

— Non. On a fait tous les tests possibles. Apparemment, c'est moi qui ne fonctionne pas bien. Je suis allé voir des tas de spécialistes mais rien n'a marché. Enfin c'est la vie, quoi. Ma femme a bien pris la chose. Au début, j'ai flippé, j'ai pensé que notre couple n'allait pas tenir. Les femmes ont la fibre maternelle, et parfois l'absence d'enfant peut faire exploser le couple.

— L'adoption ne vous a pas tentés ?

Sourire triste de Calderone :

— Bien sûr que oui. Le problème, c'est qu'en France il y a très peu d'enfants adoptables. Quand il y a un môme de proposé, il y a cinquante familles qui demandent. Donc de ce côté-là, c'est râpé aussi.

— Je connais des personnes qui sont passées par l'adoption internationale, elles ont l'air satisfaites.

Sourire amer de Calderone :

— On a essayé aussi... Nous sommes allés au Brésil, au Guatemala, au Népal et au Viêt-Nam. En fait, il faut casquer un maximum d'intermédiaires, dont des avocats véreux qui se sont spécialisés dans ce business. Parce que c'est du business. Ils font payer cher les Occidentaux. Au bout d'un moment, on avait l'impression d'aller acheter un gosse. Bref, on s'est résignés et on a tout laissé tomber. Faut croire qu'il est dit qu'on ne doit pas avoir de môme.

Mistral sent que Calderone n'a pas digéré cette absence de paternité et n'ose pas poursuivre en racontant ce qu'il fait avec ses deux enfants, les jeux, etc.

Calderone après quelques instants de silence se tourne vers Mistral et poursuit sur un ton qui se veut humoristique :

— Et nous n'avons pas d'animaux. Pas de chien, pas de chat, pas d'oiseau, pas de poisson rouge. Rien. Je me voyais mal en rentrant le soir dire au clebs : c'est papa qui rentre, comme le font certains.

Sourire de Mistral, qui change de conversation.

— J'adore Paris. J'y suis revenu vraiment avec beaucoup de plaisir.

— Oui, sauf qu'en ce moment, c'est panique dans la ville, avec le début de la construction du tramway et l'élargissement des voies de bus. Enfin, heureusement qu'avec les voitures de police et le gyro deux tons on peut prendre les couloirs de bus.

Calderone regarde de temps à autre dans le rétroviseur si les deux autres voitures de police suivent bien. Les véhicules de la Crim' arrivent boulevard Murat. L'adresse était facile à trouver. En double file, l'ambulance des pompiers, les voitures « POLICE » de l'arrondissement et une voiture banalisée, celles de la 1re DPJ, servent de répère.

Mistral et Calderone sont accueillis par un gardien de la paix qui visiblement les attendait. Salut réglementaire.

— Je vais vous conduire à l'endroit où se trouve le corps.

Pendant que Mistral part avec le policier, Calderone fait signe aux huit hommes qui l'accompagnent de rester pour l'instant dans les voitures. Mistral, suivi de Calderone et d'un jeune lieutenant, pénètre dans le local à vélos. En voyant les personnes un peu partout, sans que la zone où a été découvert le cadavre ait bien été délimitée, Mistral se dit que les chances de trouver quoi que ce soit sur la scène de crime sont compromises. Deux jeunes policiers en civil prennent des notes en observant le corps d'un homme gisant sur le dos sur des vélos renversés. Un brigadier, deux gardiens de la paix et un type avec une blouse bleue sont légèrement en retrait. Brèves présentations. Mistral demande qu'on lui fasse le point. Le lieutenant s'apprête à prendre des notes dans son carnet.

— Qui a trouvé le corps ?

L'homme à la blouse bleue s'avance. Il triture nerveusement un trousseau de clefs. À vue d'œil, ses poches lui servent aussi de trousse à outils, observe machinalement Mistral. Le gars avant de répondre met ses clefs dans la poche de son pantalon, sort un mouchoir douteux et essuie ses lunettes.

— Vous êtes monsieur ? demande Mistral.

— Joao Fernandes. Je suis le gardien du groupe d'immeubles, répond l'homme à la blouse multipoches trousse à outils.

Mistral l'invite du regard à continuer. Un gardien de la paix, légèrement en retrait, tient une feuille à la main.

— J'ai tout noté, si vous voulez je...

Mistral ne le laisse pas finir sa phrase. D'un geste, il interrompt le gardien.

— Laissez, M. Fernandes va nous le dire.

Encouragé, Fernandes reprend :

— Comme je le disais aux deux flics, euh, aux deux policiers, je ne veux pas être responsable du meurtre. Parce que c'est un meurtre, hein ?

— Pourquoi responsable ?

— Parce que je laissais cet homme dormir ici. L'hiver, il fait froid, il embêtait personne, il buvait même pas, et dans la journée il partait faire la manche ou je ne sais quoi. Le soir, il revenait de la soupe populaire et se couchait dans ce coin. L'hiver est rude cette année, il préférait dormir ici que d'aller dans un foyer.

Fernandes désigne du doigt un énorme tas de chiffons et de cartons.

— Ce n'est pas ça être responsable d'un meurtre, ne vous inquiétez pas. Poursuivez.

Fernandes fait comprendre par des mimiques qu'il est plus ou moins rassuré.

— Il était là depuis fin novembre. Il m'a dit qu'il s'appelait Roger, c'est tout. Je ne connais pas son nom. Bref, ce matin vers... (il regarde sa montre) vers onze heures moins le quart je suis entré dans le local à vélos et là, j'ai aperçu Roger à plat ventre au milieu des vélos. J'ai cru qu'il avait fait un malaise. Je l'ai retourné et j'ai vu qu'il avait plein de sang et qu'il était mort. J'allais partir en courant chercher des secours, quand j'ai entendu gémir dans l'autre pièce. Je me suis précipité, j'avais ma lampe dans ma poche, je l'ai toujours avec moi parce qu'on ne sait jamais, les ampoules qui claquent et...

Mistral le reprend gentiment :

— Monsieur Fernandes, vous avez entendu gémir et puis ?

— Euh... oui ! J'éclaire avec ma lampe et je vois un enfant à plat ventre. Vite, je m'approche, le tourne doucement pour voir s'il n'a pas reçu un coup comme Roger. Mais non, heureusement ! Je le prends dans mes bras, je sors dans la cour, je l'emmène dans ma loge, j'appelle les pompiers et les flics, euh pardon la police. Excusez, monsieur, mais flic c'est pas un gros mot, tout le monde le dit, même à la télé.

— Non, ce n'est pas un gros mot. Vous connaissez l'enfant ?

— Je l'ai déjà vu dans le quartier, mais je sais pas son nom. Je le connais juste de vue. Il habite pas ici en tout cas, dans ce groupe d'immeubles, je veux dire.

Mistral se tourne vers Calderone :

— Allez voir le médecin des pompiers pour connaître l'état des blessures du gosse et essayez de lui parler.

Mistral demande au brigadier de s'approcher.

— Vous êtes les premiers intervenants ?

— Affirmatif. On était de patrouille dans le quartier quand on a reçu un appel radio. Cinq minutes après, nous étions sur place. M. Fernandes nous attendait. Les pompiers sont arrivés en même temps que nous. Ils ont pris en charge le gosse. Nous, on est allés dans la cave et on a vu un clochard mort, sur le dos, allongé moitié par terre, moitié sur des vélos renversés. Il était plein de sang. Nous n'avons touché à rien. J'ai confirmé par radio qu'il y avait un Delta Charlie Delta[1]. On a maintenu les lieux en l'état et les OPJ de la 1re DPJ sont arrivés.

Les deux policiers confirment. Voyant qu'il y avait un gosse dans l'histoire et que manifestement ce n'était pas l'enfant qui avait planté le clochard, ils ont appelé S2[2]. Ils

1. Désigne en langage radio une personne décédée (DCD) selon le code de l'alphabet international.

2. Indicatif radio de l'état-major de la Police judiciaire, raccourci employé par les policiers.

venaient de démarrer les constatations quand la Crim' est arrivée. Oui, ils viennent de demander l'Identité judiciaire, qui envoie des techniciens de scène de crime.

Mistral, les policiers et le gardien sortent de la cave. Quand Calderone revient, Mistral voit deux choses. Un, le visage de Calderone décomposé, blanc. Deux, les policiers de la Crim' qui entrent dans les bâtiments. Mistral et Calderone s'isolent du groupe.

— C'est la tuile. Le Magicien est de retour.

— Le Magicien ? De qui s'agit-il ?

— Un tueur d'enfants. À la fin des années 80, en deux ans, il a tué et violé six garçons d'une dizaine d'années, et deux ont failli y passer.

Mistral désigne du menton l'ambulance des pompiers.

— C'est ce qu'a dit le gosse ? Qu'est-ce qu'il a comme blessure ?

— Rien de grave. (Calderone se veut rassurant.) Il s'en tire plutôt bien avec deux grosses bosses. Il part à l'hosto pour des radios. Il vient de donner son adresse, c'est à côté. J'ai envoyé un de mes gars chercher la mère. Le gosse raconte qu'il a rencontré un type surgi de nulle part, prénommé Gérard, qui faisait de la magie avec une pièce. Il l'a accompagné pour changer une lampe, il a eu peur, crié, et le type l'a estourbi. C'est en tout point conforme avec les meurtres et tentatives d'il y a plus de douze ans.

— J'appelle des renforts pour l'enquête de voisinage, je dis au proc qu'on va prendre l'affaire et on rentre tout de suite pour faire le point sur le Magicien, termine Mistral.

Tandis que Calderone conduit pour regagner le Quai des Orfèvres, Mistral passe trois appels téléphoniques avec son mobile. Le premier pour informer Françoise Guerand. Conclusion du directeur :

— J'espérais ne jamais entendre reparler du Magicien, c'est un véritable cauchemar qui recommence.

Le second appel pour l'état-major. Conclusion de Mistral :

— Voilà, tu sais tout, mais alors black-out total sur la presse.

Le troisième appel pour le substitut de permanence. Conclusion du magistrat :

— Quand j'étais à l'ENM[1], on nous a parlé de ce cas comme une des rares affaires en France avec un tueur en série. Des affaires non élucidées en plus. Je suis ravi de travailler dessus.

— Et moi donc ! soupire Mistral.

Mistral finit de téléphoner quand la voiture entre sur le parking du 36, quai des Orfèvres. Il est surpris d'être déjà arrivé. Totalement absorbé par ses conversations téléphoniques, il n'a pas une seule fois fait attention à la circulation. Calderone et Mistral préoccupés montent les trois étages rapidement. Il n'y a pas d'ascenseur pour aller au siège de la PJ parisienne.

1. École nationale de la magistrature.

5

Mistral entre dans son bureau en enlevant son manteau, suivi de Calderone.

— Racontez-moi l'histoire du Magicien.

— Où étiez-vous à la fin des années 80, plus exactement en 88 et 89 ?

— Au Liban, répond Mistral après un rapide calcul. À cette époque, j'étais à l'Office des stups et j'étais à fond dans le truc. En effet, le Magicien, j'en ai vaguement entendu parler, mais sans plus. Quand j'ai refait surface en France, on n'en parlait plus.

— OK. Je reprends donc l'histoire du Magicien à zéro. En 88, nous enquêtons sur trois meurtres d'enfants, de garçons plus exactement, qui sont d'abord assommés, étranglés, ensuite violés. Ils ont tous les trois entre dix et douze ans. On retrouve les mômes dans des parties communes d'immeubles, essentiellement les caves, tous les trois dans la même position, à plat ventre, les bras écartés, visage tourné vers la droite. Et on n'a rien, strictement rien comme piste.

— Viol égale sperme, sperme égale prélèvement, prélèvement égale ADN. Est-ce qu'on en a ? questionne Mistral.

— Le type violait déjà en utilisant des préservatifs, et à cette époque il n'y avait pas d'extraction d'ADN quand on récupérait du sperme. Tout ce que le labo pouvait nous dire, c'était le groupe sanguin. En gros, pas grand-chose. Rien dans les prélèvements, rien dans les enquêtes de voisinage, rien dans les témoignages. Les gosses ne se connaissaient pas entre eux, ne pratiquaient pas les mêmes activités sportives ou autres, n'allaient pas dans le même établissement scolaire, ne fréquentaient ni le même médecin ni le même dentiste, et n'habitaient pas le même quartier. Rien. Rien avec un R majuscule. C'est comme si les enfants avaient été assassinés par un extraterrestre. Comme vous l'imaginez, la Crim' termine l'année 88 avec le moral dans les chaussettes.

— Et la presse ?

— Silence total sur les deux premiers meurtres. Deux ou trois journaux étaient au courant. Les journalistes jouaient le jeu et rien ne filtrait. Pour le troisième meurtre, on s'est tout pris en pleine tête. Les parents de la victime, fous de douleur, en ont parlé à un journaliste, et là c'est parti fort avec le rappel des deux précédents. Je vous laisse imaginer l'ambiance.

— Qui traitait ces affaires ? Le chef de groupe ?

— C'était Jean-Yves Perrec et son groupe. À l'époque, j'étais adjoint dans un autre groupe et on bossait aussi pour eux. En fait, toute la Crim' avait le Magicien comme objectif. Perrec est parti en retraite il y a quatre ou cinq ans. C'était un superflic, un Breton avec un caractère de cochon, mais un cœur énorme. Quand il a été muté à la Crim', il venait de la BPM[1], où il s'occupait de pédopornographie, des types qui se tapent des gosses. D'ailleurs, la BPM a beaucoup travaillé avec nous, ils ont épluché des tas de noms de pédophiles qui auraient pu basculer dans le meurtre, fait des planques, des filoches, le grand jeu, quoi !

Mistral se lève, ouvre la porte de son frigo.

— Je n'ai pas grand-chose. De la bière.

Mistral tend une cannette et un verre à Calderone et en prend également une pour lui.

— Il va falloir rencontrer Perrec. Mais on en reparlera plus tard, continuez.

1. Brigade de protection des mineurs.

Calderone boit une longue gorgée de bière fraîche et poursuit.

— En 89, on a cru qu'on pourrait le tenir. En février, un jeune garçon est retrouvé assommé dans une cave. Un peu comme l'histoire de tout à l'heure. Manifestement, le type n'a pas eu le temps d'arriver à ses fins. Et là, le môme nous raconte qu'il a vu un homme qui faisait des tours de magie avec un jeu de cartes. Ils avaient sympathisé, s'étaient revus une fois ou deux et le gars, prétextant un changement de lampe, l'avait entraîné dans la cave. L'enfant, en confiance, y était allé et avait été assommé. On a eu une description assez précise : petite taille, jeune, début de la vingtaine, cheveux bruns et courts, vêtements passe-partout. Le portrait-robot qui en a été fait ne donnait pas grand-chose, un type effacé. Avec ce portrait-robot et ce signalement, on a repris les trois autres enquêtes. Résultat : zéro. Sauf que l'on connaissait désormais sa méthode d'approche.

— Et il a dû recommencer peu de temps après. Exact ?

— Exact. Un mois plus tard, un enfant était retrouvé mort dans une cave. Même position, etc. Ensuite, il y a eu une accalmie de trois ou quatre mois, puis on a eu encore un gosse assassiné. Enquête : zéro. Un mois plus tard, un autre môme s'en est sorti. Il a eu de la chance. Même mode opératoire, mais là, c'était une pièce qu'il faisait apparaître et disparaître. Puis destination un local poubelles. L'agresseur n'a pas pu terminer, il s'est sauvé, on n'a jamais su pourquoi. Et l'année 89 s'est terminée avec encore un enfant mort en septembre.

— J'imagine l'ambiance, surtout si vous n'aviez pas de billes.

— Terrible ! Enquête double zéro. La presse nous a éreintés. Les télés ne quittaient pour ainsi dire pas le 36. Le directeur PJ de l'époque a été viré au cimetière des éléphants[1], le chef de la Crim' a été muté au ministère de l'Intérieur dans un vague service, et nous, on a continué

1. L'Inspection générale de la Police nationale.

de travailler des années sur ces huit dossiers en essayant tant bien que mal de soutenir les familles. D'ailleurs, aucun dossier n'a été refermé. Et voilà le Magicien qui est de retour.

— Avec ce que vous venez de me raconter, la partie va être compliquée à jouer. Le préfet de Police va nous sauter dessus rapidement. Marge de manœuvre étroite. Le directeur PJ ne voudra pas jouer les sacrifiés, donc nous sommes en première ligne pour tout. Il va falloir sortir toutes les procédures et lire ce que la presse racontait.

— D'accord, je vais m'en occuper.

— Les prélèvements sur les victimes et les scènes de crime n'ont vraiment rien donné qu'on pourrait exploiter maintenant ?

Mistral ne peut s'empêcher de marquer son étonnement et d'afficher son espoir quand il pose cette question.

— Désolé de vous décevoir. Mais strictement rien. Chaque fois qu'il y a eu meurtre, dès qu'on arrivait sur les lieux, il y avait déjà au moins dix personnes qui tournaient autour du môme assassiné. Et pourtant, on faisait vite. Les techniciens de l'identité judiciaire se pointaient avec leurs gants et tout le fourbi, ils avaient beau tout ramasser à la pince à épiler, ils n'ont jamais rien sorti. Perrec arrivait sur les lieux comme un fou. Il hurlait, virait tout le monde, mais le mal était déjà fait. Curiosité et connerie. Et pourtant, ce n'est pas faute d'avoir fait du battage auprès de tous les services quand on a eu ces affaires.

— Bon, on tâchera de faire mieux. J'irai à la DSDC[1] chercher les procédures, le chef de service est un de mes amis, conclut Mistral.

— J'espère que vous trouverez quelque chose avant qu'il ne repasse à l'action, mais je ne me fais pas d'illusions.

Mistral regarde Calderone et dit en pesant ses mots :

— Vincent, normalement le prochain meurtre ou la tentative sont dans peu de temps. Un tueur en série – je n'aime

1. Division de la statistique et de la documentation criminelle.

pas l'expression, ça fait un peu trop cinéma américain – a un cycle de six phases :

« Premièrement, la déconnexion. Le tueur est dans son monde, ça cogne fort dans sa tête. Il sait qu'il doit se mettre en chasse.

« Deuxièmement, la chasse. Il cherche sa victime. C'est le prédateur à l'affût. Il lui en faut une qui réponde au millimètre aux critères de ses fantasmes.

« Troisièmement, l'approche. Il attire la proie. Le nôtre va utiliser ses tours de magie. Il n'a pas de raison de changer de méthode, ça marche.

« Quatrièmement, la capture. L'enfant est pris au piège dans la cave. Rien d'autre à dire là-dessus.

« Cinquièmement, le meurtre. Le tueur est au maximum de sa charge émotionnelle. Mentalement, il est en pleine explosion.

« Dernière phase, celle de la dépression qui intervient juste après le meurtre. Il est KO. Il va digérer son meurtre avant de recommencer son cycle après une période plus ou moins longue.

« Le Magicien a accompli quatre phases. Il est monté en pression régulièrement, mais la cinquième, la plus importante, n'a pas eu lieu. Il bloque. Le type est comme une cocotte-minute avec la pression qui monte et la vapeur qui ne sort pas. Donc, il va repasser à l'action parce qu'il n'en peut plus. Voilà. Mais où, quand et avec qui, c'est impossible à trouver, en l'état actuel de l'enquête.

— C'est au FBI que vous avez appris ça ? ne peut s'empêcher de questionner Calderone.

Mistral ponctue son « exact » d'un hochement de tête.

— Si ce que vous dites est vrai, ce n'est pas encourageant et ça fout les jetons de savoir qu'il y a un mec pareil dans la nature. Et la démonstration du cycle, vous allez la faire au directeur et au préfet ?

— Bien évidemment. Il faut que tout le monde comprenne que les règles de la partie qui se joue avec un tel tueur ne sont pas les mêmes qu'avec un tueur ordinaire.

— Mais pourquoi est-il revenu ? Un moment, on le pensait mort.

— Il a peut-être voyagé. Il faudra vérifier auprès d'Interpol si des meurtres semblables n'ont pas été commis dans d'autres pays. Possible qu'il soit allé en prison pour tout autre chose. On le saura quand on l'arrêtera.

— J'apprécie votre optimisme et j'aimerais le partager, mais s'il nous refait la même série qu'il y a douze ou treize ans...

Calderone laisse sa phrase en suspens.

— Autre chose, poursuit Calderone. Pendant la première époque du Magicien, il y avait votre ami (il prononce ce mot avec un sourire) Dumont.

— Comment ça ? Dumont à la Crim', il y a treize ans ? s'étonne Mistral.

— Eh oui ! Il était officier. Ensuite, il a passé le concours de commissaire. Il a pris un commissariat de quartier en sortant de l'école de formation et, six ou sept ans plus tard, on l'a revu se pointer à la Crim' tout sourires en roulant des mécaniques comme il sait faire.

Mistral, pendant que Calderone parlait, a ouvert son tiroir et pris un livre : l'annuaire des commissaires de police. La bible pour retracer une carrière. Les noms sont classés par ordre alphabétique. À l'attention de Calderone, il lit à haute voix :

— École en 1993. Sortie de promo 1995. Première affectation : commissariat du XVIIe arrondissement de Paris. Brigade criminelle 2000. Qu'est-ce qu'il faisait du temps du Magicien ?

— C'était un inspecteur de base, un lieutenant comme on dit maintenant. Il faisait le ripeur[1]. Enquêtes de voisinage et auditions de témoins, c'était son taf. Il n'était ni dans le groupe de Perrec, qui ne l'aurait pas supporté, ni dans le mien. Il a travaillé sur cette affaire quand tout le service s'est mis dessus. Pendant un an, les autres services

1. Jargon PJ qui désigne celui qui fait le travail de base dans une enquête.

de la PJ parisienne ont pris toutes nos affaires d'homicides. On ne pouvait pas à la fois se consacrer au Magicien et se prendre d'autres meurtres. On ne faisait plus face.

Pendant que les deux hommes font le point, un jeune lieutenant se présente au bureau de Mistral.

— Je reviens de l'enquête de voisinage. On a un truc. Une femme qui secouait ses draps par la fenêtre a vu un type sortir du local à vélos. Il marchait très vite, courait presque, puis il a ralenti le pas. Ce qui a attiré son attention, c'est le blouson beige qu'il portait et dont le haut de la manche droite manquait. Alors qu'elle se faisait cette réflexion, le type a enlevé son blouson et l'a mis sous son bras.

Le policier a parlé en relisant ses notes. Il ajoute :

— Il s'agit d'un individu de petite taille, mince, les cheveux bruns et courts. Elle n'a pas vu son visage, il ne s'est pas retourné. C'est tout.

— Bon travail, mon gars. Va mettre ça par écrit maintenant, j'arrive, le complimente Calderone.

— C'est notre type ! Mais personne ne nous a parlé d'un bout de tissu trouvé !

Mistral saisit rapidement son téléphone et appelle Fernandes. Effectivement, Roger le clochard avait un morceau de tissu dans la main droite. Mais Fernandes, croyant que c'était un chiffon, l'a enlevé des mains du mort, pour faire plus propre. Le chiffon devait être près des vélos, c'est là où Fernandes l'a jeté.

Calderone envoie une équipe récupérer le morceau de tissu.

— Prenez-le avec des pincettes et mettez-le dans une enveloppe pour le transporter. On ne sait jamais, il peut y avoir des traces à prélever, dit-il même s'il n'y croit pas trop.

Avant de descendre déjeuner, Mistral téléphone à Clara, évite de lui parler de la tentative d'assassinat sur un enfant et de l'existence du Magicien. Le fait de parler avec son épouse, de la resituer dans leur environnement familial avec leurs deux enfants, apaise Mistral qui a besoin de ces contacts familiaux pour affronter son travail. Ce n'est pas le genre de flic solitaire qui fume deux paquets de clopes, boit une bouteille de whisky par jour et qui a du mal à rentrer chez lui en se demandant de quoi demain sera fait.

Mistral est plutôt du genre famille, ce qui ne l'empêche pas de faire son métier à fond. Il aime parler de tout et de rien avec son épouse, écouter les discours des deux petits qui lui posent invariablement la question : « Papa, combien de voleurs tu as arrêtés aujourd'hui ? » et, selon, Mistral répond un, dix ou plein. Les deux petits sont satisfaits.

Mistral raccroche, prend son manteau et descend l'escalier du 36. À la sortie du vieux bâtiment, il laisse ses pas le guider. Il part à gauche jusqu'au carrefour du boulevard du Palais, traverse le pont Saint-Michel sur sa droite et longe les quais de la Seine en s'attardant chez les bouquinistes. Flâner et faire autre chose lui redonnent de l'énergie. Il achète le livre de Bruce Chatwin *En Patagonie.* Il a déjà lu ce carnet de voyages, mais ne sait plus ce que ce livre était devenu. *Il faudra,* pense-t-il, *que j'y emmène la famille.*

Après une heure de balade, il rebrousse chemin, s'arrête dans un bar du boulevard Saint-Michel, avale un sandwich et un café qu'il expédie en un quart d'heure et retourne vers le Quai des Orfèvres. C'est un début février plutôt froid qui recouvre Paris avec un ciel bas et gris. *Un vrai temps de neige,* pense-t-il. Même si cette promenade le long des quais lui a plu, dans son esprit s'est installé le Magicien, et il sait d'expérience qu'il n'en sortira qu'une fois celui-ci arrêté, ou mis définitivement hors d'état de nuire.

En entrant dans son bureau, il voit une grande enveloppe marron en papier kraft. D'un œil à travers l'ouverture, il devine qu'il s'agit d'un morceau du blouson du Magicien. Ce n'est sans doute rien ou pas grand-chose, mais c'est un petit morceau d'un objet ayant appartenu à l'assassin, observe-t-il.

Calderone lui a laissé un mot sur le bureau disant qu'il retourne sur les lieux discuter avec Fernandes, des voisins, et qu'au besoin, il peut être joignable sur son téléphone mobile. Si les médecins lui donnent l'autorisation, il ira voir le gosse à l'hôpital. Mistral refait le point de tout cela avec Françoise Guerand, qui lui apprend que le préfet de Police veut la voir en fin de journée. Message subliminal : « Si tu as autre chose dans l'après-midi, ce serait bien. »

S'étant assuré que son collègue, le chef du DSDC, était bien là, il descend au rez-de-chaussée, dans la cour du 36 où sont les archives de la Police judiciaire. Mistral retrouve avec plaisir Laurent Martinez, « chef des archives à vie » comme il se présente. C'est un type dans les cinquante ans, cheveux gris, air malin. Il est arrivé dans ce service quinze ans plus tôt et a décidé qu'il n'irait plus ailleurs. Il est servi en dernier dans les promotions, mais cette vie au cœur de la mémoire de la PJ lui plaît. D'ailleurs, il s'est particulièrement investi dans la modernisation et l'informatisation de ce service.

Martinez, fidèle à la tradition d'accueil, sert du café. Mistral dit « non pas de sucre ». Après les phrases de bienvenue et les questions du genre « mais tu étais où avant d'arriver à la Crim' ? Tu es marié ? Tu as des enfants ? », Mistral entre dans le vif du sujet.

— Laurent, je suis venu te voir parce que le Magicien est de retour.

— Oh putain ! répond Martinez, le visage catastrophé.

— Comme tu dis, je vois que tu as le sens de la formule, ironise Mistral. Il a tapé[1] ce matin, mais par chance, le gosse n'est pas mort. On suppose qu'il a été interrompu par un

1. Jargon policier signifiant d'une manière large et selon le contexte : volé, braqué, agressé, etc.

clochard qui dormait dans la cave. Le pauvre type a été planté, le Magicien s'est enfui, c'est ce qui a sauvé l'enfant. Voilà, tu sais tout. Il me faudrait toutes les procédures le concernant, les photos, enfin tout ce que tu as.

— Pas de problème. J'appelle tout de suite quelqu'un pour qu'il te sorte les dossiers.

Pendant que Martinez donne ses instructions, Mistral finit de boire son café, son cerveau branché à 200 % sur l'affaire.

— Je vois que tu gamberges et que tu as l'air soucieux. Je te comprends. J'ai connu sa première vague de meurtres, tu n'imagines même pas le bordel que ç'a foutu. Les mecs n'en dormaient plus la nuit. Bon courage ! Si tu as besoin de quoi que ce soit, surtout n'hésite pas. Tu auras les dossiers dans une heure ou deux sur ton bureau.

Les deux hommes prennent congé.

De retour dans son bureau, Mistral reçoit un appel de Calderone qui est à l'hôpital avec le gamin : les examens n'ont rien révélé. À part deux grosses bosses et un mal de tête, il n'a rien. Les parents accompagneront l'enfant au service dès que possible, pour faire le portrait-robot.

Mistral ouvre l'enveloppe et fait tomber délicatement sur son sous-main les trente centimètres de tissu beige.

— On n'a que ça pour l'instant, au moins deux personnes l'ont tripoté, le clochard et Fernandes, donc les particules ADN, tchao, conclut-il, mais, bon, on va quand même tenter le coup. Son attention est détournée par la sonnerie du téléphone qu'il a réglée au minimum. C'est le planton de l'accueil qui appelle.

— Votre femme est là, monsieur !

— Accompagnez-la à mon bureau, elle ne connaît pas le chemin, répond Mistral, surpris par la visite de son épouse.

Trois minutes plus tard, Clara entre dans le bureau, tout sourires.

— Les petits sont chez les voisins pour l'anniversaire de leur fils. Je suis allée faire des courses, et comme je passais pas très loin de ton bureau, me voilà !

Au premier coup d'œil, Clara voit que son mari est préoccupé. Mistral n'a pas éludé la question et a raconté l'histoire du Magicien. Première réflexion de Clara :

— Mais si ça vient à se savoir, il va y avoir une véritable psychose dans Paris. Je pense aux parents des précédentes victimes, ils vont revivre leur calvaire. Tu as une piste ?

— Rien pour l'instant. Le seul élément matériel est ce bout de tissu arraché à son blouson, une partie du haut de la manche droite, selon un témoin.

Clara, curieuse, s'est levée d'un bond pour regarder ce bout de tissu.

— Ne le touche surtout pas ! s'empresse de prévenir Mistral.

Elle s'approche et, réflexe inattendu pour Mistral, se plie en deux vers le tissu pour le sentir. Mistral la regarde faire pendant une à deux minutes, il la voit se concentrer les yeux fermés.

— Tu es sûr que le type est jeune ? Parce que les vestiges d'eau de toilette qui restent sur son blouson remontent à l'Antiquité, en parfumerie je précise, annonce-t-elle en se redressant.

— Pourquoi dis-tu ça ?

— Parce que ces restes d'eau de toilette proviennent d'un truc bon marché, qui a mal vieilli et qui a d'ailleurs viré, qui se vendait dans les années 70 en supermarché. Un truc fort et persistant, avec un nom comme « Rock Viril » ou approchant. La mode de ce produit est passée dans les années 80. Donc, si ton type en met, c'est qu'il a au minimum cinquante ans et qu'il a des vieux flacons en réserve.

Mistral, impressionné par la démonstration, poursuit :

— Ou bien le type est plus jeune et il utilise un vieux flacon qui aurait appartenu à quelqu'un de plus âgé, un ami, un parent, son père ; je retiendrai plutôt cette hypothèse. Tu as bien fait de venir.

Aussitôt, Mistral se saisit d'une feuille de papier et prend rapidement quelques notes sous l'œil amusé de Clara.

— Tu m'étonneras toujours avec ton nez. Ta démonstration est vraiment impressionnante. Elle ouvre peut-être des perspectives sur la personnalité du tueur que je n'imaginais pas avant que tu n'arrives. Mais pourquoi as-tu senti ce tissu ?

— Eh bien, tu m'as dit de ne pas y toucher. Donc, je l'ai senti, c'est un réflexe... euh... professionnel.

Ils sont interrompus dans leur discussion par l'arrivée de trois types portant des cartons.

— M. Martinez nous a demandé de vous apporter ces procédures.

Mistral fait déposer les cartons à côté de sa table de travail.

Clara, compréhensive, pose une question dont elle devine la réponse :

— Tu vas rentrer tard, n'est-ce pas ? Je me doute que tu vas commencer par lire ces archives.

— Pas sûr, je vais commencer la lecture, mais il va me falloir plusieurs jours avant d'arriver au bout. Je vais plutôt amener du travail le soir à la maison, comme ça, les deux loustics me verront. Je te raccompagne jusque chez le planton, et ensuite, tu n'auras que les deux étages à descendre pour arriver vers la sortie.

En remontant vers son bureau, Mistral s'arrête devant le distributeur de boissons, sélectionne « café court sans sucre ». Il regarde pensivement le gobelet se remplir, le Magicien ancré dans son esprit.

— Je vous cherchais, entend-il. (Calderone tient un papier à la main.) J'ai téléphoné à un copain de Perrec, c'est un commandant de la BPM. Selon ses infos, Perrec est avec sa femme au Touquet. Ils ont un appartement là-bas. Elle doit faire de la thalasso et lui se balader dans les dunes. On a essayé de le joindre sur son portable (il fait voir son papier), mais il ne répond pas. Son pote m'a dit qu'il ne décrochait pas souvent le téléphone. Si on veut le voir, va falloir y aller. J'ai préféré ne pas laisser de message pour l'instant.

— Eh bien, on ira.

Mistral souffle sur son café, le goûte, fait la grimace et regarde Calderone :

— Il n'est vraiment pas terrible. Mais bon. C'est une boisson chaude. Vous en prenez un ?

— Oui, merci. Tout le monde dit qu'il n'est pas terrible. Mais on se retrouve quand même trois ou quatre fois par jour devant cette machine à café.

Si Arnaud Lécuyer pouvait penser calmement, il inscrirait cette journée comme la pire depuis sa sortie de prison. En termes de dépit, de rage et de frustration. Elle avait pourtant bien commencé. Le gosse : le genre de petit garçon qui le faisait fantasmer. La proie : facile et personne autour. Les lieux : comme ceux qu'il a toujours recherchés. Mais pourquoi cette espèce de clodo est-il venu tout foutre en l'air ? Journée gâchée. Mais, confusément et sans oser se l'avouer, Lécuyer s'en veut. Il est allé trop vite. Pas de préparation. Trop d'impulsion. Il se cherche aussi des excuses. Il ne comprend pas pourquoi les démons l'ont poussé à agir si vite. Peut-être ont-ils senti ses pulsions irrésistibles, mais ils auraient dû le calmer au contraire. Cela faisait pourtant plus de douze ans qu'il attendait cet instant. Lécuyer a tout enduré pour pouvoir revivre ces moments. Presque tous ses rêves, ses cauchemars plutôt, quand il était sur sa couchette en prison, le ramenaient dans les caves où il était avec les enfants. Jamais il ne s'est fait attraper, ce n'est pas maintenant qu'il le sera.

Pendant sa pause déjeuner, il est resté dans sa camionnette. Sandwich et bouteille d'eau. Il veut être le moins possible au contact des autres. Le petit homme est bien dans cette fourgonnette, il se sent protégé du monde extérieur. Il sait qu'il devra prochainement repasser à l'action. C'est vital pour lui. Une sorte de boule au creux de l'estomac qui l'empêche de respirer, de digérer, lui rappelle son échec de tout à l'heure. Toute la journée, Lécuyer a dû faire bonne figure, répondre aux questions absurdes des gens sur les fuites d'eau et autres âneries. Mais comme il ne répond que par monosyllabes, les questions cessent rapidement. Les démons ne sont plus revenus discuter ; après le désastre du matin, ils n'ont pas envie de se faire entendre.

En fin de journée, Lécuyer s'est rendu chez son patron pour lui remettre les divers chèques et factures. Le bureau de Luis Da Silva est surchauffé, les vitres recouvertes de buée. C'est un véritable capharnaüm qui règne dans cet espace. Entre les calendriers accrochés aux murs, les publicités pour de l'outillage, les deux chaises encombrées de catalogues, le bureau recouvert de papiers, le cendrier rempli de cigarillos écrasés, Da Silva se dit qu'il va venir avec son fils un dimanche ranger tout ça, parce qu'en semaine il n'a pas le temps.

Da Silva père observe Lécuyer affairé à sortir les divers documents. Il ressent une certaine gêne en observant le petit homme. Quelque chose d'indéfinissable l'indispose. Son regard, ou plutôt son absence de regard. Da Silva constate que Lécuyer ne porte plus ses lunettes de soleil. En revanche, il maintient sa tête légèrement baissée et, quand il doit regarder Da Silva, il lève ses yeux lentement, et son regard devient fixe. Ce qui trouble Da Silva au plus haut point.

Mais il n'y a pas que cela, et Da Silva est bien en peine de définir ce malaise, même s'il convient que le type a dû dérouiller en taule. Il se souvient que Georges a eu le même sentiment au début. Il est distrait dans ses pensées par le téléphone. Quand un client appelle, Luis Da Silva met l'ampli, passe sa main en diagonale de haut en bas et de la droite vers la gauche sur un grand registre, prend un stylo feutre noir et note avec application le lieu, le motif de l'intervention, quand et qui il enverra faire le travail. Il trouve que c'est bien plus pratique que d'écrire en tenant le téléphone calé entre le cou et l'oreille. Après avoir raccroché, il revient à Lécuyer.

— Dis donc, Arnaud, pourquoi tu es en chemise avec le froid qu'il fait, tu n'as plus ton blouson ? Tu sais, le petit beige que tu portes tout le temps et qui n'est déjà pas bien épais. Lécuyer revoit cette scène dans la cave avec le clochard et s'efforce de maîtriser les émotions qui vont avec et qui peuvent très vite le submerger.

— Je l'ai accroché avec un clou en allant chez un client et il est déchiré.

Da Silva se dirige vers un placard, farfouille dedans, le referme, en ouvre un second et en sort un caban bleu marine.

— Tiens, essaye ça. À mon avis, c'est un peu grand pour toi, mais si tu mets un pull, il t'ira.

Lécuyer l'enfile, le boutonne, remonte le col, enfonce ses mains dans les poches et murmure un merci en observant Da Silva avec son regard fixe par en dessous. Le vieux plombier est impressionné par l'allure de Lécuyer. *C'est un petit homme presque malingre et, pourtant, il me fait peur*, pense-t-il en cinq secondes en regardant Lécuyer avec ce manteau. *On dirait, on dirait, on dirait... rien*, préfère-t-il conclure en silence.

Aussi, d'une voix faussement enjouée, il poursuit :

— Bien, te voilà maintenant prêt à affronter le reste de l'hiver. Les mois de février et mars sont souvent froids à Paris, et ce manteau, tu peux le garder. Je ne me souviens plus à qui il était. Bon, voilà ta liste pour demain. Les rendez-vous commencent à dix heures trente. Je crois que tu dois aller chez ton médecin à neuf heures, c'est bien ça ?

— Oui, c'est ça.

Lécuyer relève que Da Silva préfère dire « ton médecin » au lieu de « ton psy ».

Dans la rue, Lécuyer marche lentement, comme s'il réfléchissait. Il se sent bien dans ce caban. Le col relevé est suffisamment haut pour lui dissimuler l'arrière du crâne, et les poches assez profondes pour mettre ses cartes, pièces de monnaie et divers objets qui lui permettent d'attirer les enfants. Une évidence s'impose à lui. *Le plombier se méfie de moi, il faudra être prudent.*

Vingt heures. La nuit est déjà tombée quand il arrive dans son quartier. Un ciel triste, uniformément gris, sans relief de nuage, a plombé toute la journée la ville, et le froid n'a pas encouragé les Parisiens à flâner. La Butte-aux-Cailles, qui a conservé une âme de village, est un quartier recherché du XVIIIe arrondissement, et les places de stationnement y sont plutôt rares. Lécuyer roule doucement. Ne pas se faire remarquer, ne pas garer sa voiture n'importe où, par exemple sur un passage piétons. Même si la nuit il y a peu de chances qu'elle parte à la fourrière. Après avoir tourné dans plusieurs rues, il trouve enfin une place boulevard Blanqui à quelques centaines de mètres de son domicile. Il a acheté une pizza. Après dîner, il s'enfermera dans sa tente avec sa collection. Il entre dans l'immeuble vétuste et monte silencieusement les marches. Chaque fois qu'il est sur le point d'ouvrir la porte de l'appartement, il a comme un pincement au cœur, une sorte d'appréhension. Il s'apprête à introduire la clef quand il entend deux personnes qui parlent sur le palier de l'étage supérieur.

Deux femmes âgées, d'après le timbre de leurs voix. Il écoute. Elles se plaignent d'odeurs nauséabondes, et si ça continue elles vont faire venir les inspecteurs de l'hygiène. Lécuyer ne bouge plus. Bouche grande ouverte et figée de stupeur, yeux écarquillés.

— À mon avis, ces odeurs viennent du premier, vous savez le monsieur qui était en prison. Je n'ai certainement pas envie d'aller sonner à sa porte.

— Moi non plus, renchérit l'autre personne.

Les deux femmes se quittent, Lécuyer entend deux portes claquer.

Panique. Le petit homme rentre chez lui. *Tu vas te faire repérer, bordel !* Les odeurs il s'en fout, sauf si le projecteur est braqué sur lui à cause de ça. Il examine la cuisine, ou du moins la pièce qui porte ce nom, mais qui est un véritable dépotoir. Il se livre à un rapide calcul. Il y a une trentaine de sacs poubelles. En les prenant par deux, il va devoir faire quinze voyages vers les conteneurs, en gros une heure. Il enlève son caban et se précipite sur ses sacs.

Moins d'une heure plus tard, sa cuisine est vidée, reste l'odeur persistante ; il se résout à ouvrir ses fenêtres pour accélérer le renouvellement de l'air. Il fait un froid glacial dans l'appartement. Le petit homme n'a pas allumé les lumières, seule la télé qui fonctionne toujours non-stop diffuse un éclairage blême dans la pièce. Lécuyer a froid, il a remis son caban, col relevé et mange sa pizza froide. Il est assis dans un fauteuil, celui que prenait sa mère, ses yeux sont hypnotisés par la télévision. C'est un film qui est diffusé. Il serait bien en peine de dire lequel et de quoi ça parle. Vers une heure du matin, il se lève enfin du fauteuil, ferme les fenêtres, ôte son caban, entre dans sa chambre, prend sa collection et pénètre dans sa tente. Il a du mal à y tenir, mais c'est le seul endroit où il se sent bien. Le petit homme ouvre doucement sa collection, aux pages qu'il a confectionnées quand, auparavant, il avait tué les six gamins. Il se souvient des deux autres au moment où il avait été interrompu, un peu comme ce matin.

D'une voix douce et à peine audible, il murmure : « Et ça ne se reproduira plus, pas vrai mon p'tit Arnaud ? »

Le petit homme a fixé autour de sa tête une lampe de poche frontale qui lui permet à la fois d'être dans le noir dans sa chambre, d'avoir cette lumière dans sa tente et les mains libres. Il contemple avidement ces pages. Doucement, il effleure de sa main droite la page de droite pour sentir de petites aspérités. Il a fermé les yeux, ces contacts insignifiants le transportent pourtant bien loin en arrière avec des frissons inimaginables. Il est capable de revivre chaque instant passé avec les petites victimes. Il se souvient de tous les enfants. Les prénoms, il ne les apprenait qu'après coup, et il s'empressait de les rajouter en haut de la page de droite. La page des émotions.

Lécuyer, dans sa sorte de transe, entend les voix des enfants : *Monsieur, comment tu fais ce tour ? Monsieur, où tu m'emmènes ? Monsieur, ma maman elle veut pas que je suive les inconnus. J'ai peur, laisse-moi partir. Lâche-moi le cou, tu me fais mal.*

Lécuyer sent monter son désir. Il referme sa collection calmement, malgré les tremblements qui l'agitent. Il sait d'expérience qu'il ne trouvera son assouvissement qu'en capturant une proie. Cette fois, il ne sera pas interrompu. Il sait comment faire. La police ne l'arrêtera jamais. Six gosses sont allés au tapis, les flics n'ont rien trouvé. Douze ans en prison, il ne pouvait pas fuir. S'ils l'avaient identifié sur les précédents crimes, ils auraient su où le trouver. Lécuyer est beaucoup trop énervé pour se coucher et dormir tout de suite. Il prend un jeu de cartes et s'installe sur la table de la salle à manger. Là, il ferme les yeux, tient son jeu de cinquante-deux cartes et s'amuse à les mélanger à toute vitesse. Toujours les yeux fermés, il les pose sur la table en éventail et d'un seul coup de doigt les retourne toutes ensemble. Échauffé, il ouvre enfin les yeux. Très concentré sur le jeu qu'il mélange, il s'amuse à distribuer les cartes à des joueurs fictifs. Il sait ce qu'il donne. Au rayon « tricheurs », il n'y a pas plus fort que lui. Il se souvient que cette adresse avait failli lui coûter la vie en prison. Des détenus lui avaient proposé une partie de poker pour lui piquer son pécule. Du genre prudent, Lécuyer s'était abstenu de toute fioriture dans la distribution ou le battage des cartes. Sauf qu'il gagnait quasiment à chaque coup, et pour cause, en tricheur exceptionnel, il connaissait les jeux de ses adversaires sans regarder les cartes. Au final, il avait devant lui les pécules des trois autres joueurs. L'un d'eux s'était alors levé et avait sorti de sa chaussure une lame de couteau courte, mais aiguisée à faire peur. Le type lui avait simplement dit :

— On va continuer de jouer, mais tu perds tout sinon je te saigne comme un lapin. Lécuyer n'avait rien dit, s'était levé de table en abandonnant ses gains, se jurant de ne plus jamais jouer aux cartes en taule. La nuit parfois, avant de s'endormir, il rêvassait à des parties de poker imaginaires où il plumait tout le monde et sans risque.

Maintenant qu'il est dehors, la donne a changé. C'est lui qui a les cartes en main et qui distribue le jeu à tout le monde. Y compris à la police. Il ressent confusément une sorte de puissance grandir en lui quand il se couche sur son lit, tout habillé, en chien de fusil, les mains jointes entre ses genoux. Ses yeux ouverts et fixes dans le noir. Il se souvient des conversations qu'il écoutait lorsqu'il était en prison. Il a beaucoup appris des détenus, même s'il n'a quasiment jamais parlé à personne pendant sa détention. Il écoutait, c'est tout. Et il enregistrait dans sa formidable mémoire. Il se souvient particulièrement d'une journée. Il y a deux ou trois ans, ou plus, il ne sait plus. Le temps pour lui ne veut strictement rien dire.

C'était pendant la promenade. Lécuyer faisait le tour de la cour une ou deux fois, en ayant bien soin d'éviter les groupes et de parler à qui que ce soit. Cette technique avait du bon. À force de se rendre invisible et d'être silencieux pendant des années, les autres détenus l'ignoraient. Lécuyer observait et écoutait. Il voyait les types s'échanger des puces de téléphones portables, des couteaux, des petits paquets contenant de la drogue et autres produits très recherchés et très chers dans les prisons. Il aurait pu dire ce que certains allaient faire dès leur sortie. Quelle banque serait attaquée, quelle bijouterie se ferait braquer et où arriverait la came dans telle ville. Mais il s'en foutait complètement, il n'était tout simplement pas concerné. Il savait comment se comporter pour ne pas être remarqué des surveillants. Il avait déjà buté deux types en prison et ne s'était pas fait attraper. Il avait le troisième dans le collimateur. Attendre le bon moment. Il n'y a que le résultat qui compte. Lécuyer avait parcouru ses deux tours de cour. Il s'était accroupi contre un mur au soleil. Gris contre le mur gris. Son cerveau branché à fond sur ce qu'il avait fait avant d'aller en prison et sur ce qu'il comptait entreprendre à sa sortie. Et ça turbinait fort. C'était son seul moteur. Trois types étaient arrivés vers lui, ou plutôt vers le mur où il se trouvait. Il avait ses genoux à hauteur du visage, ses bras autour de ses genoux, et la tête posée contre. De loin, on aurait dit un tas de vêtements posé contre un mur. En moins d'une seconde, Lécuyer avait vu qui étaient les trois hommes. Ils avaient une vingtaine d'années et venaient d'une banlieue parisienne quelconque. Le genre violent et bagarreur. Il n'avait pas bougé.

Ils s'étaient assis à deux ou trois mètres du petit homme et étaient restés silencieux quelques secondes. L'un d'eux l'avait désigné du menton, un autre avait fait signe aux autres qu'il était fou, en vissant l'index droit sur sa tempe. Les trois jeunes avaient allumé des cigarettes et s'étaient mis à parler. Visiblement, la conversation avait déjà débuté pendant la promenade. L'un d'entre eux avait largement l'ascendant sur les deux autres. Lécuyer savait que les détenus l'appelaient « Caïd ». Et « Caïd » jouait son rôle en prodiguant des conseils. Lécuyer avait branché ses oreilles en radar automatique sur leur conversation. *Tout ce qui se dit est bon à prendre.* Il se souvenait de ces phrases qu'il avait enregistrées.

— Il faut se rendre invisible, mec, disait Caïd. Moins tu en dis et mieux tu te portes. Quand t'as fait une connerie, ne cours pas, marche. Les gens repèrent ceux qui sont pas comme eux. Si tu marches tranquillement quand il y a un bordel monstre et que tout le monde hurle, personne te remarquera. Un tueur ne court jamais. Ne regarde jamais quelqu'un dans les yeux, surtout si tu sors d'un endroit que tu viens de braquer : les gens se souviendront toujours d'un mec qui les aura dévisagés, parce que, dans tes yeux, ils verront que t'es sous pression et que tu viens de faire une connerie. Compris ? T'habille pas visible ou trop classe, tu te fais repérer illico. Les flics chopent toujours les mecs trop voyants. Si tu te fais pas repérer et si tu laisses pas de traces, empreintes ou cheveux, toutes ces machins à ADN, personne peut te pécho. Jamais.

Caïd regardait l'effet qu'il faisait sur les deux autres voyous.

— Bon, Ok ! Mais y a des tas de lascars qui savent tout ça et qui se font pécho par les keufs.

Visiblement, l'un d'eux avait quand même des doutes.

— C'est sûr, mais tu limites la casse. C'est valable aussi quand t'es dans ta caisse, poursuit Caïd. En bagnole, tu roules relax, ceinture de sécurité, clignotant, limitation de vitesse, code de la route. T'es un modèle de conducteur, tu téléphones jamais en conduisant. T'as une caisse passe-partout, la voiture de monsieur tout-le-monde. Tu mets du blé dans le parcmètre. Tu vas pas dans les parkings souterrains, parce qu'il y a des caméras. Caméra égale télé, télé égale, mec qui mate. Donc, pas bon du tout. Si tu respectes tout ça, tu te feras jamais gauler, t'entends. Jamais gauler.

Caïd avait marqué une pause de quelques secondes et regardé les deux types très attentifs qui attendaient ses conseils. Il avait commencé sa démonstration :

— Ces cons de keufs, les bleus, y z'arrêtent qui ? Les mecs qui se la jouent, et d'un. (Avec l'index de la main droite, il appuyait sur le pouce de la main gauche.) Et deux (index/index), les nazes qui courent après qu'ils ont fait une embrouille. Trois (index/majeur), les types qui ressemblent à des sapins de Noël et qui brillent de partout, chaîne en or, montre en or et sapes visibles à quinze kilomètres. C'est comme si le gars avait un panneau au-dessus de sa tête avec écrit dessus : « Regardez comme je suis beau et tout neuf, j'ai dealé de la dope et je suis plein de pèze. » Quatre (index/annulaire), ceux qui ont des caisses de la mort, vitres ouvertes avec la musique à donf, à tout faire exploser sur leur passage. Là, illico, les keufs te font péter un contrôle et trouvent toujours quelque chose pour te faire chier. Et cinq (index/auriculaire), quand t'as fait un coup tout seul, tu la fermes.

Caïd tenait sa main gauche ouverte avec les cinq doigts bien écartés et regardait son auditoire attentif.

— Avec ces cinq règles, mes frères, vous traversez les murs d'embrouilles et vous êtes des kings. Compris ?

Le sceptique n'avait pas pu s'empêcher de poser la question qui brûlait les lèvres des deux lascars :

— Si tu sais tout ça, pourquoi t'es ici, mec ?

Sourire de Caïd.

— Non-respect de la règle numéro cinq. Je me suis fait gauler parce que j'ai été balancé, mais ça c'est autre chose.

Les trois mecs avaient écrasé leurs clopes et s'étaient levée, l'heure de balade était finie.

Lécuyer avait tout capté, tout bien enregistré, prêt pour être mis en pratique à la sortie. Le petit homme gris avait ainsi pris l'habitude d'écouter les taulards. Il apprenait à la vitesse grand V. Ils parlaient entre eux, les casseurs, braqueurs, voleurs, escrocs, assassins et autres dealers, ponctuant leurs conseils de jurons et de « t'as raison, mec ». Pour eux, Lécuyer était un naze qui avait attaqué et violé une grand-mère et qui avait mérité de s'être fait baiser en cellule. Mais, s'ils avaient su qui était réellement Lécuyer et ce qu'il projetait à sa sortie, ils l'auraient assassiné sans remords, avec seulement des regrets de ne pas l'avoir fait plus tôt.

Pendant toutes ces années en prison, Lécuyer avait pris bonne note de tous ces précieux conseils qui le confortaient dans ce qu'il connaissait déjà intuitivement. Le petit homme arrive malgré tout à un constat qu'il se formule de cette façon. *Il y a douze ans, j'ai fait ce que j'ai voulu sans savoir tout ça et rien ne m'est arrivé. Conclusion : j'en sais encore plus, donc aucune raison qu'on me passe les pinces*[1]. *À condition de ne pas péter les plombs.* Ce qui est le plus dur à maîtriser, et Lécuyer en a profondément conscience.

1. Menottes.

Malgré toutes ces conclusions qui le rassurent, Lécuyer ne peut absolument pas dormir. Il garde les yeux ouverts dans le noir et se refuse à prendre des comprimés, bien qu'il en ait un bon paquet maintenant. Sa mémoire le trimbale sans cesse dans des allers-retours entre les meurtres d'enfants qu'il a commis, ses années passées en prison et sa vie actuelle. Des images, des sons, des voix se percutent, mêlant ses trois époques, le laissant parfois groggy, ne sachant plus où il est actuellement.

Lécuyer est à peu près calmé. Il pense maintenant à son rendez-vous chez le psy.

Celui-là, il faut que je continue de le balader, se dit-il.

Pendant que Lécuyer échafaude tous ses plans, un autre homme à une quinzaine de kilomètres de là ne dort pas non plus. Ludovic Mistral se ressert une tasse de thé, se lève, fait quelques pas dans le bureau de sa maison, s'étire, bâille, bouge ses bras et son cou engourdis. Pour éviter des allées et venues dans la maison et de faire du bruit, il a rempli en début de soirée une bouteille Thermos de thé qu'il vient de terminer. Machinalement, il regarde l'heure à sa montre. Cinq heures et quart. Il s'étire encore et se frotte le visage à deux mains. Ses yeux, rougis par le manque de sommeil et plusieurs heures de lecture, le piquent un peu. Il a lu la moitié des dossiers, a pris des notes sur son carnet. Les photos des petites victimes prises par les photographes de l'Identité judiciaire sont étalées sur son bureau. Même position des enfants, allongés sur le ventre visage tourné vers la droite, bras éloignés du thorax, mains à hauteur des épaules, doigts écartés. Il observe tous les détails. Il a lu, relu les conclusions du légiste. À chaque fois, même mode opératoire : assommées, étranglées, violées. Les corps n'ont pas été déplacés, l'auteur a agi sur place.

Au milieu de la nuit, il est allé voir ses deux enfants dormir. Longuement. Il les a écoutés respirer, a effleuré leurs cheveux du bout des doigts pour ne pas les réveiller, puis a remonté la couette du petit qui s'était découvert.

Il range ses affaires, s'assoit dans son fauteuil en pensant : *Si ce type a commis une erreur, je n'ai pas encore trouvé laquelle. Dans le cas contraire, nous sommes mal barrés pour le retrouver.* Il consulte ses notes une dernière fois et décide de fermer les yeux au moins une heure. C'est vers sept heures qu'il est tiré de son sommeil par Clara qui, sans bruit, l'entraîne pour prendre le petit déjeuner. Mistral la suit dans la cuisine, s'assied. Luttant contre le sommeil, il la regarde accomplir les gestes habituels du matin, sortir les bols, ceux avec les prénoms des enfants, mettre le lait à chauffer, l'eau pour le thé, le pain grillé. Elle a posé devant lui une petite tasse de café. Il s'agit d'un rituel chez Mistral, qui commence par boire une tasse de café avant de prendre son petit déjeuner. Une sorte de starter.

— Tu as tout lu ?

— La moitié des procédures seulement. Toutes racontent la même histoire. Les pires horreurs sont décrites au millimètre, en style administratif froid, épuré, sans fioritures ni adjectifs. Ce qui rend les faits encore plus terribles. La procédure criminelle, c'est net et précis, dénué de sentiment. De simples mots, comme « étranglé », « mort », « violé », sont déjà suffisamment lourds de sens en eux-mêmes, mais quand tu sais qu'ils s'appliquent à des petits enfants de neuf ou dix ans, c'est encore plus terrible. Les expressions employées, par exemple celles qui détaillent le lieu de découverte de l'enfant ou celles qui décrivent le corps, sont aussi très fortes. Les faits, tous les faits, rien que les faits.

Mistral parle d'une voix monocorde, basse, sans émotion, les yeux dans le vague. Clara l'écoute, sans émettre de commentaires.

Il a son carnet sur les genoux, qu'il parcourt en tournant les pages lentement ; il lit des passages qu'il a notés :

— « Une cave sans électricité mesurant douze mètres de long sur six de large ; un local technique désaffecté dont les murs sont recouverts de tags ; il s'agit du corps d'un enfant de dix ans environ, mesurant un mètre trente, de corpulence mince dont la position est, etc., etc. Le cou présente des traces de strangulation, les membres sont souples, les rigidités cadavériques ne sont pas encore apparues, etc. » Heureusement que les parents ne lisent pas ces procès-verbaux. Ils apprendraient avec tous les détails et les circonstances de la mort de leur enfant. C'est pire qu'un article de journal qui va mettre l'accent avec des qualificatifs mais qui, au final, reste toujours un truc que tu as lu mille fois, parce que le journaliste, qui n'a pas accès à la scène de crime, imagine. Tu vois, Clara, j'ai dû faire pas loin d'une centaine d'enquêtes criminelles, mais chaque fois que des mômes sont victimes, c'est dur. C'est dur, parce qu'ils n'ont rien demandé, ils sont tombés sur un tordu qui les a attirés pour les tuer.

Clara a écouté son long monologue et dit simplement :

— Je comprends parfaitement ce que tu ressens.

Elle va réveiller les deux enfants, et en passant devant Mistral qui boit son café à petites gorgées, elle lui caresse les cheveux. Quand les petits entrent dans la cuisine, ils se ruent sur leur père comme chaque matin. Le petit dit : « Tu piques » en l'embrassant et en touchant ses joues pas rasées, le grand s'assoit sur ses genoux en disant : « Papa j'ai encore sommeil. » Comme chaque matin. Ils prennent tous les quatre leur petit déjeuner. Les deux enfants complètement absorbés par la lecture des diverses inscriptions et jeux figurant sur leur paquet de céréales. Comme chaque matin. Mistral les regarde un long moment et, intrigué, pose la question qu'il ne leur a jamais posée :

— Pourquoi lisez-vous tous les matins avec autant d'attention les mêmes inscriptions qu'il y a sur vos paquets de céréales ?

Les deux petits se regardent comme si la question est incongrue et répondent de manière naturelle :

— Parce que c'est bien.

Mistral désigne du doigt le calendrier :

— Demain c'est samedi, on ira voir Guignol au parc Montsouris ou au jardin du Luxembourg.

Les deux enfants hurlent de joie.

— On prendra les vélos ? Est-ce que je pourrai manger une crêpe au chocolat ?

— Et moi une gaufre ?

— Tout ce que vous voudrez, même le ballon, répond Mistral.

Une demi-heure plus tard, Mistral, douché, rasé, complètement réveillé, roule vers le Quai des Orfèvres avec le Magicien en tête.

6

Mistral monte rapidement les marches du 36. Arrivé devant l'accueil, le planton appuie sur le bouton qui déverrouille les portes vitrées coulissantes. Comme d'habitude, avant de regagner son service, il se dirige vers l'état-major qui se trouve juste après l'accueil. Dans la salle de commandement, les officiers préparent les parapheurs qui seront remis au directeur et aux sous-directeurs pour le traditionnel rapport de neuf heures. Ils contiennent les télex et les mains courantes de la nuit écoulée. Tout y passe, les petits incidents comme les affaires sensibles qui comportent le tampon rouge en caractères majuscules : « NE PAS COMMUNIQUER À LA PRESSE. » Cet avertissement est fait pour permettre aux services de police de travailler en toute discrétion sans la pression médiatique. En théorie, parce que tout se sait très vite, maintenant.

Ce matin, une seule affaire porte ce tampon. Les policiers ont contrôlé un député connu, en état d'ébriété et en galante compagnie, qui avait grillé quelques feux rouges. Le ton est monté entre les agents et le député, et ce dernier s'est retrouvé en garde à vue pour outrage et rébellion, conclut la main courante. Mistral ne peut s'empêcher de sourire à la lecture de cette main courante. Des comptes rendus comme celui-là, il en a lu des dizaines. La vie de la nuit avec ses petites et ses grandes affaires. Rapidement, il finit de balayer le parapheur, rien de bien sensationnel.

— Salut, Ludovic, tu viens prendre le jus ?

— Avec plaisir, vieux !

Mistral serre la main de son collègue, le chef d'état-major, et le suit dans la cuisine attenante à la salle de commandement qui permet au personnel de permanence de prendre ses repas. Mistral se souvient de ses nuits de veille, des années plus tôt, où il venait discuter avec les officiers. Dans la cuisine, en fonction des restes des repas, il pouvait deviner leurs origines provinciales. C'était une tradition de soigner les repas pendant le service de nuit de l'état-major. Les officiers dînaient vers deux heures du matin quand Paris dormait et que tout était redevenu plus calme. Les trafics radio se faisaient rares, et le télex était muet. Les « nuiteux », à tour de rôle, faisaient la cuisine et amenaient des spécialités régionales. Tout cela se savait, et les commissaires de permanence de nuit s'attardaient plus volontiers en fonction des équipes… et des spécialités.

C'est en repensant à toutes ces traditions que Mistral répond « sans sucre » en prenant son café.

Le chef d'état-major poursuit :

— Calderone est passé il y a une demi-heure. Il nous a demandé d'être particulièrement attentifs à tous les incidents qui concernent les enfants. On s'est calés avec la permanence de la Brigade des mineurs. Tout ce qui peut avoir un rapport avec le Magicien, on nous en avise immédiatement et on te met une copie du télex ou du rapport dans une chemise. Qu'est-ce que tu en dis ?

— Ça me va. On garde ce dispositif de veille tant qu'on ne l'aura pas serré. Il faut qu'on se mobilise tous. Il est passé entre les mailles du filet jusqu'à présent. À nous de les resserrer. Bon, je file. Merci pour le café. Salut.

En sortant de l'état-major, Mistral aperçoit la secrétaire du directeur s'engager d'un pas rapide dans l'escalier menant à la Brigade criminelle.

— Christiane, je parie que vous me cherchez.

La secrétaire, une femme vive et menue, se retourne et dit d'un air soulagé en voyant Mistral :

— Ah, M. Mistral, c'est vrai, je vous cherchais ! Mme le directeur vous attend dans son bureau, elle m'a dit de vous préciser que c'était urgent.

Mistral en se dirigeant vers le bureau du directeur se dit qu'il ne peut s'agir que du Magicien. La secrétaire qui précède Mistral le fait entrer aussitôt dans le bureau. Françoise Guerand finit une communication téléphonique.

— Bonjour, Ludovic. Le préfet nous attend dans dix minutes, il veut qu'on lui fasse le point sur le Magicien. Cette affaire, je la sens très mal. Tu n'as rien de nouveau depuis hier ?

— Strictement rien. Il faut faire passer le message au préfet que nous ne restons pas les bras croisés, que les enquêtes sur les crimes commis il y a treize ans sont également rouvertes et qu'on met le paquet.

— C'est bien mon idée ! Je vais également lui dire que tous les services de la PJ sont mobilisés sur le Magicien et que tu coordonnes le tout.

— Il faudrait lui rappeler aussi que le service travaille sur sept meurtres non résolus, indépendamment de ceux commis par le Magicien, et qu'on ne peut pas tout laisser tomber non plus.

— Oui, je le sais. Mais connaissant le bonhomme, il faut que nous lui indiquions quelles sont nos priorités.

C'est en développant leurs arguments qu'ils se dirigent vers l'hôtel préfectoral situé boulevard du Palais. En habitués des lieux, Guerand et Mistral passent par les couloirs intérieurs du Quai des Orfèvres qui permettent d'accéder au Palais de justice. Ensuite, il n'y a que le boulevard du Palais à traverser pour être devant l'entrée de la préfecture de Police. C'est un grand bâtiment en forme de rectangle qui regroupe les services du préfet, ainsi que les directions actives d'autres services de police, notamment les Renseignements généraux, l'Ordre public et la Police de proximité. Au centre, une très grande cour sert à la fois de parking aux voitures de police, au déroulement des prises d'armes et autres cérémonies officielles.

Moins de dix minutes plus tard, ils sont dans l'antichambre du préfet.

Ils ne patientent pas plus d'une minute, un huissier en habit, queue-de-pie et gants blancs, les conduit dans le bureau du préfet. C'est une très grande pièce avec une table de réunion pour huit personnes. Quelques tableaux discrets et une sculpture représentant la Corse indiquent aux visiteurs l'origine de l'occupant des lieux.

Une batterie de téléphones, dont un en ligne directe avec le cabinet du président de la République et un autre avec celui du ministre de l'Intérieur en disent long sur l'importance de la fonction du personnage. Lors d'affaires sensibles, comme des manifestations violentes et à répétition dans la capitale, il écoutait le trafic radio depuis son bureau. Mais quand les choses se gâtaient vraiment, il descendait au deuxième sous-sol de la préfecture de Police où se trouve la SIC[1] de la DOPC[2] pour suivre en direct les événements. D'un œil expert, il observait sur les écrans les images renvoyées par les caméras qui suivaient la manifestation. La présence du préfet de Police dans la salle de commandement se répandait comme une traînée de poudre auprès des responsables des unités sur le terrain. « TI 1000[3] est dans la SIC », et tout le monde savait qu'il n'hésiterait pas à intervenir en direct si les choses ne se passaient pas comme il l'aurait souhaité. Jamais bon pour celui qui était à la faute.

Guerand et Mistral échangent un rapide coup d'œil en voyant que le préfet a sa tête des mauvais jours. Âgé de soixante-trois ans, il occupait ce poste prestigieux et envié depuis presque sept ans. Ce qui était un record. Il avait survécu à deux cohabitations au sein du pouvoir exécutif et s'était rendu indispensable quel que soit le bord politique en

1. Salle d'information et de commandement, d'où sont pilotés tous les événements importants de la capitale.
2. Direction de l'ordre public et de la circulation.
3. Indicatif radio du préfet de Police.

place. Un journaliste l'avait décrit comme un marionnettiste florentin. Il savait tirer les ficelles avec habileté. Mais ce matin, il n'a manifestement pas envie d'agir dans le velours, même si le timbre de sa voix qu'il maîtrise à la perfection est toujours calme et sans agressivité.

— Je vous remercie de vous être déplacés, commence-t-il.

Mistral pense aussitôt : *Comme si on avait le choix !* Le préfet s'est levé et a salué les deux policiers.

— Je viens de raccrocher avec le ministre de l'Intérieur.

Inconsciemment, Guerand et Mistral regardent la batterie de téléphones comme s'il subsistait un reste volatil du ministre. Mistral traduit illico la phrase du préfet en : *Je viens de me faire engueuler.*

— Je vous prie de bien vouloir me faire le point sur l'affaire que vous appelez le Magicien. Je vous écoute.

Il a croisé les mains sur son bureau et attend en regardant alternativement Guerand et Mistral.

Guerand laisse la parole à Mistral qui pendant une quinzaine de minutes rappelle les six meurtres et les deux tentatives commis auparavant, et la nouvelle affaire qui vient de tout relancer. Mistral s'attarde sur les déductions qu'il avait été amené à faire, et passe sous silence la détection du parfum par Clara. *Beaucoup trop tôt,* pense-t-il. Il fit part de ses craintes quant à l'éventualité d'un nouveau passage à l'acte du Magicien en évoquant l'interruption du clochard qui a été tué et l'état de frustration dans lequel doit se trouver le tueur.

De manière naturelle, le préfet de Police reprend la parole en concluant, toujours de sa voix onctueuse :

— Donc, vous êtes en train de me dire qu'il va probablement y avoir un meurtre d'enfant prochainement, et que nous ne disposons d'aucun moyen pour l'en empêcher. C'est bien cela que j'ai compris monsieur le Commissaire ?

— Je le crains monsieur le Préfet, répond d'une voix blanche Mistral.

Françoise Guerand confirme les propos de Mistral et les modère quelque peu, en ajoutant que l'ensemble des services de police de la capitale a comme priorité cette affaire et que les policiers en tenue ont pour consigne d'être particulièrement vigilants concernant les enfants se trouvant seuls dans les rues et d'observer s'ils ne sont pas suivis.

— Vous êtes solidaires dans l'analyse, c'est très bien.

Mistral traduit en *si ça merde, c'est les deux que je vire.*

— Mais c'est bien maigre tout cela. Sans compter que des enfants seuls dans les rues de la capitale, il doit y en avoir un grand nombre. Je réfléchissais pendant que vous exposiez cette affaire. Il est trop tôt pour porter à la connaissance du public parisien le retour du Magicien. Cela va créer une psychose et générer un déchaînement médiatique incontrôlable. Peut-être qu'il ne recommencera plus. Nous ne sommes sûrs de rien, en fait.

Guerand et Mistral se gardent bien d'interrompre le préfet de Police, mais ils sentent poindre derrière ces quelques phrases lénifiantes la menace. Elle ne tarde pas à arriver. À peine voilée.

— Évidemment, s'il devait de nouveau faire parler de lui, j'exigerais des résultats. Rapides. En treize ans, la science a considérablement évolué, notamment dans les prélèvements ADN, et je doute fort que, de ce côté, vous n'obteniez pas de résultat.

Fin de la discussion. Le préfet vient de sonner l'huissier et s'est de nouveau levé pour saluer les deux policiers. En regagnant le service, Guerand et Mistral ont conscience que le boulet est passé près, mais que la prochaine fois, ils se le prendront en pleine tête.

— Il est marrant le préfet avec son ADN. C'est sûr qu'un cheveu trouvé sur une scène de crime va nous donner un profil ADN et, peut-être, que l'on pourra même le comparer avec celui d'un type. Cela signifiera simplement que celui qui a perdu ce cheveu était bien présent sur les lieux, mais pas forcément avec le môme. De là à le transformer en assassin, il y a une marge.

— Tu aurais dû le lui dire que l'ADN c'est bien, mais pas la panacée. Il aurait certainement apprécié.

Guerand a prononcé cette dernière phrase sur un ton légèrement narquois.

Mistral est dans son bureau depuis une dizaine de minutes quand Calderone entre en lui disant que les parents et l'enfant viennent d'arriver. Mistral les fait conduire dans son bureau. Au premier coup d'œil, il voit que les parents sont complètement défaits, conscients du drame qui aurait pu avoir lieu. La mère a encore les yeux rougis de larmes et le père ne pense visiblement qu'à une chose : *qu'on me laisse seul avec le mec dix minutes.* L'enfant a l'air de supporter le choc, ne comprenant pas bien à côté de quoi il est passé. Il joue avec un jeu électronique.

Avec beaucoup de tact et de douceur, Mistral s'emploie à rassurer le couple. Il leur explique qu'un portrait-robot va être fait de l'agresseur. Les parents s'inquiètent de savoir comment ça se passera. Mistral explique qu'au sein de l'Identité judiciaire il y a un dessinateur. Un véritable artiste qui, dans sa vie extra-professionnelle, publie des bandes dessinées. Il va poser des questions à l'enfant et fera au fur et à mesure un dessin. Le père dit qu'il a vu dans une émission de télé que, pour établir un portrait-robot, il y a des calques qui se superposent pour composer un visage. Certains représentent la forme du visage, d'autres les yeux, le nez, la bouche, etc. Mistral, compréhensif, dit que oui, nous avons ça aussi, mais que, lorsqu'il y a un vrai dessinateur, c'est beaucoup plus ludique et moins stressant pour l'enfant. Il est sûr que ça se déroulera bien ; d'ailleurs, les parents resteront avec lui, à condition de ne pas parler.

Le dessinateur arrive. C'est un petit bonhomme blond à la calvitie naissante, avec une pipe, allumée ou éteinte, éternellement vissée dans la bouche. Sa silhouette est familière à la maison PJ. Son pull à col roulé et un pantalon en velours légèrement avachi sont légendaires. Il a une curieuse démarche sautillante, un peu comme le M. Hulot de Jacques Tati. La comparaison est renforcée par la pipe mais s'arrête là, car il est petit et rondouillard. Il a avec lui une sacoche qui contient un bloc à dessin et un nombre incroyable de crayons et de fusains. Il dessine tout le temps. Ses dessins et caricatures ornent une grande partie des bureaux du Quai des Orfèvres.

Calderone lui prête son bureau où il s'enferme avec les parents et l'enfant. Mistral et Calderone descendent à la machine à café.

— Quand j'ai accompagné les parents dans votre bureau, la mère m'a dit que son fils se demandait pourquoi le type lui avait cogné la tête. Il ne se doute pas du danger qu'il a couru.

— C'est plutôt une bonne chose. Mais si le Magicien refait parler de lui et que la presse s'en mêle, là, peut-être, il risquera de comprendre. Il faut leur conseiller de le confier à un pédopsychiatre.

Une heure plus tard, les parents, l'enfant et le dessinateur entrent dans le bureau de Mistral. Tout le monde a l'air détendu. Le dessinateur remet à Mistral une feuille de dessin d'un format 20 × 30 sur laquelle figure au fusain noir le visage d'un homme de face. Il a les joues légèrement creusées, la bouche très fine, le nez droit, des cheveux bruns courts légèrement dégarnis sur le sommet du front. Mais ce qui frappe le plus Mistral, ce sont ses yeux. Le dessinateur a mis une telle intensité dans le regard que Mistral pose instinctivement un doigt en travers des yeux du portrait et voit que, sans ce regard, le type est d'une banalité affligeante.

Mistral s'adresse à l'enfant. Le petit garçon se tortille sur sa chaise.

— Alors, qu'en penses-tu ? Tu sais que tu dois mettre une note pour ce dessin. Sur 20, combien tu lui mets ?

L'enfant l'examine une nouvelle fois, et le désigne du doigt :

— C'est difficile à dire. Ça se rapproche de la tête qu'il avait quand j'étais dans la cave avec lui. Mais au début, quand il faisait les tours de magie, il avait un visage gentil.

L'enfant est hésitant. Personne ne parle, le laissant s'exprimer. Il a l'air ennuyé. Il voudrait bien faire plaisir aux adultes qui l'entourent, il murmure :

— Le dessin, c'est un peu des deux, mais plus quand il était dans la cave. Alors je dois donner une note ? C'est vrai ? C'est pour le dessinateur ?

— Non, répond Mistral en souriant. Ce n'est pas pour le dessinateur. C'est pour les policiers qui vont le rechercher. Plus ta note est élevée et plus ils savent que le dessin correspond bien à celui qu'ils cherchent.

— Je dis 10 sur 20. Je n'arrive pas à bien séparer les deux visages.

Mistral sourit à l'enfant et le rassure :

— Tu sais, si je demande à ta maman ou à ton papa de me décrire quelqu'un qu'ils connaissent, ils n'y arriveront pas très bien non plus, parce que c'est un exercice difficile. Et toi, tu n'as vu ce monsieur que quelques minutes. Je te remercie, tu nous aides beaucoup avec tout ce que tu nous as raconté.

Pendant que Mistral et l'enfant parlent, les parents sont suspendus aux lèvres de leur fils. Le dessinateur crayonne. Impassible avec sa pipe éteinte. À la fin de l'entretien, il offre au garçon une planche qui le représente jouant avec son jeu électronique. Mistral voit dans ses yeux la joie d'avoir ce dessin.

Calderone reprend en charge la famille « pour lui poser encore quelques questions, pour être sûr de ne rien oublier ».

Mistral voit qu'il est treize heures. Il n'a pas faim, seulement sommeil. Sa nuit blanche le rappelle à son bon souvenir. Il prévient Calderone qu'il « ferme les écoutilles pendant une heure ». Avant de se déconnecter, il sort de son tiroir les portraits-robots qui ont été réalisés plus de douze ans auparavant, après les deux tentatives du Magicien. Il met côte à côte les deux dessins et les compare avec celui qui vient d'être fait. Sans être vraiment identiques, les trois se rejoignent sur une forme de visage, une bouche étroite et un regard particulièrement dense. Il range les trois portraits-robots dans une chemise cartonnée. Il ferme ensuite son bureau à clef et renvoie son téléphone sur le secrétariat.

Après avoir desserré sa cravate, il s'installe dans son fauteuil, et met les pieds sur son bureau. Il prend son lecteur CD, règle le volume très bas et installe ses écouteurs. Deux minutes plus tard, il sommeille au son du chant des baleines qui croisent au large de la Patagonie.

7

Lécuyer se réveille vers six heures trente. Comme d'habitude, il ne sait pas où il se trouve et n'ose pas bouger. Ses yeux se sont accoutumés à la semi-obscurité de l'aube naissante. Il fixe son tipi et cette image qui s'imprime progressivement dans son cerveau lui dit qu'il est dans sa chambre. Alors seulement, il déplie ses jambes lentement, se lève et va faire un tour dans la cuisine. Il se souvient que, la veille, il a viré tous les sacs poubelles. Il ouvre les placards à la recherche de quoi manger. Rien. Ce matin, il doit aller chez le psychiatre. Il essaye de se conditionner pour l'épreuve. En entrant dans la salle de bains, il constate qu'il a un visage à faire peur. Il se résigne à se raser et à se doucher.

En prison, il craignait d'aller à la douche. C'est là que beaucoup de règlements de comptes avaient lieu. Des détenus en sodomisaient d'autres et les cris étaient masqués par d'autres complices qui chantaient bruyamment. Une fois, il avait tué un des types qui l'avait violé et qui lui faisait des gestes obscènes quand il le croisait. Il ne se rappelle plus vraiment ce meurtre. Il se souvient vaguement qu'il avait dissimulé une lame de rasoir dans sa bouche et, quand il était passé à côté du mec, son bras s'était détendu, et en moins d'une seconde la lame avait tranché la carotide. *Et d'un,* se souvient-il d'avoir pensé. Mais ce meurtre est assez dilué dans son souvenir. C'est comme si la vapeur dégagée par l'eau chaude des douches lui avait également embrumé le cerveau. Peut-être que des taulards avaient compris ce qui venait d'arriver. Il n'en est pas sûr. Mais il a constaté qu'il était moins emmerdé, et que les mecs l'évitaient. De toute façon, personne ne recherchait sa compagnie.

La toilette lui a redonné le moral. Il a faim. Il s'habille et retrouve le même plaisir à enfiler le caban. En sortant de chez lui, il part d'un pas assure vers le café de la Butte-aux-Cailles où il s'était rendu l'autre jour. Il longe le marchand de journaux, entre dans le bar, s'assied sur la banquette de moleskine rouge, dos au mur sous un grand miroir. Et il observe. Première constatation : des gens insignifiants accoudés au comptoir prennent leur jus et lisent les journaux. Au-dessus du comptoir, une télévision est réservée au « Rapido » ; deux personnes consultent frénétiquement leurs tickets. Il ne comprend même pas de quoi il s'agit. Il commande un double café et des croissants. Il a très faim. Dans la salle, il y a deux autres télés fixées au mur. Les deux diffusent des programmes de sport. Une femme aux cheveux gris, coiffée d'un chignon très serré, est assise à quelques tables de Lécuyer. Elle tient son bol de café à hauteur du menton et trempe un croissant qu'elle dévore en deux bouchées. Le garçon dépose devant le petit homme une corbeille de croissants et son double café, l'addition sous une coupelle.

Lécuyer commence par découper minutieusement le sachet de sucre en poudre. Il avale avec application le sucre jusqu'au dernier grain, la tête en arrière. Il ne lui faut ensuite que quelques minutes pour expédier son petit déjeuner. Il observe de nouveau les gens. Deuxième constatation : il les trouve encore plus insignifiants. Il entend leurs conversations. Foot et météo. Vraiment passionnant ! *S'ils savaient qui je suis*, pense-t-il.

Et progressivement, il sent monter en lui une sorte de sentiment de puissance. En effet, ses démons qui se tenaient plutôt tranquilles ces derniers jours reviennent à la charge sur la pointe des pieds. Message. *Tu te rends compte, Arnaud, que tu ne t'es jamais fait choper alors que tu n'étais qu'un véritable novice. Avec ce que tu as appris en taule, plus rien ne peut t'arriver. Continue.*

Lécuyer vient de rentrer à coups de marteau dans son cerveau cette évidence. Il en était plus ou moins conscient, mais là, c'est la lumière absolue. Complètement transformé mentalement, il sort dans la rue comme si le monde lui appartenait grâce à son invincibilité toute neuve. Il file vers sa voiture, direction le psy. Il met en pratique sa conduite prudente et néanmoins arrive suffisamment en avance. Cela lui laisse le temps de se recomposer l'attitude du pauvre-type-que-le-monde-écrase. Il baisse le col de son caban quand il pénètre dans le hall de l'immeuble. Une plaque en cuivre super bien astiquée indique : « Jacques Thévenot psychiatre. Expert judiciaire ». Assis dans la salle d'attente, il s'efforce de faire ce que tout le monde fait dans ces cas-là, il lit un magazine qui date d'un an ou deux. Juste une attitude. Il s'en tape complètement de ce magazine à la con.

L'assistante vient le chercher et le conduit dans le cabinet du psy. Celui-ci est installé derrière son bureau. Important, le bonhomme, assis bien droit. Il rédige un document avec un énorme stylo encre Montblanc.

Le psy tout sourires lève les yeux de ses lunettes demi-lune :

— Asseyez-vous, je suis à vous tout de suite.

Lécuyer l'observe de ses yeux de chien battu en soupirant. Il a en face de lui un homme rond à la calvitie en couronne bien prononcée. Une mèche de cheveux gris, qui a échappé à la débandade, part du côté gauche et se trouve plaquée sur le crâne pour laisser à son propriétaire l'illusion d'une calvitie atténuée. Il porte une veste bordeaux, une chemise rose et un superbe nœud papillon écossais rouge et vert. Satisfait de ce qu'il vient d'écrire, il visse le capuchon de son beau stylo, relit une dernière fois son texte, plie la feuille, la glisse soigneusement dans une enveloppe, appelle son assistante par l'interphone, lui remet la lettre.

— Qu'elle parte au plus vite, merci, et ne me passez plus d'appel.

Il se consacre enfin à Lécuyer.

— Alors, comment allez-vous aujourd'hui ?

En posant sa question, le psy a ouvert le dossier de Lécuyer et jette un rapide coup d'œil en diagonale sur ses notes. Il se cale dans son fauteuil de cuir et observe le petit homme. Celui-ci a dans la tête un orchestre symphonique qui sonne la charge.

Les épaules voûtées et d'une petite voix, il dit :

— Difficilement. C'est dur de réapprendre à vivre seul après douze ans enfermé.

— C'est sûr ! Comment se passe votre travail ? Votre patron est satisfait de ce que vous faites ?

Spontanément, Lécuyer a envie de dire : *Qu'est-ce que tu comprends, connard ? Tu comprends que dalle !*

Et d'une petite voix, il s'entend dire :

— La plomberie, ça me plaît bien. J'ai appris ce métier en prison et je suis plutôt adroit de mes mains. Mon patron dit que je fais du bon boulot. Il m'a donné ce manteau. J'avais froid.

Les démons se marrent comme des bossus. Message : *Fais gaffe quand même, ne le prends pas trop pour un abruti.*

Le psychiatre prend des notes. Lécuyer le voit réfléchir. Il sent le bonhomme qui tourne autour du pot.

— Je souhaiterais parler avec vous de nouveau de ce qui vous a conduit en prison. J'aimerais bien qu'on y revienne. Nous pouvons en parler librement pour deux raisons. La première, c'est que la chose a été jugée et que vous avez été puni pour cela. La seconde est que je suis médecin et que je suis tenu par le secret médical. J'ai relu votre dossier et mes collègues du centre de détention n'ont pas eu, euh… comment dire… euh, des échanges, voilà c'est ça, des échanges suffisamment approfondis avec vous. Vous avez parlé très longuement de votre famille. Mais rien, ou vraiment très peu, sur les motivations de votre acte. Je voudrais explorer cette partie.

Je suis là pour vous aider à évacuer ce que vous accumulez en vous.

Thévenot s'est exprimé d'une voix chaleureuse et a balancé son regard professionnel de bienveillance à Lécuyer.

Les démons ont tiré la sonnette d'alarme : PRUDENCE, ATTENTION PIÈGE, s'inscrivent en lettres au néon rouge vif clignotant dans la tête de Lécuyer. Le petit homme se dit qu'il est obligé de dire quelque chose, de faire une réponse, de rentrer dans le jeu de ce gros con de psy. Sinon danger. Mais ce qu'il va dire, danger aussi. Lecuyer se racle la gorge pour s'apprêter à parler et regarde, avec ses yeux de chien battu, le psy qui l'encourage du regard.

— Vous avez raison, commence-t-il, j'espère que cela va m'aider.

Il voit que le toubib est satisfait. Il joue avec son beau stylo à dévisser et revisser le capuchon. Il sent que Lécuyer est mûr pour entrer dans la confession, mais sait d'expérience que le fil peut casser à tout moment. Aussi, il ne dit rien, restant dans une attitude bienveillante.

Les démons l'encouragent à lâcher du lest. Message : *Vas-y hypermollo, mec. Il va pas te garder trois plombes. Le tarif, c'est quinze à vingt minutes maxi avant le tampon sur le carton. Donc, tu amorces la pompe et tu reviens dans quinze jours. D'ici là, on verra.*

— Voilà. J'étais dans la rue, et je n'avais pas fait attention à cette dame encombrée de paquets. C'est elle qui m'avait appelé pour me demander de l'aider à porter ses courses chez elle. L'histoire a commencé comme ça.

Lécuyer s'arrête net.

Le psychiatre hésite à le relancer. Il réfléchit et parle :

— Continuez, essayez de visionner cette scène, l'encourage-t-il doucement.

Lécuyer fait mine de se concentrer. L'histoire, tu parles, il la connaît par cœur. Il pistait la vieille depuis plusieurs jours. C'était une amie de sa mère, une connaissance plutôt qu'une amie, d'ailleurs. Sa mère avait rencontré la vieille dans une sorte de vente de charité. Depuis, elle filait à mémé les fringues qu'elle ne mettait plus. Une bonne action, c'est sûr. Mémé était contente. Sauf que Lécuyer qui était déjà dans sa période tueur de gosses était une véritable bombe ambulante à l'affût de tout. Un jour, il avait surpris une conversation. Sa mère, il en était sûr, parlait de lui, disait à mots couverts que son mari s'était tapé Arnaud. Depuis, il se sentait observé par la vieille. Sauf que, lorsqu'il s'était pointé chez elle, mémé portait des vêtements de sa mère. Ses démons, qui parlaient peu à cette époque, avaient gueulé : *C'est ta mère ! Elle a pris le visage de la vieille pour se foutre de toi !* Il avait alors décidé de la tuer. Sur-le-champ. Pourquoi ? Comment ? Aucun intérêt. Les démons avaient dit : *Vas-y.* Sans réfléchir, Arnaud avait mis un coup de poing à la vieille et, sans savoir pourquoi, l'avait violée avec sauvagerie. Ensuite, il avait eu sommeil et s'était endormi. C'était aussi simple que ça. Mais, s'il raconte l'histoire au psy, il y a gros à parier pour que le roi du nœud papillon gamberge et le regarde autrement.

Alors non, pas aujourd'hui. Pour la suite de l'histoire, on réfléchira pour la prochaine séance et surtout, on parlera pas de la mère. C'est trop chaud, Papillon peut en tirer des conclusions qui feront tout exploser.

Lécuyer revient sur terre et, yeux de cocker et petite voix :

— Laissez-moi y aller lentement, je sais que vous allez m'aider. Mais je peux pas aller trop vite, c'est douloureux pour moi.

Le psy a camouflé sa déception derrière un « oui bien sûr », a tamponné le carton pour le contrôle obligatoire et a fixé un rendez-vous dans la quinzaine.

— On va se voir environ tous les quinze jours, c'est un bon rythme pour parler progressivement.

Le petit homme se montre encore plus humble, serre la main du psy d'une main volontairement molle, puis maladroitement sort du bureau.

Quand Lécuyer s'en va, Thévenot écrit avec son stylo : « Mérite qu'on s'y intéresse – Beaucoup de travail à faire –

Personnalité très complexe. À vécu un traumatisme. Lequel ? Personne âgée – lien avec la mère ? Reprendre l'histoire de sa famille racontée en prison – À vérifier cette partie, semble avoir des incohérences. À suivre. »

Une fois dans la rue, Lécuyer relève le col de son caban et d'une démarche rapide et nerveuse regagne son véhicule. Il est redevenu le petit-homme-sûr-de-lui. Assis dans la voiture, il s'observe longuement dans le rétroviseur. L'image que renvoie le miroir du pare-soleil est celle d'un homme au teint blême, hypertendu avec un regard à tomber raide. Réflexion immédiate du petit homme en voyant ses yeux : *Éteins tes projecteurs de haine, mec ! Tu vas te faire remarquer. Et arrête de marcher comme si le monde t'appartenait.* Il consulte ensuite son planning des rendez-vous et commence sa tournée. Il expédie d'une main adroite les quatre premiers. Les clients lui foutent la paix, c'est tout ce qu'il demande, et en plus, ils lui filent des pourboires.

Sa matinée va se terminer par le branchement d'un lave-linge dans le XIIe arrondissement. Pendant tout le trajet, les démons ont applaudi des deux mains. Message : *Aujourd'hui tu t'es comporté comme un king, mais sois prudent.*

Lécuyer est affairé depuis vingt minutes, le corps à moitié engagé dans un meuble sous un évier pour effectuer les branchements. Le client a préparé du café et attend patiemment que le travail soit fini. Lécuyer a chaud là-dessous, et l'espace exigu l'empêche d'essuyer la sueur qui lui dégouline dans les yeux. Il perçoit des bruits de pas arriver dans la cuisine et une voix :

— Papa, y fait quoi le monsieur dessous ?

Lécuyer n'entend plus rien. Zéro. La voix est celle d'un petit garçon. Il n'ose plus bouger. Il n'a même plus envie de sortir. Au contraire, s'il le pouvait, il rentrerait complètement dans ce trou.

Si je me relève maintenant, le type va de suite flairer l'embrouille avec la tête que je dois avoir. Il demande à ses démons de l'aide. Message en retour : *N'oublie pas que t'es blindé. Il ne t'arrivera rien. Tu sors, point final. Si le gosse te plaît, tu repasses un autre jour. Mais sois naturel.*

Lécuyer se remet au travail, entendant le gamin et le père parler. Quand il refait surface, il évite de regarder l'enfant. Évidemment, le père veut montrer que le gamin est poli.

— Pierre, dis bonjour au monsieur.

Le gamin tend la main à Lécuyer qui la serre mollement en évitant de regarder le gosse.

— Vous en avez encore pour longtemps ? demande le père. Parce que c'est midi passé et que j'ai une course à faire. J'en ai pour dix minutes au maximum. Si vous n'y voyez pas d'inconvénient, je vous laisse avec Pierre et je reviens.

Des inconvénients ? Lécuyer ne voit que ça. Pas la peine de se concerter avec les démons. Il sait que s'il reste avec le gamin, les choses vont se gâter. C'est sûr. Il préfère la fuite.

— Il me manque un coude pour votre tuyau. Je préfère revenir tout à l'heure, disons vers quinze heures. Vous serez là ?

Arnaud Lécuyer n'a pas laissé au père le temps de répondre. Il a bouclé sa caisse à outils, puis est parti sur-le-champ, entendant le père qui disait sur le pas de la porte : « Bon... comme vous voulez... à tout à l'heure. »

Arnaud Lécuyer est assis dans sa voiture. Plus calme qu'il ne l'aurait imaginé. Les démons approuvent son attitude et balancent la phrase attendue : *Tu vas pas rester là bêtement assis dans ta caisse. Et si tu repartais en chasse ? N'oublie pas que tu es invincible. Trouve ta cible.* Le petit homme est gonflé à bloc avec un désir indescriptible qui lui part d'entre les jambes et remonte à son cerveau. Et redescend. Et remonte.

Sans s'arrêter. Les psy donnent un nom à ce va-et-vient : pulsions sexuelles.

Il démarre sans vraiment savoir où il va et part en maraude. Il adore être en chasse, c'est une sensation qui le rend fort. *Je suis un chasseur.* Voilà ce qu'il se dit plusieurs fois d'affilée. Il sait qu'il n'a pas besoin de regarder la tête qu'il a dans le rétro. Il a rallumé ses yeux, et il se sent bien. Dans le flot de la circulation, ses yeux balaient méthodiquement de droite et de gauche les trottoirs. Il évite les grands axes, l'allure trop rapide l'empêche de bien voir. Il préfère les artères de moyenne importance où la circulation est plus lente et où il peut regarder les deux trottoirs à la fois. Il a bien vu ici ou là quelques enfants, mais soit ils étaient accompagnés, soit ils marchaient bien trop rapidement pour avoir une chance d'être stoppés. À plusieurs reprises, il s'est posté à un croisement de deux ou trois rues. À l'affût. Comme l'aurait fait une hyène ou un chacal attendant leur proie. Déçu de ne rien voir, il est reparti dans un autre poste d'observation. Sans plus de succès. Les démons, qui sentent qu'il est prêt à faire une connerie, calment le jeu. Message : *Lève le pied, mec. Si c'est pas aujourd'hui, ce sera demain. OK, t'es invincible, mais tu peux pas faire n'importe quoi. Va manger et boire un coup.*

Le petit-homme-sûr-de-lui entre dans un bar quelconque, commande le plat du jour avec un double express. Sucre avalé comme d'habitude, avant le café. Il a désormais beaucoup moins peur d'aller dans des endroits publics. Même si la voiture le sécurise encore un max, il se rend désormais plus volontiers dans des bars. Il jette un coup d'œil à sa montre, se dirige vers le publiphone et appelle le client chez qui il doit repasser. Réponse : « D'accord, je vous attends, vous pouvez venir tout de suite. » Il raccroche, rassuré, au moins, il ne sera pas seul avec le gosse.

Arnaud Lécuyer a fini de faire le raccordement du lave-linge. Il sent que le môme est dans la maison. Il ne l'a pas vu, mais il sait qu'il est là. Il tend à son client sa facture. L'homme part chercher son carnet de chèques. Arnaud Lécuyer, accroupi, est affairé à ranger ses outils. Il entend des pas qui approchent. Il sait que c'est l'enfant. Les pas se sont arrêtés. Les démons prennent le contrôle de Lécuyer. Message : *Ne lève pas les yeux. Oublie-le, y en a des milliers dehors.* L'enfant ne parle pas. Il doit être à cinquante centimètres de Lécuyer. Celui-ci quitte des yeux sa boîte à outils et fait lentement remonter son regard de quelques centimètres. STOP en rouge dans le cerveau. Ses yeux sont bloqués sur les pieds de l'enfant. Il ne bouge plus. Les démons gueulent : *Bordel, qu'est-ce que tu fous ? Tu attends quoi ? Tire-toi, maintenant.*

Lécuyer, sans savoir pourquoi, se sentant observé, prend dans sa boîte à outils encore ouverte une grosse rondelle de cuivre et, comme s'il était seul, se met à faire circuler à toute vitesse la rondelle entre ses doigts et à la faire disparaître. Il entend le gosse qui fait : « Ouaaah ! » Le petit-homme-sûr-de-lui range alors son matos, se lève sans même regarder le môme, prend le chèque et les cinq euros de pourboire que lui tend le père. Dit au revoir et merci. Les démons sont consternés par ce qu'ils viennent de voir. Tant d'imprudence et d'orgueil ! Du coup, ils font la gueule et ne lui parlent plus.

Arnaud Lécuyer, dans sa voiture, content de lui, consulte son planning. « Et surtout, dit-il à haute voix, observe bien si tu ne vois pas un gosse qui correspond à tes envies. » Il se tortille sur son siège et démarre.

Après avoir rechargé ses accus, Mistral est allé boire un café au distributeur. En remontant avec le gobelet chaud, il s'est assis à son bureau et a consulté ses notes relevées dans un carnet noir. Puis il a pris une feuille et écrit :

L'auteur

Homme, 35 ans environ, petite taille, brun, cheveux courts, corpulence mince – a été vêtu d'un blouson beige (déchiré haut épaule droite) et d'un pantalon foncé – porte une eau de toilette bas de gamme qui ne se fait plus et qui date d'au moins 15 ans – dans les trois auditions des tentatives, deux en 1989, une fin janvier 2002, le type a dit qu'il s'appelait Gérard – a fait trois fois référence à sa mère, jamais à son père – portrait-robot difficile à utiliser, trop « monsieur tout-le-monde », mais regard intense – le tueur apparaît et disparaît sans se faire remarquer des témoins.

Les victimes

Des garçons entre 9 et 12 ans – cheveux bruns – de race blanche. Aucun lien entre les victimes : viennent d'horizons différents, aucune fréquentation commune, arrondissements différents. À ce stade de l'enquête : aucun point commun, sauf faire fantasmer le Magicien.

Les scènes de crimes

Toutes à Paris – toutes identiques : des parties communes d'immeubles (caves, local vélos) – les gosses DCD trouvés à plat ventre, visages tournés vers la droite, bras légèrement écartés du tronc, mains à hauteur des épaules, doigts écartés – tués par strangulation avant le viol – mais aucun prélèvement de fait : aucune trace ADN exploitable. Un meurtre collatéral commis (les faits de janvier 2002).

Constat

Les gosses ne sont pas choisis par hasard – correspondent à une référence pour le tueur. La scène de crime a une signification, laquelle ? On connaît le mode opératoire, mais pas sa signature. Doit emporter quelque chose pour continuer à faire vivre ses fantasmes – quoi ? Les parents ont dit que rien n'avait été pris – les enfants n'ont pas été mutilés. Qu'est-ce qu'il a pris ? Comment circule-t-il ? À pied ? Transport en commun ? Voiture ? Autres ?

Mistral, après avoir relu son document, le range dans une chemise cartonnée sur laquelle est écrit « Le Magicien » qui contient ses notes et une copie du portrait-robot. Il finit d'avaler son café froid. Pour la millième fois, il se dit qu'il n'ira plus jamais chercher du café à ce distributeur. Sa porte du bureau étant ouverte, Dumont entre, visage fermé.

— Je viens aux nouvelles, les informations se font rares.

— Assieds-toi, et ne commence pas à dire des conneries. Si tu veux parler du Magicien, pour l'instant, c'est bouteille à encre et compagnie. Strictement rien. J'ai noté quelques réflexions, les voilà, il n'y a rien de secret. Tu verras par toi-même qu'il n'y a aucune piste.

— OK, OK ! C'était une simple réflexion. J'ai déjà bossé sur le Magicien. Je ne sais pas si tu le sais, mais j'étais à la Crim', comme inspecteur[1], pendant les deux ans où le type a tapé. De la folie furieuse. On avait un sentiment d'impuissance terrible.

— Oui, j'ai appris que tu avais déjà travaillé ici. Dis voir, une idée comme ça qui me traverse la tête. Est-ce qu'il y a eu des meurtres non élucidés pendant les séries des années 88/89 du Magicien ou autour de ces deux tentatives de 1989 ?

Mistral voit Dumont réfléchir à toute vitesse et secouer la tête en signe de négation.

— Difficile à dire, je ne m'en souviens plus à dire vrai. La Crim' était restée mobilisée sur le Magicien. Les autres services PJ prenaient nos autres homicides. Je ne sais pas ce que ça a donné. À cette époque, en tant qu'inspecteur, je n'avais pas une vue d'ensemble sur le dossier. J'espère que cette fois, ce ne sera plus le cas !

Mistral hausse les épaules, agacé.

— Guerand m'a demandé de mettre dès à présent tout le service dessus. Nous n'allons pas attendre un autre meurtre. On va se délester sur les autres services, et toi, en observateur de la Crim', tu superviseras toutes ces affaires. Il faut que l'on conserve un œil sur ce que font les autres brigades.

1. L'appellation inspecteur a été depuis remplacée par lieutenant, inspecteur principal est devenu capitaine et inspecteur divisionnaire commandant.

Mistral voit illico Dumont changer de couleur, et son regard devenir mauvais.

— Tu m'écartes du Magicien ? Monsieur veut se goinfrer pour lui tout seul les honneurs de la presse, je vois. Peut-être que t'as déjà une piste ? Mais, putain, pour qui tu te prends ?

La fausse accalmie a volé en éclats au bout de cinq minutes.

Mistral se dresse d'un bond de son fauteuil, ce qui surprend Dumont.

— Maintenant, tu fermes ta gueule et tu m'ecoutes. Je ne cherche pas les honneurs, je m'en tape. Ce que je veux, c'est être le plus efficace possible pour arrêter un mec qui tue des mômes. La traque de ce type, c'est un travail de tout un service, du gardien de la paix jusqu'au chef de service. Pigé ? En te mettant sur les autres homicides, peut-être que tu exploiteras d'autres pistes. Si tu n'as pas compris ça, tu n'as rien compris au boulot de flic. Maintenant, dégage, j'ai autre chose à faire qu'à soigner ton ego.

Dumont sort du bureau comme un obus. Mistral, qui tient un stylo à la main, le jette sur son bureau avec exaspération :

— Mais quel con, ce mec !

Pour calmer sa colère, il descend à l'état-major laisser les consignes pour le week-end. Les officiers de permanence viennent de transmettre les parapheurs pour la réunion de direction de dix-huit heures, la tension est retombée. Le chef de salle, un commandant de police expérimenté, propose un café à Mistral qui décline l'offre avec un sourire.

— Aujourd'hui, j'ai dépassé la dose. Vous terminez bientôt ?

Le commandant regarde la pendule de la salle. Elle indique dix-huit heures quarante-cinq.

— Je termine à dix-neuf heures et on reprend la permanence demain soir à dix-neuf heures jusqu'à sept le lendemain. Il y a des consignes particulières ?

— Je ne suis pas de permanence ce week-end, mais s'il y a quelque chose de grave qui concerne un enfant, ou si le Magicien refait parler de lui, vous m'appelez de jour comme de nuit, mon portable restera allumé. À la Crim', c'est

Martignac qui s'y colle. Pas de crainte avec lui, il sait qu'il peut me joindre à tout moment. Le standard reste ouvert.

Mistral désigne du doigt son téléphone mobile accroché à sa ceinture.

— Pas de problème. Calderone m'a dit également la même chose. Les consignes seront passées à la relève aux équipes de nuit.

Les deux hommes se serrent la main. « Bonne chance » écrit dans le regard du chef de la salle de commandement. En remontant vers son bureau, Mistral croise Dumont rouge de colère qui dévale l'escalier son manteau sous le bras. Aucun regard, aucun échange de paroles.

Calderone finit un point avec son groupe avant le week-end quand Mistral entre dans le bureau. Il assiste à la fin de son briefing. Après quelques questions, les policiers quittent la pièce en saluant les deux hommes.

— J'ai donné les consignes aux gars au cas où notre mec se manifesterait. Je pense que nous avons tout bordé.

Mistral approuve.

— Le directeur m'a demandé si le portrait-robot pouvait être exploité par la presse, indique Mistral. À mon avis, le préfet envisage un changement de stratégie. Je lui ai donné mon sentiment. C'est un portrait beaucoup trop vague pour être diffusé. C'est la tête d'un type qu'on oublie dès qu'on l'a croisé.

— Qu'est-ce que vous faites ce week-end ?

— Tout d'abord, cette nuit, je termine la lecture des procédures. Je fais ça chez moi. Demain après-midi, j'ai promis d'amener les gosses au jardin du Luxembourg. Pour dimanche, on verra. Et vous ?

— Avec le Magicien qui revient, je veux être joignable à n'importe quel moment. Samedi, j'irai avec ma femme faire des courses, et dimanche, si c'est calme, déjeuner place des Vosges et me balader dans le quartier. Elle aime bien cet endroit de Paris.

Les deux hommes savent que le week-end ne sera qu'une parenthèse pendant laquelle ils seront comme des sentinelles l'arme au pied à attendre.

Mistral monte dans sa voiture garée dans la cour du 36. Il met en marche mais ne démarre pas tout de suite, il ouvre sa boîte à gants et prend un CD de Miles Davis, *Sketches of Spain*. C'est un de ses disques préférés, le *Concerto d'Aranjuez* revisité par le génial trompettiste. Mistral sait que le trajet avec cette musique va le détendre et le déconnecter quelques instants de l'enquête. Il rentre chez lui en conduisant lentement, laissant opérer la musique, prenant le temps de regarder les avenues de Paris éclairées. Quand il arrive devant chez lui, il est relativement calme.

Lorsque les petits entendent la porte d'entrée s'ouvrir, ils se ruent sur leur père en criant « moi d'abord », comme s'ils ne l'avaient pas vu depuis des mois. Tous les soirs, c'est le même rituel, et Clara sourit. Mistral n'a pas fait trois pas dans la maison que les deux garçons demandent si demain ils vont bien au Luxembourg.

— Sauf s'il pleut, demain on y va.

Les deux enfants sont rassurés.

— On ne veut pas prendre les vélos. On préfère jouer avec les bateaux qu'on pousse avec des bâtons dans le bassin.

— Si mes souvenirs sont bons, la dernière fois, vous avez failli piquer une tête dedans. D'accord, vous avez largement pied, mais il faudra faire attention, d'autant que ce n'est pas la saison pour prendre un bain, rappelle Clara.

Le repas se déroule calmement, les enfants ont la permission de dîner avec leurs parents uniquement le vendredi soir. Autre rituel de ce jour-là, Mistral a l'habitude de lire des histoires à ses fils. Les deux enfants se mettent sur un lit, Mistral s'assoit sur la moquette, le dos appuyé contre le lit, les petits derrière lui. En ce moment, il lit *L'Île au trésor*, et les deux garçons adorent cette histoire de pirates dont le héros est justement un jeune garçon.

L'édition qu'ils possèdent est illustrée d'aquarelles représentant des têtes de pirates, les armes utilisées à l'époque, les bateaux, etc. Souvent, ils interrompent leur père en disant : « Fais voir le dessin. » Cela fait aussi partie de la lecture.

Les deux garçons attendent avec impatience leur père. Mistral entre dans la chambre avec le livre ouvert.

— Avant que je ne commence à lire, qui peut me dire où nous en étions restés la dernière fois ?

Les deux enfants se regardent. Explications embrouillées pour finalement arriver à dire que le jeune Jim Hawkins était en difficulté sur le bateau et qu'un pirate grimpait le long du mât pour attraper le jeune héros qui s'y était réfugié tout en haut. Le père reprend alors la lecture. Il leur consacre une demi-heure et s'arrête non pas sur une scène de combat, mais plutôt sur un moment plus calme. Les garçons râlent chaque fois que leur père referme le livre en disant : « C'est tout pour ce soir. » Ludovic adore ces moments et pour rien au monde ne les manquerait.

Après les avoir couchés et embrassés, Mistral et Clara se retrouvent dans le salon. Elle demande des nouvelles du Magicien. « Strictement rien. »

Elle lui raconte sa journée et les tests qu'elle fait sur un nouveau parfum. Clara a chez elle ce que les parfumeurs appellent un orgue. Il s'agit d'une sorte de grande palette avec plus de cinq mille odeurs différentes, chacune possédant des caractéristiques propres. Un « nez » doit en permanence faire ses gammes afin d'entretenir sa mémoire des odeurs pour ensuite se livrer à ses propres compositions. Avec son orgue, elle associe des odeurs. L'accord parfait ne se réalise qu'après un subtil mélange comprenant parfois plusieurs centaines d'odeurs. Puis elle part pour Grasse afin de discuter de ses recherches et procéder à de nouveaux tests.

Un peu plus tard dans la nuit, Mistral se dirige vers son bureau. Il aime cette pièce entièrement à lui qui lui permet de travailler dans un environnement qu'il affectionne. Il a accroché aux murs des affiches encadrées du peintre américain Edward Hopper, *Summertime* et *Hotel Room*, ainsi que deux lithographies de Jack Vettriano achetées à Londres dans une galerie lors d'un week-end en amoureux avec Clara.

Cette nuit, il va lire les autres procédures, les meurtres commis en 1989. Il s'est préparé une bouteille Thermos de thé et quelques fruits. Il sait, au vu de la taille des procédures, qu'il en a pour toute la nuit. Dans son bureau, est posée sur un meuble une représentation de Don Quichotte. C'est une statuette en métal d'une trentaine de centimètres de haut faite par un artiste cubain. Il a acheté cet objet fabriqué de bric et de broc avec des morceaux de fer, et l'ensemble est réussi. L'éclairage d'une lampe renvoie sur le mur l'ombre agrandie de Don Quichotte à cheval tenant sa lance. Souvent, Mistral regarde cette ombre portée. En aucun cas, il ne se compare à ce personnage, les assassins qu'il cherche n'ont rien de moulins à vent.

En soupirant, Mistral se plonge dans la lecture des meurtres d'enfants, son carnet de notes à côté. Quelques heures plus tard, il éprouve le besoin de se détendre. Il se lève, s'étire et s'accorde une pose d'une vingtaine de minutes pendant lesquelles il écoute sur son lecteur de CD un autre trompettiste de jazz, Chet Baker. Il a mis ses écouteurs pour être sûr de ne déranger personne. Son regret est de ne pas pratiquer la musique. Il espère qu'au moins un de ses deux fils apprendra à jouer d'un instrument.

Un autre homme à une quinzaine de kilomètres de là ne dort pas non plus. Mais lui n'écoute pas de musique. Arnaud Lécuyer, assis dans son tipi, les jambes serrées contre sa poitrine, les bras enserrant ses jambes, le front appuyé contre les genoux, réfléchit. Pour une fois, sa collection est à l'extérieur de la tente. Il est en pleine concertation avec ses démons. Message : *Change de stratégie. Tu es devenu invincible. Prends ton temps avant de tuer, profite de ce moment.*

Le petit homme a pleinement conscience de sa supériorité. Mais quels risques démesurés d'emmener des enfants dans des caves ou dans des endroits ouverts aux quatre vents ! Il a lu et appris en prison que les policiers ont considérablement progressé dans l'analyse des scènes de crimes, et que maintenant, ils possèdent un fichier ADN en construction pour les criminels sexuels. Il se félicite d'avoir commis ses précédents viols avec des préservatifs et que jamais son ADN n'ait été prélevé à l'occasion de ses meurtres.

Il sait que désormais, s'il laisse une trace, même infime, il sera tout de suite pris. Donc, il est exclu à plus d'un titre de recommencer ses exploits dans les caves. Et il se jure bien de ne jamais répéter le coup de folie commis il y a quelques jours. Le petit homme arrive naturellement à la conclusion qu'il faut qu'il réussisse à faire monter un gosse dans sa camionnette et qu'ensuite, une fois terminé, il le dépose dans un coin. Cette conclusion le satisfait. Les démons disent : *D'accord, mec, mais n'oublie pas la prudence. PRUDENCE.*

Lécuyer reste sur sa frustration de n'avoir pas accompli jusqu'au bout son rituel. Autant sa collection le calme quand il est dans la phase de préparation, autant elle le ferait immédiatement exploser s'il devait la toucher maintenant. En accord avec le message des démons, Lécuyer déplie ses jambes, s'extirpe de son tipi et se couche. Il s'endort rapidement d'un sommeil peuplé de rêves confus et agités, hantés par une ribambelle de mômes qui n'arrêtent pas de dire : « Comment tu fais ça, monsieur ? »

De temps à autre, Lécuyer se réveille en sursaut, il ne reconnaît pas sa chambre, ignore s'il est dans le rêve ou la réalité. Les démons sont aux abonnés absents, laissant le petit homme se débrouiller seul.

L'aube froide trouve deux hommes pareillement exténués. Lécuyer, qui est allé à la frontière de nulle part, a du mal à reprendre pied, et Mistral, passablement découragé par ce qu'il vient de lire.

Il a terminé la lecture des affaires année 89 et noté deux ou trois réflexions. Il décide d'aller dormir. La fatigue accumulée ces derniers jours le rend pessimiste, il ne voit pas vraiment quelle piste exploiter. Il espère que le sommeil l'apaisera. Il vérifie que son téléphone mobile est bien en fonctionnement quand il se couche à côté de Clara. Une minute plus tard, il s'endort.

8

Samedi après-midi, la famille Mistral est au jardin du Luxembourg. Les deux enfants ont couru jusqu'au loueur de bateaux qui se tient près du grand bassin. Ce sont des voiliers en bois portant des numéros inscrits sur les voiles pour que les enfants les reconnaissent. Le loueur donne également des grands bâtons fins pour que les enfants puissent pousser les bateaux vers « le large » sans tomber à l'eau. Ensuite, ils courent autour du grand bassin pour repousser les voiliers vers des contrées imaginaires, leurs îles au trésor. Ce jeu dure près d'une heure. Ce samedi de février est froid et ensoleillé, et beaucoup d'adultes accompagnés d'enfants flânent dans le parc, dont une bonne quinzaine piaille autour du bassin. De nombreux parents, profitant de cette belle lumière, photographient leur progéniture.

Après les voiliers, les garçons font une balade sur des poneys. Clara prend des photos du père et des fils qui grimacent devant l'objectif. De temps en temps, une ombre assombrit le regard de Mistral. *Il y a un tueur d'enfants dans la ville*, dit cette ombre. Puis elle disparaît, et Mistral revient à sa famille.

L'heure du goûter arrive. En sortant du Luco, comme disent les Parisiens, par la sortie face au Panthéon, Mistral et Clara achètent des marrons chauds, pendant que les deux garçons sautent sur place pour avoir des crêpes au chocolat. En rentrant à la maison en fin de journée, les garçons somnolent dans la voiture. Mistral sait d'expérience qu'il ne faut pas qu'il parle de son travail avec Clara lorsqu'ils sont à proximité. Même s'ils ont l'air endormis, les enfants captent tout, et il n'a vraiment pas envie qu'ils entendent parler du Magicien. Aussi, la discussion porte sur les projets de leurs prochaines vacances.

Une fois arrivé, Mistral se consacre encore à eux jusqu'au dîner, poursuit ensuite quelques minutes la lecture de l'histoire et les laisse dormir.

Clara voit que son mari est preoccupé, elle tente de l'apaiser par des « je suis sûre que vous l'aurez bientôt ».

Mistral avant de se coucher a appelé l'état-major. Réponse : « Tout est calme à Paris. RAS. » Il a regardé une dizaine de minutes LCI avant d'aller se coucher.

Le dimanche, une pluie froide succède au soleil du samedi. La famille reste à la maison. Le soir, l'état-major lui téléphone : « Avec le temps qu'il fait, ça n'encourage pas les gens à traîner dans les rues. Tout est calme. RAS. »

En fin de soirée, Calderone se manifeste. Il a eu Jean-Yves Perrec sur son téléphone mobile. Il lui a raconté un bobard, disant que mardi prochain, il sera du côté de Boulogne-sur-Mer pour une enquête sur commission rogatoire. Le Touquet étant à une trentaine de kilomètres, il passera le voir. Pas un mot sur le Magicien, pas un mot de Mistral. Perrec lui a donné rendez-vous pour déjeuner. Mistral a apprécié de pouvoir rencontrer le policier et la discrétion apportée par Calderone.

Cette nuit, Mistral a du mal à s'endormir. Il sait qu'il est inutile de replonger dans les procédures, et qu'il ne retrouvera aucun indice qui le fasse progresser. En fait, Mistral a hâte de reprendre son travail lundi matin.

Le week-end est en général déprimant pour Arnaud Lécuyer. Il se souvient que ses parents faisaient les courses le samedi, et que son père jouait au tiercé le dimanche matin au PMU du quartier. L'après-midi, après la course diffusée à la télé, il déchirait ses tickets en s'en prenant à ces « canassons de merde qui n'avancent jamais ». Seule activité, il clopait comme un dingue et s'enfilait des pastis les uns derrière les autres, le dimanche matin au bar.

En taule, jours de semaine ou week-end, cela ne voulait strictement rien dire. Donc, pendant douze ans, quand on est dans un système sans structure de temps, autre que celle de manger et dormir, visites parloir pour ceux qui en ont, été comme hiver, on se déshabitue à vitesse grand V des repères d'avant, ceux de l'extérieur. D'autant que Lécuyer avait planté le décor en refusant les visites. Et lorsqu'on travaille ou que l'on apprend un métier, on n'a pas l'impression que les week-ends veulent dire quelque chose. On se livre à des activités dans un même lieu. C'est tout. C'est ce à quoi songe Arnaud Lécuyer dans sa voiture.

Le prédateur cherche une place de stationnement à proximité du Trocadéro. Il y a toujours beaucoup de monde dans ce lieu touristique. Des groupes qui se baladent, caméscopes tendus à bout de bras, les yeux rivés sur l'écran pour bien vérifier ce qu'ils filment. La plupart d'entre eux n'auront vu Paris que dans ce petit écran et ensuite projeté sur leur télé. D'autres se font photographier avec la tour Eiffel dans le dos. « Tu vois bien qu'on était à Paris. »

Lécuyer se dit qu'un môme qui s'égare, même un touriste, ferait l'affaire.

Les démons ne prononcent qu'un mot, ou plutôt ils l'épellent : *P-R-U-D-E-N-C-E.*

Lécuyer aimerait bien les faire taire, mais il pense aussi qu'ils sont parfois de bon conseil. Donc, il fait avec.

Après deux ou trois heures à flâner sur l'esplanade du Trocadéro, bourrée de monde par ce samedi froid et ensoleillé, Lécuyer, dans son costume de chasseur, caban col relevé, renonce. Trop de flics, trop de monde, trop de vigilance de la part des parents, trop de pièges, trop de témoins potentiels, trop de trop. Il remonte dans sa caisse et va voir ailleurs.

D'expérience, il sait que les samedis après-midi et les dimanches sont des jours de merde. Les gosses traînent rarement seuls. Sauf peut-être sur les grands boulevards qui touchent les quartiers populaires se trouvant à la périphérie nord et est de Paris. Mais là, problème. Gros problème. S'il se fait choper, il se fait buter. Il se souvient d'une discussion entendue pendant la promenade dans la cour de la prison. Comme d'hab', les mecs étaient vénères et, comme d'hab', ils en faisaient des tonnes. Ils parlaient entre eux. Ils parlaient fort. C'était à qui en rajouterait. Mais, quand même, le petit homme avait retenu une leçon. Une de plus.

En l'occurrence, les lascars disaient qu'en cas de grosse embrouille :

— C'est pas ces enculés de keufs qui viendront régler nos problèmes. Parce que nous, les problèmes, on les règle nous-mêmes, et on fume les connards qui se pointent sur notre territoire.

Donc, Lécuyer évite prudemment les quartiers à risque pour lui. Les démons approuvent silencieusement.

Ses moments préférés pour le repérage sont le mercredi après-midi, et pour les autres jours de la semaine, soit en fin de matinée, soit en fin d'après-midi. Quand les gosses sortent de l'école, se rendent à leurs activités sportives ou autres. Ensuite, quand il a sélectionné sa proie, il revient. Il fait une étude du terrain, en quelque sorte. Et là, il tend sa toile, attend patiemment, et l'enfant est pris. Collé. Enroulé dans les fils. Il se met aussi à l'affût à proximité des piscines. Pendant ses exploits passés, il en a attrapé un près d'une piscine. Ce souvenir le fait frissonner. Son travail actuel a des avantages et des inconvénients. Avantage : une voiture qui procure mobilité, facilité de déplacement, autonomie, anonymat (préservé pour l'instant). Un salaire qui lui suffit largement. Dans la rubrique inconvénients : il ne peut pas être toujours aux bons endroits et aux bonnes heures pour les repérages. Mais cet inconvénient est largement contrebalancé par l'usage de la voiture. Et là, il augmente la taille de son terrain de chasse.

La nuit qui vient de tomber est froide. Lécuyer en a marre de chasser et décide de rentrer chez lui. Avant, il s'arrête dans une station service, fait le plein du véhicule et s'achète de quoi dîner. Vingt minutes pour trouver une vraie place de stationnement. En regagnant son domicile à pied, il passe par la rue Gérard complètement vide de passants. Les voitures sont garées du côté droit. Il marche sur le côté gauche. Dans le caniveau. Et puis soudain, il met le pied gauche sur la bordure du trottoir et laisse le droit dans le caniveau. Il s'amuse à marcher ainsi. Gauche, droite. Il monte et il descend. Gosse, il prenait des beignes quand il rentrait avec de l'eau dans la chaussure. Mais là, le caniveau est à sec. Il continue ainsi pendant une trentaine de mètres. Puis il s'arrête soudain. Lui reviennent alors en mémoire, d'abord confusément, de manière floue, puis de plus en plus nets, des images et des sons.

Une bagarre, ici en pleine nuit, survenue bien des années auparavant. Il ne se souvient pas quand exactement, peut-être treize ans en arrière.

Lécuyer s'appuie contre un mur et fait des efforts pour se remémorer cette scène. D'abord les circonstances.

Cela avait commencé en fin d'après-midi, il y a si longtemps. Il était tombé sur un gosse d'une dizaine d'années, qui rentrait chez lui, s'amusant à marcher un pied sur le trottoir, l'autre dans le caniveau. Ses tours de magie avaient stoppé net l'enfant. En trois minutes, il avait rassuré le gosse. En cinq, il l'avait emmené dans un local poubelles, pour changer une lampe. Il l'avait assommé et installé, prêt pour le sacrifice. Tout se passait plutôt bien. Un chien était alors entré. Un chien énorme. Il ne l'avait pas entendu venir. Il s'en était rendu compte quand, agenouillé sur l'enfant, il avait senti dans son oreille un souffle puissant et chaud, puis entendu un grondement. La peur l'avait projeté en avant, droit sur ses jambes. Et il avait vu dans la pénombre un chien. La race ? Aucune importance, il n'y connaissait rien. Le chien lui paraissait énorme. Énorme, donc méchant. Il grognait sourdement. Lécuyer voyait les babines retroussées et les crocs apparents.

Le petit homme tenait dans la main droite son arme favorite qu'il avait fabriquée. Un tournevis d'une trentaine de centimètres au manche fin, mais dont le bout en acier avait été transformé en pointe acérée. Il tenait son tournevis serré dans sa main droite à s'en faire péter les jointures. Le chien avait alors bondi. Arnaud Lécuyer avait aussitôt porté plusieurs coups au jugé. Le premier avait crevé un œil au chien, les suivants étaient entrés frénétiquement sur le côté gauche. Le chien s'était enfui en hurlant, sans doute pour aller mourir plus loin. Arnaud Lécuyer n'avait pas demandé son reste. Il était parti, titubant, tremblant tellement sur ses jambes qu'il avait cru un instant ne pas pouvoir marcher. La veste qu'il portait avait reçu le sang de l'animal. Il avait jeté son vêtement dans une poubelle, essuyé son tournevis, et l'avait réintégré dans la manche droite de sa chemise. Puis, en pleine nuit, il avait arpenté les rues de Paris pour tenter de se calmer. Il y était presque arrivé, quand à deux heures du matin il était rentré chez lui.

Rue Gérard, il s'était mis à marcher, pied gauche sur le trottoir, pied droit dans le caniveau, comme il faisait quand il était môme. Comme le môme qu'il avait estourbi quelques heures plus tôt. C'est en partie de cette façon qu'il l'avait abordé. Il avait repéré le gamin qui s'ennuyait et qui marchait le long du caniveau. Il avait eu l'idée de l'imiter en venant à sa rencontre. Ses tours de magie avaient fait le reste. Ferré avec la démarche, harponné avec ses dés. S'il n'y avait pas eu ce putain de chien...

Et puis, alors qu'il n'était qu'à quelques dizaines de mètres de son domicile, une bagnole était arrivée derrière lui. Le conducteur avait donné de furieux coups d'accélérateur.

Lécuyer, toujours appuyé contre le mur, aperçoit maintenant mieux la scène. Il a l'impression d'assister à un film où il est acteur.

Il se voit continuer sa marche mi-caniveau mi-trottoir, comme si de rien n'était, sans s'occuper de la voiture qui s'impatientait derrière lui, encore tendu par ce qu'il venait de faire. Ce n'était pas un abruti qui allait lui pourrir la vie, juste maintenant, alors qu'il revivait la scène d'approche avec le gamin. La voiture l'avait dépassé et il s'était pris un violent coup de rétroviseur dans le bras droit. Pas de réaction.

Normal, ce qu'il ressentait à côté du coup qu'il venait de recevoir n'était strictement rien. La voiture était occupée par quatre personnes, deux garçons, deux filles. Le conducteur avait stoppé le véhicule quelques mètres plus loin, était revenu vers ce connard qui semblait se foutre de lui. Lécuyer avait senti un choc violent sur la bouche. Il était tombé à la renverse sur le sol. Il s'était pris un coup de poing en pleine figure et n'avait rien vu arriver. Un jeune type au-dessus de lui l'insultait. Il entendait les passagers de la voiture qui appelaient le gars. Ce connard riait, maintenant. Lécuyer s'était relevé. L'autre l'avait laissé faire pour mieux lui en coller un autre. Le petit homme, qui n'impressionnait vraiment personne, tenait dans sa main droite un drôle de tournevis, celui avec lequel il avait tué le chien. Le jeune homme, sûr de sa force, n'avait rien remarqué et s'était approché pour exploser ce petit mec. Lécuyer l'avait laissé s'approcher de lui. Sans presque bouger, son bras s'était détendu et il avait alors planté le type de bas en haut. En plein cœur. Bien évidemment, les autres passagers n'avaient rien compris. Ils avaient juste vu leur pote s'écrouler comme au ralenti. Quand ils s'étaient approchés de leur copain, celui-ci était en train de mourir.

Arnaud Lécuyer avait mis à profit ce flottement pour s'enfuir en cavalant. Vite. Très très vite. Il avait pris tout de suite à gauche la rue Jean-Marie-Jego à fond de train, sans respirer, et avait déboulé comme un avion dans la rue de la Butte-aux-Cailles. Sans réfléchir et sans s'arrêter, il avait traversé la rue et longé un grand jardin public. Il s'était arrêté dans l'ombre des grilles pour souffler et réfléchir. Il entendait battre son cœur. Exclu qu'il prenne la rue Bobillot. Elle donnait sur la place d'Italie. C'était un axe qui serait obligatoirement pris par les patrouilles de police, et il se ferait contrôler. Sûr et certain. Il ne savait pas où il allait. Le bruit d'une sirène de police, amplifié par le silence de la nuit, avait décidé pour lui. D'un bond, il avait sauté la grille et était entré dans le jardin public.

La pancarte de couleur « vert jardin » avec bordure blanche indiquait qu'il s'agissait du square Henri-Rousselle,

1866-1925, Président du Conseil général. Lécuyer s'en tapait complètement. En y entrant, il s'était allongé sous des arbres entourés de bosquets et n'avait plus bougé. Parfaitement invisible. Impossible de se calmer. Une vingtaine de minutes plus tard, il avait entendu passer des voitures au ralenti. Pas la peine de se redresser pour savoir de qui il s'agissait. Il voyait les lueurs bleues des gyrophares qui balayaient la nuit au-dessus de lui, puis des flics qui faisaient une ronde et qui parlaient fort. De temps en temps, l'un d'eux balançait un coup de lampe torche dans le parc. Lécuyer, sous les buissons, était à plat ventre la tête entre les bras, s'attendant à tout moment à être découvert. Puis progressivement, au bout de deux ou trois heures, les bruits, qui avaient mis tout le monde aux fenêtres, décrurent. Il n'en pouvait plus, Lécuyer, entre le gosse, le chien et ce type, il était comme une grenade dégoupillée. Prêt à exploser.

Lécuyer, dans la même position, revit maintenant complètement la scène. Il se voit ressortir du square vers sept heures du matin avec d'infinies précautions. Il n'avait pas fermé l'œil de la nuit. Ne sachant où aller, il avait marché toute la matinée, évitant son quartier. Avec prudence, ne voyant plus de policiers, il était revenu chez ses parents dans le milieu de l'après-midi. Il était resté terré dans sa chambre deux jours sans manger ni boire. Personne ne lui avait dit quoi que ce soit. D'ailleurs, il ne parlait plus à ses parents depuis trois ou quatre ans. Quand il avait remis le nez dehors, il n'avait vu aucun flic. Il était allé chez le marchand de journaux dans la rue de la Butte-aux-Cailles et avait acheté *Le Parisien.* En page intérieure, rubrique faits divers Paris, une demi-page avec la rue Gérard en photo sur laquelle une marque à la craie représentait la position du mort.

« Émotion rue Gérard. Différend entre un automobiliste et un passant : un mort », disait le titre de l'article. Conclusion du journaliste : « Selon une source proche de l'enquête, les policiers de la troisième division de la Police judiciaire sont bien embarrassés. Hormis les passagers de la voiture, il n'y avait aucun témoin de la scène lors de cette brève bagarre qui s'est produite vers deux heures du matin. Les amis de la victime étaient incapables de décrire l'agresseur qui s'était enfui. Ils avaient déclaré qu'un type, sans doute ivre, avait insulté le chauffeur de la voiture quand celui-ci était passé au ralenti à côté de lui. Leur ami était descendu du véhicule pour demander des explications et le type, sans rien dire, lui avait donné un coup de couteau et avait pris la fuite.

Personne n'était descendu du véhicule quand le chauffeur était allé parler calmement au type. L'arme du crime n'avait pas été retrouvée.

Et pour cause, avait conclu Lécuyer, *elle est dans ma manche.* Il était indigné de ce qu'avaient dit les gens dans la voiture, mais n'irait pas les contredire. Rassuré quand même sur les très faibles chances qu'avaient les flics de remonter jusqu'à lui, le petit homme s'était remis en chasse.

Après ces souvenirs, Lécuyer, d'un mouvement du bassin, décolle du mur lentement. Il reste sur le trottoir pour regagner son appartement, étonné d'avoir oublié ce meurtre. Cette histoire lui était complètement sortie de la tête. Il vient pour la première fois de la revivre avec lucidité.

Lécuyer a faim et se hâte de rentrer chez lui. La lumière jaunâtre éclaire le petit salon-salle à manger pas folichon du tout. Après avoir ôté son caban et posé son tournevis sur la table, il s'installe dans un fauteuil avec les barquettes de salades, de viandes froides et la bouteille de Coca qu'il a achetées. Il regarde machinalement la télévision. Essaye d'être attentif à ce qui se dit. Mais ça ne l'intéresse pas. Il se lève, va chercher son jeu de cartes, s'assied à la table, bat les cartes à très grande vitesse, sans les regarder. Il fait ensuite une partie de poker imaginaire à quatre. À mi-voix, il s'adresse aux joueurs : « Toi à droite, je t'ai donné une paire, toi en face un carré, à ma gauche un brelan et moi rien. » Il tourne les cartes pour vérifier, sourit légèrement des lèvres, pas des yeux, en constatant qu'il a bien donné ce qu'il a dit. Il continue à voix basse : « Mais vous croyez me baiser avec vos jeux de cons, je vais tous vous donner le compte en ramassant une quinte flush. Voyons si c'est le cas. » Lécuyer prend les cartes, les range dans son jeu. Il regarde avec satisfaction les résultats de son adresse diabolique.

Au bout d'une heure, il va se coucher. Il évite sa collection. Il n'est pas en état de faire fonctionner ses fantasmes et de leur laisser libre cours. Ses démons vont venir l'emmerder avec. *PRUDENCE.* Il n'a pas envie de se disputer avec eux. Le petit homme se couche en chien de fusil, pour une fois sous les couvertures, ferme les yeux et s'endort.

En route pour les rêves de perdition.

9

Mistral ne pense qu'à une chose, prendre l'initiative. Ne pas laisser le Magicien lui dicter son rythme. Ne pas tomber dans le piège de l'attente. Ne pas essayer de trouver des fréquences dans les tueries à venir, en se disant qu'il peut y avoir tant de jours ou tant de semaines avant qu'il ne passe à l'acte. Il faut le loger[1] coûte que coûte. Mistral a traversé Paris sans bien faire attention à ce qui l'entourait. Une oreille sur France Info, l'autre sur fréquence Police, toute son attention retenue par la traque du Magicien. En descendant de sa voiture, il en est à se demander s'il ne faudrait pas, d'entrée de jeu, mettre la presse dans la coup. La grosse artillerie, les journaux, les radios, la télé, les interviews, le rappel des enquêtes non élucidées, la diffusion du portrait-robot, même si celui-ci n'est pas vraiment utile. Le grand jeu, quoi. Le Magicien réagirait peut-être. Il se donne une huitaine de jours pour essayer de vendre cette option au directeur pour qu'elle la vende à son tour au préfet de Police. D'ici là, il doit démontrer qu'il a exploré toutes les pistes possibles. Mais Mistral est inquiet. Il sait que le tueur, depuis sa tentative manquée, doit être comme un arc, tendu à l'extrême, et qu'il ne va pas tarder à exploser.

1. Jargon policier qui signifie identifier un domicile, une personne, etc.

C'est dans cet état d'esprit qu'il a réuni Calderone et son groupe ainsi que les autres policiers présents de la Crim'. Dumont a également été convoqué par Mistral sans possibilité de refus. La soixantaine de participants sent qu'il y a de la tension dans l'air. Silence lourd dans la salle de réunion quand Mistral expose son plan.

— Je vous ai réunis pour vous dire que la seule priorité du service est désormais le Magicien. J'insiste là-dessus. Tous les homicides seront, à partir d'aujourd'hui, pris par les autres services PJ. Ils ont été prévenus par le directeur. Le commissaire Dumont sera l'observateur pour la Brigade criminelle de ces affaires et assurera le cas échéant un rôle de conseiller technique pour les services PJ. Il me rendra compte de ces dossiers. En cas d'affaire particulièrement grave, nous reprendrons la main.

Mistral observe brièvement Dumont, appuyé contre un mur de la salle, qui ne dit pas un mot et qui regarde ailleurs. Toute son attitude fait savoir qu'il désapprouve Mistral. Ce dernier poursuit en s'adressant aux officiers.

— Contre ce type, nous ne pouvons pas gagner tout seuls. Il nous faudra l'aide des autres services de police. Vous irez dans les vingt commissariats centraux d'arrondissements pour sensibiliser les policiers en uniforme sur cette affaire. Nous allons mettre dans le coup tous les policiers de la capitale. Idem pour ceux qui bossent aux contraventions, à la circulation. Bref, tout le monde doit savoir que nous recherchons ce type. J'ai donné des instructions à l'imprimerie pour avoir vingt mille portraits-robots que vous distribuerez dans ces services. Vous avez toute la journée pour préparer vos dossiers et prendre vos rendez-vous et le reste de la semaine pour aller porter la bonne parole. Des questions sur ce point ?

Regard circulaire de Mistral sur l'assemblée.

Un officier responsable d'un groupe d'enquête fait signe qu'il a une question à poser quand le regard de Mistral passe sur lui. Je vous écoute.

— Doit-on dire qu'on bosse sur le Magicien, sur un tueur d'enfants ? Si ça vient à se savoir, dans deux jours nous sommes en première page des journaux.

Un murmure approbateur relaie la question du commandant.

— J'allais y venir, reprend Mistral. Tout à fait d'accord, bien sûr ! Vous ne parlerez surtout pas du Magicien et encore moins d'un tueur d'enfants. Vous parlerez d'un type qui agresse des gosses, qui les suit soit à la sortie des écoles, ou des centres de loisirs, piscines, stades, ou des autres lieux fréquentés par les enfants, les magasins de jeux vidéo par exemple. En restant évasif, cela forcera les policiers en tenue à observer tout ce qui peut leur paraître suspect dans ces endroits. Et vous préciserez que les victimes sont des garçons de neuf à douze ans de race blanche. Mais je ne me fais pas d'illusions, la presse saura rapidement que le Magicien est de retour, et on communiquera. Autres questions ?

Devant le silence des policiers, Mistral poursuit sa présentation.

— Derrière moi au mur, comme vous pouvez le voir, se trouve un plan de Paris sur lequel j'ai positionné les meurtres et les tentatives commis il y a douze ans. Ainsi que la dernière tentative de la semaine dernière. Cela signifie que l'on travaille sur l'ensemble des dossiers du Magicien. Il faut que vous ayez présent à l'esprit que ce type n'obéit apparemment à aucune logique géographique, et ne flashe que sur des gamins répondant aux mêmes critères physiques. Toutes ces précisions, vous les avez ici.

Mistral désigne sur un autre tableau les quatre fiches qu'il a rédigées. L'auteur – victimes – scènes de crime – constat. Un silence grave et attentif est perceptible dans la salle de réunion. Dumont affecte de ne regarder aucun des documents, Mistral l'a remarqué mais ne relève pas.

— Pour l'instant, c'est tout ce que nous avons. Plus d'observation ? Je vous remercie.

Dumont sans rien dire est le premier à quitter la salle de briefing d'un pas rapide et remarqué. Mistral l'ignore. Une fois tout le monde parti pour exécuter les instructions, Calderone reste avec Mistral.

— Je crois que nous n'avons pas beaucoup d'angles d'attaque dans cette procédure. Le fait de repartir sur les anciens meurtres va mobiliser tous les gars, d'autant que la plupart d'entre eux n'étaient pas au service quand le Magicien a démarré. Il faut qu'ils remuent tout ce qu'ils peuvent.

Calderone regarde Mistral en hochant la tête :

— Je suis d'accord avec vous. Nous n'avons pas vraiment le choix. Ce travail, là, nous l'avons fait pendant les deux ans de folie et nous n'avons eu aucune touche, strictement rien. Je me souviens des réunions que nous avions eues avec les policiers de la Sécurité publique. On cherchait un petit mec, brun et mince. Ils nous ramenaient des grands et des gros, des blonds, comme des rouquins. Tout ce qui traînait aux abords des endroits fréquentés par les gosses était interpellé.

— Je vois d'ici les empoignades qu'il devait y avoir…

— Au début, oui. Les gars de la Crim' ne comprenaient pas pourquoi ils ramenaient ces mecs. Et puis, au bout de quelque temps, on a vu diminuer le nombre d'emmerdeurs et d'exhibitionnistes. La Brigade des mineurs bossait avec nous et a gaulé dans le nombre des pédos recherchés. Donc, nous avons laissé faire.

— J'ai fini de lire toutes les procédures. C'est vrai qu'au final j'ai l'impression que toutes les pistes ont été explorées. Mais, quand même, je reste sur ma faim quant aux recherches sur l'auteur.

Mistral voit des interrogations dans les yeux de Calderone.

— Par exemple, je n'apprends rien sur son comportement, sur ses motivations, sur sa personnalité. Pourquoi choisit-il des jeunes garçons et pas des filles du même âge ? Que veulent dire les positions identiques des victimes dans la scène de crime ?

Calderone a l'air décontenancé par les propos de Mistral. Celui-ci comprend l'officier et le rassure d'un geste de la main.

— Vincent, je ne suis pas en train de vous dire que vous avez fait du mauvais travail. Loin de là. Mais je suis certain qu'il y a une dizaine d'années, ces questions ne se posaient pas. Exact ?

— Vous avez raison. L'aspect psychologique de l'auteur, tout le monde y pensait, mais personne ne savait vraiment comment s'y prendre, et en plus, ce n'était pas du tout dans l'air du temps. Quand on en discutait, nous pensions que ça relevait davantage du juge d'instruction et des expertises psychiatriques que de la phase d'enquête policière.

— Vincent, nous allons maintenant essayer de mettre l'accent sur ce point. De toute façon, nous n'avons rien d'autre. Demain matin, on file au Touquet rencontrer Perrec.

— Perrec, ça va lui faire tout drôle de nous voir. J'espère qu'il ne m'en voudra pas de ne pas lui avoir tout dit. Et quand il va apprendre que le Magicien est revenu…

Calderone a laissé sa phrase en suspens, mais sa mimique en dit long sur la réaction attendue du bonhomme.

Les deux policiers quittent la salle de réunion et se dirigent vers le distributeur de café.

— Je ne voudrais pas aborder une question qui ne me regarde pas, mais tout le monde a vu que Dumont et vous, ce n'était pas le grand amour.

Mistral hausse les épaules,

— Que voulez-vous ? Quand un flic refuse d'admettre que sur une série de meurtres, il faut tout reprendre de A à Z, concentrer le plus rapidement possible tout un service sur la recherche d'un auteur et suivre le travail des autres services PJ, cela veut dire qu'il n'a rien compris au film. Vous le savez comme moi, Vincent, Dumont est un frustré, ce qu'il veut, c'est mettre la main sur le Magicien seul et être en photo dans les journaux.

Calderone hoche la tête en signe d'assentiment.

— Espérons que son attitude ne portera pas préjudice au service.

Ayant terminé leur gobelet de café, Calderone regagne son bureau et Mistral se rend chez Françoise Guerand pour lui exposer son plan d'attaque.

Le petit matin cueille Arnaud Lécuyer une fois de plus en piteux état. Il y a une telle confusion et une telle violence dans ses rêves qu'il est toujours étonné d'être vivant quand il se réveille. La frayeur qu'il a éprouvée le laisse complètement immobile et en sueur à son réveil. Il n'ose pas bouger ni tourner la tête de peur de replonger dans l'apocalypse. Ses yeux regardent le plafond et, au bout de quelques minutes, une marque qu'il reconnaît dans le plâtre du plafond lui indique qu'il est dans sa chambre. Pas en prison, pas en enfer. Alors, il se redresse lentement, transpirant, les muscles douloureux, tétanisés à force de crispation, et se rend dans la salle de bains. Il a repris l'habitude de se raser et de se laver, et en conclut que cela finit par chasser ses persécuteurs nocturnes. Il termine par quelques gouttes de l'eau de toilette bon marché du flacon de son père.

À peu près d'aplomb, il sort de chez lui pour aller prendre son café-croissant dans son bar habituel, à côté du marchand de journaux rue de la Butte-aux-Cailles. Il s'installe sur la banquette de moleskine rouge, observe avec mépris les clients et ne peut s'empêcher de penser : *Bientôt vous allez entendre parler de moi, et je serai là à observer vos réactions*. Le serveur et les habitués du bar ont maintenant intégré dans leur paysage quotidien le petit homme insignifiant, assis sur la banquette, qui avale le sucre avant de prendre son café. Personne n'a envie d'aller lui parler.

Arnaud Lécuyer se dirige d'un pas assuré vers sa camionnette stationnée boulevard Blanqui. Il repère la voiture blanche de loin. Elle le rassure parce qu'elle n'a pas de vitres à l'arrière. C'est une fourgonnette professionnelle, un utilitaire. Seul le poste de conduite est vitré. L'arrière, où sont rangés les différents outils et accessoires, est totalement invisible de l'extérieur. C'est pourquoi, Lécuyer a estimé raisonnable de pouvoir profiter de cette intimité pour perpétrer son œuvre de prédateur.

Ce matin, il doit passer chez les Da Silva pour prendre sa liste de clients à dépanner. Toujours en conduite hyper-respectueuse du code de la route, Lécuyer arrive à la boutique une demi-heure plus tard. C'est au moment où il sort de voiture de manière plutôt rapide et assurée que les démons, se signalent : *Attention ! Ne va pas trop vite ! PRUDENCE. Ne te fais pas remarquer, éteins ton regard !* Lécuyer remercie silencieusement les démons, et en une demi-seconde il est redevenu le petit homme insignifiant.

Dans le bureau, il y a Da Silva père et fils. Lécuyer remarque d'instinct que le fils l'observe plus que de raison. Il a dû recevoir le message du père : « J'ai besoin de ton avis. »

Arnaud Lécuyer sent que les démons prennent les manettes de contrôle et les laisse faire. C'est donc un tout petit bonhomme avec les épaules en dedans, un peu gauche dans son caban qui serre d'une main molle celles rugueuses des Da Silva. Il aperçoit le regard du fils au père qui dit : « Il m'a gêné au début, mais je crois que c'est plutôt un pauvre type » et sent aussitôt la tension retomber dans le bureau. Les démons pilotent l'attitude du petit homme au millimètre. Ils en font un besogneux qui lit avec application la liste des tâches qu'il doit accomplir. Le père s'éclaircit la gorge et propose une tasse de café à Lécuyer qui accepte « avec plaisir, merci monsieur ». Faussement enjoué, Luis Da Silva demande au petit homme s'il a passé un bon week-end.

Les démons installés dans la tour de contrôle transmettent le message, et Arnaud Lécuyer, yeux de cocker, s'entend répondre d'une petite voix :

— J'ai joué au touriste. J'ai profité du beau temps, samedi, pour aller me promener du côté du Trocadéro et à la tour Eiffel. Dimanche, comme il faisait pas terrible, j'ai fait le plein de la voiture pour la semaine et je suis resté chez moi.

Georges Da Silva rentre dans la discussion :

— À la bonne heure ! Je trouve que c'est une bonne idée de faire le touriste dans sa ville. Quand on est sur place, on s'habitue aux choses et on ne les voit plus. Alors que maintenant, il y a des Chinois qui viennent voir ce que nous, on n'a pas encore vu en étant sur place. T'as raison, Lécuyer, profite !

— C'est ce que je me suis dit, répète Lécuyer après les démons.

Le père Da Silva interrompt cette discussion en regardant la pendule publicitaire couverte de poussière.

— Vas-y, Lécuyer, sinon tu vas te prendre les bouchons pour aller à ton premier rendez-vous.

Nouvelle poignée de main molle. Lécuyer repart avec sa liste pliée en deux dans sa poche. Da Silva père et fils observent sans parler, à travers les vitres sales, un petit-homme-insignifiant qui marche les épaules en dedans vers la voiture. Ils le voient attacher sa ceinture de sécurité, regarder dans le retroviseur et mettre le clignotant avant de démarrer.

— Au moins, il ne lui arrivera rien en voiture, s'esclaffe bruyamment le fils. Tu le trouves impressionnant ? Lui ? Soixante kilos tout mouillé ! Des yeux de chien battu ! Avec une poignée de main de mollusque !

Le père ne répond pas tout de suite, il regarde la voiture partir. Il parle quand la fourgonnette a tourné au coin de la rue et échappe à son champ de vision.

— Fais-moi confiance. Ce n'est pas le même homme. L'autre soir, quand je lui ai donné le caban, il a eu une attitude totalement différente de ce que nous venons de voir. Il était plein d'assurance et avait un regard à te glacer les sangs. Il se tenait droit, les pieds plantés dans le sol, je n'aurais pas aimé le croiser dans une rue sombre. Rappelle-toi la première fois que tu l'as vu, tu as dit : il y a quelque chose qui me gêne.

— Oui, c'est vrai. Et toi, tu m'as répondu que ce mec avait morflé en taule et que ça s'expliquait. Mais en tout cas, pour moi maintenant, il n'y a rien qui me gêne particulièrement. Il revient quand ? Vendredi prochain ? Avant ? Tu veux que je sois là ?

Luis Da Silva jette un coup d'œil sur le planning de Lécuyer :

— Il repassera mercredi soir pour amener les factures et l'argent. Si tu es dans le coin, j'aimerais bien savoir ce que tu en penses de nouveau.

Lécuyer tient conciliabule avec les démons. Ceux-ci ne sont pas très contents.

Pourquoi, disent-ils exaspérés, *tu ne mets pas en pratique à la lettre ce que tu as appris en prison ? Le vieux Da Silva n'est pas plus con que la moyenne. Quand il t'a vu parader avec le caban l'autre soir, tu lui as filé les jetons. Maintenant, il a une lampe allumée dans sa tronche et il te regardera toujours en étant en alerte. Bordel ! Combien de fois il faut qu'on te dise les choses ?*

Lécuyer n'ose pas la ramener. Il file doux. De peur que les démons se barrent. Il aurait bonne mine, tout seul. C'est dans cet état d'esprit qu'il travaille consciencieusement, se faisant oublier des clients, en étant poli et humble : « Oui monsieur, non monsieur, je vais faire de mon mieux. »

Tout se passe bien jusqu'à dix-sept heures. Il vient de quitter son avant-dernier rendez-vous chez des gens qui habitent à l'angle du boulevard Davout et de la rue d'Avron, métro Porte-de-Montreuil. Il a parcouru quelques centaines de mètres dans la circulation difficile de la rue d'Avron et est arrêté à un feu rouge à l'angle de la rue des Maraîchers. Lécuyer est en roue libre, pas particulièrement branché sur la traque. Lorsque l'enfant, un jeune garçon brun d'une dizaine d'années, traverse de gauche à droite la rue, en marchant lentement tête basse. Il vient de passer devant la voiture de Lécuyer qui le suit des yeux, pourtant sans le voir. C'est alors que les démons hurlent : *Qu'est-ce que tu fous ? Tu ne vois rien ?* Il bondit sur son siège en découvrant un jeune garçon qui correspond à ce qui l'a toujours fait exploser. La jeune proie vient de traverser la rue et remonte la rue d'Avron dans le sens contraire de la direction de Lécuyer. Des images d'autres enfants qui ont croisé sa route défilent devant ses yeux de prédateur.

Lécuyer est affolé, il ne sait pas quoi faire. Il regarde dans son rétro de droite l'enfant de dos qui marche lentement. Il veut descendre de voiture. Là, tout de suite. Les démons agacés le pressent. *Bordel, va te garer, vite !* Il est tiré de son indécision par un concert de klaxons furieux et par des voix énervées qui hurlent des « dégage, connard ! ».

Lécuyer a tout de suite vu qu'il ne pourrait pas stationner. S'il continue tout droit dans la rue d'Avron, il est sûr de perdre le gosse. Derrière, les invectives vont de plus belle. Mais ce n'est pas ce qui pousse Lécuyer à agir. Clignotant droit. Rue des Maraîchers. Grosse déception qui le ferait presque gémir. Il n'y a aucune place de libre dans la rue sur plusieurs centaines de mètres. Aussi, il parcourt le plus rapidement possible la rue respectant la vitesse limite. Le petit homme trépigne littéralement dans sa voiture. Il s'énerve. Il donne des coups de poing dans le volant. La rue remonte beaucoup trop haut sans possibilité de tourner vers la droite. Les transversales qui lui permettraient de revenir dans la rue d'Avron sont toutes en sens interdit. Enfin, en haut de la rue, il arrive à tourner deux fois à droite et se trouve de nouveau au début de la rue où doit être le gosse. Il se glisse dans le flot dense de la circulation. Dans son rétroviseur, il voit arriver en roue libre trois policiers en VTT qui le doublent sans faire attention à lui. Ça l'inquiète un peu, mais pas suffisamment pour renoncer. Il faut faire davantage attention, c'est tout.

Rouler au pas lui permet de balayer du regard les trottoirs des deux côtés de la rue. Il a les mains moites et la gorge sèche. Ses yeux sont montés sur roulement à billes. Les démons, dans la tour de contrôle, sont pour l'instant muets. Les éclairages des boutiques éliminent partiellement les zones d'ombre sur les trottoirs. Toujours pas de place pour stationner. Il sait, sans vérifier, qu'il dispose de tout son matos pour passer à l'action. *Il suffit simplement de faire monter le gosse dans la voiture*, ont dit les démons. *Simplement, c'est vite dit*, a-t-il objecté. Mais les démons ont balayé ces doutes d'un revers de main : *Qui peut te résister ?*

Fébrile, il est à la recherche de l'enfant Il entrevoit plus loin le feu rouge où il l'a vu il y a quelques minutes. Lécuyer est sûr qu'il est par là. Il n'a pas pu aller plus loin.

La circulation est bloquée devant l'hôpital de la Croix-Saint-Simon.

Quelques dizaines de mètres plus loin, un pont de voie ferrée enjambe la rue. Il fait sombre sous le pont et Lécuyer ne voit rien, d'autant qu'un gros conteneur à bouteilles et deux femmes avec des cabas remplis de courses qui discutent à côté lui bouchent totalement la vue de cette partie de la rue.

Lécuyer, pour la première fois, enfreint une règle de sécurité. En toute connaissance de cause. Il s'est d'abord assuré que les trois flics à vélo n'étaient plus dans les parages. Clignotant droit. Stationnement. Il se gare sur le trottoir près de l'entrée de l'hôpital et descend de la voiture. Il veut en avoir le cœur net, il veut retrouver l'enfant, il veut le revoir, il veut l'approcher. Il veut ! Il veut ! Il veut ! Il a traversé la rue dans les deux sens, essayant de se maîtriser, ne pas courir. En vingt secondes, il a compris que les boutiques de cette partie de la rue n'ont rien de passionnant pour un enfant. Des bars, des solderies, des bazars, des boutiques de vente de cartes téléphoniques pour l'Afrique, des boutiques Internet, des boutiques de vêtements ordinaires. Des primeurs. Tout le monde vend la même chose. D'un seul coup, il a le blues. Il sait qu'il ne le retrouvera plus. Les démons lui délivrent un message d'espoir. *C'est un gosse du quartier. Il sait où il va. Reviens demain à la même heure. Fais-toi oublier. Sors ta putain de voiture de là. Tire-toi. Pense aux règles de sécurité. Il ne faut pas que tu attires l'attention. PRUDENCE.*

Lécuyer, inquiet et déçu, regagne sa voiture. Ceinture de sécurité, rétroviseur, clignotant, de nouveau dans la file. Il démarre en regardant à droite et à gauche. Il quitte la rue sans avoir revu sa proie. Pendant qu'il roule, il échafaude un plan. Tout d'abord, revenir sur les lieux demain pendant sa pause déjeuner. Trouver un endroit pour stationner correctement la voiture. Faire le tour du quartier à pied pour essayer de savoir s'il y a un centre d'intérêt pour l'enfant. Ce point est le plus difficile, il en a conscience. Ensuite se familiariser avec ce tronçon sans pour autant se faire remarquer.

Il a vu une grosse Antillaise, avec un uniforme qui la boudine et une casquette posée sur une montagne de cheveux tressés, faire traverser les gens à un carrefour. Rester gris et invisible. Ne pas se faire repérer par les habitués. Puis, s'il n'a pas aperçu l'enfant, revenir au même endroit à la même heure. Demain, il devra activer ses rendez-vous pour être à dix-sept heures rue d'Avron. Dans la mesure du possible. Recommencer tant qu'il ne l'aura pas retrouvé. Celui-là et pas un autre. Pour l'instant.

En attendant, il doit remplacer toute une série de joints d'arrivée d'eau dans un bar de la rue des Pyrénées. Cette opération lui demande plus d'une heure. À plusieurs reprises, le patron lui a offert à boire. Lécuyer ne l'a même pas entendu, trop préoccupé à préparer son piège au môme de la rue d'Avron. Lécuyer a terminé son intervention. Il s'essuie les mains en silence avant de ranger ses outils, les yeux toujours baissés. Il rédige la facture sur le zinc et s'apprête à quitter le bar. *Bois un coup*, conseillent les démons, *sinon ça va faire louche. Imagine un mec qui bosse dans un bar pendant plus d'une heure et qui n'accepte pas à boire !*

Le patron du bar lui propose une dernière fois de prendre un verre sous l'œil amusé des piliers du zinc qui, eux, ne se feraient pas prier pour accepter.

— Un panaché bien blanc, répond Lécuyer.

Les piliers du bar, consternés, constatent illico que c'est du gâchis. Quand on est invité, on ne boit pas de la limonade, même s'il y a un peu de bière. Vu l'heure, plutôt un ou deux pastis. Un demi à la rigueur ! Lécuyer boit lentement cette boisson fraîche. Il répond à deux ou trois questions du patron. Un poivrot, rouge comme une pivoine, avec une cigarette coincée entre les lèvres et les yeux plissés par la fumée de la cigarette, se cramponne à son verre de pastis. Il fait rire l'assistance en disant que les joints d'arrivée d'eau, chez lui, sont neufs. Vu que l'eau, il ne s'en sert pas. Donc, il économise des frais de plombier. Lécuyer quitte le bar avec dix euros de pourboire en ne comprenant pas ce qu'a bien voulu dire ce type.

Quand il s'enferme dans sa voiture, il éprouve le besoin de souffler. Ce gosse, il n'arrive pas à se le sortir de la tête. Il démarre calmement, direction chez lui. Il retrouve les lieux familiers de son quartier et se gare boulevard Blanqui, près de la rue des Cinq-Diamants. Arnaud Lécuyer remonte à pied la rue du Moulin-des-Prés, entre dans une épicerie, achète un cassoulet en boîte, un morceau de fromage et une boule de pain sous cellophane. Si quelqu'un l'observait à ce moment-là, il pourrait dire : un petit-homme-que-tout-écrase tenant quelques provisions marche tête baissée rue Gérard en direction de la rue Samson. Si cette même personne pouvait lire dans le cerveau dévasté de ce petit-homme-que-tout-écrase, elle partirait en courant de peur. Il est en grande discussion avec les démons. Eux ne pensent qu'à tuer.

Physiquement, Arnaud Lécuyer a changé depuis sa sortie de prison. Tout d'abord, il est sorti progressivement d'un état d'hébétude pour passer à celui d'un être aux aguets. Il est beaucoup plus sûr de lui. Ensuite, il se surveille continuellement pour maîtriser sa démarche, toujours apparaître insignifiant et hésitant. Il est également conscient que son regard le trahit et qu'il doit de nouveau l'atténuer avec des lunettes sombres. Il doit aussi surveiller sa façon de parler et maintenir toujours une petite voix avec le ton de celui qui s'excuse en permanence.

En fait, Arnaud Lécuyer vient de terminer en quelque sorte sa mue. Tel un animal monstrueux ou maléfique, il a changé de peau. Il a revêtu celle du prédateur. Du prédateur qui tue des êtres sur lesquels il exerce une profonde et entière domination. Sa nouvelle robe n'apparaît pas. Elle est masquée par celle d'un magicien. Il est lucide sur ce changement qui s'est opéré en lui, il en est fier. Il se sent fort.

Lécuyer a liquidé son repas en quinze minutes. Il a mangé mécaniquement le cassoulet froid dans la boîte de conserve devant sa télé qui marche en continu et qui envoie des éclairs blêmes dans la salle à manger. Il est agacé par une nouvelle convocation pour aller chez le JAP. *C'est bien le moment d'aller voir ce mec qui va me triturer.* Il a besoin de s'installer dans son tipi et de retrouver sa collection. Il éprouve alors une intense satisfaction qui efface ses fatigues et ses frustrations de la journée. Bien plus tard, apaisé, il sort de sa tente et se couche tout habillé sur son lit, attendant les cauchemars. Ceux-ci le laisseront en sueur et pantelant, comme toutes les nuits. Il s'endormira vers cinq heures.

10

C'était l'heure que Ludovic Mistral avait programmée sur son radio-réveil pour se lever. En fait, il est déjà réveillé depuis quelques minutes et écoute la respiration calme et régulière de Clara qui dort paisiblement. Mistral neutralise le radio-réveil avant qu'il ne se mette en marche, se lève en faisant le moins de bruit possible. Clara endormie le rejoint dans la cuisine et prend une tasse de café en silence appuyée contre lui. Avant de partir, Mistral et Clara restent encore une à deux minutes l'un contre l'autre.

Il a rendez-vous devant le Quai des Orfèvres avec Vincent Calderone pour aller au Touquet. Mistral a hâte de rencontrer le policier en retraite pour qu'il lui dise de vive voix son sentiment sur le Magicien. Il a lu toutes les procédures et la plupart des articles de presse qui éreintent la police, mais souhaite aller plus loin. Entrer dans le non-dit. Il sait d'instinct que Perrec a gardé pour lui le ressenti, les impressions, toutes ces choses immatérielles qui ne sont pas traduites dans les procès-verbaux. Il a besoin d'entendre l'ambiance qui régnait à cette époque à la Brigade criminelle. Calderone lui a bien dépeint ce climat, mais ce que lui dira le vieux chef de groupe sera sans aucun doute plus lourd.

Il ne lui faut qu'une vingtaine de minutes pour arriver au Quai des Orfèvres. À six heures trente, la circulation n'a pas encore atteint la capitale. Avant de passer à son bureau, il s'arrête à la salle d'état-major pour prendre connaissance des affaires de la nuit. Quelques bricoles, mais rien de bien passionnant. Il boit une tasse de café avec l'équipe de nuit qui termine son service à sept heures et va passer les consignes à l'équipe de jour.

Mistral range dans sa mallette une enveloppe pour Jean-Yves Perrec. Quelques minutes plus tard, Calderone le rejoint, un gobelet de café à la main.

— On part quand vous voulez. En roulant tranquillement, il nous faudra deux heures trente maxi.

— On démarrera au plus tard à neuf heures, répond Mistral après avoir jeté un bref coup d'œil à sa montre. Il faut que je fasse le point avec le directeur avant de partir. Je voudrais aussi appeler le magistrat pour lui dire que je ne l'oublie pas dans l'enquête.

À neuf heures précises, les deux hommes dévalent l'escalier du Quai des Orfèvres, croisant les policiers qui viennent prendre leur service.

Calderone a pris le volant de la 406. Mistral met la radio en sourdine sur une station d'information. Les deux hommes échangent quelques banalités sur le temps, la circulation, le Magicien. Calderone conduit calmement. Après le traditionnel goulet d'étranglement de la porte Maillot, la voiture traverse Neuilly puis passe sous le long tunnel du quartier de La Défense, enchaîne les autoroutes urbaines et attaque l'A 15. La circulation dans le sens de Paris est dense. En ce mardi matin de février, au fur et à mesure que la voiture s'éloigne de la capitale, il n'y a pratiquement personne sur l'autoroute en direction du nord. Calderone roule maintenant rapidement. Un jour froid et gris se lève timidement sur le nord de l'Île-de-France.

Mistral sort quelques CD de la boîte à gants.

— Vous êtes réfractaire au jazz ?

— Non. J'en écoute régulièrement.

Il regarde rapidement ce qu'il a et glisse un CD dans le lecteur.

— Miles Davis, dit-il simplement.

Calderone hoche la tête en signe d'assentiment. Une demi-heure plus tard, quand la voiture traverse la Picardie, le grand Miles attaque une loooongue version de *So what*. Les deux hommes sont perdus dans leurs pensées. Mistral regarde l'autoroute sans la voir, branché en continu sur le Magicien. Vers dix heures trente, ils font une pause café sur l'autoroute.

Mistral regarde sa montre.

— On arrivera dans une demi-heure. On sera à l'heure.

— Perrec m'a dit qu'il serait en front de mer à la base sud et que je ne pourrais pas le manquer. À cette époque de l'année, la plage est vide.

— Parlez-moi du bonhomme.

— Le personnage est attachant. Un type balèze physiquement, les cheveux blancs. Je l'ai toujours connu avec les cheveux blancs. Un cigarillo en permanence planté dans le bec. Comme je vous l'ai dit, un caractère de cochon mais qui masque en fait une grande sensibilité. Un flic accrocheur. En matière de pédophilie, c'était la référence à la BPM.

Mistral interrompt Calderone :

— Oui, mais le Magicien n'est pas un pédophile. C'est un criminel, un assassin d'enfants, un meurtrier. Appelez-le comme vous voulez, mais ce n'est pas un pédophile. Le pédo va mettre le temps qu'il faut pour approcher un enfant. Il le fera sans violence. Il va conditionner le gosse de telle façon que le môme n'osera rien dire à ses parents de peur de ne pas être cru. C'est ça qui est terrible. Les pédos apparaissent souvent dans les professions qui sont en contact avec les enfants. Tandis que le Magicien attire les gosses et immédiatement use de violence jusqu'à la mort.

— C'est vrai. Perrec nous avait bien expliqué la différence. C'est pour cela que la piste des pédos avait été rapidement abandonnée. Cela ne cadrait pas avec le Magicien. Pour en revenir au bonhomme, Perrec a très mal vécu son départ à la retraite. Quitter la police sans avoir arrêté ce meurtrier d'enfants lui a été insupportable. Il est ensuite venu régulièrement pendant quelques mois au service pour se tenir au courant. En général, nous déjeunions ensemble et on parlait du Magicien. Au bout d'un moment, il en a eu marre de se remuer le couteau dans la plaie et a espacé ses visites. On continue de se voir une fois par trimestre environ.

Mistral comprend parfaitement les réactions de Perrec. Il est d'autant plus convaincu que le retour du Magicien va secouer le vieux policier.

Vers onze heures, ils arrivent au Touquet. Le ciel lumineux et le soleil contrastent avec la grisaille parisienne. Un vent froid balaye la station balnéaire du Nord et par la même occasion chasse les nuages. Mistral remarque machinalement des voitures de luxe immatriculées en Angleterre stationnées devant l'hôtel Westminster. Beaucoup de commerces sont fermés dans l'artère principale, la rue Saint-Jean. « Hors saison », a sobrement commenté Calderone. Ils arrivent au front de mer. Calderone suit les indications de Perrec. Mistral regarde la plage immense, dégagée par la marée basse. Calderone stationne le véhicule sur le parking. En sortant, les deux hommes sont saisis par le vent froid.

— On a rendez-vous à la base sud. C'est ici.

Vincent Calderone désigne des rangées de chars à voile et de catamarans à proximité d'un local, quelques mètres en contrebas. Les deux hommes s'approchent des voiliers. Le vent souffle en rafale et les drisses des voiliers cognent contre les mâts métalliques. Un véritable concert. Elles cognent sur un rythme d'impatience, comme si elles souhaitaient que les voiles soient hissées pour profiter de ce vent. Les deux hommes ont relevé le col de leur manteau et, mains dans les poches, font quelques pas sur la digue. C'est le mot qu'emploient les gens du coin pour désigner la longue promenade qui surplombe la plage. Une quinzaine de chars à voile filent bon train sur le sable dur. Des grosses bouées jaunes balisent un chenal. Il ne doit pas y avoir plus de dix personnes sur la plage. Sept qui courent, deux qui marchent et une qui fait du cerf-volant. Et qui se débrouille plutôt bien. Mistral se fait la réflexion qu'il viendrait bien ici pour un week-end avec Clara et les gosses y faire du cerf-volant.

— Il est où votre ami ?

Calderone ne répond pas tout de suite, perdu dans ses pensées. Il secoue lentement la tête et dit simplement :

— Le type avec le cerf-volant.

Mistral ne pose plus de question et regarde l'homme avec attention. Arc-bouté, les talons plantés dans le sable, il a l'air de se bagarrer avec ce triangle de nylon qui doit être à une cinquantaine de mètres au-dessus de la plage et qui semble vouloir son indépendance. Il réalise d'incroyables figures et, chose surprenante, le cerf-volant paraît parfois autonome grâce aux invisibles fils de nylon transparent qui le relient à l'homme. Au bout d'une dizaine de minutes, l'homme ramène les coudes au corps et, d'un mouvement tournant de ses mains vers la gauche, fait descendre le cerf-volant et le pose sur le sable tel un oiseau épuisé par le vent. D'un geste sûr, il rembobine les fils sur les poignées de commande, prend le cerf-volant sous son bras et se dirige vers l'escalier. Mistral et Calderone n'ont pas dit un mot.

Perrec arrive sur la digue et tape ses pieds pour éliminer le sable. Il glisse un cigarillo entre ses lèvres, l'allume en se protégeant du vent et se dirige vers les deux policiers qui n'ont pas bougé. Il a l'œil rieur en s'adressant à Calderone.

— Tu croyais peut-être que je ne vous avais pas vus. On aurait dit deux santons plantés dans le sable.

Calderone et Perrec se donnent une longue accolade.

— Je ne te connaissais pas ce talent. C'est nouveau le cerf-volant ? demande Calderone.

— Au début, j'en avais acheté un pour mon petit-fils. (Perrec hausse les épaules.) Et en fait, je suis devenu mordu du truc. Par grand vent comme aujourd'hui, c'est du sport. Tu as l'impression que ce machin est capable de te faire décoller.

— Pierre, je te présente le commissaire principal Ludovic Mistral. C'est le nouveau numéro deux de la Crim'.

Les deux hommes échangent une poignée de main. Le sourire de Perrec disparaît instantanément. Mistral n'a pas le temps de dire un mot, stupéfié par la gravité que prend le visage de Perrec. Il regarde tour à tour les deux hommes et dit simplement à Calderone :

— Vincent, tu m'as pris pour un con. Ta mission à Boulogne, c'est pipeau et compagnie. (Puis son regard se plante dans celui de Mistral.) Il est revenu. C'est pour ça que vous êtes là. Le Magicien est revenu.

Mistral n'insiste pas, il hoche simplement la tête. Calderone a l'air embêté. Perrec s'adresse à lui.

— Rien qu'à voir vos têtes, j'ai compris. Il a tué de nouveau un gosse ?

— Une tentative pour l'instant. Mais je crains qu'il ne repasse à l'action. Je souhaitais en discuter avec vous de vive voix plutôt qu'au téléphone. On peut se mettre à l'abri ?

— On va aller déjeuner. Je connais un restaurant en bordure de plage à une dizaine de kilomètres d'ici, c'est à Merlimont. J'ai réservé. Le restaurant est sans prétention, mais ce qu'il y a dans l'assiette est bien.

Les trois hommes s'installent dans la voiture, Perrec derrière le chauffeur. Calderone prend la direction que lui indique Perrec. Il s'adresse à Mistral :

— J'apprécie d'apprendre la nouvelle par vous. Ça m'aurait mis en colère de le découvrir dans la presse. En fait, j'aurais aimé ne plus entendre reparler de lui. Mais d'un autre côté, en refaisant surface, vous avez peut-être une chance de l'arrêter. C'est ce que je souhaite du plus profond de mon être. Il y a longtemps qu'il a tapé ?

Le ton de Perrec est grave, on sent encore le vieux policier sous l'émotion des anciennes affaires. Mistral, au travers de ces quelques mots prononcés par Perrec, comprend aussi qu'il est pressé de connaître les circonstances du retour du Magicien. Il se tourne légèrement sur son siège pour regarder Perrec et lui fait un résumé le plus complet possible des derniers événements. Tout y passe, y compris l'odeur d'eau de toilette qu'a sentie et analysée Clara sur le morceau de blouson. Perrec écoute attentivement sans poser de question. Les trois hommes arrivent au restaurant en contrebas de la chaussée. Seul dépasse du trottoir le toit plat d'un local tout en longueur. Il faut descendre quelques marches pour accéder à l'entrée. Sur une table à côté du comptoir se trouve un journal froissé, *Le Réveil de Berck*, qui a dû passer dans plusieurs mains, une piste de 421, un cendrier à moitié plein et trois verres complètement vides. Trois chaises sont écartées de la table, ses occupants viennent de partir.

Une grande baie vitrée donne sur la plage. Le vent violent vient de la mer. Il est chargé de sable et cogne en rafale sur les vitres. Toutes les tables sont prises, sauf celle réservée, contre la baie vitrée. Les trois hommes prennent place, Mistral en face de Perrec, Calderone à côté de Mistral. Ils regardent en silence la mer et le sable complètement déchaînés par un vent tourbillonnant. Perrec recommande la spécialité locale, des moules-frites avec une bière. Une fois les commandes prises, Mistral se rebranche naturellement sur le Magicien.

— Quand la Crim' a été saisie de la tentative d'homicide sur le gamin et du meurtre du clochard, Vincent m'a raconté l'histoire du Magicien. J'ai lu toutes les procédures que vous avez faites sur la période 88/89. C'est vraiment du bon travail !

Perrec attend que le garçon dépose les trois bières sur la table pour répondre.

— Que voulez-vous que je vous dise de plus ? Vous savez tout. Tout ce qu'il a été possible de faire a été écrit. Noir sur blanc. C'est peut-être du bon travail comme vous dites, mais à quoi ça a servi ? Ce salopard court toujours.

Mistral sent le vieux policier toujours à cran et sur la réserve.

— Quand on va serrer le type, vos procédures vont ressortir et on pourra tout lui coller sur le dos, bien proprement, sans d'éventuelles nullités de procédure. Voilà à quoi servira votre travail.

— Que Dieu vous entende ! Et tant mieux si vous pouvez mettre ce type hors d'état de nuire.

— Ce qui saute aux yeux à la lecture de votre travail, poursuit Mistral, c'est le mode opératoire du Magicien. On a appris comment il a attiré les gosses avec des tours de magie grâce aux deux tentatives qui ont échoué. C'est à cause de la même approche dans la dernière tentative de meurtre qu'on le relie aux affaires d'il y a treize ans. Sa signature apparaît dans le soin qu'il apporte à positionner les corps de la même façon. Cette signature est visée au plus profond de son être, c'est pour cela qu'il la répète à chaque meurtre. Sa carte de visite en quelque sorte.

Perrec, étonné, interrompt Mistral :

— C'est nouveau cette façon de voir les choses dans la police ? Quand j'étais sur cette affaire, on laissait cet aspect aux psychiatres.

— Je connais les limites des sciences du comportement, qui commencent à entrer progressivement dans la phase d'enquête, et la mentalité latine des policiers français. Les moins sceptiques diront : « Avec un portrait-robot, on a déjà du mal à trouver quelqu'un, alors avec un portrait psychologique, on n'est pas près d'y arriver. » Pourtant, on doit faire feu de tout bois quand on recherche un meurtrier.

Perrec hoche la tête en signe d'assentiment.

— Sans les indications des gamins qui ont eu la chance de s'en sortir, on ne saurait pas que le tueur les attire avec des tours de magie. Rien dans l'analyse de la scène de crime ne permet de le dire. Il ne laisse pas une carte à jouer, un dé ou autre accessoire de magie. Il ne laisse rien. Mais il prend quelque chose. On en reparlera.

Le garçon dépose de généreuses portions de moules-frites sur la table, du pain et des rince-doigts en sachet. Les trois hommes font une trêve professionnelle pour se consacrer à leurs assiettes et abordent une discussion plus légère. Une fois les plats terminés, Perrec sort sa boîte de cigarillos et son briquet et regarde les deux hommes autour de la table : « Je peux ? » Mistral et Calderone font « oui » de la tête. Le garçon réapparaît et repart avec une commande de cafés.

— Vous avez dit qu'il prenait quelque chose ?

Perrec, intrigué, relance la conversation sur le Magicien.

— Oui. Je me demande ce que le Magicien peut bien emporter de la scène de crime.

Mistral avale une gorgée de son café. Les deux autres policiers le regardent avec étonnement.

Calderone est le premier à sortir de la tempête d'interrogations qu'a suscitée la phrase de Ludovic Mistral.

— Qu'est-ce que vous voulez dire par là ? Quand on a fait les constates[1], on n'a rien remarqué de particulier. Il ne manquait rien.

— En fait, la plupart des tueurs en série gardent quelque chose de leur crime. Il faut qu'ils puissent continuer à alimenter leurs fantasmes. C'est ce qui leur sert à revivre le moment. Parce que ce crime est tellement violent en charge émotionnelle, mais tellement bref dans sa réalisation, que le tueur a besoin de le revivre plusieurs fois. C'est pour cela qu'il doit repartir avec quelque chose.

Perrec et Calderone dévisagent Mistral avec des yeux ronds. Cette fois, c'est Perrec qui rompt le premier le silence.

— Ce n'est pas un aspect de l'enquête que l'on connaissait, du moins à la fin des années 80, tempère Perrec.

Mistral hoche la tête d'un air compréhensif.

— Parce que la France a moins été touchée par le phénomène des tueurs en série que les États-Unis. Maintenant que ça gagne notre pays, on est bien obligé de regarder les choses sous un autre angle.

— Votre remarque va de nouveau me torturer l'esprit. Enfin, je reconnais que je n'avais pas besoin de cela, j'y pense suffisamment à ce salaud. J'aimerais bien être utile.

Perrec a prononcé cette dernière phrase à voix basse et avec beaucoup d'émotion.

Mistral sort de sa mallette une enveloppe marron grand format.

— Il y a les photos de toutes les scènes de crimes. Examinez-les, vous allez peut-être trouver quelque chose. Vous savez, c'est connu, plus on s'acharne à essayer de voir et à chercher,

1. Jargon policier pour constatations. Celles faites sur une scène de crime par exemple.

et moins on voit ce qui est évident et qui saute aux yeux. J'avoue que, de mon côté, je n'ai rien vu.

Perrec prend l'enveloppe et remercie Mistral du regard.

Le restaurant s'est peu à peu vidé. Reste une autre table, non loin de celle des policiers, occupée par un couple d'habitués qui discutent avec le patron par moments. Les deux convives se portent bien et leurs fourchettes fonctionnent à merveille. La table des policiers est de nouveau silencieuse, chacun repensant à sa manière à la discussion. Mistral, perdu dans ses pensées, observe machinalement le couple. Madame est de dos, monsieur de profil. Tous deux ont retroussé les manches de leurs vestes polaires, comme prêts pour la bagarre avec leur deuxième ou troisième portion de moules-frites. Les demis de bière et les corbeilles de pain défilent à une allure soutenue. La femme a le dos et les fesses qui débordent largement de la chaise. L'homme, qui a un triple menton, se tient bien en retrait de la table pour pouvoir caser son ventre. Il n'a plus de dents, et le dentier doit être aux abonnés absents. Mistral le regarde mastiquer rapidement. *On dirait un gros hamster*, pense-t-il.

Perrec fume ses cigarillos, parfois songeur et vraisemblablement projeté dans le passé. Le vent s'en donne toujours à cœur joie et le sable danse la sarabande sur la plage.

— Vous avez fait le FND[1] ? Je n'ai rien lu sur le sujet dans les procédures.

— Environ quatre mois après la dernière affaire, on a interrogé le fichier des prisons pour connaître les entrants poursuivis pour agression sur mineur, et ça n'a rien donné. Enfin, je veux dire par là que ça ne cadrait pas avec notre type. Des agresseurs sur mineurs, il y en a en pagaille, tous les jours, dans toute la France, mais rien ne correspondant à notre type. Nous étions au courant de tous les sales types incarcérés qui avaient agressé des gosses. Aucun résultat.

Mistral qui écoute attentivement Perrec enchaîne :

— Le Magicien est un manipulateur. Certes, un manipulateur de cartes, de dés, de pièces de monnaie, mais aussi un

1. Fichier national des détenus. Il recense les personnes incarcérées.

manipulateur de personnes. Je repense à la deuxième tentative de meurtre en 1989. Le gosse a dit à peu près ça, je cite de mémoire ce qu'il y a dans votre procès-verbal : « Un homme est arrivé vers moi. Il marchait comme moi, un pied sur le trottoir, un pied dans le caniveau. Je l'ai vu faire des tours de magie avec des dés. Il était très adroit et souriait. » Cela signifie qu'il fait d'abord un repérage de la cible, entre dans la peau d'un personnage qui va attirer l'enfant qu'il a repéré et l'attrape.

Perrec boit une gorgée de café froid et rallume un autre cigarillo.

— C'est vrai. Je me suis aussi beaucoup intéressé aux paroles prononcées par le Magicien. Rien n'est anodin quand un type de ce genre parle. Dans les trois tentatives, les deux de 1989 et celle du mois dernier, il dit se prénommer Gérard. Ce prénom est soit le sien, mais j'en doute, soit a une signification bien précise pour lui. Il n'a fait référence qu'à sa mère : « Ma mère aussi ne voulait pas que je suive les gens que je ne connaissais pas. » Aucune allusion au père.

— Bien vu ! C'est vous qui avez géré les familles ?

Mistral sait qu'il va toucher un point douloureux. Il est sûr aussi que Perrec a besoin de parler de cette affaire, de tenter de la faire sortir de lui. Le visage de Perrec redevient plus sombre.

— Je me suis senti impuissant vis-à-vis des familles. Nous avons tout fait pour essayer de les aider, je suis resté plusieurs années en contact avec elles. Nous étions quatre ou cinq à les avoir régulièrement au téléphone. J'estimais que nous avions des comptes à leur rendre. Tant que ce type sera dehors, les gosses, les parents ne dormiront pas. Quand le retour du Magicien va se savoir, ça va être terrible. Les familles vont revivre leur calvaire. Il n'y a que nous qui pouvons les apaiser. Pas les guérir. Seulement les apaiser. Choper le mec et le coller au trou, ce sera le début de la lente remontée de l'enfer pour les parents. Et ça, c'est notre boulot ! On ne s'est jamais remis de ne pas avoir mis la main sur le Magicien.

Mistral a écouté. Il a aussi transposé le « on » de la dernière phrase en « je ». Il griffonne son numéro de téléphone mobile et le tend à Perrec.

— Appelez-moi quand vous voulez, si quelque chose vous revient ou tout simplement pour discuter.

Ludovic Mistral sort sa carte bancaire de son portefeuille et la fait voir de loin au garçon. Celui-ci, souriant, revient en tenant l'appareil de paiement.

— La « gameboy » est pour monsieur, je vois.

Les trois hommes quittent le restaurant sous les bourrasques du vent qui n'a pas décidé de se calmer. Après avoir déposé Perrec au Touquet, Calderone reprend l'autoroute. Les deux hommes parlent très peu. Mistral téléphone à l'état-major et au service pour connaître les évolutions de la journée. Rien. Il appelle Clara. Tout va bien. Il ouvre son carnet et prend quelques notes. Il dit simplement à Calderone alors qu'ils arrivent vers dix-neuf heures à Paris : « Ce n'est pas gagné. » Résumé lapidaire de ses pensées. Il a commencé à pleuvoir une cinquantaine de kilomètres avant Paris. Une pluie régulière et froide tombe de nouveau sur la capitale.

En montant l'escalier du 36, ils croisent les policiers qui ont terminé leur service.

Mistral file directement chez Françoise Guerand pour discuter, entre autres, de sa rencontre avec Perrec. Il lui pose la question sur les relations avec la presse concernant les affaires des années 88/89. Guerand répond que tous les principaux concernés de cette époque sont maintenant en retraite, mais ce qu'elle en sait, c'est qu'« ils s'étaient démerdés comme des manches », pour reprendre son expression. Pas de réelle volonté de communiquer, ensuite mauvaise communication, puis pour finir engueulade. Résultats des courses, ils en avaient tous pris plein la gueule.

En entrant dans son bureau, Mistral regarde la pile de courrier qu'il a reçue dans la journée, ainsi que la liste des personnes qui ont téléphoné. « Ça attendra demain. » Il s'attarde sur le rapport d'autopsie du clochard tué par le Magicien. Le médecin légiste dit que le type a été tué d'un coup, porté de bas en haut, qui a pénétré au milieu du thorax pour finir dans le cœur. Mort en quatre minutes. Le légiste précise que l'arme utilisée n'est pas un couteau, mais une pointe en acier très acérée mesurant environ trente centimètres de long. Il suggère au crayon et en marge que ce peut être soit un poinçon, soit un tournevis modifié, ou tout autre objet apparenté. Mistral finit de lire le restant de son courrier. Rien d'urgent. Il passe au secrétariat avec le rapport du légiste pour qu'il soit remis au groupe de Calderone. Mistral quitte le service vers vingt heures trente pour rentrer chez lui. Quand il arrive dans la cour du 36, la pluie tombe drue. Il regagne sa voiture en courant. Il n'a pas envie d'écouter de la musique.

La pluie ralentissant considérablement la circulation, il arrive chez lui vers vingt et une heures quarante-cinq. Les deux petits sont couchés et dorment. Mistral entre sans faire de bruit dans les chambres, embrasse les enfants et rejoint Clara.

Elle lui a préparé un repas froid qu'il prend sur un plateau dans le salon. Pendant qu'il dîne, elle lui raconte sa journée. Elle lui rappelle qu'elle part à Grasse les deux prochains jours et que, dès demain matin, la jeune fille qui s'occupe des enfants viendra passer les deux jours à la maison. Il l'avait complètement oublié. Clara connaît bien Ludovic et voit qu'il fait des efforts pour essayer de se déconnecter de son affaire. Peu à peu, ils arrivent à parler plus légèrement, et Ludovic commence à se détendre.

11

Arnaud Lécuyer est dans une rage noire, doublée d'une crise d'angoisse. Le gosse de la rue d'Avron lui explose le crâne et il ne sait pas quand il pourra retourner dans ce secteur. Les démons se sont employés à le calmer en lui suggérant : *Deux possibilités pour retrouver le gamin, pendant ta pause déjeuner ou après dix-huit heures.* Lécuyer s'est plus ou moins calmé.

Il a pris l'habitude avant de monter chez lui de regarder dans la boîte aux lettres. Il craint de louper un rendez-vous chez le psychiatre ou chez le JAP. Ce soir, rien. *Tant mieux,* se dit-il, *pas de rendez-vous surprise chez ces deux connards.*

Lécuyer a du mal à se détendre. Obsédé par sa nouvelle chasse. Il sait ce qu'il va faire, avaler son dîner et se ruer sous la tente avec sa collection, sinon il craint de disjoncter.

Arnaud Lécuyer est aussi en colère car il sent venir des emmerdements gros comme une maison. Et ils ont un nom : Thévenot le psy. Cette tête de nœud semble vouloir repartir à zéro sur sa vie, ses problèmes, son enfance. Et il a pris le dossier de la prison comme référence. Quand il était détenu, c'était facile de berner les psy. Premièrement, ils s'en tapaient complètement de Lécuyer, et deuxièmement, lui n'avait que ça à faire, retenir une fausse vie, une fausse famille qu'il s'était inventée. Tandis que maintenant il a mille choses en tête. Compléter sa collection l'obsède en premier. Ensuite, il doit faire gaffe aux Da Silva, aux clients, aux gens dans la rue, à sa conduite en voiture, au JAP et à ce con de psy. Trop de choses à gérer pour espérer maintenir le cap avec le psy. Les démons le rassurent. *N'oublie pas que tu n'as chaque fois que quinze minutes d'entretien. Prends de quoi écrire et essaie de te souvenir de ce que tu as raconté aux psy de la prison. Une fois que tu auras noté l'essentiel, fais durer, lâche du lest progressivement et tu t'en sortiras. De toute façon, tu ne vas pas rester toute ta vie ici.* Lécuyer souffle un peu. Heureusement que ses démons sont là, même s'ils l'envahissent. Il se demande ce qu'il deviendrait sans eux.

C'est donc beaucoup plus calme qu'il s'assied face à la télé et qu'il dîne. Il comprend que c'est le journal. Il regarde le lot de catastrophes quotidiennes qui s'est abattu sur le monde. Il s'en fout. Il dépose dans sa cuisine sa vaisselle sale. De nouveau, il constate que cette pièce est devenue un véritable dépotoir. En une heure, il lave sa vaisselle et jette les sacs poubelles. C'est le maximum qu'il peut faire. Il se précipite dans sa chambre, il a chaud et sent une boule au creux de son estomac qui ne veut pas partir. Il entre dans son tipi avec sa collection, la regarde intensément, effleure du bout des doigts, les yeux fermés, les pages de droite. Au bout d'un instant, il ne sait plus où il est, il oscille entre rêve et réalité. Il entend des voix qui disent : *Comment tu fais ça, monsieur ?* Il entend des cris, des hurlements, et puis des silences. Il va rester dans son tipi jusqu'à une heure avancée de la nuit ou au début du petit matin. Au choix. Il en sort exténué, s'allonge sur son lit et s'endort d'épuisement.

Lécuyer se réveille instinctivement à six heures trente. Les émotions de la nuit ajoutées aux cauchemars l'ont laissé totalement pantelant et déconnecté. Il lui faut plus d'une demi-heure pour savoir où il se trouve. Il se lève enfin, va sous la douche, s'habille, glisse comme tous les matins son tournevis transformé en arme dans la manche de son avant-bras droit et sort de chez lui. Il se dirige vers le café où il a l'habitude de se rendre. Le temps est froid et gris. Il a relevé le col de son caban et mis les mains dans ses poches. Involontairement, ses doigts rencontrent les petits accessoires qu'il utilise pour attirer ses proies. Il en frissonne de plaisir. Ce matin, il a un peu plus de temps que d'habitude : son premier client est à neuf heures et habite à dix minutes de la Butte-aux-Cailles. Le marchand de journaux a affiché comme d'habitude la une du *Parisien* sur la porte vitrée du magasin.

Quatre pas plus loin, il entre dans le bar. Les mêmes habitués au comptoir. Il va s'asseoir sur la banquette rouge en moleskine et commande un double café et des croissants. Avant de boire son café, il commence par avaler le sucre, ce qui fait dire maintenant au garçon et aux habitués du comptoir : « Encore un original, celui-là. » Il a expédié son petit déjeuner et reste là, tel le consommateur moyen, à regarder la télé fixée à un mur qui déverse des images de sport.

Le petit homme sort enfin du bar et remarque, entre le café et le marchand de journaux, assise par terre, ou plutôt sur un sac, une femme. Une SDF visiblement, plus très jeune. Elle est habillée tout en noir, ultra-maquillée, ses cheveux sont teints en blanc et noir, comme si elle avait un damier de quatre carreaux sur la tête. Elle porte une paire de lunettes noires au bout de son nez et elle fume. Elle parle toute seule, insulte des personnes invisibles et attrape des fous rires à tout casser. Sa voix est complètement carbonisée par le tabac, l'alcool et les excès. Mais elle est là, impériale sur son sac. Lécuyer ne l'avait encore jamais vue. Il reste là malgré lui, fasciné par cette présence, à la regarder. Au bout d'une à deux minutes, il n'a toujours pas bougé d'un centimètre. La femme a arrêté son délire et, se sentant observée, dévisage le petit homme. Au début, elle croit qu'il vient juste de sortir du bar et qu'il va lui donner une pièce. Mais non. Surprise, elle le regarde plus attentivement et accroche le regard de cet homme aux mains enfouies dans un caban au col relevé. Dans son brouillard, elle ne voit que ses yeux et se met à hurler de sa voix carbonisée :

— Le diable ! Le diable !

Lécuyer comprend que c'est de lui dont elle parle et décide de partir sans plus attendre. Le voyant faire un pas, la femme hurle de plus belle :

— Ne m'approche pas ! Ne m'approche pas !

Lécuyer traverse la rue entre deux voitures en stationnement pour changer de trottoir. La femme continuant de hurler : « Le diable ! Le diable ! Sale mec ! » Lécuyer regarde discrètement en arrière et constate que le marchand de journaux, sur le pas de la porte de sa boutique, s'adresse à la femme, visiblement pour la calmer. Les démons lui font un petit rappel. *Mec, n'oublie pas d'éteindre tes projecteurs de haine, tu risques de te faire remarquer, et pas seulement par une dingue.* Lécuyer en prend bonne note, grimpe dans sa voiture et démarre vers le premier client de la journée, avec en point de mire la rue d'Avron. Une fois de plus, la matinée s'est écoulée assez rapidement. Il a enchaîné les rendez-vous, encaissé des factures et pris des pourboires. En montant dans la voiture, il voit qu'il est midi vingt et que son prochain rendez-vous est à quatorze heures. Il calcule qu'il lui faut environ vingt minutes pour aller rue d'Avron, ce qui lui laisse grosso modo une heure de chasse. Déterminé et calmé par les démons, il effectue son trajet prudemment et trouve une place de stationnement dans le quartier de sa cible. *On est mercredi, les gosses ne vont pas à l'école, j'aurai peut-être une chance de le voir.*

Il attaque à pied la rue en partant depuis le boulevard Davout. C'est dans cette portion de rue que le gosse se dirigeait quand il l'avait aperçu. Sur le trottoir de gauche, il repère une sorte de passage qu'il n'avait pas vu la première fois, et dans lequel il s'aventure. Une dizaine de mètres plus loin, il arrive dans une petite rue, la rue du Volga. De l'autre côté de la ruelle, l'entrée d'un parc. Devant ce parc, un vieil homme avec un chariot pour les courses et, attaché au chariot, un petit chien blanc, enfin qui a dû être blanc, avec le contour d'un œil noir. Lécuyer hésite sur la direction à prendre. Il regarde le vieux qui ouvre son chariot, sort du pain et le jette autour de lui. Aussitôt, une cinquantaine de pigeons qui devaient l'attendre se posent à côté de lui. Le petit chien ne bouge pas et reste couché, le museau entre les pattes de devant. Lécuyer se décide à partir vers la droite, il devine que la ruelle va rejoindre le carrefour où il a repéré le gosse la dernière fois. Arrivé au croisement, il voit la grosse dame, avec sa casquette posée sur ses cheveux tressés, qui fait traverser des piétons et qui lui tourne le dos. Pas de mouvement brusque, pas de course, ne pas regarder les gens dans les yeux, se confondre avec les murs. Lécuyer applique à la lettre les leçons apprises en prison.

Pendant qu'il descend cette rue, un enfant d'une dizaine d'années, brun, cheveux courts, pénètre dans la ruelle côté gauche, la partie qui rejoint le boulevard. Il sait que le vieux monsieur et son chien sont là. Quand il aperçoit les pigeons, il devine que la distribution de pain a commencé. Il s'approche doucement, les pigeons ne se sauvent pas. Le vieux monsieur dit quelques mots amicaux à l'enfant et lui donne du pain. L'enfant s'amuse à tenir des morceaux de pain bras tendu pour que les pigeons viennent les prendre en voletant.

Le petit garçon est celui pour lequel Lécuyer s'est mis en chasse.

Avant de quitter le vieux monsieur, l'enfant joue un instant avec le chien et prend le même chemin que Lécuyer qui est de nouveau dans la rue d'Avron, à observer le manège de la grosse femme qui fait la circulation d'un geste autoritaire. Il a faim mais ne veut pas lâcher sa chasse. Il se résout à aller dans un bar prendre un sandwich qu'il va manger en marchant. L'enfant vient de déboucher dans la rue d'Avron. Il a rendez-vous vers une heure et demie avec un camarade pour aller jouer au foot Il préfère se promener dans la rue que rester chez lui, où il s'ennuie tout seul. L'enfant marche lentement vers le boulevard Davout où il doit retrouver son camarade. Il est sur le trottoir de droite. Lécuyer vient de sortir du bar, il est sur le trottoir de gauche et prend, sans le savoir, la même direction que le gamin. Celui-ci a une vingtaine de mètres d'avance sur Lécuyer qui commence à regarder dans toutes les directions. Il marche calmement, sachant qu'il n'attire l'attention de personne. Son regard extraordinairement aiguisé balaie les trottoirs des deux côtés. Il enregistre tout. Lécuyer n'oublie pas les fenêtres des immeubles. Des fois que le môme habiterait par là et serait à sa fenêtre. C'est en véritable pisteur que Lécuyer arpente la rue. Dans une dizaine de mètres, le gamin va arriver sur le boulevard. Lécuyer toujours attentif a croisé des enfants du même âge, mais pas celui qu'il a repéré. Soudain, ses yeux s'immobilisent et se fixent sur le dos d'un gamin qui vient de tourner dans le boulevard. Il en est presque sûr, c'est lui. Il veut courir, mais les démons qui se faisaient oublier mettent le pied sur le frein. *On ne court pas dans les rues, n'oublie pas les règles.* Le petit homme traverse la rue et accélère le pas. En pénétrant sur le boulevard, il ne voit plus le gosse. Il en hurlerait de rage. Il regarde partout et l'aperçoit assis sur un banc à un arrêt de bus. Que faire ? Les démons se manifestent. *Tu as la confirmation qu'il habite bien le quartier, tu dois repartir dans dix minutes pour ton travail. Ne fais rien ! Fais pas le con ! Tire-toi d'ici et vite fait.*

Arnaud Lécuyer a bien entendu les démons mais fait comme si de rien n'était. Il s'approche de l'Abribus vitré et observe le garçon de dos quelques instants. Constatations : il est seul et n'attend pas le bus, puisqu'il n'y a personne et qu'il laisse passer des bus. De manière impulsive, Lécuyer décide de s'asseoir à côté du môme. Les démons hurlent. *Dégage !* Lécuyer est sourd, il est bien. *Tire-toi tout de suite.* Lécuyer sort trois dés de sa poche qu'il fait rouler entre ses deux mains jointes. Le gosse regarde. C'est pas banal un type qui sort des dés en pleine rue. Lécuyer a immédiatement senti qu'il avait une touche. *Facile,* se dit-il, *comme d'habitude.* Les démons ont décidé de ne plus rien dire. Lécuyer ouvre ses mains, les dés ont disparu. La réaction ne se fait pas attendre :

— Trop fort.

Lécuyer, conforté dans sa stratégie éprouvée, ne dit rien. Il sort un jeu de cartes de sa poche, le mélange, fait un éventail avec les cartes et le tend au gamin.

— J'en prends une ? questionne l'enfant.

Lécuyer hoche la tête et dit simplement :

— Prends-la, regarde-la et ne dis rien.

Le gosse, tout content, s'exécute. Lécuyer mélange les cartes de nouveau. Un bus arrive, des gens descendent. Lécuyer fait un éventail avec les cartes et le présente au gosse.

— Mets la carte n'importe où.

L'enfant glisse la carte dans le jeu au milieu. À l'intérieur du bus, un homme ne perd rien de la scène. Lécuyer confie son jeu au môme. Celui-ci attend la suite, émerveillé. Lécuyer prend son portefeuille dans la poche intérieure de son caban, l'ouvre et sort une carte, le valet de cœur.

— C'est celle-là ?

Le gosse applaudit. Le bus redémarre. Le passager du bus pense que le type est un magicien professionnel.

Un jeune garçon arrive en courant sous l'Abribus.

— Sylvain, dépêche-toi, on va être en retard !

L'enfant bondit de son siège et part en courant. Lécuyer est complètement bloqué et frustré par ce départ si rapide. Les démons se font de nouveau entendre. *Bravo, mec, bien joué. On fait quoi, maintenant ? On s'installe dans cette rue en attendant que le gosse revienne ? Ou on attend la police ? Sans vouloir jouer les rabat-joie, rappelle-toi que tu es toujours recherché pour meurtres depuis plus de douze ans. Peut-être que tes talents de magicien vont arriver jusqu'aux oreilles des flics.*

Lécuyer n'est plus en état de réfléchir. Il retourne à sa voiture, consulte de nouveau son planning et se dirige vers son premier rendez-vous de l'après-midi. En regardant la montre du tableau de bord, il en déduit qu'il sera en retard d'une quinzaine de minutes. Il se met de nouveau en pilotage automatique jusqu'à la fin de la journée où il devra aller en plus chez les Da Silva pour remettre l'argent et prendre les nouvelles commandes. Plus que jamais, la cocotte-minute Lécuyer est sous pression et rien n'a fait sortir la vapeur. Bien au contraire, le couvercle a été vissé d'un tour supplémentaire.

Les deux derniers rendez-vous se font dans une circulation rendue épouvantable par la pluie. Lécuyer est de plus en plus à cran. Les deux clients n'ont pas osé engager la conversation avec lui. Quand Lécuyer prend enfin la direction des Da Silva, il commence à souffler. *Plus qu'une épreuve*, pense-t-il spontanément. Il est vaguement inquiet parce que les démons ne lui parlent plus. Comme s'ils n'avaient jamais existé. Ce silence est survenu à cause de son attitude avec le gosse de la rue d'Avron dans l'Abribus. Ils n'ont pas aimé. Vraiment pas. Et le lui font savoir.

Lécuyer est englué dans un embouteillage et ne sait pas comment s'en sortir. Il fait des efforts pour se résigner et garder son calme. Hors de question qu'il se comporte dans sa voiture comme le petit bonhomme que tout écrase. C'est trop fatigant. Personne n'est là pour le regarder. Il découvre que la voiture possède une radio. Il appuie sur le bouton de mise en route. Le poste est calé sur France Info. Il écoute le point météo suivi de l'état de la circulation. Conclusion, la pluie n'est pas près de s'arrêter, donc les embouteillages non plus. Ce qui énerve au plus haut point Arnaud Lécuyer. Les infos s'enchaînent. Il n'écoute plus. Il essaie d'entrer en contact avec ses démons. Il se fait humble et conciliant. *Qu'est-ce que je dois faire, dire, chez les Da Silva ?* Rien. Même pas un *démerde-toi* qui aurait été signe de leur présence. C'est dans une sorte d'état d'abattement mêlé à une tension interne indicible qu'Arnaud Lécuyer entre dans la boutique. Le père et le fils échangent un long regard. Dans celui du père, il est écrit : « Qu'est-ce que je t'avais dit ? J'avais raison » ; dans celui du fils : « Pas de précipitation. Il n'a pas l'air en forme. On va voir. »

Luis Da Silva essaie de se montrer jovial.

— Salut, Lécuyer. Alors, comment va ?

Dans un premier temps, Arnaud Lécuyer ne répond pas, occupé à sortir les factures et l'argent. Il devrait dire quelque chose. Il a pensé à éteindre ses projecteurs de haine, et tente de paraître insignifiant. Mais c'est difficile, d'autant qu'il est angoissé par l'absence des démons. D'une petite voix, il répond :

— La journée a été difficile, et la pluie n'a rien arrangé.

Il évite de regarder dans les yeux les Da Silva. Georges revient à la charge :

— En quoi elle a été difficile, la journée ?

Mais, putain de bordel, qu'est-ce que ça peut lui foutre à ce connard de savoir comment et pourquoi la journée a été difficile ? a envie de hurler Lécuyer qui panique. Il n'aime pas ces questions qui sont des interrogatoires déguisés. Aussi, il répond en faisant l'effort d'adopter un ton banal :

— Il y a des jours avec et des jours sans. Aujourd'hui, c'était un jour sans. On va chez des clients et la fuite d'eau est difficile à trouver, ou bien les écrous à dévisser sont bloqués. Rien de bien méchant, mais ça fait prendre du retard.

En voyant l'absence de réaction du fils, Lécuyer conclut qu'il a fait une bonne réponse.

C'est au tour du père d'enchaîner, avec des questions qui se veulent aimables mais que Lécuyer analyse comme étant un piège.

— Tu as mauvaise mine. Y a quelque chose qui va pas bien ?

Autour du vieux, maintenant. C'est pas possible, ils suspectent quelque chose. Pourtant, je me tiens peinard. Lécuyer appelle ses démons une fois de plus à la rescousse. *Aidez-moi. Je ne déconnerai plus.* Rien. Lécuyer est contraint de se débrouiller seul. Le vieux Da Silva trouve que la réponse traîne à venir.

— Tu ne m'as pas entendu ? Je m'inquiète de ta santé.

Lécuyer hoche la tête.

— Oui oui, j'ai entendu. Non, je vais très bien. Un coup de froid peut-être avec cette pluie... Il y a des rendez-vous pour demain ?

Le père grommelle vaguement quelque chose, regarde son fils ; le regard dit : « Y a une merde mais je sais pas laquelle. » Les yeux du fils répondent : « T'as raison. Mais je ne vois pas non plus. » Da Silva père attrape ses lunettes qui, attachées par une cordelette, pendent sur son ventre et les ajuste sur son nez. Il prend un registre, l'ouvre et baisse la tête pour lire, en fronçant le nez pour empêcher ses lunettes de tomber. Il en tire trois feuillets fixés par un trombone :

— Tiens, ce sont les photocopies des interventions pour les deux jours à venir. Tu repasseras vendredi soir pour remettre la comptabilité et prendre les commandes pour la semaine prochaine.

Lécuyer les arrache pratiquement des mains du père Da Silva, et regarde les adresses pour voir s'il y en a une à proximité de la rue d'Avron. Aucune. Tout est concentré dans l'Ouest parisien. Il dissimule difficilement sa déception. Il a hâte de s'en aller.

— Bon, ben je vais y aller. Faut que je fasse quelques courses pour manger. Si vous n'avez plus besoin de moi...

Il tend une main molle aux Da Silva, reprend son allure de petit-homme-résigné et sort de la boutique. Il sent dans son dos deux paires d'yeux braqués sur lui, comme des rayons lasers qui le brûlent. Il sent leur chaleur imaginaire malgré le froid et la pluie régulière. Il monte calmement dans la voiture, clignotant, démarre.

Les Da Silva restent quelques instants sans parler, les yeux fixés à travers la vitre sur la voiture qui s'éloigne. Le téléphone fait sursauter les deux hommes. Le fils note un rendez-vous.

Quand le fils raccroche le téléphone, le père dit simplement :

— Alors ?

— C'est vrai qu'il n'a pas l'air bien. Y a un truc qui ne tourne pas rond chez ce mec. On dirait qu'il se retient de parler, comme s'il réfléchissait longtemps avant d'ouvrir la bouche. On fait quoi ?

— Je sais pas trop. Mais si on commence à trop se poser de questions, à un moment, faudra bien qu'il nous donne des réponses.

— Pourquoi pas ? Mais, rappelle-toi, ce mec, quand je l'ai vu au tout début, en janvier, je le sentais pas, même s'il avait morflé en cabane. C'est pas le premier ouvrier en réinsertion qu'on a ici.

Luis Da Silva se roule une cigarette avant de répondre, l'allume, tire une bouffée.

— Oui, je me souviens, et c'est vrai ce que tu dis. Ça fait deux mois qu'il travaille avec nous et, si on veut être juste, on n'a rien à lui reprocher.

Le fils hoche simplement la tête et reprend :

— J'avais idée de téléphoner aux clients sur les quinze derniers jours pour savoir si rien ne clochait. Mais je me suis dit que les mécontents auraient déjà téléphoné.

— Tu as raison. Ce n'est pas la peine. Sois là quand il va revenir. On avisera après.

Arnaud Lécuyer rentre chez lui au pas. La pluie et les embouteillages. Il a un mal de tête à tout casser et sent la pression qui cogne fort dans ses tempes. Une sorte de boule oppresse sa poitrine et il a du mal à avaler. Le gosse de la rue d'Avron l'obsède. Lécuyer va mal. Il repense aussi à la tentative foirée à cause du clodo. Lécuyer est comme une grenade dégoupillée qui ne va pas tarder à péter. Cela fait des années qu'il attend de pouvoir reprendre sa chasse, et tout est en train de foirer. Les démons ne lui parlent plus, il se sent seul et ne sait plus quoi faire. Pour essayer de se calmer, il met la radio et tente de prendre d'autres rues afin de contourner les embouteillages.

Ce n'est que vers vingt et une heures trente qu'il arrive, exténué. Il prend sur lui pour chercher une vraie place de stationnement. Il en a marre de lutter pour ne pas se faire repérer et ne pas attirer l'attention sur lui. Il a mal aux jambes, au dos, aux bras. Il n'en peut plus. Cela fait cinq ou six fois qu'il tourne dans le quartier, les essuie-glaces balayent mollement une pluie qui tombe à verse, comme si eux aussi étaient épuisés par cette journée. Malgré l'éclairage public et les phares du véhicule, il écarquille les yeux pour bien voir la route. Il descend au ralenti le boulevard Blanqui en se mettant sur la file de gauche. La circulation est devenue quasiment nulle.

En longeant le métro aérien, il l'aperçoit soudain se protégeant de la pluie, attendant qu'elle cesse.

12

Vingt-deux heures trente. Omar Messardi est seul chez lui ce soir. Sa femme et son fils sont allés dîner chez des amis. Conducteur de métro, il a terminé son service à vingt et une heures trente. Il pilote le métro sur la ligne une, La Défense – Château-de-Vincennes. Il aime particulièrement arriver vers le quartier de La Défense le soir. Le métro est à ce moment-là, à deux stations du terminus, en extérieur. Messardi regarde toujours avec plaisir les grands buildings éclairés. Parfois, il s'imagine arriver à Manhattan. Il n'est jamais allé à New York, et Manhattan, il ne l'a vu qu'au cinéma. Mais pour lui, ça doit être comme La Défense, mais en plus grand. Il estime que la pluie donne quelque chose de plus quand, à travers le pare-brise de son poste de conduite, il voit les buildings éclairés brouillés par la pluie. Mais ce qu'il préfère de loin, c'est le brouillard quand il arrive de nuit dans le quartier d'affaires. C'est complètement irréel. Le sommet des tours est noyé dans le brouillard et les éclairages des bureaux ressemblent à des projecteurs de lumière diffuse.

Un soir, Omar Messardi avait comparé une tour à un gigantesque navire au fond de l'eau dont les fenêtres ressemblaient à des hublots. Il aurait aimé prendre des photos, pas en conduisant la rame, bien sûr, mais après son service. Cependant, il se doutait que prendre des clichés de nuit, ça devait être compliqué. Alors, il se contentait d'en rêver.

Mais ce soir, Omar Messardi ne trouve pas la pluie aussi jolie. Il a le nez collé à la fenêtre de la salle à manger de son appartement du septième et dernier étage d'un immeuble de la rue Eugène-Oudiné, à Paris, dans le XVIIIe et qu'il occupe depuis plus de vingt ans. La pluie tombe en rafale et le vent la propulse avec force contre les fenêtres. Il attend patiemment que le déluge cesse ou veuille bien se calmer pour pouvoir sortir le chien. C'est un labrador de dix ans, stoïque, qui attend que son maître l'emmène faire sa balade du soir.

Omar Messardi a les yeux dans le vague et les pensées lointaines quand il entend, malgré la pluie, un coup de freins et un choc sourd. Il essaie de voir par la fenêtre et aperçoit, ou croit apercevoir, un véhicule utilitaire blanc qui vient de heurter une barrière de chantier à l'entrée de la rue Watt. Le conducteur ne prend pas le temps de s'arrêter. Omar Messardi voit les feux rouges arrière du véhicule disparaître dans la rue Watt. C'est une rue basse et sombre, sans commerce ni âme qui vive, qui passe sous le pont du chemin de fer des trains desservant la gare d'Austerlitz.

Le nez collé à sa fenêtre, Omar Messardi est perdu de nouveau dans ses pensées. Il fume une cigarette. Pas n'importe comment. Il s'en octroie une par jour quand la journée est finie. Cette cigarette, il la savoure avec volupté et, chaque fois qu'il la porte à ses lèvres, il le fait élégamment. Messardi a très envie d'un fume-cigarette. Il a déjà vu dans des films en noir et blanc des acteurs avec cet accessoire. Pour lui, c'est vraiment classe et il est sûr que le plaisir de fumer la cigarette du soir en sera augmenté. Il a repéré un tabac du côté du quartier Opéra qui en vend. Samedi prochain, il ira l'acheter.

Insensible à tout cela, le chien se lève, s'étire, bâille et donne un coup de museau dans la jambe de son maître. Celui-ci lui gratte affectueusement la tête entre les oreilles.

— C'est bon, Vasco, j'ai compris. On va y aller, mais tu vas te mouiller, et moi aussi d'ailleurs.

Messardi écrase sa cigarette aussi élégamment qu'il l'avait fumée en repensant à son fume-cigarette, enfile un imper et prend un parapluie pliant. Le chien tire sur la laisse quand ils entrent dans l'ascenseur. Arrivé dans le hall de l'immeuble, Messardi se bagarre une minute pour ouvrir le parapluie et se résigne à sortir. Le chien tire sur sa laisse tant et plus. L'eau dégoulinant dans son cou, ses pas le dirigent vers la sombre rue Watt qui, à défaut d'être gaie, est au moins couverte.

À l'entrée de la rue, un cône rouge et blanc est renversé. Un panneau signale des travaux de la Compagnie parisienne du chauffage urbain. Messardi se souvient qu'une voiture a percuté une des barrières métalliques vert et gris qui sont sur la chaussée. L'une d'elles est par terre. Ils remontent la rue Watt en marchant sur la chaussée pavée. Messardi a replié le parapluie. Le côté droit de la rue est faiblement éclairé par quelques lampadaires sales. Il aperçoit un tas à une trentaine de mètres sur le trottoir de droite. *Un sac de linge*, pense-t-il. Il n'est pas rare de voir abandonnés, dans cette portion de rue, des objets que des gens balancent de leur voiture.

Son regard accroché, il continue d'avancer ; maintenant il n'a plus de doute, ce qu'il pensait être un sac de linge est une forme humaine allongée. Il met quelques secondes pour enregistrer l'image. Le chien ne tire plus sur sa laisse et gémit.

Omar Messardi s'est avancé à pas lents, il distingue avec certitude un corps allongé. De petite taille. Intrigué et mal à l'aise, il appelle, mais la personne ne bouge pas. Plus ou moins rassuré d'être avec le chien, il se rapproche du corps étalé à plat ventre et donne un petit coup de pied dans la chaussure.

— Ça va, vous n'êtes pas malade ?

Pas de réponse. Le chien le rejoint sans que Messardi ne s'en rende compte et aboie, ce qui fait sursauter son maître. Il renifle et aboie de nouveau. Omar Messardi sent venir la peur. Il pense immédiatement à un SDF. À côté, il y a un foyer et parfois, certains ont du mal à tenir debout et finissent écroulés sur le trottoir. Confusément, intuitivement, Messardi commence à douter. Il abandonne l'idée du SDF. Un malaise l'envahit et une trouille à tout casser lui donne des frissons dans le dos.

Le chien se fait entendre de nouveau. Les aboiements résonnent fortement dans la rue Watt, ce qui amplifie le sentiment de peur de Messardi. Après avoir regardé dans tous les sens s'il y a quelqu'un dans la rue, il s'accroupit vers la tête. Là, il voit que c'est un enfant avec des cheveux noirs.

— Ce n'est pas possible ! dit-il à haute voix.

Messardi crève littéralement de peur. Il secoue l'enfant à plusieurs reprises, l'appelle, le retourne et essaie de l'asseoir. L'enfant ne tient pas assis. Le chien gémit. Messardi comprend que le môme est mort. Pas depuis longtemps parce que le corps est encore souple et chaud. Une réflexion terrible s'impose à lui. Cet enfant vient de mourir et il n'est pas mort tout seul. Peut-être que l'assassin le guette, lui, Omar Messardi, simple passant qui sort faire pisser son chien la nuit et qui dérange les plans d'un assassin. Le chien assis, langue pendante, ne bouge plus. La peur empêche chez Messardi tout raisonnement logique. Il regarde de tous les côtés, craignant de voir arriver l'assassin du gosse. Les murs recouverts de tags augmentent sa frousse.

En tremblant, il se précipite chez lui pour téléphoner. Il court aussi vite qu'il peut, voulant sans doute mettre le plus d'espace possible entre la mort et lui. L'homme et le chien détalent, mais cela n'a rien de joyeux. Il glisse à deux ou trois reprises et se rattrape in extremis. La pluie tombe à verse, mais il ne la sent même pas.

Arrivé chez lui, il s'enferme à double tour, regrettant que sa femme et son fils ne soient pas déjà rentrés. Il ne peut téléphoner tout de suite, il claque des dents et avale deux grands verres d'eau. Il se précipite enfin sur son téléphone. Quand le standard de Police secours décroche, le policier comprend immédiatement que c'est du sérieux. Il arrive plus ou moins à calmer le bonhomme pour recueillir les premiers éléments et envoyer un véhicule d'intervention. Le brigadier-chef de Police secours est un vieux de la vieille qui sait poser les questions essentielles. Souvent, les gens sont tellement paniqués que, après avoir balbutié ce qu'ils ont vu, ils oublient de donner l'adresse où se passe l'événement et raccrochent aussitôt.

Ludovic Mistral est arrivé sur les lieux environ quarante-cinq minutes après la découverte du corps. Quand son téléphone portable a sonné chez lui, il a eu immédiatement un mauvais pressentiment. Il a griffonné rapidement l'adresse sur un papier et est sorti de chez lui en trombe. Il a collé son gyrophare magnétique sur le toit et, quand il a traversé les carrefours, a mis un coup de sirène par précaution. Dans la voiture, il a rappelé l'état-major pour que Calderone et son équipe le rejoignent sur place, ainsi que des techniciens de scène de crime de l'IJ[1]. Il a demandé également que le substitut du procureur de permanence se déplace.

La rue Watt est barrée par une voiture de police qui a allumé sa rampe lumineuse et par un ruban rouge et blanc « police – accès interdit ». La pluie tombe régulièrement et seuls quelques curieux sont derrière leurs carreaux mais ne voient rien. Trop loin. Ceux qui ont voulu descendre ont été fermement éconduits par les policiers. La pluie a fait le reste. Les policiers voient la voiture de Mistral dévaler la rue Eugène-Oudiné avec son gyrophare allumé. Il saute de la voiture, répond brièvement aux saluts et se dirige rapidement vers le petit attroupement à l'entrée de la rue se protégeant de la pluie. Un panneau fixé au-dessus de l'entrée de la rue Watt indique « 2 m 30 » de hauteur. Il se fait la réflexion que c'est vraiment bas pour une rue. Cinq policiers en uniforme et un type avec un imper qui tire nerveusement sur sa cigarette attendent silencieusement. L'homme tient un chien en laisse, un labrador assis à côté de lui, qui a compris qu'il doit se tenir tranquille. Le groupe est silencieux et

1. Identité judiciaire.

regarde l'équipe de l'IJ qui se prépare. Trois types ont revêtu des combinaisons blanches à cagoule, ils ajustent leur masque et leurs lunettes pour ne pas polluer la scène de crime avec leurs propres traces.

Mistral perçoit ce silence lourd à peine troublé par les bruits de l'eau s'écoulant dans les caniveaux et les crachotements des postes radio. L'atmosphère particulière qui se dégage toujours des lieux d'un crime est reconnaissable entre toutes. Une ambiance silencieuse, économe en bruit, où les policiers s'efforcent de faire leur travail en ayant l'air blasé du genre « rien ne peut me surprendre ». En fait, c'est de l'affichage pur et simple. De la façade. Les flics masquent leur sensibilité face à la mort. Et là, c'est un enfant qui est mort. Les flics veulent être vraiment détachés, mais ils n'y arrivent pas. Le chef du dispositif, un brigadier major, paraît immédiatement soulagé de voir arriver Mistral. Il ne sait pas encore de qui il s'agit, mais espère que ce sera un responsable de la Police judiciaire qui va prendre la suite en main. Il s'avance. Mistral décline son identité, le gradé salue respectueusement. Aussitôt, il fait son compte rendu dans le plus pur style administratif.

— Nous avons reçu un appel de PS 17 à vingt-trois heures pour une personne décédée sur la voie publique. Le requérant est sur place. (Il met un coup de lampe torche sur son papier pour y voir plus clair.) M. Omar Messardi, qui demeure rue Eugène-Oudiné, nous attend à l'entrée de la rue Watt. Nous avons constaté qu'un enfant décédé, d'une dizaine d'années, était allongé sur le dos. J'ai appelé mon état-major pour que la PJ soit avisée.

— Merci, major. Qu'est-ce que vous avez fait d'autre ? Vous avez bougé le corps ?

— Affirmatif, nous avons essayé de ne pas trop piétiner la zone, mais ce n'est pas facile. Nous avons vérifié que l'enfant était décédé. Le requérant a, selon ses premières déclarations, bougé aussi le corps.

Messardi rallume une énième cigarette. Mistral jette un coup d'œil aux pieds de l'homme au chien qui est à quelques mètres et compte six mégots écrasés.

Mistral remercie le gradé, salue le petit groupe en disant : « Je suis à vous tout de suite » et se dirige vers la scène de crime. Les spécialistes de l'IJ ont tendu des bâches qui ferment presque la totalité de la rue et encadrent largement la portion de trottoir où se trouve le corps de l'enfant. Ils sont en train de tout photographier, avant de ramasser ce qui peut être exploitable. Une attention toute particulière est réservée à l'endroit où se trouve le corps. Mistral regarde tout le soin pris par les policiers de l'IJ et sait déjà qu'ils ne trouveront rien d'exploitable. Mais il comprend aussi l'empressement du témoin et des policiers auprès de l'enfant. Ce qui sert involontairement le meurtrier.

Le téléphone mobile de Mistral vibre dans la poche intérieure de sa veste.

— Monsieur le commissaire ? Le capitaine Clément de l'état-major. Je vous ap...

Mistral, agacé, ne lui laisse pas finir sa phrase.

— Si vous voulez que je vous fasse un point, c'est encore un peu tôt. Je suis arrivé il y a à peine cinq minutes.

— Excusez-moi, monsieur le commissaire, mais bon, vous savez comment ils sont à la direction, ils veulent tout savoir et tout de suite ! Le directeur de permanence a été prévenu qu'un enfant avait été trouvé assassiné, et il veut avoir des précisions.

— Dites-lui qu'il en aura quand je vous rappellerai. Je ne suis pas Mme Irma. Vous avez fait le nécessaire pour le proc et le groupe de Calderone ?

— Je viens de les avoir, ils seront sur place dans cinq minutes.

— Vous allez appeler tous les services de police de nuit pour qu'ils vous préviennent si une disparition d'enfant leur a été signalée. Commencez par le central 13. Et n'oubliez pas Ivry qui touche le XVIIIe.

— OK, je vais le faire. Je voulais aussi vous informer que nous venons à l'instant d'être prévenus par l'état-major de la PUP de la découverte d'une femme âgée qui a été étranglée chez elle. La victime habite rue Raynouard dans le XVIe. Qu'est-ce que je fais ?

Mistral se dit que c'est la loi des séries. Pas de meurtre pendant des jours et deux d'un seul coup, et en pleine nuit.

— Appelez Dumont et faites venir le groupe de renfort et dites-lui de m'appeler quand il en saura plus. Au fait, comment s'appelle la victime ?

Mistral entend le capitaine de l'état-major tripoter ses notes.

— Elle s'appelle... euh... elle s'appelle Solange Destiennes, elle aurait près de quatre-vingt-dix ans. Pour l'instant, c'est tout ce que j'ai.

— Clément, ne m'appelez que si c'est important. Merci.

Chaque fois, c'est pareil, se dit le capitaine de l'état-major en raccrochant. *Je suis entre le marteau et l'enclume et je me fais pourrir des deux côtés.* Il décroche son téléphone, appelle Dumont qui est de mauvais poil, le chef du groupe de renfort qui l'est aussi, puis le commissariat central du XIIIe arrondissement pour le môme.

Mistral range son téléphone dans sa poche et regarde l'enfant éclairé par des projecteurs pour faciliter les opérations de nuit. Il est allongé sur le côté droit, les jambes légèrement repliées, sa tête reposant sur un bras. *On dirait qu'il dort*, pense-t-il instinctivement.

— On dirait qu'il dort, dit une voix derrière lui.

Cette similitude de pensée exposée à voix haute le fait sursauter. Calderone vient de parler. Il est arrivé avec dix de ses gars. Tous silencieux et graves, conscients qu'il règne dans cette rue en forme de tunnel une sorte de recueillement, où toutes les paroles habituellement prononcées dans les opérations de police, les échanges radio et les instructions données quelquefois en gueulant se sont tus. Les hommes attendent les instructions de Mistral. Les policiers en tenue se sont légèrement éloignés pour les laisser bosser. L'homme au chien rallume une nouvelle cigarette. Le labrador a envie de pisser et d'aboyer, mais sent que ce n'est pas le moment de faire le mariolle.

Calderone s'approche de Mistral et chuchote :

— Le Magicien ?

— Trop tôt pour le dire. Mais à première vue, ce n'est pas évident. L'enfant n'a pas été retrouvé dans un local que le Magicien affectionne. Je n'ai pas encore questionné le seul et unique témoin que nous avons, pour savoir comment il a trouvé le gosse. Il a manipulé le corps, tout comme l'équipe de nuit.

Calderone hoche simplement la tête. Les deux policiers se dirigent vers l'homme au chien. Brève présentation. Calderone a sorti son carnet et son stylo.

— Monsieur Messardi, commence Mistral, je crois que c'est vous qui avez découvert l'enfant ?

Messardi tremble encore visiblement. Le froid, la peur, les deux, la seconde amplifiant le premier.

— Je suis descendu faire euh... piss... euh... faire faire ses besoins au chien. Comme il pleuvait, j'ai pris la rue Watt qui est abritée de la pluie. En remontant le long de la rue, j'ai vu quelqu'un d'allongé. Je me suis approché pour voir comment il allait et là, j'ai vu que c'était un enfant.

À ce souvenir, les yeux de Messardi se voilent de larmes. Il les essuie d'un geste maladroit. Mistral et Calderone font semblant de ne rien remarquer. Mistral absorbé par ce que dit le témoin, Calderone regardant fixement ses notes.

— Est-ce que vous vous souvenez de la position de l'enfant quand vous l'avez trouvé ?

— À plat ventre. Quand j'ai vu que c'était un enfant, on aurait dit un ange qui dormait.

La voix de Messardi est mal assurée, et ses lèvres tremblent. Il se retient de pleurer.

— Et la position de la tête ? Essayer de visualiser la scène, poursuit doucement Mistral.

Une voiture se range devant l'entrée de la rue. Calderone jette un coup d'œil et reconnaît le substitut de permanence : le proc Bruno Delattre, qui en descend. Le proc s'avance vers les trois hommes et reste légèrement en retrait derrière Messardi. Le chien se retourne, sent le pantalon du nouveau venu et se rassoit à côté de son maître.

— Comment ça, la position de la tête ?

Messardi est paumé. C'est la première fois qu'il est questionné par la police et pour un meurtre en plus ! Grand amateur de films policiers, quand il voyait les témoins bafouiller, il se disait que les gens n'avaient vraiment rien dans la tête ! Ne pas se souvenir d'un événement qui s'est déroulé une heure avant, c'est vraiment exagéré. Et lui, Omar Messardi, qui est dans la réalité ne comprend même pas la question.

— Qu'est-ce que ça veut dire, la position de la tête ? S'il vivait ?

Un train passe au-dessus d'eux. Bruit caractéristique des essieux sur les raccords des rails, grincements des freins sur les roues. Cela laisse une minute à Mistral avant de répondre, compte tenu du bruit assourdissant que fait le train. Mistral a tout de suite vu qu'il a en face de lui un super-émotif, mais il ne peut pas lui suggérer une série de réponses que Messardi reprendrait peut-être inconsciemment.

— Non, cela veut dire simplement comment son visage était posé, répond doucement Mistral.

Messardi hoche la tête à plusieurs reprises ; visiblement, il fait des efforts pour se souvenir. Écrase sa cigarette.

— Il avait le visage tourné vers la gauche. Voilà, vers la gauche, c'est ça !

Mistral et Calderone ne répondent rien et ne laissent rien transparaître, mais tous les deux pensent que ce n'est pas le Magicien. Ils ont l'un et l'autre en tête les photos des enfants retrouvés morts pendant la première série du Magicien, où toutes les victimes avaient le visage tourné vers la droite. Ce qui peut correspondre à une signature du tueur sur la scène de crime.

Mistral s'apprête à reformuler une question, quand Messardi s'exclame :

— Non, je me trompe, il avait le visage tourné vers la droite. Les mains à hauteur du visage. Voilà, c'est ça. Je tenais Vasco en laisse avec la main droite.

Le chien aboie en entendant son nom. Personne ne faisant attention à lui, il se tait.

— Il a tiré sur sa laisse et s'est approché du visage de l'enfant pour le sentir. J'ai regardé et c'est à ce moment que j'ai vu que c'était un enfant.

Mistral et Calderone restent toujours impassibles, mais cette fois pensent que c'est le Magicien.

Mistral reprend de sa voix calme :

— Donc, à plat ventre et le visage tourné vers la droite. Quoi d'autre sur la position de l'enfant ? Réfléchissez calmement. Nous avons tout notre temps.

Messardi commence à s'apaiser et reprend une cigarette.

— Il avait aussi les mains à hauteur du visage. Je me suis approché, je l'ai appelé et, comme il ne répondait pas, je l'ai tourné pour essayer de l'asseoir. Mais comme il ne tenait pas assis, j'ai vu qu'il était mort. Je suis parti en courant téléphoner.

Dans la tête de Calderone, il y a écrit : *C'est ce putain de Magicien.* Dans celle de Mistral également. Le proc n'en pense pas moins.

— Vous avez vu quelqu'un dans la rue quand vous y étiez ?

— Non, personne. Je me suis sauvé en courant, parce que j'ai eu peur que l'assassin soit encore là caché.

— Vous habitez rue Eugène-Oudiné, m'a dit le policier quand je suis arrivé. Vous donnez sur la rue Watt ?

— Oui, et j'habite au dernier étage au-dessus des arbres. Mais de ma fenêtre, on ne voit que l'entrée de la rue, on ne voit pas plus loin.

— Des policiers vont prendre votre déposition par écrit avec les précisions que l'on vous a demandées. Vous voyez autre chose à nous dire ? Quelque chose qui pourrait vous paraître inhabituel ?

Messardi secoue la tête :

— Je crois, mais je ne suis pas un expert, vous comprenez... L'enfant était mort depuis peu de temps quand je l'ai découvert, parce que son corps était encore souple et chaud.

Les deux policiers se regardent sans parler. Mistral voit que Calderone souhaite poser une question au témoin, et il sait laquelle. Mistral acquiesce simplement de la tête.

— Monsieur Messardi, étiez-vous à votre fenêtre ce soir, disons une demi-heure environ avant de descendre avec le chien ?

— Oui, je regardais tomber la pluie, j'attendais qu'elle se calme pour sortir le chien.

— Vous n'avez rien vu de particulier, pas de voiture prendre cette rue ?

Messardi rallume une cigarette, il a calmé partiellement ses émotions et parle d'une voix plus assurée.

— Oui, je croyais vous l'avoir dit. Une voiture a pris un peu vite le virage pour entrer dans la rue Watt, a glissé sur les pavés et a tapé dans une barrière, celle qui est renversée là-bas.

Les deux policiers et le magistrat se sont presque arrêtés de respirer quand Messardi a prononcé cette phrase. Calderone poursuit :

— Pas de voiture avant, pas de voiture après ?

Omar Messardi fait des efforts pour se souvenir. Il s'excuse presque, quand il répond :

— Vous savez, je suis un peu rêveur, j'avais les yeux dans le vague. Je n'aurais pas fait attention à cette voiture si elle n'avait pas tapé dans la barrière à l'entrée de la rue. Alors, avant ou après, je n'en sais rien si y en a eu d'autres.

— Oui, bien sûr. Vous vous souvenez de cette voiture ? Quel genre c'était ?

— Un véhicule utilitaire blanc, mais je ne sais pas la marque. C'est tout.

Mistral reprend la parole :

— Monsieur Messardi, votre déclaration est importante. Vous allez partir avec un officier qui va prendre votre déposition. Je sais, c'est tard, mais je suis sûr que vous comprenez. On vous ramènera ensuite chez vous.

Messardi murmure :

— Oui, bien sûr. Je vais prévenir ma femme et ramener le chien.

Calderone s'éloigne pour aller donner des instructions à ses coéquipiers.

Le substitut du procureur, le proc, questionne aussitôt Mistral.

— C'est le Magicien ? À votre avis ?

— Vraisemblablement. Si c'est lui, ça veut dire qu'il a changé de mode opératoire et qu'il est mobile. Je ne le vois pas en pleine rue, même si elle est peu passante, tuer et peut-être violer cet enfant. Il a dû le déposer là. Pourquoi ? Comment ? Pour l'instant, je n'en sais rien. L'autopsie nous en dira sans doute plus sur les circonstances de la mort.

— Et la voiture ? On peut en tirer quelque chose ?

— Nous allons explorer cette piste. Nous n'avons rien d'autre. Mais je serais étonné de trouver quoi que ce soit ici. Le type est malin et ultra-prudent, il l'a prouvé.

Mistral désigne la scène de crime :

— De plus, le témoin et les premiers policiers ont marché autour. Mais il n'y a rien à dire : ils voulaient porter secours à l'enfant.

Le capitaine de l'état-major PJ appelle Mistral pour lui signaler qu'un couple s'est présenté au central 13 pour signaler la disparition d'un enfant de onze ans. Mistral se fait décrire les vêtements que portait ce gosse quand il a disparu. Ils coïncident avec ceux du môme de la rue Watt. Le capitaine dit aussi que Dumont est dans le XVIe, et qu'il appellera Mistral quand il aura davantage de précisions. Mistral envoie une équipe chercher les parents pour les conduire à la Crim', « avec une photo de l'enfant », précise Mistral. Le calvaire va débuter.

Il se dirige, suivi du proc, vers la barrière renversée. Elle est sale et recouverte de tags, enfoncée en son milieu sans aucune trace de peinture du véhicule. Sans doute le pare-chocs a touché en premier, et le choc n'a pas dû être bien violent. Mistral fait récupérer la barrière pour retirer d'éventuels prélèvements. Le policier et le magistrat sont d'accord pour ne donner aucune publicité à l'affaire. Le proc souhaite bon courage à Mistral… « Et surtout n'oubliez pas de me tenir informé. »

Mistral s'isole dans sa voiture et passe plus d'une heure au téléphone avec le directeur, Françoise Guerand, et l'état-major. Les premières constatations sur le corps faites par un médecin établissent que l'enfant a été étranglé et qu'il est mort depuis deux heures environ. Mistral retourne dans la rue et sent cette odeur si caractéristique des voies ferrées, les ballasts et le goudron mélangés à la pluie. Il est étonné de ne pas l'avoir sentie plus tôt, sans doute trop concentré par l'enquête. Maintenant qu'il est passif et qu'il attend que Calderone et son équipe reviennent de l'enquête de voisinage, il est plus attentif à ce qui l'entoure.

Les visages des policiers qui reviennent de la pêche aux témoins le renseignent avant qu'ils ne parlent. Rien sur toute la ligne. Mistral s'y attendait. Il pense à ce que lui a dit Perrec : les prélèvements et les enquêtes n'ont rien donné. Et ça continue. Le corps de l'enfant part à l'institut médico-légal pour l'autopsie qui aura sans doute lieu le lendemain. Les policiers quittent les lieux vers deux heures du matin. Mistral prend le chemin du Quai des Orfèvres en pensant que ce meurtre a dû faire baisser la pression du Magicien et qu'il ne va pas, en théorie, se lancer en chasse tout de suite. Cela peut prendre des mois durant lesquels il restera totalement inactif et invisible. Il sait d'expérience que, pour coincer ce genre de type, il y a trois possibilités, soit pendant la chasse s'il commet une faute, soit il laisse des traces sur une scène de crime, soit son ADN peut être prélevé sur la victime. Il ne reste que cette troisième possibilité et seule l'autopsie pourra apporter cette réponse. Mistral n'y croit pas trop. En entrant dans la cour du Quai des Orfèvres, il se demande par quel bout prendre cette enquête.

Une fois dans son bureau, il rappelle Guerand qui ne dort pas :

— On va avoir vingt-quatre heures de répit avec la presse. Les journaux sont bientôt prêts à être livrés. Mais dans la journée, les journalistes seront au courant. Il va falloir communiquer différemment que sur les anciennes affaires et jouer cartes sur table. Qu'est-ce que tu en penses ? Et comme on met le paquet avec les autres services, ça va partir comme une traînée de poudre.

— Tu as raison. Il va falloir suggérer une stratégie de communication au préfet, et essayer de lui présenter notre enquête de manière positive.

— C'est pour l'enquête que ça va être coton. Parce que pour l'instant on a zéro et double zéro. Mais je vais y réfléchir. Le plus important à régler, ce sont les parents du gosse, M. et Mme Marchand. Ils sont là. Je vais les recevoir. Je ne sais pas encore comment je vais leur annoncer ce qui est arrivé à leur fils.

— Il n'y a pas de phrase toute faite pour ces circonstances, et il n'y a rien de pire à dire à des parents. Fais de ton mieux !

— Oui… je vais essayer. Après je retournerai chez moi vers six heures. Clara prend l'avion pour Nice tout à l'heure. Je voudrais être là quand les petits se réveilleront et accueillir la jeune fille qui va s'en occuper. Ensuite, je regagnerai le service.

Calderone est appuyé contre un mur et attend que Mistral parle.

— Vous vous souvenez de ce que je vous avais dit sur les cycles d'un tueur en série ?

Calderone hoche la tête et dit :

— Le tueur est dans la phase six, la dépression qui intervient après le meurtre.

— Exact. Ça veut dire tout simplement que la pression est sortie et qu'il va se tenir tranquille. Combien de temps ? Impossible à dire. Même lui ne le sait pas.

Sa pendule de bureau indique trois heures vingt.

— Je vais recevoir les parents du môme. Restez ici. On ne sera pas trop de trois.

Il appelle le policier pour qu'il les conduise à son bureau.

Dès qu'ils entrent, Mistral voit que la mère a les yeux rougis par les pleurs et que le visage du père est décomposé. Le lieutenant regarde Mistral et fait un léger signe de la tête qui se traduit par « non, ils ne le savent pas encore ». *Mais ils s'en doutent*, pense Mistral.

Avant que Mistral ne commence laborieusement à parler, la mère dit, presque suppliante, triturant un mouchoir dans ses mains :

— Il est arrivé quelque chose à Guillaume, j'en suis sûre. Où il est ?

Mistral commence à parler doucement, les mots lui viennent difficilement. Ses hésitations et ses phrases décousues balayent les ultimes et minces espoirs des parents. La mère sanglote et s'évanouit, le père tient son visage entre ses mains et ne peut plus respirer. Calderone appelle l'ambulance des pompiers qui arrive moins de dix minutes plus tard. Le médecin leur injecte un calmant et un sédatif et les emmène. Grand silence dans le bureau de Mistral après leur départ. Personne n'a envie de parler.

Mistral lit les déclarations des parents. Il y a une photo d'un jeune garçon maintenue par un trombone sur le procès-verbal. Mistral reconnaît l'enfant de la rue Watt. L'histoire est simple. Les parents habitent boulevard Blanqui. Leur fils était allé voir un film chez son copain qui se trouve à vingt mètres de l'autre côté du boulevard. Mais l'enfant était parti plus tôt sans attendre la fin du film. Les parents se sont inquiétés voyant que l'enfant ne rentrait pas à l'heure prévue. Les parents du copain ont dit qu'il était parti depuis plus d'une heure de chez eux.

— Conclusion, dit Mistral relevant la tête après la lecture du PV, ou bien le Magicien avait déjà repéré ce gosse et il revenait sur les lieux, mais je n'y crois pas, parce que cet enfant n'aurait jamais dû se trouver là à cette heure. Autre hypothèse, il tombe sur le gosse fortuitement et l'enlève. N'oublions pas que depuis sa tentative manquée, il est sous pression, donc toujours en chasse. Mais l'heure et le temps me gênent. Il faisait nuit et il pleuvait. Il n'aurait pas dû y avoir de gosse de cet âge dans les rues. Pourquoi le Magicien était-il là ? Si on arrive à répondre à cette question, on ne sera, peut-être, pas loin de le trouver. Vous êtes d'accord, Vincent ?

Calderone a attendu que Mistral finisse de lire avant de parler.

— Difficile à dire. Mais je suis pratiquement sûr qu'il est tombé sur ce gosse par hasard. Il devait être en maraude. C'est son côté imprevisible.

— Vous avez sans doute raison, Vincent. Mais il y a fort à parier que, pour attraper ce gosse, il n'a pas utilisé son stratagème d'appât de magicien. Il pleuvait fort, il faisait nuit, personne dans la rue. Il a dû s'approcher de lui avec sa voiture pour lui demander un renseignement, et quand le môme a été suffisamment près, il l'a fait monter de force.

— Si c'est la bonne hypothèse, c'est que le type n'en pouvait plus. Il devait être au bord de l'explosion. Quel salopard ! (Calderone regarde sa montre.) Si vous n'avez plus besoin de moi, je vais rentrer. Nous avons fait tout ce qu'il était possible de faire cette nuit. Demain matin, j'appellerai Perrec pour lui annoncer la nouvelle. Je préfère que ce soit par nous plutôt que par la radio.

Mistral approuve.

— J'attends un coup de fil de Dumont qui est sur un meurtre dans le XVIe et je rentre ensuite. À tout à l'heure.

Avant d'aller à l'état-major boire un café, il entre dans le bureau du lieutenant qui termine de prendre l'audition de Messardi. Celui-ci relit à voix basse les déclarations du témoin et s'applique à décortiquer ce qu'a fait et vu le conducteur de métro. Visiblement, Messardi s'est trituré la cervelle pour essayer de ne rien oublier. Mistral descend ensuite à la permanence de l'état-major.

Il aime attendre que l'aube se lève sur Paris, ce moment où ce n'est plus la nuit et pas encore le jour. Il sait qu'elle est proche à des petits signes, des bruits. Il apprécie de voir un nouveau jour. Quel qu'il soit. Ensoleillé ou pluvieux. Mais ce matin naissant est le pire qu'il ait connu de toute sa carrière de policier. Il sait que, dans cette affaire, il n'a pas de comptes à rendre seulement à la hiérarchie policière mais aussi et surtout aux parents. Mistral se sent impuissant face au pire des tueurs. Les petites victimes sont là pour le lui rappeler. Une des fenêtres de l'état-major surplombe le quai des Orfèvres avec une vue imprenable sur la Seine. La pluie continue de tomber. Les voitures de livraison commencent à circuler dans Paris. Mistral tient sa tasse de café à deux mains comme pour se réchauffer, le regard perdu sur le fleuve. Triste. Il n'a pas sommeil et il essaye de trouver la faille pour identifier le Magicien. Il repense à la douleur des parents et à leurs deux vies foutues en l'air. Le capitaine Clément lui dit que la météo confirme la pluie pour les prochains jours. Mistral, sans se retourner, hausse les épaules. En sortant de la salle d'état-major, il voit le lieutenant et Messardi qui prennent un café devant le distributeur de boissons. Messardi fume.

— Vous en avez terminé ?

Les deux hommes hochent la tête en même temps.

Mistral s'adresse au lieutenant :

— Vous avez laissé les coordonnées du service à Monsieur ?

Avant que le lieutenant réponde, Messardi fait voir une carte qu'il tient dans sa main avec plusieurs numéros de téléphone.

— Je vois que le lieutenant n'a oublié aucun détail. Si quelque chose vous revient, même si vous pensez que ça n'a aucun rapport avec l'enquête, appelez-nous. Surtout n'hésitez pas.

— Bien sûr. Cette histoire ne va pas me quitter de sitôt.

Mistral salue les deux hommes et regagne son bureau. Dumont appelle. Voix désagréable. Mistral, fatigué, n'a pas envie de discuter inutilement. Il lui dit simplement :

— Où tu en es ?

— C'est une femme âgée de quatre-vingt-huit ans, Solange Destiennes, qui a été torturée pour donner la combinaison du coffre où était planqué le fric. Les types ont ouvert un coffre dissimulé sous un tapis et ont tout raflé. Il manque également quelques tableaux. L'appartement, c'est du très grand luxe. Personne n'a rien vu ni rien entendu. Pour accéder à l'immeuble, il faut deux codes. Le couple de concierges est en vacances. Voilà pour l'énigme. Les mecs de l'IJ sont là, ils font leur taf. Je fais quoi, après ?

— Pour l'instant, tu conserves l'affaire. Il sera temps de voir ça tout à l'heure avec le directeur. Tu continues à faire bosser le groupe de renfort. Sinon, c'est vraisemblablement le Magicien qui a tué le gosse de la rue Watt. Les heures à venir vont être agitées.

— Oui, j'ai appris par l'état-major qu'il y avait eu un meurtre de gosse dans le XVIe. Tu as des billes ?

Dumont paraît moins agressif.

— Strictement rien. Et toi, pour le crime du XVIe ?

— Rien non plus, pour l'instant. Attendons qu'il fasse jour. À tout à l'heure.

Les deux hommes raccrochent en même temps.

En descendant l'escalier silencieux du Quai des Orfèvres, des images défilent dans la tête de Mistral. Il revoit le corps de l'enfant, le visage décomposé du témoin, le déplacement au ralenti des policiers qui avancent tête baissée sous la pluie. Il perçoit uniquement leurs pas et ce bruit résonne dans sa tête. Il entend maintenant les pleurs des parents.

Le rendez-vous prévisible chez le préfet et les éventuelles menaces de sanction passent bien au-dessus de sa tête. Mistral espère conserver la poursuite de l'enquête. Il ne retrouvera une sorte de tranquillité que lorsqu'il aura neutralisé le Magicien. En sortant de la cour du 36, il répond d'un signe de main au salut faiblard des deux gardiens de la paix visiblement engourdis par le froid et la fatigue. Ils ont la tête rentrée dans leur parka et les gants réglementaires aux mains. Il allume l'autoradio et sélectionne une station de jazz en continu pour tenter de faire une transition avant de rentrer chez lui. La pluie tombe régulièrement quand il prend la direction de son domicile. Il n'a pas sommeil.

En s'arrêtant devant chez lui, Mistral voit que la lumière de la cuisine est allumée. Clara est déjà debout. Il entre en faisant le moins de bruit possible pour laisser finir la nuit aux enfants. Clara remarque tout de suite, au visage de Ludovic, que ça ne va pas. Il lui raconte sa nuit en évitant certains détails. Ils prennent leur petit déjeuner en parlant à voix basse. Un taxi s'arrête devant la maison à six heures. Clara serre un peu plus fort que d'habitude son mari en lui rappelant les consignes pour les enfants. Après son départ, il file dans la salle de bains. Il se regarde dans la glace. Il a les yeux rougis et les traits tirés. Il se rase et prend une longue douche. En prévision de la remontée de bretelles chez le préfet, il choisit ses vêtements. Costume sombre, chemise blanche et cravate bordeaux.

La jeune fille qui s'occupe habituellement des petits vient d'arriver. Elle lit les recommandations que lui a laissées Clara. Ludovic échange avec elle quelques phrases sur l'organisation des deux jours et va réveiller les enfants. Ils connaissent la jeune fille, aussi, quand Ludovic repart vers Paris, ils ne font pas d'histoires.

En roulant vers le Quai des Orfèvres, Ludovic met France Info pour savoir si les journalistes ont eu vent des crimes de la nuit. Il conduit machinalement, entièrement absorbé par le Magicien. Il essaye de croiser mentalement dans tous les sens le peu d'informations qu'il a sur le dernier crime avec celles lues dans les procédures. Il a la certitude que c'est le Magicien qui a tué la nuit dernière, mais, à part ça, il n'a pas avancé d'un centimètre.

Cette nuit, le Magicien est rentré chez lui détendu. Enfin, il ne ressent plus le poids dans la poitrine qui l'oppressait et l'empêchait parfois de respirer. Il a trouvé facilement une place pour stationner. Il marche calmement, le col de son caban relevé et les mains dans les poches. Il a envie de siffloter mais se l'interdit pour ne pas attirer l'attention. Il rase les murs pour ne pas recevoir trop de pluie. De temps en temps, sa main droite serre dans sa poche une enveloppe contenant ce qui lui permettra de se souvenir de cette soirée. Il va enfin pouvoir compléter sa collection. Les démons lui ont parlé de nouveau. C'était tellement inattendu qu'il ne s'en est pas compte rendu tout de suite. Et puis des mots répétés plusieurs fois l'ont tiré de sa rêverie. *Fais attention, retourne-toi – Fais attention, retourne-toi – Fais attention, retourne-toi.* Ravi à nouveau de les entendre, il n'a pas voulu les fâcher en leur demandant pourquoi ils avaient tant été silencieux, même s'il s'en doute un peu. Il s'est arrêté devant une boutique fermée, restant dans l'ombre de la devanture. Il cesse de respirer pour écouter les bruits de la nuit. Uniquement la pluie qui percute le sol, des gouttières qui crachent de l'eau qui dévale dans le caniveau de la rue en pente. *Il faut que tu sois encore plus prudent que d'habitude. Rappelle-toi ce que tu as fait cette nuit. Les flics sont sur les dents. Ça doit patrouiller de tous les côtés. S'ils te repèrent, toi petit mec seul en pleine nuit, peut-être qu'ils vont te suivre, comme ça, au flan. S'ils te suivent pour savoir où tu vas, avant de rentrer chez toi, ils vont te contrôler et vont te faire une fouille dans les règles de l'art. Et là, mec, avec ce que tu transportes, t'es parti pour trente ans de cabane. Vu ? Alors prends tes précautions.* Lécuyer les remercie chaleureusement et se met à faire plus attention. Quand il entre dans son immeuble, il reste encore quelques minutes dans le hall d'entrée éteint pour voir si une voiture de patrouille ou des flics à pied ne traînent pas dans sa rue. Rassuré, il monte l'escalier et rentre enfin chez lui.

Il parle à voix basse :

— C'est Arnaud qui rentre. Et devinez ce qu'il a ? De quoi poursuivre la collection. Formidable, non ?

La télé marche en sourdine et diffuse son insipide programme de la nuit.

Le Magicien enlève son caban trempé, sort doucement l'enveloppe de sa poche et la pose sur la table. Ensuite, il prend une serviette et s'essuie les cheveux. Il conserve sa serviette sur la tête quand il pénètre dans la chambre. Il en rapporte précautionneusement le grand cahier qui contient sa collection, une pince à épiler et un tube de colle. En entrant dans le séjour, il jette la serviette sur le fauteuil et s'assoit à sa table. Il ouvre le grand cahier à la première page et tourne délicatement en les effleurant les pages de droite, les yeux mi-clos. Il revit tout. Tout ce qu'il a fait depuis plus de treize ans. Enfin, il s'arrête à la dernière double page. Celle avec laquelle tout a recommencé. La page de gauche est couverte de ses découpages, corps d'adultes nus avec têtes d'enfants. Page de droite, rien. Pour l'instant. Il ouvre très doucement l'enveloppe en veillant à la tenir bien droite. Il regarde avec attention son contenu. Il s'essuie les mains sur les cuisses de son pantalon et se saisit de la pince à épiler pour pouvoir sortir les nouveaux éléments de sa collection. Il tremble d'émotion, essuie rapidement du revers de la manche de sa chemise la sueur à son front et met presque une demi-heure pour terminer sa page de droite. Il ne reste plus qu'à attendre les articles de journaux, ou les infos des radios ou de la télé. Là, il connaîtra le prénom de sa victime et pourra l'écrire en lettres bâtons en haut de la page de droite. Pour l'instant, il doit aller dormir. Trois minutes plus tard, il sombre dans des rêves de violence, de fureur et de cris.

13

Quand le Magicien met le pied dans la rue ce matin-là, il écoute plus attentivement que jamais les démons. Aussi, il veille à bien adopter la posture du petit-homme-insignifiant qui le rend invisible aux yeux des gens qui le croisent ou qu'il côtoie. Il se dirige vers son bar favori pour prendre son petit déjeuner. Il s'empresse de lire la une du journal affiché sur la porte du marchand de journaux, mais on n'y parle pas du meurtre. Il en est profondément déçu, mais réalise qu'il était peut-être tard au moment où les journalistes avaient dû apprendre la nouvelle. Les habitués du comptoir regardent les infos du matin sur la télé suspendue au-dessus du bar. De la guerre et du sport. Il attend pendant presque une heure planté devant la télé pour être sûr de ne rien louper. Quand il quitte le bar, il aperçoit la femme assise sur son sac qui parle toute seule. Il l'avait oubliée. Elle entend la porte du bar s'ouvrir. Elle tourne la tête, le voit et recommence à hurler de sa voix cramée par l'alcool et le tabac :

— Le diable est revenu !

Le Magicien se renferme encore plus dans sa carapace de petit-homme-insignifiant, change de trottoir et se dit qu'à force de hurler comme ça, elle va attirer l'attention sur lui, d'autant qu'il remarque une nouvelle fois le marchand de journaux, sur le pas de la porte de sa boutique, qui le suit du regard. Tout en marchant, il réfléchit à la façon de planter son tournevis dans la vieille.

Mistral monte deux par deux les marches du Quai des Orfèvres. Après avoir rapidement serré quelques mains, il pénètre dans son bureau. Une chemise est posée en évidence sur la corbeille du courrier. Il s'agit d'une copie de la procédure sur l'affaire du meurtre du XVIe arrondissement, déposée par Dumont pour info. Mistral parcourt d'un œil professionnel les actes rédigés par l'équipe de renfort. Rien à dire, du bon travail. Dumont a laissé un mot de trois lignes disant qu'il démarrait directement sur les lieux du crime avec son équipe, pour poursuivre les investigations. *Il a raison*, pense Mistral. Il descend ensuite rapidement chez Françoise Guerand qui, visiblement, allait l'appeler. Le cabinet du préfet a téléphoné, ils sont convoqués tous les deux à onze heures.

— J'en étais sûr, dit sobrement Mistral.

Guerand hoche la tête, signifiant qu'elle aussi s'y attendait. Pendant plus d'une heure, ils font le point sur les deux affaires.

Françoise Guerand questionne Mistral sur Dumont.

— Il n'apprécie que très moyennement de ne pas s'occuper en direct du Magicien, mais il fait du bon travail sur son enquête de la nuit, répond Mistral.

Guerand et Mistral se dirigent ensuite vers l'hôtel préfectoral. Ils attendent dans l'anti-chambre une bonne vingtaine de minutes. Bien plus que d'habitude.

Mistral dit simplement :

— Ça ne présage rien de bon.

Guerand tempère :

— Ça ne veut rien dire.

L'huissier vient les chercher, ouvre la porte et s'efface pour les laisser entrer. Guerand et Mistral ont les yeux braqués sur le visage impavide du préfet, histoire de tenter de deviner ce qui va se passer. Constat des deux policiers : *Il a l'air emmerdé*. Phrases conventionnelles et creuses qui se terminent par : « Asseyez-vous. »

Le préfet, contrairement à ses habitudes de ne rien avoir sur son sous-main, a ce matin une feuille avec quelques notes manuscrites. Mains légèrement croisées sur le bureau, costume de grande classe. Il observe lui aussi les deux policiers.

— La nuit a été difficile.

Il commence la discussion avec une évidence, les deux policiers s'attendent maintenant au pire.

— Deux homicides dans une même nuit, avec, je crois, aucun élément. C'est ça, non ?

Guerand démarre en souplesse :

— En effet, monsieur le préfet, les investigations sont toujours plus difficiles en pleine nuit, car nous n'avons pas sous la main toutes les personnes qui peuvent être utiles à l'enquête.

— Vous avez raison, madame le directeur. La nuit, c'est toujours très difficile. Une personne âgée et un jeune enfant. Avez-vous des raisons de penser que celui que vous appelez le Magicien est l'auteur du crime sur l'enfant ?

Il parle toujours très calmement, et les deux policiers, très très sur leur garde, s'attendent à un coup de lame. Guerand regarde Mistral pour l'inviter à parler. Le préfet regarde Mistral attendant sa réponse. Il embraye prudemment.

— Il est encore trop tôt pour répondre à cette question de manière affirmative, monsieur le préfet. Mais nous avons de fortes raisons de le croire, même si le mode opératoire est différent sur cette dernière affaire. L'autopsie nous confirmera si nous pouvons, ou non, faire des comparaisons avec les crimes qui lui ont été imputés.

— Oui, bien sûr, je comprends. Mais avez-vous progressé depuis notre dernière entrevue ?

Nous y voilà, pensent aussitôt les policiers, *c'est là où on va morfler.*

Cette fois, c'est Guerand, en directeur responsable, qui monte au créneau.

— La Brigade criminelle est centrée uniquement sur le Magicien et le commissaire Mistral supervise en permanence cette affaire. Nous avons diffusé un portrait-robot de cet individu aux dix mille policiers de la capitale. Nous allons travailler maintenant avec des psychiatres pour tenter de décrypter le fonctionnement de cette personne.

— En effet, c'est une approche intéressante. Je vous rappelle que j'attends des résultats dans cette affaire.

Les deux policiers redoutent toujours la menace formulée de manière directe qui doit leur arriver sur le coin du nez. Le préfet reprend la parole en regardant Guerand.

— Cependant, mettre votre Brigade criminelle entièrement sur cette affaire ne me paraît pas une bonne idée.

Guerand et Mistral sont complètement abasourdis d'entendre cette phrase qui infirme, en quelque sorte, les instructions entendues lors du précédent rendez-vous. Ni l'un ni l'autre ne bouge, attendant la suite. Le préfet poursuit de sa voix douce et toujours dans son impeccable diction :

— En effet, j'entends que la Brigade criminelle conserve l'homicide de Mme Destiennes. Cette personne fait partie de la famille d'un membre influent du gouvernement. J'ai reçu un appel ce matin. (Il désigne du menton les quelques notes manuscrites sur la feuille qu'il a devant lui.) Il semblerait – je dis bien : il semblerait – que cette personne conservait dans son coffre, outre des valeurs importantes, des documents confidentiels qu'elle avait reçus en garde, plus particulièrement des photographies. J'attire votre attention sur l'extrême confidentialité de ces informations.

— Bien entendu, monsieur le préfet, enchaîne immédiatement Françoise Guerand, soulagée. Pour l'instant, un groupe est chargé de cette enquête, je vais y adjoindre un autre groupe en renfort.

— C'est en effet une bonne décision. Merci de me tenir informé quotidiennement des progrès de cette enquête… de ces enquêtes, devrais-je dire.

Avec cette dernière phrase, le préfet a sifflé la fin du match. Serrage de mains, sourires en coin, « bonne chance ». Guerand et Mistral, fidèles à leurs habitudes, sortent du bureau sans se regarder. Ils recommencent à parler une fois dans la rue. Mistral a ouvert un grand parapluie pour les abriter de la pluie.

— Dis donc, on a eu chaud, commence Guerand. Pour le Magicien, on a un léger répit. Mais ça veut dire aussi qu'il faut qu'on mette le paquet, si tant est que l'on puisse faire plus…

— À quoi ça tient ! Une madame machin qui avait en garde des documents chauds et voilà que tout le monde les a à zéro.

— Il va falloir rapidement briefer Dumont pour qu'il mette le paquet. Soit le vol était pour les valeurs, soit pour les photographies. Et là, tout change. On passe de deux braqueurs intéressés par le fric à une opération de récupération des photos commandée. Et là, ce n'est pas le même genre de mecs.

— Exact. Comment fait-on pour le Magicien ? Pour gagner contre ce type, il nous faut du monde.

— Je vais appeler Évelyne Girard, le chef de la Brigade des mineurs, pour qu'elle mette à ta disposition une dizaine de personnes. Elle me l'a déjà proposé l'autre jour. Ses équipes sont performantes et savent bien travailler sur ces salopards.

— Parfait.

En regagnant son bureau, Mistral croise Calderone. Visage anxieux.

— Comment ça s'est passé chez le préfet ?

Mistral raconte en détail l'entrevue.

— Rien qui m'étonne, soupire Calderone. J'imagine Dumont quand il va l'apprendre, il va encore rouler des mécaniques en disant qu'il a l'affaire la plus importante, et deux jours après, il sera en photo dans tous les journaux.

— Peut-être pas. Guerand ne va pas trop mettre l'accent sur l'histoire des photos. C'est peut-être uniquement frauduleux. Si les documents étaient l'objet principal du vol et le crime maquillé en simple vol, le préfet le saura très vite et nous avec.

— Bien entendu. Bon, je viens d'avoir Perrec. Je lui ai raconté l'affaire de la nuit.

— Qu'est-ce qu'il en dit ?

— Rien de particulier, curieusement. Il ne s'est même pas mis en pétard. Il a simplement dit : « J'espère que c'est le dernier. » Il a dit aussi qu'il n'avait pas perdu votre numéro de téléphone mobile. Il n'a pas oublié.

— Bon, attendons. Vos équipes sont sur la rue Watt ?

— Oui, ils sont retournés à la chasse aux témoins. L'IML[1] a appelé. Le légiste fait l'autopsie du gosse à seize heures et de la grand-mère à dix-huit heures. Inutile de vous dire que je n'ai aucun volontaire pour l'autopsie de l'enfant.

— Vincent, vous savez ce qui vous reste à faire. C'est pénible, mais c'est capital. Vous avez l'avantage de connaître les autres affaires, vous pourrez en discuter avec le légiste. Pour l'autre autopsie, passez le message à Dumont afin qu'il envoie quelqu'un.

Mistral passe le reste du temps à se mettre à jour dans son courrier. La pluie faiblit légèrement vers treize heures. Il en profite pour faire un saut chez un libraire du boulevard Saint-Michel afin d'acheter un livre pour ses enfants. Il mange un sandwich en regagnant son service. Il appelle ensuite chez lui pour savoir comment la jeune fille s'en tire avec les deux garçons. Le « tout se passe bien » le tranquillise. Dans l'après-midi, il reçoit un appel d'Évelyne Girard. Le chef de la Brigade des mineurs lui envoie douze personnes en renfort dès demain. C'est une petite femme brune particulièrement énergique, ravie que son service participe encore plus étroitement avec la Brigade criminelle. Mistral la remercie chaleureusement. En fin d'après-midi, des journalistes commencent à appeler. Mistral leur passe des informations suffisantes pour qu'ils aient de quoi écrire mais tait certains détails. Ils ne s'intéressent que moyennement à l'homicide de la dame du XVIe. Dans celui de la rue Watt,

1. L'Institut médico-légal.

ils flairent tous la piste du Magicien. Mistral accepte quelques rendez-vous pour le lendemain.

Dumont, l'air détendu, rentre du XVIIe et passe voir Mistral.

— On est sur une enquête qui touche la haute société, apparemment. D'après les résidents, il y avait du beau monde qui venait la voir. Limousine sombre, chauffeur et garde du corps. Mais personne n'a lâché quoi que ce soit comme info là-dessus.

— C'était quel genre de femme ?

— Pas du tout gâteuse. Plutôt le style dragon en pleine forme. Elle avait trois personnes qui bossaient chez elle à plein temps et le personnel n'était pas à la fête. Elle avait également un secrétaire que je n'ai pas encore vu, qui est en vacances. J'ai laissé un message sur son répondeur.

— Tu as une idée de ce qui a été volé ?

— Selon le majordome – eh oui, il y a un majordome, comme chez les British, très distingué et très coincé aussi, pas aussi marrant que celui des *Tontons flingueurs* –, elle rangeait dans son coffre tous ses bijoux, et il y en avait pour un gros paquet. On a trouvé le contrat d'assurance qui les a évalués à cinq cent mille euros. On est dans du lourd.

— Le préfet a été sensibilisé en haut lieu pour cette affaire. Il nous a parlé de documents qu'elle conservait.

— Quel type de documents ?

— Des photos. Je n'en sais pas plus.

— En tout cas, le coffre était vide. J'ai demandé à un de mes gars de vérifier auprès de sa banque. Elle y était allée trois ou quatre jours avant de se faire buter. Le chauffeur a dit qu'il l'avait accompagnée mais était resté dans la voiture à l'attendre. Ce sera intéressant de savoir ce qu'elle y a fait. On devrait avoir la réponse dans la matinée.

— L'IJ a trouvé des trucs ?

— Zéro triple zéro. Les types avaient les mains gantées, portaient sans doute des cagoules et des sacs en plastique sur leurs chaussures. Aucune trace. Serrure ouverte par des pros. Ils sont entrés vers vingt et une heures. Le meurtre a été découvert par la femme de chambre qui a une piaule un étage au-dessus, et qui est descendue par l'escalier de service vers vingt-deux heures trente pour prendre un verre de lait ou une connerie de ce genre. Elle n'a rien entendu. Le SAMU était sur place cette nuit, parce qu'elle a fait une crise de nerfs. Voilà pour les dernières nouvelles.

— Tu vas faire quoi ?

— Reprendre les auditions de tout le monde, effectuer des branchements téléphoniques sur le personnel, au cas où, et voir les collègues de la BRB pour les receleurs. Les bijoux, ils vont bien refaire surface.

Mistral approuve.

— Et pour le môme, t'as du nouveau ?

— Strictement rien. Calderone est à l'autopsie, j'attends son retour avec le faible espoir qu'on puisse explorer une vraie piste. Après l'autopsie du gosse, il y a celle pour ton enquête.

— Oui, je sais. J'ai envoyé un jeune lieutenant y assister. C'est sa première autopsie. Il faut qu'ils s'y fassent, les jeunes. Voir du macchabée découpé en morceaux et gerber ensuite, ça fait partie de la formation !

— Toujours aussi poète, je vois.

Dumont se lève, referme son blouson et serre la main de Mistral.

— J'y vais, demain, j'ai du taf. Allez, salut !

Lécuyer consacre la plus grande partie de la journée à enchaîner les clients, pratiquement sans parler. Entre deux rendez-vous, il écoute attentivement France Info, et jusqu'à présent, les journalistes ignorent l'assassinat du môme. C'est au journal de dix-huit heures que tout commence. Le journaliste débute son intervention en annonçant qu'il y a eu deux meurtres cette nuit : une vieille femme – le Magicien s'en fout complètement – et un enfant. Le journaliste qui traite le sujet met le paquet et termine son reportage en disant que « les policiers n'ont pour l'instant aucune piste, mais que certains éléments se rapprochent de la vague de meurtres d'enfants qui avait plongé la France dans l'horreur il y a plus de douze ans ». Une fois le reportage terminé, les démons prennent aussitôt la parole. *Cette fois, c'est reparti, comme il y a longtemps, mais plus fort. Les flics vont être déchaînés. Tu dois être encore plus prudent que d'habitude. Tu peux continuer tes exploits, mais ne provoque pas les flics. Sois intelligent. C'est toi qui seras le maître.* Le Magicien écoute très attentivement. Il sait que les démons ont raison. C'est pour cela qu'il évite soigneusement d'aller rue d'Avron. Pour l'instant, il n'a pas besoin d'adrénaline. Sa pression est retombée et il peut réfléchir froidement. Même s'il est obsédé par ce môme. Il sait qu'il devra y retourner, tôt ou tard, pour l'apprivoiser. En attendant, il doit préparer sa prochaine visite chez le psychiatre et chez le contrôleur de probation qui prend le relais du juge d'application des peines. Encore un, chez qui il faudra arriver tête basse, regard éteint, démarche mal assurée et en se triturant les mains dans tous les sens. Mais il est confiant dans ses capacités de comédien. *Fais gaffe quand même*, lui rappellent les démons.

Vers dix-neuf heures, Calderone revient de l'IML et passe voir Mistral. Celui-ci décapsule deux bouteilles de bière fraîches en apercevant la mine déconfite de son adjoint. Calderone boit avec plaisir avant de commencer son compte rendu.

— J'ai vu que vous étiez en grande discussion avec Dumont, j'ai préféré attendre.

— Vous avez bien fait. Alors ?

— Pas beau à voir. Je comprends qu'il n'y ait pas de volontaire pour assister à des autopsies d'enfants.

— Je connais, c'est moche.

Calderone sort de sa poche un carnet noir qui ferme avec un élastique sur lequel il a pris des notes. Il tourne calmement les pages.

— Le gosse a été assommé, ensuite il est mort par strangulation et a été violenté. Il porte une ecchymose au visage, comme s'il avait reçu un coup avant d'être assommé. C'est signé le Magicien, il n'y a plus aucun doute là-dessus, même si le mode opératoire n'est apparemment plus le même. Cependant, c'est la même façon de tuer que l'on a connue il y a treize ans.

— Le légiste a trouvé un ADN exploitable ?

— Rien. Le type devait porter des gants en latex et il a utilisé un préservatif. Exactement comme dans sa première série de meurtres.

— On ne peut pas dire qu'on soit aidés par la science, constate Mistral.

— C'est rien de le dire ! approuve Calderone. Le môme a été assommé avec un instrument à manche dur, une sorte de bout de bois, ou quelque chose d'approchant, lit Calderone dans son carnet.

— Comme celui du XVIe arrondissement qui avait été assommé mais qui a eu la vie sauve grâce au clochard, poursuit Mistral.

— Mais ce qui change, c'est sa façon de procéder. Auparavant, il utilisait les locaux ouverts des immeubles, maintenant il a l'air d'être plus mobile. Qu'est-ce que vous en pensez ?

— Rien pour le moment, mais il faut y réfléchir. Prenez la tentative du boulevard Murat dans le XVIe. C'est la première fois qu'il refait parler de lui treize ans après. Et là, il utilise des lieux identiques à ceux dans lesquels il commettait ses meurtres. Mais ça a foiré. Dans celui de la rue Watt, il est manifestement venu en voiture. Donc, cela signifie qu'il a changé son lieu de prédilection pour commettre ses crimes, mais pas son mode opératoire quand il tue. Il va falloir intégrer ce nouvel élément dans notre réflexion.

— Dans la première vague de meurtres, on pensait qu'il tapait à pied, parce qu'il n'avait pas de voiture ou pas de permis de conduire. Bref, trop jeune. Ce qui coïncidait avec les déclarations des deux seules victimes qui s'en sont tirées. Le témoignage du môme du XVIe ne le situe pas très jeune.

— Oui, quoique… Vous savez, un gamin de dix ans pense qu'on est vieux à trente ans. Est-ce que vous avez récupéré les vêtements ?

— Oui, ils ont été placés sous scellé et donnés au labo pour examen. J'ai demandé une expertise en urgence.

— Vous avez bien fait. (Mistral regarde sa montre.) Dix-neuf heures cinquante. Je vais rentrer chez moi. Ma femme est absente pour deux jours. Une jeune fille s'occupe des deux garçons. De toute façon, s'il y a quoi que ce soit, l'état-major sait comment me joindre. (Mistral désigne son téléphone mobile accroché à sa ceinture.) Le standard est ouvert vingt-quatre heures sur vingt-quatre, dit-il en souriant.

Les deux hommes se serrent la main. Mistral vient de faire quelques pas dans le couloir, quand il se retourne vers Calderone qui allait entrer dans son bureau.

— Au fait, j'avais oublié de vous en parler : demain, je reçois des journalistes. Ils viennent pour les deux meurtres, mais surtout pour celui du môme de la rue Watt. Je les reçois tous en même temps. On en reparle demain matin.

En quittant le Quai des Orfèvres, Mistral écoute les infos et les premiers commentaires libres des journalistes sur le crime de la rue Watt. Le Magicien occupe une grande partie des interventions. Il se dit qu'il y a peut-être là un coup à jouer, mais il est trop fatigué pour pouvoir poursuivre sa réflexion. Il est accueilli par les deux garçons qui se jettent littéralement sur lui. Ils ont dîné. Ludovic sort de sa sacoche un livre qui raconte une autre aventure de pirates. Celle de l'histoire d'un trésor convoité par deux bandes rivales. Les enfants prennent leur position favorite et Ludovic s'assoit par terre contre leur lit.

— Allez, vas-y, raconte, papa, et lis beaucoup.

— Je vais lire quinze minutes. Quand la grande aiguille de ma montre sera sur le douze, on laissera les pirates et vous dormirez.

Les deux loupiots râlent pour la forme et se font attentifs dès la première syllabe.

14

Le Magicien est rentré ce soir-là chez lui vers vingt heures. Il a tourné près de deux heures dans Paris, sans but, en évitant soigneusement la rue d'Avron. Il était aux aguets de tout ce qui l'entourait et captait tout. Aussi bien les mouvements des gens que les infos non-stop. Il a planifié, avec l'aide de ses démons, ce qu'il a à faire dans les prochains jours. Vers dix-neuf heures trente, il a acheté une pizza et de la confiture qu'il a dévorée à même le pot. Après avoir expédié son repas, il a vérifié que rien ne clochait dans la cuisine, et qu'il n'y avait pas de mauvaises odeurs. Il a augmenté légèrement le volume du son de la télé pour écouter si on parle de lui. Mais les infos sont passées, il a fallu attendre les éditions de la nuit. *Eh bien, attendons*, s'est-il dit à mi-voix. Il a commencé par jouer à un poker imaginaire, s'est gagné facilement. Ensuite, il s'est mis à faire des tours de magie de plus en plus vite. Il est extrêmement adroit et manipule les cartes de manière époustouflante.

Quand il en a eu marre, il a rangé avec soin ses cartes, est resté quelques instants les yeux dans le vague, puis son regard s'est fixé sur le courrier qu'il n'avait pas ouvert depuis trois ou quatre jours. Une lettre a retenu tout particulièrement son attention, celle qui lui indique qu'il recevra prochainement une convocation pour se rendre chez le contrôleur judiciaire. Ce courrier le ramène à son psy qui veut explorer sa vie davantage. Il se rappelle vaguement qu'il doit faire coïncider les bobards qu'il a racontés aux psys de la prison avec ceux qu'il va débiter chez le psy au nœud papillon. Mais c'est tellement loin la prison ! Il ferme les yeux, appuie sa tête entre ses mains et réfléchit. Les démons illico se sont manifestés. *Fais comme on te l'a déjà dit. Prends un papier, un stylo et écris. Tu vas voir, ça va revenir tout seul. Mais surtout, lâche du mou avec le psy papillon. Ressors-lui la daube que tu as vendue en taule, mais en plus intelligent. Ensuite, tu reliras tes notes avant les visites, et tu seras peinard.*

Arnaud Lécuyer cherche en vain du papier à lettre. Il prend une feuille quelconque qui se trouve sur le bahut et la partage en deux – *ce sera bien suffisant* –, récupère un stylo dans son caban et s'installe à la table de la salle à manger, face à la télé. Avant d'écrire, il réfléchit une dizaine de minutes à ce qu'il a raconté en prison, puis, laborieusement, pas à l'aise avec le stylo, d'une petite écriture en lettres majuscules il commence : J'AI PASSÉ UNE ENFANCE HEUREUSE AVEC MA MÈRE LILIANE ET MON PÈRE GÉRARD. JE N'AI PAS EU DE FRÈRE NI DE SŒUR, MAIS ÇA M'A PAS MANQUÉ. Commentaire à mi-voix de Lécuyer qui se marre sinistrement : *Les psys aiment bien qu'on parle de l'enfance. Tout part de là, y paraît. Avec ça, je vais le gâter.* MA MÈRE NE TRAVAILLAIT PAS, M'ACCOMPAGNAIT À L'ÉCOLE ET VENAIT ME CHERCHER À LA SORTIE. JE N'AI JAMAIS MANGÉ À LA CANTINE – *tu parles, j'ai fait que ça*, commente Lécuyer, *et je me suis bien marré avec les autres cancres.* LE MERCREDI, ON ALLAIT SE BALADER DANS PARIS. PARFOIS MON PÈRE M'EMMENAIT AU CINÉMA ET APRÈS IL M'ACHETAIT UNE GLACE – *faux.* LE WEEK-END QUAND IL FAISAIT BEAU ON ALLAIT PIQUE-NIQUER DANS LES FORÊTS AUTOUR DE PARIS – *moi ça me faisait chier, y avait des fourmis partout.*

Lécuyer s'arrête un instant d'écrire, va boire dans la cuisine directement au robinet. Alors qu'il a la tête sous le robinet, son regard accroche un vieil aquarium en forme de boule sur une étagère. En se redressant, il se souvient d'une paire de gifles mémorable qu'il avait reçue. La cause ? Il avait coupé les poissons rouges avec une paire de ciseaux. Il s'essuie la bouche du revers de la manche de sa chemise en revenant vers la table, étonné de se souvenir de cet épisode. Il relit à voix haute ce qu'il vient d'écrire.

— Ça me paraît tenir la route, ce tissu de conneries. Sur chaque phrase, je suis capable de broder une heure.

Il reprend son stylo et poursuit laborieusement.

L'ÉTÉ, ON PARTAIT EN CAMPING AVEC UNE CARAVANE EN VENDÉE ET ON RESTAIT DEUX MOIS. MON PÈRE TRAVAILLAIT ET MOI JE RESTAIS AVEC MA MÈRE. C'ÉTAIT BIEN. JE ME BAIGNAIS ET Y AVAIT DES ENFANTS DE MON ÂGE. *Pour une fois, je mens pas. C'est ce qui m'a plu le plus, je vais me régaler quand je vais attaquer ce passage.* MES PARENTS FAISAIENT PLEIN D'EFFORTS POUR ME FAIRE APPRENDRE MES LEÇONS, MAIS J'AVAIS DU MAL, SURTOUT AU COLLÈGE. JE N'AVAIS PAS ENVIE DE TRAVAILLER, JE NE SAIS PAS POURQUOI. *En fait, je m'emmerdais comme un rat mort, je voulais me tirer de l'école, de chez moi, je voulais tous les buter. Ouais, mais ça, je peux pas le dire, sinon je colle vraiment la frousse à Papillon.* JE SUIS PARTI EN APPRENTISSAGE, J'AIMAIS BIEN. *En fait, ce que j'aimais le mieux, c'était les outils, les scies, les tournevis et les poinçons, surtout quand ils étaient neufs, bien brillants, bien pointus, bien tranchants.*

Le Magicien relit attentivement une dernière fois son texte. *Bon, ça suffit, avec ça, je peux normalement tenir un paquet de séances, après on verra.* Il plie avec application la demi-feuille et la range dans son caban pour l'avoir sous la main avant d'aller chez le psy ; bien qu'il soit convaincu de son inutilité. Il se souvient de tout, maintenant, mais il ne veut plus se fâcher avec les démons. Il a quand même une petite inquiétude, celle de voir le psy papillon vouloir vraiment et progressivement décortiquer ses bobards.

Il est tiré de ses pensées par le générique du journal de la nuit. Il regarde la jeune présentatrice avec sa tête de top modèle intelligent qui adopte un visage et un ton de circonstance pour parler de deux meurtres « horribles hier dans la nuit à Paris ». Le reportage débute par le meurtre d'une vieille dame dans un quartier bourgeois de la capitale. Il s'en tape complètement. Il attend avec impatience que l'on parle de son meurtre.

Le Magicien est aux aguets lorsque le reportage démarre. Telle une éponge, il absorbe tout. Les images, les sons, les visages, les lieux, les commentaires. Ça le concerne lui. Lui qui est plus fort que tous ces abrutis qu'il est en train de voir. Il ricane en voyant celui qui a découvert le môme. Un mec qui tient un chien en laisse et qui est interviewé dans la rue où le corps a été trouvé. Le mec se prend en pleine tête les projecteurs, il désigne du doigt le trottoir. *On dirait qu'il pleurniche, ce con*, observe-t-il. *Ils ont pas fini de chialer, ça, tu peux me croire*. D'autres gens sont interrogés qui n'ont rien vu mais qui racontent leur vie.

Maintenant on voit un journaliste, visage grave, devant un bâtiment où il y a deux flics qui montent la garde. Le Magicien redouble d'intensité dans son observation. Le mec qui tient le micro dit :

— Je me trouve devant le siège de la Police judiciaire parisienne, le 36 quai des Orfèvres. C'est la Brigade criminelle qui a en charge les deux affaires de meurtres. Si apparemment aucune piste n'est privilégiée pour le meurtre de Mme Destiennes, la Crim' reste encore plus discrète sur le meurtre de l'enfant. Il se murmure dans des cercles proches de l'enquête que cette nouvelle affaire pourrait être imputable au Magicien. Souvenez-vous, il y a treize ans de ça, une vague de meurtres sans précédent de jeunes garçons d'une dizaine d'années avait terrifié Paris et la France entière. Les crimes s'étaient brusquement arrêtés sans un début d'explication. Si l'enquête actuelle retient l'hypothèse du Magicien, la police ne pourra pas rester longtemps sans en informer l'opinion publique. Il se dit au plus haut niveau du ministère de l'Intérieur qu'il est hors de question d'aller vers un nouvel échec de l'enquête, et qu'il y ait donc un autre meurtre d'enfant. Le préfet de Police aurait exigé de la Brigade criminelle une résolution rapide de cette affaire. À vous les studios, blablabla.

Le Magicien regarde fixement, mais sans voir, la suite des infos qui ont rendu le sourire à la miss.

Il répète plusieurs fois à voix haute en parlant de plus en plus fort :

— On va exiger de la Brigade criminelle une résolution rapide de cette affaire.

Il est en proie à une crise de fureur quand il hurle :

— Mais pour qui ils se prennent, ces connards ? Ils croient que je vais me laisser attraper ? J'ai vingt longueurs d'avance !

Fou de colère, il saisit son tournevis à la pointe effilée et le lance de toutes ses forces vers le parquet, le plantant profondément dans le bois. Il s'apprête à hurler d'autres invectives quand, tout à coup, il entend les démons qui, manifestement exaspérés, hurlent aussi depuis un bout de temps : *TA GUEULE. TU VEUX TE FAIRE REPÉRER ? OUI ? CONTINUE COMME ÇA. NON ? ALORS, FERME-LA !* Aussitôt il se calme, se tait, doit s'y prendre à deux mains pour sortir son tournevis planté dans le sol. Il se rassoit dans son fauteuil et réfléchit. Demain, il achètera le journal pour lire ce que l'on dit de lui, ensuite, il ira dans le bar écouter les commentaires des habitués, et après, il commencera à bosser. Ce programme le satisfait. Mais soudain, il se souvient de la vieille dingue qui n'arrête pas de hurler quand elle le voit, et là, il est vraiment contrarié.

Il n'a pas sommeil, il sait qu'il ne dormira pas cette nuit. Il va occuper son insomnie à deux choses : comment faire fermer leur gueule à tous ces ânes et tuer la vieille. Comme il n'est pas pressé, il va pouvoir réfléchir calmement au gosse de la rue d'Avron, et aux flics qui doivent quand même mettre le paquet. Il se dit aussi qu'il doit faire gaffe, en plus des flics, aux Da Silva, au psy papillon et au contrôleur judiciaire qu'il ne connaît pas encore. Les démons disent : *Mec, si tu nous écoutes, il t'arrivera rien. Si tu fais le con, t'es mort.* Rassuré, le Magicien ne regarde plus la télé.

Les yeux ouverts, il fixe la nuit à travers la fenêtre, attendant que le jour se lève.

Le jour arrive en se traînant. La pluie continue de tomber d'un ciel gris plombant Paris. Le Magicien s'extirpe de son fauteuil, engourdi et de mauvaise humeur. Il n'a pas envie de se laver ni de se raser. Il entend vaguement les démons qui commencent à la ramener. Mais comme il n'est pas d'humeur à les entendre râler, il fait un passage express dans la salle de bains. Douche, rasage, mais il enfile les vêtements sales de la veille. Sa mauvaise humeur augmente quand il voit qu'il n'y a plus d'eau de toilette paternelle. Il glisse le flacon dans la poche de son caban pour se rappeler la marque, quand il ira en acheter. Avant de sortir de son immeuble, il observe une ou deux minutes la rue à travers la vitre de la porte d'entrée. Il demeure ensuite sur le seuil à observer les allées et venues. Avec la pluie qui tombe, il n'arrive pas à voir s'il y a des flics en planque dans les voitures. Il décide que non et part d'un pas faiblard vers le café.

Première halte à la devanture du marchand de journaux où *Le Parisien* est attaché, derrière la vitrine, par deux épingles à linge sur un fil de nylon tendu. La une parle des deux meurtres. Le Magicien entre dans la boutique où il n'y a que le patron qui, derrière son comptoir, lit un journal. D'un geste qui se veut naturel, il prend dans la pile un exemplaire du journal et sort de sa poche un billet de cinq euros froissé. Le patron a envie de causer, mais quand il aperçoit la tête du petit bonhomme, il garde sa phrase et lui rend simplement sa monnaie. Le Magicien entre dans son bar habituel et s'assied, à ce qu'il considère être sa place, sur la banquette de moleskine rouge. Le barman s'approche, s'apprêtant à dire « comme d'habitude, un café croissant ? », mais se retient en voyant l'air particulièrement peu aimable de ce drôle de type. Le Magicien commande son petit déjeuner d'une voix inaudible. Il ouvre le journal, mais son attention est attirée par le son de la télévision.

Contrairement aux habitudes, ce n'est pas du sport qui dégouline des haut-parleurs de la télé grand écran. C'est la chaîne d'infos LCI. Les clients du comptoir sont particulièrement attentifs à ce que dit le présentateur.

Il regarde alors le jeune type, toutes dents blanches dehors, qui a l'air de présenter une pub pour du dentifrice. Celui-ci parle abondamment des deux meurtres, mais surtout de celui de l'enfant. Sur un bandeau de couleur rouge, en bas de l'écran, en incrustation pendant que le journaliste parle, est écrit en lettres blanches LE RETOUR DU MAGICIEN ? Ces quatre mots plaisent à Lécuyer. Il trouve que cela sonne bien. Il ressent même une certaine fierté d'être surnommé ainsi et de provoquer manifestement autant de peur. Parfois, il se surprend à dire tout bas : « Je suis le Magicien. » Un frisson de plaisir lui traverse alors le ventre.

À la fin du reportage, le garçon lui apporte sa commande en commentant l'info : « Si c'est pas malheureux d'entendre des trucs comme ça. » Lécuyer hoche vaguement la tête, saisit son sachet de sucre, coupe une des extrémités et avale le contenu. Il goûte son café qui est brûlant. Cette boisson chaude lui fait du bien. Il observe trois hommes au comptoir. Les habitués qui doivent en être à leur troisième ou quatrième café-calva. Ils parlent fort. Tout le bar en profite. Le plus véhément est un bonhomme vêtu d'une veste en cuir noir avachie et d'un pantalon en velours qui poche aux genoux. Il a les cheveux gris et gras coiffés en arrière et n'est pas rasé. Il vocifère comme un diable.

— Moi je vous le dis, y a qu'une seule solution pour ces mecs, leur couper les couilles.

Les deux autres types veulent parler en même temps. Il y a de la surenchère dans l'air. Mais celui qui porte un sweat-shirt, barré du signe d'une marque de sport, tendu par un ventre gigantesque l'emporte en hurlant presque :

— Ouais, mais d'abord, y faut leur couper la tête.

Le troisième porte des lunettes de vue accrochées par une cordelette qui pendent sur un torse maigrichon. Elles servent de ramasse-miettes à la tartine beurrée qu'il vient de manger entre ses cafés-calva. Il ne veut pas être en reste, d'autant que les deux autres ont lâché leur phrase et reprennent leur souffle.

— Y faut le faire à tous ceux qui tripotent les gosses, pas seulement à ceux qui les tuent. C'est facile de s'attaquer à des gosses.

— Exactement ! ponctuent les deux autres.

Le Magicien comprend que les trois types parlent de lui. Il n'a jamais eu l'occasion d'être confronté en direct aux commentaires de ses agissements, même lors de sa première série de meurtres. Il restait alors terré chez lui des jours entiers à mesurer la haine, la crainte et la peur qu'il suscitait, mais par écran télé interposé. C'est la première fois qu'il voit vociférer des gens en chair et en os aussi près de lui. Il est, en ce moment, partagé entre la peur et la fierté. Il les observe et les écoute attentivement, ne perdant rien de ce qu'ils disent.

Quand il sort du bar, d'autres clients se sont joints au trio, ce qui a pour effet immédiat d'accroître considérablement le volume sonore. Le Magicien est abasourdi par ce qu'il a déclenché l'autre nuit. Il n'aperçoit pas la vieille, peut-être à cause de la pluie, qui doit se terrer dans quelque refuge. Il file jusqu'à sa voiture au pas de course. Enfin assis au calme, il peut lire le journal. Rien de nouveau par rapport à ce qu'il vient d'entendre à la télé, mais il retient que c'est le commissaire Mistral de la Brigade criminelle qui dirige l'enquête. Il apprend aussi que l'enfant qu'il a tué s'appelle Guillaume Marchand. Ce soir, il se promet de compléter sa page de droite avec le prénom. Comme il l'a fait pour les autres victimes quand il entendait leur prénom aux infos.

Il effectue sa tournée comme à son habitude. Les yeux baissés, en n'échangeant pas quatre mots. Les clients le trouvent curieux, mais comme le travail est vite fait bien fait, ils haussent les épaules, payent, donnent ou non un pourboire. Le Magicien n'a qu'un seul objectif : écouter les informations. Il déjeune d'un sandwich dans sa voiture pour être sûr de ne rien louper. Les journalistes promettent une première interview du commissaire Mistral, mais celle-ci ne venant pas, le Magicien commence à s'énerver. Vaguement inquiet, il craint que les policiers n'aient une piste. Un rappel à l'ordre des démons le fait tenir tranquille. En enfonçant les mains dans les poches de son caban, il sent le flacon d'eau de toilette vide. Il n'a de cesse que de chercher une parfumerie. La première qu'il rencontre sur son chemin est trop éclairée à son goût et il y a, à vue de nez, au moins cinq ou six vendeuses qui attendent le client. Il n'aime pas se sentir observé. Il passe son chemin. Ce n'est qu'après quelques tentatives infructueuses qu'il s'arrête près d'une petite boutique tenue par une dame d'un certain âge. Il entre, l'air gauche, réellement intimidé. Il sort le flacon de sa poche et murmure :

— Je voudrais la même chose.

La vieille dame tourne le flacon dans tous les sens, dévisse le bouchon, sent, se retient de faire une grimace.

— Ce genre de produit ne se vend pas en parfumerie. Il se vendait autrefois en supermarché.

Le Magicien n'a pas prévu ce coup. Il doit reformuler une phrase, c'est comme si on lui arrachait les tripes. Petite voix chuchotée :

— Dans quel supermarché y en a ?

— Je crois bien que ça n'existe plus. Mais allez un peu plus loin sur la droite, il y a un grand bazar qui a des produits de ce genre.

Le Magicien murmure un vague merci et se dirige d'un pas pressé vers le grand bazar en question. Il y a du monde et de la lumière. Il repère le rayon parfumerie et essaie de trouver son flacon parmi les dizaines en rayon. Au bout de quelques minutes, il entend que l'on s'adresse à lui.

— Je peux vous aider ?

Il s'agit d'une petite femme au visage fatigué et aux cheveux gris terne qui lui parle.

Le Magicien sans mot dire lui tend son flacon. La vendeuse chausse ses lunettes, lit le nom du produit et secoue la tête en faisant non.

— Il n'existe plus depuis quelques années. (Elle débouche le flacon et sent brièvement.) Il y a une autre eau de toilette qui s'en approche, si voulez bien me suivre.

Le Magicien suit la vendeuse, agacé que cette eau de toilette n'existe plus. Après avoir zigzagué entre deux caddies, la femme attrape un flacon noir avec des motifs argentés rappelant un moteur. Elle vaporise une bandelette test et la colle sous le nez du Magicien. Celui-ci retrouve à peu près l'odeur et s'estime content. La petite femme lui donne un produit emballé et jette le vieux flacon vide dans une poubelle. Instinctivement, le Magicien se baisse, plonge la main dans la poubelle et récupère son flacon sous les yeux médusés de la vendeuse. Après un rapide passage en caisse, il retourne à sa voiture, allume la radio et entend le commentateur qui dit : « … c'était le commissaire Mistral de la Brigade criminelle ». Le Magicien appuie sa tête contre le volant. Après quelques minutes, il regarde la montre du tableau de bord qui indique dix-neuf heures trente. Il ouvre son carnet de rendez-vous et constate que demain soir, exceptionnellement un samedi, il doit aller chez les Da Silva. Il quitte prudemment le stationnement et roule sans but, les yeux perdus dans le vague, fixés sur les points lumineux des phares des voitures qui scintillent sous la pluie. Quand il stoppe son véhicule près d'une heure plus tard, il est rue d'Avron. Il y est revenu inconsciemment. Ses démons, calmement, se rappellent à son bon souvenir : *OK, t'es revenu ; mais tu vas te tirer en souplesse d'ici. Tu n'as rien à y faire. C'est ni l'heure ni le lieu pour que tu restes planté là. Quand les choses se tasseront, d'accord tu pourras revenir, mais à ce moment, on te dira quoi faire. Allez, démarre.* Vaincu, le Magicien reprend la direction de son domicile, se souvenant qu'il doit compléter la page de droite de son cahier avec le prénom du gosse.

15

Le radio-réveil fonctionne déjà depuis plus d'un quart d'heure quand Mistral émerge d'un profond sommeil. Il constate qu'il a dormi d'une seule traite et qu'il n'a aucun souvenir de ses rêves. Pendant les quelques minutes qu'il reste encore au lit, il écoute les infos. Les journalistes, qui n'ont eu aucune information officielle, se livrent à des supputations. Mistral a donné quelques bribes d'informations par téléphone la veille à France Info. Mistral se fait la réflexion : *Manifestement, il va falloir les recadrer.* Petit déjeuner avec les deux enfants contents que leur mère rentre ce soir. Mistral conduit rapidement vers le Quai des Orfèvres, comme à son habitude, pensant à la journée du samedi qu'il a devant lui, alors qu'il aurait dû la passer avec ses enfants. Tout le service est engagé dans deux enquêtes importantes, et peu importe le jour de la semaine. Son téléphone portable ne l'a pas réveillé et aucun message n'y figure, signe que la nuit a été calme. La pluie continue de tomber, irrégulière, perturbant la circulation.

En arrivant, il se dirige vers la salle d'état-major pour lire les comptes rendus des affaires de la nuit. Rien n'attire particulièrement son attention. Ce matin, des commissaires de permanence d'autres services de la Police judiciaire se trouvent à l'état-major. La discussion roule sur le Magicien, et Mistral échange avec eux son point de vue sur l'affaire. Après avoir écouté leurs messages de sympathie, il se dirige vers son bureau en espérant ne pas être trop dérangé pour pouvoir se concentrer sur la traque du tueur d'enfants. Un Post-it sur son bureau lui demande de rappeler Françoise Guerand.

— Ludovic, je viens d'avoir longuement le préfet au téléphone, il souhaiterait que tu fasses un point complet avec les journalistes de la presse écrite et de la radio. Il est d'accord avec nous sur le traitement, ou plutôt l'absence de traitement de l'info, lors de la première série de meurtres, et qui a eu des effets catastrophiques sur le public. Il veut que nous communiquions vraiment. Il a insisté sur le vraiment.

— C'était prévu. Il y a des instructions particulières sur ce qu'on doit dire ou bien, il nous fait confiance ?

Mistral a coincé le téléphone entre son épaule et l'oreille gauche et fait des figures géométriques avec un crayon de papier sur une feuille de son bloc-notes pendant qu'il parle à Guerand.

— Euh... non... pas vraiment d'instruction particulière. Il veut que tu sois rassurant... que tu dises qu'on met le paquet... que euh... tu comptes résoudre cette affaire rapidement. Voilà, à peu près, ce qu'il a dit.

— Il ne manque pas d'air ! En gros, c'est : fais pour le mieux et ne te plante pas. C'est ça, non ?

Léger rire de Guerand.

— Tu as bien résumé.

— Bon... et pour les journalistes, ce sont les habituels ?

— Oui. Il m'a dit que son chargé de communication s'occupait dès à présent des rendez-vous pour que tout soit réglé aujourd'hui. On va donc avoir les correspondants police justice habituels. Ils connaissent la musique, tu peux leur faire confiance.

— C'est sûr ! Et ce n'est pas ce qui m'inquiète

En raccrochant, Mistral est songeur sur ce qu'il va pouvoir dire compte tenu de la faiblesse des éléments d'enquête qu'il possède. Il regarde ses dessins, froisse le papier et le lance dans sa corbeille. Il fait venir Calderone dans son bureau et pendant près d'une heure, ils réfléchissent à la meilleure façon de présenter les choses. Mistral expose alors progressivement à son adjoint les deux ou trois idées qui ont germé pendant la discussion et qu'il a envie de faire passer. Calderone estime que c'est risqué et qu'une fois les articles publiés, ils ne contrôleront plus rien. Mistral pose donc simplement la question : « Quelles sont les autres possibilités ? » Calderone convient qu'il n'en voit pas. Un jeune lieutenant de l'équipe de Calderone entre dans le bureau avec un document. Ce dernier l'interroge du regard.

— Il s'agit des analyses du labo concernant le relevé de traces ADN sur le morceau d'étoffe arraché par le type qui est mort, commence-t-il. Et...

Avant que le lieutenant ne poursuive, Mistral l'interrompt brusquement.

— Je vais vous dire le résultat : il n'y a aucune trace d'ADN, donc pas de prélèvement possible.

— Comment vous le savez ?

Regard interloqué du lieutenant.

— Je ne le savais pas, je l'ai deviné, ou plutôt je l'ai pressenti. Dans cette affaire, chaque fois que l'on espère avoir quelque chose à exploiter, on se retrouve avec triple zéro. C'est comme ça depuis le début, non ? Je ne pense pas me tromper. Tout nous claque entre les doigts.

— C'est exact, reprend Calderone avec une voix légèrement découragée, on dirait que le sort s'acharne sur nous...

— C'est pour ça, ajoute Mistral, qu'il faut provoquer le destin. Ça me conforte dans ce que je vais dire aux journalistes.

— Vous avez raison, admet Calderone.

Mistral termine la matinée en passant un long moment au téléphone avec Dumont. Ils évoquent plusieurs hypothèses. Dumont a retrouvé son ton exécrable de monsieur je-sais-tout et Mistral, qui commence à lui répondre sèchement, écourte la conversation par un « à ce soir au bureau pour un point sur ton enquête » et raccroche, ne laissant pas d'autre choix à Dumont que de revenir au service.

La secrétaire lui passe des journalistes qui demandent à s'entretenir avec lui. Il regroupe ceux de la presse écrite pour quatorze heures trente et ceux de la radio à dix-sept heures. Il passe prendre Calderone pour aller déjeuner.

— Bon, on va chez le grec de la rue Saint-André-des-Arts ?

— Banco pour le grec, il y a longtemps que je n'ai pas bu un verre d'ouzo.

Les deux policiers reviennent de leur déjeuner vers quatorze heures. Les journalistes de la presse écrite sont arrivés légèrement en avance et Mistral choisit de démarrer aussitôt. Calderone s'assoit dans un coin du bureau, légèrement à gauche de Mistral. Ils sont trois, deux hommes et une jeune femme. Mistral les connaît. Il s'agit des spécialistes des affaires de police et de justice. Souvent, ils téléphonent pour avoir des renseignements sur les affaires en cours, et un deal s'est instauré entre les policiers et les journalistes. Ils sont informés mais ne doivent sortir l'info que lorsqu'il n'y a plus de risque pour les victimes ou les témoins, ou que l'enquête ne peut plus capoter. Les trois journalistes connaissent parfaitement le fonctionnement des différentes brigades de Police judiciaire et leurs chefs de service et ne sont pas dépaysés par le jargon employé par les policiers.

Pour l'instant, avant d'entrer dans le vif du sujet, tout le monde boit du café et parle à bâtons rompus. Progressivement, la discussion s'oriente sur les deux meurtres de la nuit. Mistral choisit de débuter par celui de Solange Destiennes. Bien évidemment, il passe sous silence les informations du préfet de Police. Mistral et les journalistes échangent pendant quelques minutes encore sur ce sujet, qui visiblement ne les passionne qu'à moitié. Manifestement, ils ne sont venus que pour le meurtre de l'enfant.

Mistral démarre et l'attention devint perceptible chez ses interlocuteurs, qui ont, avec son accord, installé leur magnétophone afin d'enregistrer l'interview. Il commence son exposé en disant que le meurtre de la rue Watt est très vraisemblablement dû à celui qu'on appelle le Magicien. Mistral leur fait un rappel sur les meurtres non résolus des années 88/89.

La jeune femme bloque une mèche de cheveux derrière son oreille droite et pose une question alors que l'exposé de Mistral est presque fini.

— Pourquoi n'y a-t-il pas eu davantage de communication sur ces affaires ? J'ai relu ce que mon journal avait publié à l'époque, et apparemment, ce n'était pas simple d'avoir des infos.

— Il m'est très difficile de vous répondre. À mon avis, c'était plutôt de la mauvaise communication face à une série de meurtres sans précédent, plutôt qu'une volonté de dissimuler quoi que ce soit. Ces affaires hors normes ont carrément submergé l'équipe de direction de l'époque.

La jeune femme acquiesce, ses deux collègues paraissent également de cet avis.

— On peut fumer ? demande l'un d'eux.

— Allez-y, dit Mistral en avançant un cendrier. Plus de question sur cette période ?

Les trois journalistes font signe que non. L'un d'eux bourre méthodiquement une grosse pipe, l'autre homme extrait de sa poche du matériel pour rouler une cigarette, la jeune femme saisit une blonde qu'elle a dans la poche de sa veste sans sortir le paquet, et l'allume avec un Zippo. Mistral remplit les tasses de café.

— Passons, si vous le voulez bien, aux affaires des deux dernières semaines. Nous avons une tentative de meurtre sur un enfant en même temps que le meurtre d'un clochard dans le XVIe arrondissement et le meurtre d'un enfant dans le XIIIe arrondissement.

— Vous imputez formellement ces deux affaires au Magicien ?

C'est la première question de l'homme à la pipe.

— Oui, sans la réserve de prudence habituelle. Dans le XVIe arrondissement, un homme est mort, le clochard, parce qu'il a surpris le Magicien avec l'enfant. Le gosse nous a appris comment il avait été abordé : on rejoint le même mode opératoire des deux victimes des années 88/89 qui s'en sont tirées.

— Et pour le meurtre de la rue Watt ?

La question est posée par le journaliste qui roule les clopes.

Mistral s'exprime très longuement sur cette affaire. Plusieurs questions reviennent sur le mode opératoire, les analogies avec les précédentes affaires. Mistral et Calderone attendent qu'arrive LA question. C'est la jeune femme qui la pose enfin.

— Que peut-on dire de l'auteur des crimes ? C'est un tueur en série, un vrai ?

Avant de répondre, Mistral sent le regard de Calderone qui pèse sur lui.

— Si vous le permettez, on parlera de tueurs systémiques ou sériels, plutôt que de tueurs en série qui est une expression pour le cinéma.

— Bon, d'accord pour tueurs systémiques, dit-elle en souriant. Est-ce l'idée qu'on se fait de ces tueurs : des gens froids, implacables, intelligents, précis ? reprend la jeune femme en écrasant sa cigarette dans le cendrier.

Mistral parle alors d'une voix calme en démarrant sa démonstration.

— Les criminels dont vous parlez sont surtout présentés comme cela au cinéma. Et nous sommes loin de la réalité. D'une manière générale, ce sont des types aux aguets, le plus souvent stupides, obsédés, faibles, avec une enfance en lambeaux.

— Oui, mais si ce que vous dites est vrai, pourquoi ne les arrête-t-on pas facilement ? enchaîne l'homme à la clope éteinte.

— Bonne question, poursuit Mistral. Analysons ce que fait le Magicien. Il aborde par le jeu un enfant. Donc pas de cris et pas de violence, l'enfant le suit volontairement, toujours sans cris et sans violence, donc aucun témoin ne se manifestera. Ensuite, dans un lieu calme, il commet son crime. Pas de cris, donc pas de témoin. Il doit vraisemblablement repartir calmement du lieu du crime. Pas de mouvement inconsidéré, donc pas de témoin. Résumons-nous : il a emmené dans un endroit tranquille une victime qui ne lui a opposé aucune résistance. J'ai été un peu long dans le développement, mais je voulais que vous compreniez bien à quel genre de tueur nous sommes confrontés.

— Effectivement, vu sous cet angle...

L'homme à la clope rallumée ne termine pas sa phrase.

— C'est très vraisemblablement un type solitaire, qui doit éprouver un sentiment de puissance phénoménal quand il commet ses meurtres. Il a la sensation de détenir un pouvoir de vie et de mort...

— Je dois dire que nous sommes aux antipodes du portrait que l'on se fait d'un tel individu, l'interrompt l'homme à la pipe.

— Et je n'ai pas fini ! Je pense qu'il a une intelligence moyenne, et qu'il est incapable de supporter la moindre frustration. Il a trouvé un moyen d'aborder ses victimes et d'assouvir ses fantasmes. Tant que ça marche, il n'a aucune raison d'arrêter.

— Je reprends la question que vous a posée mon collègue tout à l'heure, dit la jeune journaliste d'une voix posée. Pourquoi ne peut-on arrêter facilement ce type de tueur, compte tenu du portrait, peu flatteur, que vous venez de brosser ?

— Mais c'est tout simple, hélas. Ce type est tellement banal qu'il est monsieur tout-le-monde ! Il n'apparaît pas dans la rue comme étant un grand meurtrier. C'est à cause de cela qu'il fait si peur. Tout le monde peut le croiser sans savoir qui il est. Il s'agit peut-être de votre voisin de palier et vous ne le savez pas.

La poursuite de l'interview s'oriente sur les assassins, mais de manière plus générale. C'est plutôt de la simple discussion, les journalistes ayant arrêté leur magnétophone. Ils quittent le Quai des Orfèvres deux heures plus tard.

— Bon. C'est parti. Normalement, il devrait y avoir des papiers qui ne vont pas faire plaisir au Magicien, commente Calderone.

— Il faut faire sortir le loup du bois, Vincent.

— Qu'est-ce qu'il va faire ? Tuer un autre gosse pour prouver qu'il n'est pas celui que l'on a décrit dans la presse ?

— Je n'en sais rien, à vrai dire. Quand il tue, il répond à une pulsion forte. La pression est tombée avec le gosse de la rue Watt. Elle ne va pas remonter si vite.

Mistral regarde sa montre et constate que les journalistes radio arriveront dans une heure environ. Il part faire le point avec Guerand en les attendant.

Quatre journalistes avec leurs magnétophones en bandoulière attendent devant le bureau de Mistral. Trois travaillent pour des radios généralistes, Europe 1, RTL et RMC, le quatrième pour France Info. Ils sont en discussion avec des officiers qu'ils connaissent. Mistral les rejoint quelques minutes plus tard et leur fait un topo des deux enquêtes, en démolissant systématiquement le portrait du Magicien, s'attardant sur son côté faible et monsieur tout-le-monde.

— Nous sommes très loin d'un génie du crime. Quelqu'un qui choisit ses victimes parmi les plus faibles ne prend que très peu de risques. Ce type d'enquête est difficile non pas parce que nous avons affaire à un esprit supérieur, mais parce que nous avons en face de nous quelqu'un d'inconsistant et d'ordinaire.

Le policier a martelé cette phrase avec un accent où pointent le mépris et le défi.

Vers dix-neuf heures trente, Mistral reçoit un appel de Clara lui disant qu'elle vient d'arriver à la maison et que tout va pour le mieux. Il est content que son épouse soit avec les enfants. Il a les deux affaires à couvrir et se sent plus disponible.

Vers vingt heures, Dumont se présente dans le bureau de Mistral. Tête des mauvais jours. Ton acerbe. Il s'affale dans un des fauteuils visiteurs qui font face à Mistral, un simple « salut » prononcé du bout des lèvres.

— J'écoutais la radio en rentrant. J'ai dû au moins entendre quatre reportages te concernant. Pas mal pour quelqu'un qui veut jouer discret ! Avec ça, si le Magicien ne sait pas qu'il est un gros naze, il ne le saura jamais !

— C'était le but. (Mistral ne relève pas le côté provocateur de la phrase de Dumont.) On change de stratégie : je veux qu'il sache qu'on le traque et ce qu'on pense de lui. Ce type va se manifester d'une manière ou d'une autre.

— En tuant un gosse, te disant que tu te goures, que c'est lui qui a les as en main et qui tient le jeu.

Dumont a l'air mauvais avec les coins de sa bouche abaissés.

— Je serais curieux de voir ce que tu diras aux parents quand il y aura un autre gosse de planté.

— Il n'y en aura pas. Il n'est pas dans une logique d'affrontement, il est dans une logique d'assouvissement de ses fantasmes et ce n'est pas pareil. Mais je vois que tu ne fais pas la différence entre ces deux notions.

Mistral est calme.

— Dis que je suis con et on n'en parle plus.

— Puisque tu le dis. Bon, je t'ai demandé de passer non pas pour avoir tes commentaires mais pour faire le point sur l'affaire Destiennes. Je te rappelle que ce sont des rapports hiérarchiques que nous avons. Donc, je t'écoute.

Dumont regarde en silence Mistral qui a l'air calme, appuyé contre le haut dossier de son fauteuil. Visiblement, Dumont tente de calmer sa colère. Il reprend la discussion sans faire allusion à leurs rapports hiérarchiques.

— Primo, j'ai eu la réponse de la banque. Mémé n'est allée qu'à son coffre. On ne sait pas ce qu'elle y a pris ou mis. Avant de partir, elle a fait un retrait ridicule au guichet de deux mille euros. Secundo, j'ai fait brancher les lignes téléphoniques en urgence. Je ne voulais pas bouger tant qu'on n'avait pas mis les gens sur zonzon[1].

— Tu as bien fait, approuve d'un ton neutre Mistral.

— La poursuite de l'enquête de voisinage confirme que mémé recevait du gratin chez elle. Du bout des lèvres, certains ont lâché les noms de deux parlementaires connus et d'un ministre en exercice. Elle a un fils unique, proche de la

1. Jargon policier qui signifie écoutes téléphoniques.

retraite d'ailleurs, qui dirige un grand groupe industriel en Allemagne. On a vérifié : le mec est blindé à mort de fric et s'entendait bien avec mémé. Il est marié, a deux gosses qui font leurs études aux États-Unis et qui n'ont pas pointé leur nez en France depuis trois ans. Tout ça, c'est vérifié, dit-il en tapotant un carnet de notes. J'ai vu le fils aujourd'hui, il est effondré, termine Dumont.

— Rien à dire. Tu as fait ce qu'il fallait. Tu démarres quand pour agiter les gens ?

— Rapidement. Je vais tous les convoquer, une petite audition de deux ou trois heures, je les remets dans la nature et j'écoute les bandes. Si ça ne donne rien, j'explore ailleurs. Peut-être du côté politique.

— Pourquoi pas ? Mais avant, il faut que nous en parlions avec le directeur. Si tu déboules avec tes gros sabots dans le Landerneau parlementaire sans qu'elle le sache et que le préfet l'appelle pour lui demander des comptes, ça risque de tousser.

Dumont hoche simplement la tête en signe d'assentiment.

— Rien d'autre ?

— Non. Tiens-nous au courant, c'est tout.

Dumont se lève, les deux hommes se serrent la main sans conviction.

Après le départ de Dumont, Mistral descend faire le point de la journée avec Guerand. Il lui parle des différentes interviews données à la presse écrite et radio.

— J'ai entendu ce que tu as dit sur France Info. Pas mal. Le préfet a reçu un enregistrement de ton intervention et la trouve très bien aussi. Il m'a appelée pour me le dire. Tu crois que le Magicien va réagir ?

— J'espère ! C'est le but recherché. Il devrait se manifester d'une manière ou d'une autre et peut-être commettre une erreur.

— Tu n'as pas eu de résultat positif de la scène de crime ?

— Rien, comme d'habitude. J'ai laissé entendre que l'on avait des analyses de prélèvements en cours. Le type va obligatoirement se poser des questions. La seule piste que nous avons, c'est qu'il utilise peut-être un véhicule utilitaire blanc. Quand tu regardes dans la rue, tu en vois passer au moins dix à la minute. Tu vois, la piste est mince et quasi inexploitable. Sans compter que les traces relevées sur la barrière qu'il aurait percutée sont anciennes. Donc, encore une fois zéro. Voilà ! J'ai agité le bocal, attendons de voir ce qui va en sortir.

— Bon, passons à l'affaire Destiennes. Où en est Dumont ?

Mistral relate le compte rendu de Dumont. Guerand ne fait aucun commentaire sur la conduite de l'affaire qu'elle juge conforme à ce qu'elle en attendait.

— Bien évidemment, si l'enquête s'oriente vers le milieu politique, tu m'en parles tout de suite. Je vais faire le point avec le préfet.

— Bon courage !

Mistral quitte le Quai des Orfèvres sous la pluie qui a repris. Il est content de retrouver Clara et de pouvoir parler d'autre chose que de cette enquête particulièrement pesante. Il n'a pas envie de s'entendre sur les radios, mais plutôt de faire un break avant de rentrer. Il sélectionne sa radio de jazz préférée et démarre en souplesse.

16

Quand le Magicien se lève ce samedi matin, il est tout engourdi de froid de n'avoir pas dormi sous les couvertures. Il prend une douche, se rase, change de vêtements et s'asperge abondamment avec sa nouvelle eau de toilette. Cette odeur lui rappelle l'ancienne, et il ressent à chaque fois un trouble quand il respire cette odeur. Il sait qu'il peut y aller sans retenue, sachant où en trouver. Il se dirige vers le marchand de journaux, achète *Le Parisien* et entre dans son café habituel. La conversation des trois piliers de bar concerne cette fois le football.

Le Magicien sort du bar. Il resserre son caban, plie le journal en deux et le glisse dans une des poches pour ne pas le mouiller. La pluie tombe avec régularité. Le Magicien quitte son stationnement et démarre sa tournée. Le samedi matin, la circulation est fluide. L'après-midi devient un véritable cauchemar avec les gens qui font leurs courses. Vers dix-sept heures, il regagne dans les embouteillages amplifiés par la pluie le bureau des Da Silva. De colère, il a donné des coups de poing dans le volant. Sa main lui fait un mal de chien. Avant de descendre de la voiture, les démons lui font un bref rappel. *Attention, mec, ne baisse pas la garde. Le plombier et son fils sont devenus méfiants, ils te trouvent bizarre, à toi de les rassurer. N'oublie pas ton attitude de petit bonhomme accablé.* Le Magicien les remercie et s'installe dans son personnage. Il sait, sans les voir, que les Da Silva l'observent derrière la vitre sale de leur boutique.

Le père et le fils sont effectivement derrière leur comptoir, guettant Lécuyer, petit bonhomme, qui avance à petits pas. Sur le comptoir, il y a *Le Parisien* ouvert sur une double page qui traite du meurtre de l'enfant.

— Tiens, le voilà, observe le père.

Le fils lève les yeux du carnet de rendez-vous posé sur une partie du journal et le regarde arriver à travers la vitre.

— Il a pas l'air si terrible, commente-t-il spontanément.

— Attendons de voir, murmure le père, pas du tout convaincu par la remarque du fils.

Arnaud Lécuyer entre dans la boutique avec un petit « bonsoir » prononcé du bout des lèvres. Lampe rouge immédiatement allumée dans la tête et sonnerie d'alerte. Lécuyer vient illico de voir *Le Parisien* ouvert en grand sur l'article qui concerne le Magicien.

— Tu m'as pas l'air en forme, Lécuyer, qu'est-ce qui t'arrive ? demande le père.

— Je me suis fait mal à la main avec la caisse à outils, mais ce n'est rien, dans deux ou trois jours, ça ira.

Les démons prodiguent mille messages pour le rassurer : *Te bile pas avec le journal, y a rien contre toi. Si c'était le cas, tu aurais eu un comité de réception de flics.*

— Tu m'inquiètes un peu, reprend le père, souvent je te vois arriver comme si le ciel t'était tombé sur la courge !

— Non, on peut pas dire ça. Mais il faut que je m'habitue à ma vie sans les contraintes de la cellule, c'est tout.

— Oui, de ce côté-là je te comprends !

— Tu veux aller chez le docteur ? propose le fils.

— Non, vraiment, et en plus, ça m'empêche pas de travailler.

Le père renifle bruyamment et dit en riant :

— Dis voir, tu as rencontré une fiancée que tu t'es vidé la moitié d'un flacon de parfum sur la tête ?

Toi aussi, marre-toi, conseillent les démons. Lécuyer étire sa bouche en un simulacre de sourire.

— Non, je n'ai pas rencontré de fiancée, mais j'aime bien sentir bon.

— Là, on peut dire que tu passes pas inaperçu.

Le père Da Silva compte l'argent remis par Lécuyer et le vérifie avec les factures.

— Bon, tu as bien travaillé.

— J'aime bien ce que je fais, répond Lécuyer en hochant la tête.

Le fils donne une liste de rendez-vous pour, exceptionnellement, les quatre jours à venir. Les deux hommes observent comment Lécuyer prend cette feuille. Contrairement à la fois précédente, et sur les conseils des démons, il s'empare de la feuille calmement, la regarde sans manifester d'intérêt particulier.

— Bon, dit-il, je reviendrai dans quatre jours.

— C'est ça, mon gars, confirme le père. Et si tu veux aller chez le médecin, dis-le-nous pour qu'on décale les rendez-vous.

— Non, vraiment, ça ira. Je vais aller à la pharmacie, c'est tout.

Sous le double regard attentif du père et du fils et sous les applaudissements des démons, Arnaud Lécuyer, dans le rôle du petit homme accablé, regagne sa voiture.

— Alors, qu'est-ce t'en penses ? demande le père.

— Pas grand-chose, répond le fils. Il me semble que tu t'es fait des idées, alimentées peut-être par ma première impression. Et du coup, moi aussi j'ai eu de nouveau des doutes...

Le fils Da Silva laisse sa phrase en suspens en haussant les épaules.

— Je dois dire pour être juste qu'il n'a plus rien à voir avec la tête et l'attitude qu'il avait l'autre jour, quand j'ai eu peur. Et j'ai pas honte de le dire, il m'a filé les chocottes ce type.

Lécuyer s'est arrêté dans une épicerie pour acheter des morceaux de poulet dans une barquette et une bouteille de Coca.

« Nous sommes très loin d'un génie du crime. Quelqu'un qui choisit ses victimes parmi les plus faibles ne prend aucun risque. Ce type d'enquête est difficile non pas parce que nous avons affaire à un esprit supérieur, mais parce que nous avons en face de nous quelqu'un de gris, d'inconsistant et d'ordinaire. » Le Magicien est debout dans le salon-salle à manger de son appartement se répétant pour la centième fois en silence cette phrase prononcée par Mistral. Il ne bouge pas. Pétrifié par ce qu'il a entendu à la radio et amplifié par la répétition. Il a demandé illico conseil à ses démons. Pour la première fois, ceux-ci, gênés, ont dit qu'ils devaient réfléchir, mais que lui ne devrait commettre aucune imprudence. Il a promis.

Il entend, ou croit entendre, du bruit derrière sa porte d'entrée. Seule lumière dans la pièce, celle projetée par sa télévision dont il a, momentanément, coupé le son. Il regarde vers la porte. Au milieu, le judas. Il est attiré par cet œil comme quand, enfermé dans sa cellule, il était persuadé que les matons l'observaient tout le temps. Le judas laisse passer la lumière du palier. Il n'arrive pas à détacher son regard de cet œil lumineux. Parfois, il devient sombre quand la lumière du palier s'éteint. Puis il se rallume quand un locataire entre ou sort de l'immeuble. Le Magicien estime que lorsqu'il devient sombre, c'est que quelqu'un a l'œil collé dessus et qu'il l'observe. Quand il laisse passer la lumière du palier, c'est que la personne qui le regarde change de position. Il est en plein délire.

Le Magicien est hypnotisé par cet œil au milieu de sa porte. Il a les mêmes sensations que celles éprouvées dans sa cellule. La chaleur arrive dans son dos, remontant vers sa nuque, ses yeux fixes le brûlent, il ne sent plus son équilibre et s'écroule sur le dossier en bois de son fauteuil. La douleur qu'il ressent sur le côté le tire un peu de cet état second dans lequel il se trouve. Il colle son oreille contre la porte, n'entend rien. Il allume la lumière et fouille en titubant son bahut. Il trouve un ruban de papier adhésif marron dont sa mère se servait pour encadrer les boîtes de chocolats de Noël. Il retourne vers la porte d'entrée et occulte le judas avec cinq ou six couches de ruban. Satisfait, il va boire dans la cuisine un peu d'eau au robinet et s'en passe sur le visage et dans le cou.

En regagnant la salle à manger, il voit sa collection ouverte à la page marquée à droite en lettres bâtons et en majuscules : GUILLAUME. Il prend sa collection, entre dans sa chambre et s'assied dans son tipi. Il est exténué de fatigue, mais ne se sent pas oppressé. Alors, le Magicien tourne les pages de sa collection avec précaution, effleurant du bout des doigts les feuilles de droite de son grand cahier. Les petites aspérités le conduisent instantanément sur les scènes de crimes, toutes les scènes de crimes, même les plus lointaines qu'il revoit comme s'il venait de les quitter.

17

Mistral, ce dimanche matin, lit avec attention les articles dans la presse pour laquelle il a donné une interview. Satisfait de ce qu'il vient de lire, il essaie d'être totalement disponible avec Clara et les enfants. Il ne parvient pas, ne serait-ce que vingt-quatre heures, à mettre le Magicien entre parenthèses.

Lécuyer, de son côté, se précipite sur les journaux. Et ce qu'il en lit le remplit de fureur. Il est assis à sa place habituelle dans le bar et tente de se contrôler au maximum. Bien évidemment, les trois piliers y vont de leurs commentaires.

— Il a raison, le flic, ce mec c'est un minable, énonce de façon catégorique le type avec les lunettes attachées par une cordelette.

Il est content d'avoir parlé en premier.

Les deux autres ponctuent dans la même veine et tout le monde tombe d'accord pour dire que, minable ou pas, il faut lui couper les couilles.

Lécuyer préfère regagner sa voiture pour pouvoir donner libre cours à sa fureur. Chaque journal consacre au moins une page entière au Magicien. On y voit une photo du Quai des Orfèvres. Il n'arrive plus à se contrôler. Sa fureur sort de sa bouche en longs cris de rage. Il donne des coups de poing sur son volant. La douleur le fait arrêter. Les démons sont particulièrement apaisants. *Calme-toi*, disent-ils, *laissent-nous réfléchir. Rassure-toi, tu n'es pas celui qui est décrit dans les journaux et à la radio, tu es beaucoup plus intelligent et puissant que ce que dit ce con de flic. On va trouver la parade.*

Le dimanche de Lécuyer est exécrable, à peine atténué par une partie de la nuit passée dans son tipi avec sa collection. Il en sort visiblement agité. Il passe sa langue sur ses lèvres sèches et craquelées et dit, convaincu, d'une voix blanche :

— Ce flic ne comprend rien du tout. Je ne suis pas celui dont il parle. Si j'étais inconsistant et ordinaire, je ne leur ferais pas si peur. Et je le sais, ils crèvent de peur. Tous.

Les démons applaudissent à tout rompre. Il se couche en chien de fusil sur son lit, les mains entre les genoux, et s'endort instantanément.

Une heure plus tard, ses rêves effrayants l'aspirent.

Le lundi matin, Mistral téléphone à sa collègue de la Brigade des mineurs. Ce service se trouve de l'autre côté de la Seine et occupe un bâtiment imposant du quai de Gesvres. Les fenêtres, qui donnent sur le fleuve, offrent une vue exceptionnelle que les policiers qui travaillent dans ce bâtiment ne voient même plus. Après les quelques phrases traditionnelles d'un début de matinée et le point sur l'enquête, Mistral entre dans le vif du sujet. Il veut savoir si la Brigade des mineurs travaille avec des psychiatres, et si Évelyne Girard peut lui en recommander un plus particulièrement. Le chef de la Brigade confirme qu'elle travaille à la fois avec des pédopsychiatres et avec des psychiatres pour les clients retors. Elle lui communique trois noms.

— Tu as Gosselin, qui est une pointure et qui est très recherché, ensuite Villard et Thévenot qui se valent et qui sont très bien aussi. On travaille avec celui qui est disponible. Tous font de l'expertise judiciaire. Elle lui communique les coordonnées des trois médecins.

Mistral consacre ensuite une partie de sa matinée à faire le point avec les équipes qui explorent des pistes pouvant conduire au Magicien. Il a eu également Dumont sur son téléphone mobile, qui lui a transmis son emploi du temps sur l'affaire Destiennes. Mistral a fait installer dans son bureau deux grands tableaux sur pied. Sur l'un, il a écrit au feutre bleu « LE MAGICIEN » et sur l'autre « DESTIENNES ». Au-dessous de chaque nom, les investigations faites, celles en cours et les supposées à faire. Mistral est assis dans son fauteuil, les pieds sur le bureau, une tasse de café entre ses mains. Il est attiré par la phrase, entourée de rouge, qu'il a écrite et qui se termine par un point d'interrogation : « Qu'emporte le Magicien de la scène de crime ? » Il est bien en peine d'y répondre, et ça l'agace. Il prend son bloc-notes sur lequel il a inscrit les coordonnées des trois psys fournies par le chef de la Brigade des mineurs. Il commence par Gosselin et tombe sur un répondeur automatique. Il raccroche sans laisser de message. Il poursuit par Villard qui est sur répondeur et finit par Thévenot également sur répondeur. Il ne laisse pas non plus de message.

Le Magicien est bien calé dans une série d'habitudes quotidiennes qu'il commence par l'achat du journal, le café à l'écoute des infos et des braillards de comptoir, et poursuit par son travail rapide et silencieux. Entre deux clients, il se réfugie dans sa camionnette où il peut enfin souffler, se sentant protégé, à l'abri des regards. Il écoute avidement les infos, et note qu'il est toujours question du Magicien. Les commentaires concernant son affaire ont changé ; il entend maintenant des experts, des médecins, des enfants, des représentants d'associations de protection de l'enfance qui s'épanchent. Il est réellement étonné par tout ça. Des analyses savantes sont faites sur la victimologie – un mot qu'il ne connaissait pas –, sur le comportement, sur les peurs, etc. Il se demande si ce qu'il entend, déversé en boucle à la radio, le concerne, et si c'est bien de ses affaires dont on parle. Il se surprend à penser que lui, le Magicien, pourrait donner son avis tout de même. Que tous ces gens parlent sans savoir.

Dans l'après-midi, il se trouve à quelques encablures de la rue d'Avron, et ne le réalise pas tout de suite. Mais son dos commence à lui picoter, ses mains à devenir moites et sa gorge à s'assécher, quand il se rend compte qu'il n'est qu'à quelques minutes de la rue où il avait vu l'enfant. Il fait des efforts de concentration chez son client et reste mutique. En sortant, il monte dans sa voiture et prend résolument la direction de la rue d'Avron, en faisant semblant de ne pas entendre les démons qui lui commandent de faire demi-tour.

Le Magicien est calme, il ne ressent pas cette sorte d'état de manque qui l'a poussé à commettre ses crimes. Il a tout simplement envie de revoir ce gosse. Ensuite on verra. Pour l'instant, il fait gaffe à sa conduite sous la pluie, qui est repartie de plus belle, après une heure ou deux d'accalmie. Il repère une place de stationnement dans la rue et décide que c'est de bon augure. Il commence à faire le tour du quartier à pied une première fois. Rien. S'attarde à l'arrêt de bus. Rien. Il passe ensuite par le passage où il avait vu le vieux avec son chien et son caddie donner à manger aux pigeons. Rien. Il refait un second tour en regardant dans les boutiques. Rien. Il retourne vers l'arrêt de bus. Rien. Ou plutôt un paquet de monde qui monte et descend d'un bus à l'arrêt. Après observation, rien. Il devient bien plus fébrile qu'il ne l'aurait imaginé. Il s'accorde encore dix minutes et après il repartira.

Il refait un tour et le voit alors dans une boulangerie. Il s'arrête pile, décidé à ne pas l'aborder, mais à le suivre. Il observe la vendeuse mettre une brioche au sucre dans un sachet en papier et la remettre à l'enfant. Celui-ci est seul et repart lentement, sans voir le Magicien qui s'est mis, comme pour se protéger de la pluie, dans l'entrée d'un vieil immeuble. Tout d'abord, il ne le quitte pas des yeux. Il le voit ensuite s'arrêter sous le pont qui surplombe la rue, et là, à l'abri de la pluie, manger sa brioche. Quand il a fini, il porte le sachet à sa bouche en inclinant la tête en arrière pour avaler les grains de sucre qui restent. Le Magicien l'observe sans respirer en pensant *moi aussi, j'aime manger le sucre comme ça.* Il se dit que cela pourrait lui servir pour entamer la discussion une prochaine fois.

L'enfant jette son papier dans le caniveau, le regarde quelques instants flotter puis disparaître dans une bouche d'égout, et part au petit trot. Le Magicien a failli se laisser surprendre. Il doit lui aussi se mettre à courir pour ne pas perdre sa cible, et n'aime vraiment pas ça. Le gamin ne court pas trop vite. Au bout de quelques minutes, il s'arrête, compose le code d'accès de la porte d'entrée d'un immeuble et entre. Avant qu'elle ne se referme, le Magicien a réussi d'un bond à maintenir le battant pour ne pas qu'il se referme complètement, et surtout ne pas se faire voir. Le Magicien est à l'extérieur, retenant la porte, écoutant chaque bruit. Il entend rapidement une porte claquer. Il entre alors dans le hall. En face, un ascenseur qui est au rez-de-chaussée, à droite un escalier.

Déduction du Magicien : le gosse n'a pas pris l'ascenseur, il doit habiter soit au premier, soit au rez-de-chaussée. Il monte silencieusement l'escalier et colle successivement son oreille contre les deux portes d'appartements du premier étage. Rien. Strictement aucun bruit. Il se risque au second. Rien. Il redescend alors et écoute à la seule porte du rez-de-chaussée. Un vague bruit de conversation et de musique. Il entend que quelqu'un est en train de composer le code d'accès de l'entrée. En une seconde, il se recompose l'attitude du petit homme accablé, attend que la porte s'ouvre puis croise la personne qui entre. Le Magicien est furieux d'avoir été ainsi dérangé. Il se poste sur le trottoir d'en face et observe. Il ne voit aucune lumière aux fenêtres du premier et du deuxième étage. Son attention se porte sur l'unique appartement du rez-de-chaussée, dont il voit de la lumière aux deux fenêtres sur rue. Au bout de quelques minutes, il aperçoit un type grand, voûté et maigre suivi de l'enfant. Ils s'assoient tous les deux à une table. Le gosse installe ses affaires de classe et commence à faire ses devoirs. Le type lit un journal.

La pluie tombe et il fait froid. La nuit est presque là dès cinq heures de l'après-midi. Le Magicien est trempé, mais il ne ressent absolument rien. De temps à autre, il essuie machinalement avec ses mains la pluie sur son visage, c'est tout. Les démons ont décidé de ne plus brusquer les choses et le tirent de sa pose statufiée. *Tu sais où il habite, maintenant ; pars, sinon tu vas finir par attirer l'attention des passants.* Le Magicien paraît se reveiller, il se remet progressivement en mouvement et, en quittant les lieux, jette encore un coup d'œil vers les fenêtres éclairées. Il se sent bien, apaisé. Il sait désormais où habite le gosse. Il pourra revenir à sa guise. Quand il le décidera. Il rejoint sa voiture en grelottant de froid. La tension est tombée d'un seul coup et il ressent maintenant le froid et l'humidité. Mais il s'en fout complètement. Il a réussi à retrouver sa future proie. Il n'est pas ce que les journaux et la presse appellent « quelqu'un d'inconsistant et d'ordinaire ». Il le leur prouvera la prochaine fois.

Il termine sa journée par deux clients qui s'obstinent à lui faire boire « quelque chose de chaud », voyant combien il est trempé. Il doit se forcer à accepter. Sa dernière cliente est une dame d'un certain âge qui n'arrête pas de parler. De temps en temps, il se fend d'un « oui » ou d'un « non », ce qui suffit à la dame pour être relancée. Elle enchaîne alors de plus belle. Il voudrait bien partir, mais sa boisson est si brûlante, et la dame insiste tellement pour qu'il finisse son bol qu'il reste encore une dizaine de minutes avant de pouvoir décamper.

En descendant l'escalier, après avoir murmuré un vague merci les yeux baissés, il convient que cette boisson chaude, du thé ou de la tisane, il n'en sait trop rien, lui a fait du bien. Avant de rentrer chez lui, il fait quelques courses pour le dîner dans la boutique d'une station-service où il a l'habitude de prendre son carburant. Les démons lui envoient quelques messages de prudence. Il les écoute aussitôt et regarde dans son rétroviseur pour voir s'il n'est pas suivi. Il redouble de vigilance, quand après avoir garé correctement sa voiture il termine à pied. Manifestement, il n'est pas suivi. Il n'a repéré aucun policier derrière lui. Il entre dans son vieil immeuble, et fait un dernier « coup de sécurité ». Il n'allume pas la lumière jaunâtre qui éclaire faiblement la petite entrée. Il reste posté, légèrement en retrait, invisible depuis la rue, derrière la vitre sale de la porte d'entrée, pour voir si personne ne s'approche. Enfin rassuré, il allume le hall, prend les deux courriers dans sa boîte aux lettres et rentre enfin chez lui, en murmurant d'une voix enfantine : « C'est Arnaud qui rentre et vous seriez fiers de lui si vous saviez ce qu'il a réussi à faire. »

Le Magicien pose ses courses sur la table, et sans enlever son caban ouvre les deux enveloppes. Il sait que c'est des trucs administratifs : les enveloppes ont été timbrées automatiquement, et son nom et son adresse sont sur des étiquettes adhésives. L'une émane du psy au nœud papillon qui lui fixe un rendez-vous dans trois jours à dix-huit heures trente. L'autre est du contrôleur judiciaire, un nouveau venu, qui le convoque le lendemain matin de sa visite chez le psy. Il a oublié qu'il devait voir aussi un contrôleur judiciaire. Il est fatigué de sa journée de travail et de la charge émotionnelle d'avoir retrouvé le jeune garçon de la rue d'Avron. Il a froid de nouveau. Les deux courriers le contrarient. Les démons sentent la colère qui est en train de le submerger et aussitôt prennent les commandes d'une voix ferme et forte. *Stop ! Calme-toi. C'est normal que tu reçoives ces lettres, et tu n'as rien à craindre. C'est toi le boss. Ne l'oublie pas. Tu sais manœuvrer Papillon, tu as ton papier. Récite-lui la leçon, il sera content. Chez le nouveau, fais comme tu as toujours fait. Embrouille-le, il n'y a aucune raison que ça foire.* Les démons lui répètent plusieurs fois le message. À la troisième ou quatrième, la colère est retombée. Il enlève alors son caban et ouvre la boîte de conserve qu'il a achetée.

Dans l'après-midi, Mistral a reçu le représentant d'une association d'enfants victimes, répondu téléphoniquement à trois ou quatre interviews de la presse écrite et radio, parlé avec le juge chargé de l'enquête et avalé quatre ou cinq cafés. Il reprend la feuille où sont inscrits les numéros de téléphone des trois psys. Toujours le répondeur pour les deux premiers. La secrétaire du troisième, Jacques Thévenot, décroche, écoute Mistral, dit que le médecin le rappellera quand il sortira de consultation. Ce qu'il fait près de deux heures plus tard. Mistral se présente, indique que ses coordonnées lui ont été transmises par Évelyne Girard de la Brigade des mineurs. La voix du psychiatre devient chaleureuse, il commence par quelques mots d'excuse.

— Je suis désolé de vous rappeler si tard. J'avais trois patients dans ma salle d'attente dont un en très grande détresse morale que j'ai dû faire hospitaliser d'urgence. Je voulais être tranquille pour vous parler. Que puis-je faire pour vous ?

— Je travaille sur une enquête difficile. Un type que l'on appelle le Magicien qui commet des homicides sur des enfants et...

— Je reconnais votre voix, et je connais l'affaire par la presse, l'interrompt le psy. Je vous ai entendu plusieurs fois sur les ondes. Dites donc, vous n'y allez pas de main morte avec le bonhomme. S'il vous entendait, je ne...

— Je voulais justement qu'il m'entende ou qu'il lise les journaux, l'interrompt à son tour Mistral. C'est calculé. C'est pour faire sortir le loup du bois.

— Tout dépendra de quand et comment il sortira du bois et ce que fera votre loup, poursuit Thévenot. Et vous m'appelez pour ?...

— Pour parler du Magicien, justement. Pourriez-vous me recevoir ? J'aimerais échanger avec vous quelques idées.

— Oui, pourquoi pas ?... Bien volontiers... Voyons voir... (Pendant que le psy répond, Mistral l'entend tourner des pages de son agenda.) Bien, j'ai, euh, un créneau jeudi, dans trois jours, en fin de journée. Est-ce que, disons... dix-neuf heures, cela vous conviendrait ?

— Oui, très bien.

— Vous avez l'adresse de mon cabinet ?

— Oui.

Mistral note dans son agenda le rendez-vous avec le psychiatre. Il a ensuite Dumont au téléphone qui lui fait un point sur l'enquête Destiennes. Mistral entend les frustrations dans la voix de Dumont qui supporte mal son autorité hiérarchique. Il range ses affaires et s'apprête à quitter le service quand Calderone le rattrape dans l'escalier.

— Je viens de recevoir les prélèvements du labo sur les vêtements du gosse de la rue Watt. Je les avais demandés en urgence, et ils ont fait vite.

— Vincent, vous m'avez l'air agité. Est-ce que, pour une fois, la science nous aurait donné un coup de main ?

— Peut-être. Vous voulez qu'on en parle maintenant, ou demain matin ?

Calderone a posé sa question d'un air détaché, avec un brin d'humour.

— Venez dans mon bureau, répond Mistral en souriant.

Mistral s'assoit dans un de ses fauteuils visiteurs et Calderone en face.

— Je vous écoute.

Calderone tient le rapport dans ses mains, et n'y jette pas un seul coup d'œil en faisant le point à Mistral.

— Souvenez-vous, le témoin a retrouvé le gosse à plat ventre, le visage tourné vers la droite. Il a essayé de l'asseoir, a compris qu'il était mort. Et quand on a retrouvé l'enfant, il était allongé sur le côté droit.

Mistral, très attentif, visionne la scène. Il hoche brièvement la tête.

— Les techniciens de scène de crime ont fait des prélèvements à l'emplacement où se trouvait le gosse, et sur un périmètre plus étendu. Résultat, uniquement de la poussière de ciment que l'on retrouve sur le devant et le côté droit des vêtements. Première conclusion du labo : la poussière n'est pas rentrée dans les fibres, ce qui signifie que l'enfant n'a pas été traîné mais simplement déposé sur le sol.

— Je comprends, dit Mistral. Le type s'est débarrassé du gosse dans la rue en le posant par terre. Ensuite...

— Sur le dos de son blouson, on retrouve des micro-fibres de velours bleu provenant peut-être d'un siège, et des poils de chat sur le bas de son pantalon. Demain, je fais vérifier si on trouve du velours et un chat chez son copain et ou chez ses parents. Dans le cas contraire... Mais ce n'est pas tout.

— Continuez.

Mistral devient plus attentif, sachant que le plus intéressant arrive.

— Le labo a retrouvé sur la manche gauche de son blouson deux choses. La première (Calderone lève son pouce droit), des traces infimes d'une colle qui sert à fixer des tubes en plastique et la seconde (il déplie son index droit), des traces, également infimes, d'une pâte qui sert à faire des joints pour des robinets. Voilà.

Les deux hommes restent silencieux quelques secondes. Mistral hoche de nouveau la tête en regardant d'un air entendu Calderone.

— J'ai compris. Demain, vous allez également vérifier si chez son copain ou chez ses parents il y a ces deux produits. Dans le cas contraire...

— Dans le cas contraire, continue Calderone, il a récolté ça dans la camionnette du Magicien. Le type avait dû prendre ses précautions, mettre une bâche ou un tissu quelconque. Mais dans la nuit, il n'a pas vu que la manche a frôlé une caisse à outils ou je ne sais quoi...

— Exact. Donc, si tout ce qu'on a tient la route, on peut retenir l'hypothèse que le Magicien – espérons que ce soit lui, parce que je n'ai pas envie de courir après plusieurs tueurs d'enfants – circulerait dans un véhicule utilitaire blanc et qu'il exercerait une profession utilisant ce type de produit.

— Comme les plombiers.

— Comme les plombiers, répète Mistral. C'est mince, mais si tout ça nous est confirmé demain, on n'aura jamais eu autant d'éléments sur ce type. Je reconnais que ça ne nous mène pas loin. Mais on a un début de quelque chose.

— C'est la première fois, reprend Calderone, que l'on peut écrire trois mots sur une page blanche le concernant, à part la vague description physique de monsieur tout-le-monde.

— Ça veut aussi peut-être dire qu'on en a fini avec la poisse qui collait à cette affaire !

L'espérance de Mistral est visiblement partagée par Calderone.

— Autre chose, Vincent, un type qui sait prendre autant de précautions pour ne pas laisser de traces a dû faire de la taule.

— Possible. Mais pendant sa première série de meurtres, il avait pris aussi un maximum de précautions. On s'était dit la même chose, qu'il avait dû goûter à la prison, mais bon... vous connaissez le résultat.

Les deux policiers se quittent le moral en hausse malgré ce très faible élément qui peut aussi les conduire nulle part. Ils le savent bien, mais pour l'instant, ils n'ont rien d'autre et veulent y croire. Mistral rentre chez lui sous la pluie en musique. Clara l'attend pour dîner et les enfants vont se coucher. Pendant un quart d'heure, il poursuit la lecture de l'histoire sur les pirates. Les enfants sont contents de voir que les pirates gentils ont l'avantage sur les pirates méchants.

— C'est toujours les gentils qui gagnent, pas vrai, papa ? questionne le petit.

Mistral a envie de lui répondre que les méchants gagnent parfois la partie, mais il est bien trop petit pour comprendre ce genre de subtilité.

— Tu as raison, bonhomme.

Clara et Ludovic restent un long moment à discuter. Elle parle de son parfum dont la réalisation est presque finie.

— C'est un assemblage de cent odeurs différentes, tout le dosage est dans la nuance. Mais je suis contente, tout le monde est pour cette base, maintenant il faut savoir quelle touche finale nous allons lui donner, quel nom et ensuite viendra le design du flacon.

— J'adore quand tu me parles de ton art, parce que moi je suis incapable de distinguer deux ou trois odeurs à la fois.

— Il faut remercier mes parents de m'avoir fabriqué un nez de la sorte, répond en souriant Clara. Raconte-moi ton Magicien. Tu progresses ?

Mistral lui parle du rendez-vous chez le psychiatre et le mince espoir qu'ils ont avec la découverte sur les vêtements par le labo. Il finit en disant :

— C'est mince, ultra-mince, même. C'est comme si tu mettais à l'eau une canne à pêche en roseau avec un fil et un hameçon pour les gougeons et que tu espères avec ça remonter un énorme brochet. Il ne va pas falloir que ça casse, en attendant d'avoir une solide épuisette.

18

Ce matin, la circulation est épouvantable autour de la gare du Nord. La pluie n'arrange pas les choses. Lucien Carmassol, chauffeur de taxi parisien et Aveyronnais de naissance, est imperturbable. Il vient chercher un client qui arrive de Bruxelles par le Thalys. Il connaît depuis quelques mois cet homme d'affaires belge qui, lorsqu'il vient à Paris, réserve Carmassol pour la journée. Cela convient parfaitement à l'Aveyronnais qui n'est pas acharné à faire des clients toute la journée. Cet artisan taxi n'a de comptes à rendre à personne qu'à lui-même et c'est déjà bien suffisant. Carmassol exerce ce métier depuis environ six ans. Il s'est acheté une voiture et une licence de taxi après trente ans passés comme fonctionnaire : il ne se voyait pas à la retraite dans sa maison aveyronnaise. Il adore sa région, y passe parfois deux ou trois mois d'affilée, mais il a envie d'être à Paris. Peut-être plus tard... Il vient de repérer une voiture qui quitte un stationnement pour aussitôt prendre sa place. Il a une demi-heure d'avance, descend de sa voiture, remonte le col de sa veste en velours et s'engouffre rapidement dans le grand hall de la gare récemment refait. Il a envie d'un café.

Lécuyer commence sa journée de travail chez un vieux type qui habite près de la gare du Nord. Douche cradingue.

Douche bouchée. Lécuyer s'en fout. Il utilise un acide puissant qui pulvérise toutes les saletés. Il change les joints des robinets du lavabo. Le vieux ne l'a pas quitté d'une semelle. Il est vraiment sale et il pue. Lécuyer s'en fout, il ne le sent même pas. En sortant, il voit que sa voiture est coincée par des camions de livraison. Les klaxons des gens exaspérés sont bloqués. Lécuyer range son matériel à l'arrière de la camionnette. Son regard est attiré par une grande toile cirée roulée qu'il avait dépliée quand il avait mis le gosse dessus. Leçon confirmée en prison : « Ne pas laisser de traces qui pourraient te faire identifier. »

Il réfléchit quelques secondes, prend la toile cirée et referme la voiture. Il se souvient avoir vu une benne dans une rue à côté. Elle sert à des ouvriers refaisant un immeuble pour mettre leurs gravats. En passant, il se débarrasse de la toile cirée. Son prochain rendez-vous est dans une heure. Inutile de poireauter dans la voiture. Sans savoir pourquoi, il se sent attiré par la gare. En pénétrant dans le grand hall, il se souvient de ce que disaient deux types quand il était en prison. C'était deux gars qui étaient attirés par les adolescents, pas des tueurs, mais qui recherchaient des fugueurs pour les emmener chez eux et avoir des relations sexuelles contre un repas et une nuit à l'abri. Les deux gars s'étaient fait copieusement casser la gueule et avaient été collés à l'isolement. Les pointeurs, dans le jargon des taulards, n'étaient pas aimés. Lécuyer leur apportait à manger et les écoutait parler. C'est là qu'il a appris que les paumés et les fugueurs se retrouvent dans les gares, et qu'il y a des gosses de plus en plus jeunes. Cette conversation lui revient maintenant et il sait pourquoi il se trouve dans la gare. Plus par curiosité que pour la chasse. Il n'en éprouve pas encore le besoin.

Lécuyer a un regard particulièrement développé, surtout lorsqu'il s'agit de débusquer ses proies. Après un ou deux lents passages devant les quais, là où les gens attendent, il a repéré trois garçons de douze ou treize ans assis sur un banc. Ils ont l'air de regarder les bagages des voyageurs. Lécuyer s'attarde pour observer leur manège. Au bout de quelques minutes, pas suffisamment hardis, ils renoncent à voler un sac qu'ils convoitaient et se séparent. Un seul garçon reste assis sur le banc, manifestement sans savoir que faire. Lécuyer se décolle légèrement du pilier contre lequel il est appuyé et s'approche, silencieux et en souplesse, du banc. Il y a une place de libre à côté. Il s'assoit lentement, les mains dans les poches de son caban. Les démons hurlent, lui commandant de partir. Il fait comme s'il n'entendait rien et saisit une pièce de monnaie qu'il triture un moment avant de la sortir de sa poche.

Carmassol avale la dernière gorgée de son café et avec sa cuillère racle le restant de sucre qui se trouve au fond de sa tasse et le porte à sa bouche avec une certaine gourmandise. Il regarde la pendule de la gare. Le train de Bruxelles arrive dans une dizaine de minutes. Il replie son journal, l'enfonce dans la poche de sa veste et range ensuite ses lunettes demi-lune dans leur étui. Sans se presser, il va vers le quai. Carmassol est un homme relativement massif, les cheveux gris très courts, un visage ridé et des yeux bleus. Il a les deux incisives supérieures légèrement écartées. Les dents du bonheur, dit-on. Il porte un costume en velours gris avec gilet, et ses mains tiennent les revers de sa veste. Si on le déplaçait tel quel, à la foire de Laguiole, on le prendrait pour un acheteur de bestiaux, ressemblant parfaitement à tous les autres paysans aveyronnais. Toute sa vie, il a mis un point d'honneur à ne pas se départir de ce qu'il revendiquait. « Je suis né avec les éleveurs de brebis, et je resterai ainsi », se plaît-il à dire avec son accent rocailleux.

Il plante une allumette dans un coin de sa bouche pour la mâchouiller. Carmassol ne fume pas mais a toujours des allumettes sur lui qu'il aime mettre dans sa bouche. En attendant son client, il regarde autour de lui, machinalement. Il promène son regard bleu sur les gens et les choses, avec une acuité particulière dont il n'arrive plus à se départir. Quand pendant trente ans on a regardé, observé, cherché, examiné, fouiné, surveillé, il en reste forcément quelque chose. Trente années de Police judiciaire ! Carmassol y songe souvent. Il a terminé chef inspecteur divisionnaire. Maintenant, on dit commandant fonctionnel. Trente ans à la PJ parisienne. Début : au milieu des années soixante, fin : au milieu des années quatre-vingt-dix. Il aime Paris, il aime sa liberté, il fait le taxi pour être dehors. De temps à autre, il va casser la croûte avec des anciens.

Le Magicien a sorti sa pièce de monnaie et la fait virevolter entre ses doigts. Sans bouger son bras posé sur sa cuisse gauche. Avec des mouvements tellement incroyables qu'ils semblent animés d'une vie propre : les doigts n'obéissent pas à leur propriétaire. La pièce, elle aussi, paraît complètement autonome. On dirait que les doigts et la pièce jouent ensemble. Le Magicien ne regarde pas sa main. Il regarde devant lui, son regard balayant lentement la foule. Le jeune garçon, assis à sa gauche, regarde la main du Magicien les yeux écarquillés. Il a envie d'attraper la pièce pour savoir si elle est vivante.

— Ouaaah, comment tu fais ça ?

Le Magicien ne répond pas, très calme, continuant son tour d'adresse et regardant toujours autour de lui. Il a entendu la phrase magique, il est fier de lui. *HAR-PON-NĒ*, se dit-il en détachant bien les syllabes. Sa main replonge dans la poche du caban, et à la place de la pièce, trois dés apparaissent. Il fait, de nouveau, danser à ses doigts et aux dés une infernale sarabande. Le gosse ouvre des yeux gros comme des soucoupes. Le Magicien regarde autour de lui, économe dans ses mouvements, il bouge à peine la tête.

Carmassol agit à peu près de la même façon, sans vraiment chercher à détecter quoi que ce soit. Son regard passe d'abord sur un agent de la SNCF non loin de lui qui se gratte consciencieusement l'oreille avec un trombone. Puis sur un type debout à quelques mètres de lui qui lit le journal, une valise entre ses jambes. Il balaye ensuite le banc où, à une quinzaine de mètres, sont assis l'enfant et le Magicien. Il glisse dessus sans voir. Son cerveau, ayant dû enregistrer une image inhabituelle, fait revenir en arrière le regard de Carmassol qui se stabilise sur un enfant d'une douzaine d'années : un jeune fugueur, diagnostique-t-il automatiquement. Il voit que l'enfant a la tête baissée vers les mains de l'adulte à côté de lui. Son regard se bloque sur les mains du petit bonhomme qui fait danser des dés à une allure folle. Il est étonné d'une telle agilité et reste lui-même stupéfait pendant quelques secondes. Il lève les yeux vers le type vêtu d'un caban bleu marine, et leurs regards se croisent.

Le Magicien détaille la foule et ses petits yeux noirs extrêmement perçants s'arrêtent sur un type massif qui bouffe une allumette. Il croise le regard du type, une demi-seconde, qui aussitôt détourne les yeux. *Drôle de regard*, pense le Magicien. Carmassol s'en veut d'avoir croisé le regard du type. *C'est un drôle de mec*, pense-t-il, impressionné par ce regard noir perçant chargé d'autant de haine. Il fait comme si de rien n'était, se détourne et se déplace de quelques pas vers le début du quai.

Le Magicien range ses dés, se lève sans un mot et, sans un coup d'œil au môme, s'éclipse dans la foule. Il scrute le dos de ce type au costume de velours, qui est bientôt rejoint par un autre gars vêtu d'un costume sombre et d'un manteau, portant une sacoche. Il suit des yeux les deux hommes. Il voit le type au costume de velours jeter un bref coup d'œil vers le banc où il se trouvait quelques minutes plus tôt, ce qui lui déplaît fortement. Carmassol et son client sortent rapidement de la gare. Le Magicien observe celui qui l'inquiétait se diriger vers un taxi, ouvrir la porte arrière droite au passager. Avant de rentrer dans la voiture, l'homme balaye une dernière fois du regard les entrées de la gare. Le Magicien, surpris, fait un bond de côté, pour se dissimuler derrière un groupe. Il n'en est pas bien sûr, mais il lui semble que ce brusque mouvement a attiré l'attention du type. Le taxi démarre enfin et se perd dans la circulation. Le Magicien a le cœur qui tape à deux cent cinquante à l'heure. Angoissé, il s'affale dans sa voiture, en proie aux doutes. Si ce mec n'avait pas pris la place du conducteur dans le taxi, il aurait juré que c'était un flic. Il écoute sans rien dire les démons le sermonner violemment. Il se dit aussi que cette gare pourrait être un terrain de chasse. Il se promet d'y revenir, mais d'être plus prudent.

Carmassol dépose son client au quartier d'affaires de La Défense et l'attend. Il a pensé à ce curieux type pendant le trajet qui, il en est presque sûr, s'est planqué derrière des voyageurs quand il a regardé vers la gare. Il laisse une radio musicale en sourdine et déplie son journal sans vraiment avoir envie de le lire. Ses yeux accrochent un article où une journaliste a questionné des mères de famille pour savoir si elles laissent rentrer seuls leurs enfants de l'école. L'une d'elles répond que, depuis cette histoire de Magicien, il n'en est plus question. Carmassol parcourt la suite de l'article, pose son journal sur le siège passager et prend une nouvelle allumette. Au bout d'une dizaine de minutes, il chausse ses lunettes, sort de sa poche un vieux carnet en cuir pour y chercher un numéro. Il prend son téléphone portable en marmonnant : « Comment on faisait avant quand on n'avait pas ces machins ? », regarde une nouvelle fois son carnet et compose un numéro. À la cinquième sonnerie, une voix masculine impatiente répond :

— Brigade criminelle, j'écoute.

— Je souhaiterais parler au commissaire Dumont, je vous prie.

— Je vais voir s'il est là. Vous êtes ?

— Lucien Carmassol, je suis un ancien inspecteur divisionnaire et je…

— Quittez pas.

Quelques secondes plus tard, une voix enjouée répond :

— Lucien, ce n'est pas possible ! Qu'est-ce qui t'amène ?

— Comment vas-tu, Cyril ? Ça fait combien de temps que je ne t'ai pas vu ? Trois ans ? Quatre ans ?

— Quatre bien tassés ! Je reconnaîtrais ta voix entre mille. Où es-tu, dans l'Aveyron ou à Paris ?

— Toujours à Paris, mon ami. Dis voir, c'est toi qui t'occupes du gars qu'on appelle le Magicien ?

— Exact, tu ne t'es pas gouré. Pourquoi ?

Dumont, connaissant la valeur professionnelle du bonhomme, se fait très attentif.

— Il faudrait que je te parle d'un truc. J'ai vu un mec ce matin qui m'a fait une drôle d'impression à la gare du Nord.

— Qu'est-ce que tu entends par là ?

— Un mec l'air mauvais, qui faisait des tours de dés à côté d'un môme. C'est peut-être rien.

— On peut toujours en discuter, après on verra. T'es libre à déjeuner ?

Dumont veut en savoir plus et tout de suite.

— À dîner seulement, je suis avec un client toute la journée.

— D'accord, à dîner. T'as une adresse ?

— Un bougnat derrière la gare de Lyon. Vers huit heures et demie si tu peux.

— D'accord, Lucien. À tout à l'heure.

Dumont raccroche, pensif.

— Un problème ?

C'est son adjoint qui lui a posé la question.

— Non, pas du tout. Le type qui m'a appelé est un ancien inspecteur divisionnaire. J'ai bossé avec lui quand j'ai débarqué à Paris, une vraie pointure ! Il m'a appris mon boulot de flic. Malgré les mutations et mon concours de commissaire, on est toujours restés en relation. Ça faisait un bail que je ne l'avais pas eu au téléphone. On va se faire un petit gueuleton ce soir, histoire de discuter de tout et de rien.

En fin de matinée, Mistral obtient confirmation des déductions de Calderone. Les poils de chat découverts sur le pantalon du môme provenaient du matou de son copain, de même, les fibres de velours bleues étaient celles que l'on retrouvait sur un canapé chez le copain. En revanche, il n'y avait aucune colle ou produit pour réparer les joints chez ses parents ou chez son copain. La piste ultra-mince évoquée par Mistral et Calderone est privilégiée. De toute façon, il n'y a que celle-ci à exploiter.

Le gosse a dû être embarqué dans un véhicule utilitaire dans lequel traînait ce genre de produits. Un lieutenant passe la tête dans l'entrebâillement pour dire que les plombiers et les réparateurs en tout genre se chiffrent à plusieurs milliers, Paris et les départements limitrophes compris. Calderone remercie le lieutenant d'avoir fait rapidement la recherche. Mistral complète le tableau du Magicien avec ces éléments.

Une heure plus tard, un message d'Interpol arrive, indiquant qu'aucun mode opératoire correspondant à celui détecté en France commis par un individu sous le pseudo du Magicien n'a été relevé dans les autres pays. Mistral complète de nouveau son tableau avec cet élément et écrit à côté en rouge : « Qu'a fait le Magicien pendant douze ans ? »

Dans l'après-midi, Mistral et Dumont ont une longue conversation. Tout d'abord, l'affaire Destiennes. Dumont indique que les lignes branchées sur les téléphones du personnel de la vieille dame tournent depuis le début de la matinée et qu'ils vont bientôt poser quelques questions, histoire de les inquiéter, pour voir comment tout ce joli monde réagit. Mistral approuve. Il passe ensuite au Magicien en rappelant à Dumont qu'il ne doit pas oublier sa mission initiale de vérifier les homicides commis pendant la première campagne de meurtres du Magicien. À sa grande surprise, Dumont confirme que tant qu'il n'est pas dans une phase cruciale dans l'affaire Destiennes, il laisse son groupe agir, dirigé par un commandant expérimenté. Il va donc reprendre ses recherches. Dumont ne dit pas un mot sur l'appel téléphonique de Carmassol.

Dumont a eu en fin d'après-midi confirmation de l'adresse du bougnat de la gare de Lyon. Quand il arrive au restaurant, Carmassol est appuyé contre le zinc, discutant avec le patron. Entre les deux hommes, une grosse assiette de charcuterie et du vin rouge. Carmassol et Dumont se serrent la main chaleureusement. Après le vin rouge et la charcuterie pris avec le patron au comptoir, les discussions qui portent sur tout et rien, les deux hommes s'installent à une table éloignée des autres clients.

— Alors, commence Lucien, est-ce que tu as toujours ton fichu caractère ?

— Comment veux-tu que je change ! Ce n'est pas à quarante ans que je vais me refaire. Et toi, tu te plais toujours avec ton taxi ?

— Plus que jamais. Je travaille quand je veux, je me balade, et je ne suis pas obligé de rester chez moi avec ma femme toute la journée. Quand on sera vieux, je ne dis pas. Enfin on verra...

Le patron vient leur apporter une marmite de tripous et des pommes de terre.

— Goûte-moi ça, camarade, après on parlera boulot.

Carmassol coince une serviette de table au col de sa chemise, il sort ensuite de sa poche son couteau de Laguiole, à la lame très mince à force d'avoir été aiguisée, et coupe le pain. Les deux hommes parlent de l'Aveyron, des plats régionaux, du vin. Dumont sait que Carmassol, en bon paysan matois, attendra d'avoir le ventre plein pour entrer dans le vif du sujet, ce qu'il fait quand il enlève sa serviette et repousse son assiette. Dumont attendait ce moment avec impatience, mais il ne brusque pas le bonhomme.

— Tu m'as dit que tu t'occupais du Magicien, ce matin, commence Carmassol. J'ai regardé les journaux des deux ou trois derniers jours que j'avais conservés et ils ne parlent que d'un certain Mistral. J'ai même vaguement entendu une interview de ce Mistral, mais sans vraiment y faire attention.

Carmassol braque sur Dumont ses yeux bleus intelligents et rieurs.

— Ouais, c'est normal. Mistral, c'est le numéro deux qui se prend pour le numéro un. Donc, c'est lui qui communique. Et comme il aime ça, il ne parle que de lui.

Moue compréhensive de l'Aveyronnais qui poursuit :

— Le Magicien, ce n'était pas le gars qui trucidait des gosses au début des années quatre-vingt-dix ? C'est toujours le même ?

— Normalement, oui. Personne ne sait ce qu'il est devenu pendant ces années. Peut-être qu'il était en taule, ou malade, on n'en sait rien. Bref, il remet le couvert, et on a zéro bille.

Dumont dessine dans l'air, avec ses deux mains, deux zéros.

Carmassol se sert un verre de vin qu'il boit avec calme, ensuite il coince une allumette dans le coin droit de la bouche et reprend avec son accent rocailleux.

— Ce matin, j'ai vu un drôle de zig à la gare du Nord. Comme je te le disais, un petit mec, très mince, avec des flingues à la place des yeux, qui maniait des dés comme je n'ai jamais vu le faire. Il n'avait qu'un seul spectateur, un gosse d'une douzaine d'années. Un fugueur, sans doute.

— Pas mal, Lucien, je vois que tu n'as pas perdu la main, toujours bon pied bon œil. Le signalement du gars correspond à celui qu'on a. Ça pourrait coller. Et le gosse, c'est la tranche d'âge dans laquelle il chasse. Qu'est-ce qu'il a fait d'autre ?

— Pas grand-chose. Nos regards se sont croisés et je n'ai pas aimé. Il avait l'air de surveiller les alentours. Sa main faisait ses tours de magie toute seule, et il ne parlait même pas au môme, il avait d'ailleurs l'air de s'en foutre.

— Tu l'as vu partir ? Seul ? Avec le gosse ?

— Cyril, je ne suis pas complètement gâteux, si j'avais vu partir le gars avec le môme, je serais aller lui poser quelques questions. Non, il n'est pas parti avec le gamin. Je suis allé chercher un client qui arrivait, et quand j'ai jeté un coup d'œil sur le banc, le type avait disparu, et le gosse y était toujours. Mon taxi était garé pas très loin de l'entrée, j'ai regardé, comme ça, machinalement, avant de monter dans la voiture, et il m'a semblé que ce type m'avait suivi et qu'il se planquait derrière une file de voyageurs.

— Effectivement, ça fait pas mal de convergences ce que tu racontes.

— Bon, alors, est-ce que c'est utile que je vienne pour faire un portrait-robot ?

Bordel, se dit Dumont, *nous y voilà. Je suis bagué, il ne faut pas qu'il mette les pieds à la Crim'*.

— Je me demande si ça vaut la peine… commence péniblement Dumont, qui pose sur la table un carnet et un stylo. Décris-le-moi d'abord et ensuite on en reparlera.

En flic méticuleux, Carmassol s'applique à détailler aussi fidèlement que possible le bonhomme. Dumont pose des questions très précises et Carmassol répond, ou bien dit : « Je ne sais pas. » Dumont souligne d'un double trait *un caban bleu marine* quand vient la description vestimentaire du gars.

— À première vue, ce n'est pas très utile que tu viennes pour le portrait-robot. Je te ferai voir les autres portraits à l'occasion, mais ils ne sont vraiment pas fameux, au mieux notés 10 sur 20. Parle-moi maintenant de la gare du Nord. Où ils étaient, etc.

— Tu veux que je t'emmène voir ? propose l'Aveyronnais.

— Maintenant ?

— Pourquoi pas ? Mais avant, on se prend du roquefort pour finir avec le vin et on se boit un café.

Les deux hommes sortent du restaurant sous la pluie. Carmassol propose à Dumont de l'emmener avec son taxi. Ce soir-là, à vingt-trois heures gare du Nord, une autre faune a pris possession des lieux. Beaucoup de sans domicile fixe agglutinés les uns contre les autres. Quelques groupes de trois ou quatre jeunes gars sillonnent le quartier, prompts à chercher la baston. Le grand hall de la gare est presque vide. Carmassol désigne à Dumont le banc où se trouvaient le gosse et le type. Dumont regarde partout, le nez en l'air.

— Tu cherches une planque ?

— Mieux que ça. Il y a des caméras. Je viendrai voir si elles enregistrent.

— Bonne idée. Mais t'emballe pas trop vite, c'est peut-être pas lui.

— Ouais, mais bon, faut qu'on vérifie. C'est toi-même qui me l'as appris.

En ressortant de la gare, ils traversent un groupe de jeunes SDF avec des chiens qui font la manche de manière légèrement agressive. Dumont, sans parler, ouvre son blouson pour leur faire voir qu'il est armé. Le groupe s'écarte sans rien dire. Sur le chemin du retour, les deux hommes parlent de tout et de rien. Ils échangent leurs numéros de téléphone mobile.

— Merci pour tout, Lucien.

— C'était un plaisir, mon gars. Salut !

19

Les deux jours écoulés n'apportent rien de plus aux enquêtes, que ce soit sur le Magicien ou sur l'affaire Destiennes. Dans cette dernière affaire, les policiers, casque sur les oreilles, essaient de savoir ce qu'ont dans le ventre les différentes personnes branchées. Ils affinent leur stratégie avant de passer à l'offensive.

Le Magicien se tient à carreau et se contente de bosser sans retourner rue d'Avron ou à la gare du Nord. Il s'est fait passer un savon en règle par les démons et n'a pas moufté.

Le matin du troisième jour, les choses se gâtent. Le Magicien commence pourtant sa journée de manière classique : journal, café, commentaire de l'actualité par les piliers de comptoir. Rien aux infos, donc les potins sportifs gueulés plein pot par la télé. En sortant, toujours pas la vieille avec ses cheveux blancs et noirs en damier qui hurlait après lui. Une pluie fine tombe de nuages noirs et bas et à huit heures du matin, le jour a du mal à décoller. Le Magicien a relevé haut le col de son caban et descend, les mains dans les poches et la tête rentrée dans le cou, la rue des Cinq-Diamants. Il a remis ses lunettes de soleil parce qu'il ressent le besoin de planquer son regard. C'est alors qu'il la reconnaît, un sac en plastique sur la tête pour se protéger de la pluie, et un gros baluchon dans la main droite. La vieille avance tête baissée, parlant toute seule de sa voix carbonisée. Le Magicien se retourne, personne derrière ; il regarde le trottoir d'en face, personne devant ; il lève la tête vers les fenêtres, personne en haut, pas de voiture non plus. Ce temps de merde est en fait un allié.

Sans rien changer à son allure, il fait glisser son tournevis de sa manche droite vers sa main droite sans bouger son bras et infléchit légèrement sa trajectoire vers la gauche du trottoir. La vieille se trouve maintenant à environ quatre mètres du Magicien quand elle lève la tête. Elle voit son visage inexpressif dont le regard est masqué par des lunettes de soleil. Elle devine instantanément les yeux incroyablement mauvais qui sont planqués derrière. Et elle a une peur absolue. Elle gonfle ses maigres poumons pour hurler « le diable ». Elle n'a pas le temps de finir qu'elle se sent harponnée par quelque chose de froid et dur qui lui fait exploser le cœur en moins de deux secondes. Le Magicien a bloqué la vieille contre lui. Il la retient debout, fermement, la plaquant contre lui avec sa main gauche, pendant que la droite maintient le tournevis planté. Cet étrange ballet immobile, où de loin on dirait un homme et une femme étroitement enlacés, sans violence, est la rencontre avec la mort pour la vieille qui expire une trentaine de secondes plus tard, dans la rue des Cinq-Diamants. Le Magicien sent que la vieille ne bouge plus, il l'accompagne doucement au sol entre une voiture en stationnement et un parcmètre. Il n'a pas eu de geste d'humanité particulier en la retenant, mais, pense-t-il, les mouvements brusques peuvent toujours attirer l'attention.

Il continue son chemin sans se retourner. La vieille fait corps avec son baluchon, et sa position contre la voiture en stationnement n'attire pas immédiatement le regard. Arrivé au bas de la rue, le Magicien rince son tournevis dans le caniveau qui charrie l'eau de pluie, l'essuie vaguement avec sa main gauche et le replace dans sa manche droite. Sa voiture est stationnée boulevard Blanqui. Il s'assoit calmement, passe ses deux mains dans les cheveux, met sa ceinture de sécurité et démarre tranquillement. Son premier client est boulevard du Montparnasse.

L'information de la mort de la vieille aux cheveux blancs et noirs est arrivée à l'état-major de la Police judiciaire environ une demi-heure plus tard, par deux employés de la ville qui nettoyaient les trottoirs. L'officier de permanence a respecté les consignes à la lettre. S'agissant d'un homicide, il a avisé tout d'abord la permanence de la Brigade criminelle, et comme il ne s'agissait pas d'un enfant, ni de près ni de loin, il n'a pas tiré la sonnette d'alarme et a appelé la troisième division de Police judiciaire avenue du Maine dans le XIVe arrondissement[1].

Deux officiers se sont rendus sur les lieux. Une voiture de police de l'arrondissement avec la rampe lumineuse en action les attendait. Devant est stationné le petit camion pompe de couleur verte avec les deux employés qui ont découvert le corps. Le constat est vite fait, confirmé par un médecin des pompiers qui a été également appelé : la vieille aux cheveux blancs et noirs s'est, à première vue, pris un coup de lame de bas en haut qui lui a traversé le cœur de part en part. Pesant à peine une quarantaine de kilos, la lame est entrée sans rencontrer d'obstacle.

Deux autres policiers rejoignent leurs collègues pour faire l'enquête de voisinage dans la rue des Cinq-Diamants. Enquête rapidement réalisée. La plupart des gens connaissaient la victime, tous sont scandalisés, mais personne n'a vu ni entendu quoi que ce soit. À dix heures, le corps d'Irène Meunier, soixante-cinq ans – c'est ce que dit sa carte d'identité –, sans domicile fixe, est conduit à l'Institut médico-légal, 2, place Mazas à Paris XIIe par un car de police. L'autopsie suivra dans les vingt-quatre heures. Les policiers regagnent leur base pour informer le substitut de permanence et rédiger leurs actes. L'un d'eux informe l'état-major,

1. Il s'agit de la division de la PJ qui couvre la rive gauche de la Seine.

qui répercute le message à la Brigade criminelle. Le message arrive dans la corbeille de Dumont qui, après l'avoir lu en diagonale inscrit : « Pourquoi on l'a tuée ? » puis « Vu » suivi de ses initiales. Mistral reçoit l'information, souligne le « Pourquoi on l'a tuée ? » et appose également « Vu » suivi de ses initiales.

Le Magicien bosse toute la journée en évitant les zones à tentation. En fait, il pense à sa rencontre avec le psy au nœud papillon. Il a un peu sondé les démons, mais ceux-ci ont à peine répondu aux sollicitations, désapprouvant le meurtre de la vieille dame. Il essaie de les convaincre qu'elle représentait un danger pour lui. Il sait qu'elle l'avait percé à jour. Les démons ont eu le dernier mot en disant : *Dans ce cas, tu n'avais qu'à changer de quartier pour prendre ton café et pas nous faire chier pour savoir quoi faire maintenant.* Fin du match. Le Magicien termine sa journée silencieux, concentré et plus tendu qu'il ne voudrait l'admettre, à l'idée du rendez-vous chez le psychiatre. À dix-huit heures, avec une demi-heure d'avance, il se gare presque en face de la porte d'entrée de l'immeuble où le psy a son cabinet.

Il ouvre en grand la vitre de la voiture pour respirer et ferme les yeux pour se remettre dans la peau du petit homme accablé. De temps en temps, une rafale de vent précipite des gouttes de pluie par la vitre ouverte sur son visage, ce qui lui fait du bien. Il sort de sa voiture, renverse sa tête en arrière et, les yeux fermés, laisse la pluie le mouiller. Quelques instants plus tard, il rentre dans sa voiture, passe ses deux mains sur son visage puis ramène ses cheveux en arrière. Il s'essuie sur son pantalon et prend le petit texte qu'il a rédigé sur les conseils des démons. Il se rend compte qu'il le connaît par cœur et ça le rassure. À dix-huit heures vingt-cinq, il sonne à la porte du cabinet. La secrétaire le fait patienter, et il reste debout dans la salle d'attente. À la demie pile, elle le conduit dans le bureau du médecin.

Le Magicien avance à petits pas, col du caban baissé, épaules rentreés, tête dans les épaules, bouche affaissée et projecteurs de haine éteints. Il joue le rôle du type impressionné par ce bureau luxueux, aux meubles d'acajou, et à la lumière tamisée. Il reste debout, les pieds plantés dans un épais tapis, attendant que le médecin le convie à s'asseoir. Il pose ses fesses sur le bord de la chaise. Jambes serrées, pieds joints, attitude soumise, il attend que le médecin parle. Toute son attitude dit : « Excusez-moi de vous déranger. » Le médecin a posé sur son sous-main les notes concernant Lécuyer. Il est confortablement assis dans un grand fauteuil de bureau en cuir et se balance légèrement d'avant en arrière, observant Lécuyer avant de parler. Il regarde sa pendule. C'est son dernier client, et à dix-neuf heures, il a rendez-vous avec le policier.

— Comment ça va depuis la dernière fois ?

Lécuyer hoche la tête avant de confirmer d'une petite voix :

— Plutôt bien.

— Parfait, enchaîne le psy. Avant de poursuivre, il plaque sa mèche de cheveux sur son crâne. Dites-moi, j'aimerais que l'on revienne un peu en détail sur votre parcours.

Nous y voilà, pense aussitôt Lécuyer. *Tu n'as rien à craindre*, lui rappellent les démons. *Nous sommes là*. Lécuyer, soulagé, attend que le psy pose sa question.

Pour l'instant, il visse et dévisse le capuchon de son gros stylo encre. Lécuyer interprète cela comme de la concentration. Il voit le psy avec son nœud papillon relire la fiche qu'il a sous les yeux. Il aimerait bien savoir ce qu'il y a dessus. Thévenot est en train de parcourir une nouvelle fois ses notes : « Mérite qu'on s'y intéresse – Beaucoup de travail à faire – Personnalité très complexe. A vécu un traumatisme. Lequel ? Personne âgée – lien avec la mère ? Reprendre l'histoire de sa famille racontée en prison – à vérifier cette partie, semble avoir des incohérences – pompe amorcée. »

— J'aimerais que vous me parliez de votre enfance, de votre petite enfance, l'encourage d'un sourire nœud papillon.

— Par quoi je commence ? murmure Lécuyer.

— Eh bien, par ce dont vous vous souvenez en premier, quand vous étiez petit.

Lécuyer fait mine de réfléchir profondément et démarre lentement, très lentement son histoire qu'il connaît par cœur. Il débite tout un tissu d'âneries d'une voix hésitante comme s'il cherchait à se remémorer des souvenirs particuliers. Le psy prend quelques notes, fronce parfois les sourcils, souligne des mots. Ce qui inquiète néanmoins Lécuyer. Les démons tentent de le rassurer.

Le psy, regardant la pendule qui indique dix-huit heures cinquante, referme définitivement son stylo, tamponne le carton de Lécuyer et le raccompagne vers la sortie. En revenant vers son bureau, le médecin, songeur, se tapote les lèvres avec l'index droit. Il prend une feuille qu'il partage en son milieu dans le sens de la longueur. À gauche, il écrit : « Histoire en prison. » À droite : « Histoire au cabinet. » En cinq minutes, il remplit chaque colonne de quelques lignes. Manifestement, il n'est pas satisfait. Il plie la feuille en deux, la range dans le dossier LÉCUYER et met le tout dans un classeur suspendu dans une armoire qu'il referme.

Le Magicien sort du bureau soulagé. Il s'assoit dans sa voiture, incapable de démarrer sur-le-champ, les jambes flageolantes. Il a conscience qu'il livre une bataille périlleuse, et qu'il en a encore pour un paquet de temps. Progressivement, il récupère. Les démons approuvent ce qu'il a raconté. Tout va pour le mieux, et en plus il ne se souvient presque plus de la vieille dame qu'il a plantée rue des Cinq-Diamants. Il lance le moteur, met un coup d'essuie-glace avant de démarrer. Son regard bloque sur un type qui marche sur le trottoir, face à lui. C'est un grand type, brun, habillé classe, avec un petit cartable noir en cuir souple. Le type ralentit, regarde le numéro de la rue, monte les trois marches qui le séparent de la double porte vitrée et de l'interphone. Il le voit appuyer sur la sonnette en bas à gauche, celle du psy. Il donne son nom à l'interphone, mais le Magicien ne l'entend pas. La porte se déverrouille dans un bourdonnement et le type entre dans le hall éclairé sans se retourner. Lécuyer allume les codes, met sa ceinture de sécurité, clignotant gauche, démarre en souplesse et rentre chez lui.

Le psy s'assoit dans un fauteuil visiteur, Mistral en face de lui.

— Mistral, commence-t-il, comme le poète ?

— Comme le vent aussi. Je suis provençal.

— Ludovic, en revanche, on n'est plus en Provence.

— Ma mère a tenu à m'appeler ainsi. Elle ne m'a jamais dit pourquoi. Donc toutes les suppositions sont permises.

Mistral est amusé par l'entrée en matière.

— J'aurais été déçu, poursuit Mistral en souriant, si je n'avais pas vu un divan. Le fameux divan du psy ! Et je dois dire que le vôtre est plutôt luxueux.

— C'est impossible de ne pas avoir un divan quand on est psy, cela fait partie du mythe. Je vais vous faire une confidence, je ne l'utilise que cinq ou six fois par semaine, au grand maximum. Les patients préfèrent les sièges sur lesquels nous nous trouvons. Le plus grand utilisateur, c'est moi ! Après déjeuner, j'ai souvent un coup de barre et ce divan est formidable pour une petite sieste.

— À part vous, qui va sur le divan ?

Mistral pose cette question sur un ton humoristique. Il le trouve plutôt plaisant ce psy.

— Je dirais, démarre le psy d'un ton docte, ceux qui se font une idée de la psychiatrie au travers des écrits, de la télévision, du cinéma américain où ils ont toujours vu le psy et son divan. Je suis sûr que les patients que je reçois seraient extrêmement déçus si je n'en avais pas un, même si eux ne l'utilisent pas.

— À ce point ?

— Je vais vous raconter une anecdote et après vous me direz pourquoi vous avez voulu me voir. J'ai un collègue qui assure deux ou trois matins par semaine des consultations dans un dispensaire. Son cabinet est meublé du strict minimum. Un bureau, deux fauteuils, une armoire avec ses dossiers, le tout en métal vert foncé, pur style administratif des années 50. Point. La plupart de ses patients lui ont demandé pourquoi il n'avait pas de divan. Il marmonne de vagues explications. Un jour, il en a eu marre qu'on lui pose mille fois cette question. Il a récupéré une vieille table de gynéco qui traînait dans un coin, l'a recouverte d'une sorte de couverture rouge, et l'a collée dans son petit bureau. Il n'a plus jamais eu de remarque, et d'après lui, ses patients ont l'air contents d'être chez un psy qui a un divan. Donc un vrai psy. Maintenant, que je puis-je pour vous ?

— J'ai souhaité vous rencontrer pour parler, pour avoir votre avis sur le meurtrier d'enfants que l'on a nommé le Magicien. Six enfants assassinés et deux tentatives. Il s'est arrêté brusquement il y a une douzaine d'années. Il vient de réapparaître, aussi soudainement qu'il avait arrêté, il y a environ trois semaines en commettant d'abord une tentative de meurtre, puis en passant à l'acte il y a quelques jours.

Le psy a écouté, très concentré, Mistral.

— C'est nouveau que la police fasse ce type de démarche ! s'exclame le psy. C'est, pour ma part, la première fois que je rencontre un policier venant exposer une affaire. C'est intéressant.

— En fait, j'ai passé quelques mois aux États-Unis, au FBI, et les agents fédéraux ont fréquemment recours à ce genre de démarche. J'ai pensé qu'en France aussi on pourrait s'inspirer de cette méthode, échanger avec des psys.

— Je suis entièrement d'accord avec vous.

— Tout d'abord, à part ce que je viens de vous dire sur le Magicien, est-ce que ce personnage vous dit quelque chose ?

— Oui, bien sûr. Comme je vous l'ai dit au téléphone, je connais l'histoire du Magicien. C'est une histoire absolument effrayante. Nous en avions parlé avec quelques confrères à l'époque, comme ça entre nous, sur sa personnalité, ses motivations. Et ces jours-ci, je viens d'apprendre par la presse qu'il aurait recommencé. Donc, nous parlons bien du même personnage.

Mistral acquiesce.

— Je vais faire, si vous le voulez bien, un bref rappel historique.

Le psy hoche la tête en même temps qu'il saisit un bloc-notes et son stylo encre. Voici ce que nous savons sur le Magicien.

Mistral, bien que connaissant l'affaire à fond, sort de son cartable un dossier avec quelques documents manuscrits, sur lesquels il jette de temps à autre un rapide coup d'œil. Il détaille toutes les affaires, des plus anciennes jusqu'à celle de la rue Watt.

Le psy prend des notes, ajoute parfois un point d'interrogation à ce qu'il vient d'écrire. Mistral parle également du morceau de blouson récupéré avec l'odeur d'eau de toilette et les hypothèses émises. Il donne aussi les dernières informations du labo au sujet des traces découvertes sur les vêtements de l'enfant de la rue Watt, et les réflexions qu'elles ont suscitées. Il s'attarde sur les témoignages des victimes qui s'en sont tirées.

— C'est très intéressant, commente le psy. Je comprends mieux maintenant votre intervention dans les médias.

Le psy reste quelques instants sans parler, visiblement il réfléchit. Il visse et dévisse le capuchon de son Montblanc. Mistral l'observe sans interrompre sa réflexion. Le psy se lève lentement de son siège, arpente son grand bureau, tapotant la bouche de son index droit. Il va vers un meuble bas en acajou, en sort une bouteille de porto et deux verres qu'il remplit.

— C'est un porto exceptionnel, vous allez voir, et il va faciliter notre réflexion, dit-il en souriant.

Mistral porte le verre à son nez, puis en déguste une petite gorgée.

— Il est vraiment excellent, dit-il en remerciant.

— C'est un de mes confrères de Porto qui m'en a fait cadeau. Qui est-ce qui l'a baptisé le Magicien ? démarre-t-il en regardant brièvement ses notes.

— Euh... c'est le service enquêteur, la Crim', qui lui a donné ce nom.

— Quand ?

— Eh bien... tout d'abord, il était appelé « le tueur d'enfants », avant qu'un môme, qui en avait réchappé, raconte comment il avait été abordé par un type qui maniait des dés ou une pièce de monnaie comme un magicien. On l'a donc appelé le Magicien. Ce qu'il faut savoir, poursuit Mistral, c'est que lorsqu'on recherche un criminel dont on ne connaît pas l'identité, on va le nommer par rapport à un élément qui le caractérise le plus. On va mettre sur le dossier « X... dit LE MAGICIEN ».

— En quelque sorte, vous lui avez donné une nouvelle identité.

Le psy est toujours debout avec son verre de porto à la main. Mistral attend de savoir où il veut en venir.

— C'est-à-dire qu'un jour, votre tueur, qui doit obligatoirement regarder la télé et lire les journaux, a appris qu'il était appelé le Magicien.

— Oui, et alors ?

— Il a dû trouver cela plutôt flatteur et son ego a été renforcé. Le Magicien, ça a plus d'allure que le tueur d'enfants.

— Oui, mais cela change quoi ? Ce n'est pas cette appellation qui le rend plus dangereux.

— Non, peut-être pas. Mais lui en tire sûrement une certaine valorisation. Cela fait du bien à son ego. En outre, c'est l'ennemi qui l'a baptisé ainsi, et toute la France le connaît sous ce nom ! Que demander de plus ?

— Vous y allez un peu fort. Je ne crois pas qu'il verbalise autant.

— Allez savoir ! Que connaissez-vous de lui ? Résumons. Pas grand-chose. Vous ne savez le concernant précisément que ce que vous ont appris trois enfants. Vous n'avez qu'une vague idée de son allure, et son visage n'est que le résultat de trois portraits-robots qui ne valent pas grand-chose. Exact ?

— Exact, convient Mistral.

— Vous possédez quelques éléments sur une eau de toilette avariée, et je suis assez d'accord avec vous, elle le lie à quelqu'un. Mais à qui ? Pour l'instant, ce ne sont que de vagues suppositions qui ne mènent nulle part. D'accord ?

— D'accord, soupire Mistral, conscient de la faiblesse des éléments qu'il possède.

— Lui, en revanche, il a l'avantage sur vous ! Il connaît le nom du policier qui dirige la traque. Il sait que vous avez dressé de lui un portrait pas terrible, et que son statut de magicien est plutôt mis à mal. Vous l'avez fait passer plus ou moins pour un minable. Vous voulez qu'il réagisse, c'est bien, c'est une bonne démarche.

Le psy, d'un air gourmand, avale son porto d'un trait, essuie ses lèvres avec un mouchoir blanc, vérifie que sa mèche est bien plaquée sur son crâne et se ressert un autre porto. Il s'approche de Mistral pour remplir de nouveau son verre, celui-ci fait légèrement non de la tête. Le psy continue d'arpenter lentement son bureau, son verre à la main.

— Vous êtes au milieu du guet. Il faut continuer, enfoncer le clou. Montrez-vous, qu'il colle un visage à votre nom. Il faut changer la donne et le faire douter, lui faire croire que vous avez des éléments sur lui.

Mistral réfléchit à toute vitesse et semble partager la tactique du psy.

— En effet... Il faudrait convaincre le préfet de Police de me laisser participer à une émission de télé, un truc de ce genre.

— Oui, ça me paraît bien. Vous continueriez à le rabaisser, mais modérément. Il ne s'agira pas non plus de tomber dans la caricature.

— Il faudra surtout essayer de déterminer ce qu'il fera ensuite.

Mistral est songeur.

— Si vous apparaissez physiquement, il devrait être tenté de vous répondre d'une manière ou d'une autre, par une lettre anonyme adressée à des journaux, ou à votre service, ce genre de truc... Je suis presque sûr aussi qu'il voudra vous démontrer que le Magicien n'est pas le pauvre type qui se profile dans vos déclarations. Il pourrait chercher à entrer en contact avec vous, par téléphone. Ce serait le must ! Le but c'est de le faire sortir de l'anonymat, de lui donner une existence charnelle ! Vous aurez alors plus de prise que sur un fantôme.

— Je suis d'accord avec vous. Et s'il ne fait rien de tout cela ?

— Alors là, c'est la catastrophe ! Il a gagné sur les deux tableaux. Il connaît son ennemi, il préserve son anonymat et donc il augmente son capital puissance. Et vous, vous vous épuisez à courir après le vent.

— Mais je n'ai pas le choix, conclut Mistral fataliste. Au début de notre discussion, vous m'avez dit que vous aviez parlé avec vos confrères du Magicien, dans sa première époque. Qu'est-ce que ça a donné ?

Le psy se rassoit en face de Mistral, descend la moitié du second verre de porto.

— Voyons... (Le psy réfléchit.) Si ma mémoire est bonne... on a essayé de se représenter ce type, je vous rappelle que nous n'avions aucun élément de la police. On était tombé d'accord... sur un type frustré sexuellement, n'ayant que peu ou pas de relations avec ses parents, choisissant des victimes faibles et exerçant un contrôle total sur elles, et vraisemblablement dénué de tout remords. Voilà en gros ce qu'on s'était dit.

— Je partage votre analyse. Pourquoi, selon vous, enchaîne Mistral, il tue des enfants ?

— Alors là, reprend le psy avec une moue signifiant la perplexité, c'est le flou intégral. Le mobile, si jamais vous lui mettez la main dessus, il faudra le rechercher au cœur même de son cerveau. Lui seul a la clef ! Quand on évoquait son cas avec mes confrères, il y a quelques années, nous étions également tombés d'accord sur le fait qu'il a besoin d'un contact intime avec une victime qu'il ne connaît pas mais qu'il domine. Voyez-vous, ce type est au-dessus de ses jeunes victimes pour, comment dire... avaler leur âme, oui c'est ça, avaler leur âme.

— J'ai fait à peu près cette réflexion, mais ce n'est pas ce qui nous conduira à lui. C'est pour cela que je vais utiliser d'autres ressorts pour tenter de le faire sortir du bois.

— Est-ce que vos collègues partagent votre vision « psy » de l'enquête ?

— Une petite minorité oui, d'autres pas du tout, mais la grande majorité doute, ou s'en fout, et ne voit pas à quoi ça sert. Ce dont je suis sûr, c'est que c'est grâce au peu d'éléments psys dont je dispose sur ce type que je peux tenter de modifier le cours de l'enquête en passant à la télé. Si j'en ai l'autorisation...

— Entièrement d'accord !

Mistral range ses affaires dans son cartable. Il s'apprête à remercier le psy et à quitter son cabinet.

— En tant que psychiatre assurant un suivi judiciaire des condamnés, vous en avez beaucoup des types qui éprouvent... des pulsions... très fortes envers des enfants ?

— Quelques-uns. Des types qui travaillent surtout dans l'environnement des enfants, comme des moniteurs de colonies de vacances, profs à domicile, etc., et qui ont eu des relations sexuelles avec eux. Mais pas d'assassins, si c'est ça qui vous intéresse.

— Une dernière question : si vous aviez un type comme le Magicien, assis en face de vous...

Mistral laisse sa question en suspens.

— Eh bien, c'est très simple, s'enthousiasme le psy en rajustant son nœud papillon et en plaquant sa mèche, je serais ravi. Mais oui, ravi ! Ça vous étonne ? Quand on est psy, on rêve tous d'avoir des gens hors normes, des grands criminels, des types compliqués ! Mais j'avoue que je serais terrifié. Je préférerais l'avoir en consultation dans la prison qu'ici dans mon cabinet en tête à tête.

En quittant le cabinet de Thévenot, Mistral, pensif, mesure le long chemin qui lui reste à parcourir avant de mettre la main sur le Magicien, si tant est qu'il y arrive. La pluie ne cesse pas et le froid est également plus mordant. *Demain matin, il faudra faire gaffe au verglas*, pense Mistral. Contrairement à ses habitudes en voiture, il ne met pas de musique, réfléchissant à ce qu'il va dire à Guerand pour la persuader de le laisser passer à la télé. Il faut qu'elle en soit elle-même convaincue pour aller vendre le projet au préfet.

Quand il rentre chez lui, les enfants sont couchés. Il va les regarder dormir quelques instants puis il dîne avec Clara. Elle lui reparle des futures vacances d'été, essaie de préciser quelques projets. Mistral fait des efforts pour s'intéresser à autre chose qu'au Magicien. Clara s'en rend compte et lui en sait gré.

Lécuyer ouvre une boîte de petits pois, froids, et l'attaque à même la boîte, avec une cuillère à soupe. Dans son fauteuil, les yeux plantés dans la télé, il mange bruyamment. Il a attendu le journal de la nuit. La présentatrice a simplement dit une seule phrase, quelque chose comme « aucun élément dans les deux enquêtes concernant le jeune garçon et la vieille dame retrouvés assassinés la même nuit ». Lécuyer en a seulement retenu le sens et déduit que le meurtre de la vieille cloche n'intéressait personne, puisque la télé n'en parle pas. *Faut faire gaffe quand même*, ont sobrement ajouté les démons. *Les flics ne disent peut-être pas tout.* « Possible ! » dit à haute voix Lécuyer. Avant d'aller se coucher, il entre dans son tipi avec sa collection et y reste plus de deux heures. Dans une sorte de transe, il revit tout, ce qui lui permet de ressentir des émotions d'une force inouïe sans le danger d'être pris.

Quand il ressort de son tipi, il est presque calme. Il s'allonge sur son lit et s'apprête à s'endormir quand il se souvient qu'il a rendez-vous le lendemain matin avec le contrôleur judiciaire. Comme si le psy et le juge de l'application des peines ne suffisaient pas, sans compter la curiosité persistante des Da Silva. Cela commence à faire beaucoup.

D'un bond, il se lève de son lit. Il est dans une rage noire. Il parle à voix basse, en martelant chaque mot, avec un regard chargé de haine.

— Ils vont continuer à me faire chier longtemps, avec leurs questions ? De toute façon, ils comprennent que dalle. Je vais lui servir la même salade à ce nouveau con. Et comme les autres, il n'y verra que du feu. Il tamponnera mon carton, comme les autres, et fini la comédie.

Il marche en rond autour de la table comme un damné. Soudain, il ralentit son rythme, il a la tête qui tourne et se laisse tomber sur un fauteuil. Quelques instants plus tard, il rejoint son lit et s'endort, pour une fois, d'un sommeil sans rêve.

DEUXIÈME PARTIE

20

La première chose qu'il effectue en se levant, c'est une toilette en grand suivie d'un rasage. Il s'habille de vêtements propres et s'asperge de son eau de toilette. *Tant qu'à faire, je vais continuer mon jeu de con et de minable avec le nouveau. Il veut du mec réinséré et réhabilité, pas de problème il va en avoir. Donc, je vais arriver nickel.* Il quitte son appartement d'un pas décidé, descend les quelques marches à la volée et quand il pose le pied sur le trottoir, changement de registre, c'est le petit homme accablé qui va à son travail. Son programme est tout tracé : première chose, la presse, deuxième le bar, troisième son café, quatrième écouter les connards.

Et ceux-ci y vont plein pot sur un sujet qui l'intéresse au plus haut point : le meurtre de la vieille cloche avec son damier sur la tête. Faut les voir pleurnicher sur le sort de la vieille à la voix carbonisée. Pas un ne lui aurait payé un café chaud, mais tous disent que si c'est pas malheureux de tuer les gens dans la rue comme des chiens ! Et celui qui l'a tuée ne lui a même pas piqué son fric. Mille cinq cents euros qu'elle planquait sur elle ! Alors pourquoi qu'on l'a tuée si c'était pas pour lui piquer le fric ? On vit une drôle d'époque, quand même !

Lécuyer les regarde brailler et pleurnicher à la fois. Le patron veut quand même montrer qu'il n'est pas comme les autres.

— Je lui filais de temps un temps un casse-dalle. Quand je lui proposais un verre de flotte, elle gueulait jusqu'à ce que je lui donne un grand verre de pinard, du rouge. C'était une mariolle dans son genre ! Les flics sont revenus dans l'après-midi. Ils ont vu tous les commerçants et les habitués du quartier pour savoir si on la connaissait et si on avait idée de qui l'avait butée.

— T'as dit quoi ? questionne un des rois du café-calva.

— Qu'est-ce que tu veux que je dise ? J'ai dit la vérité comme tout le monde. Que je savais rien et que je lui connaissais pas d'ennemi. Cette phrase, je l'ai entendue dans un film et je l'ai ressortie.

Lécuyer regarde les clients et le patron partir d'un gros rire gras entrecoupé de toux, suivi d'un verre de calva cul sec.

Quand Lécuyer monte dans sa voiture, la pluie ne tombe plus. Lécuyer se fout de la météo. Le froid est vif avec un ciel gris et bas. Il conduit toujours aussi prudemment et arrive en avance chez le contrôleur judiciaire. Il relit à tout hasard le bout de papier qu'il a préparé pour le psy. Il se sent plus calme que la veille, sûrement aussi à cause de ce qu'il a entendu dans le bar : les flics n'ont aucune bille pour le meurtre de la clocharde. *Je vais lui servir le même baratin à l'autre gland.* Les démons le rassurent aussi, c'est donc en confiance, mais avec son allure de petit homme accablé, qu'il pénètre dans le secrétariat du contrôleur judiciaire. Il se manifeste auprès de la secrétaire qui le fait patienter avec d'autres types. *Comme chez le juge de l'application des peines,* pense-t-il. Enfin son tour arrive.

Le contrôleur est une jeune femme plutôt mignonne à l'allure énergique. Les démons prennent aussitôt les manettes. *Attention, danger.* PRUDENCE. Lécuyer a aussi senti le piège. Il reste debout, jusqu'à ce qu'on l'invite à s'asseoir. Visiblement, le contrôleur connaît le dossier sur le bout des doigts. Elle commence par dire qu'elle prend le relais du juge de l'application des peines et qu'il n'aura affaire qu'à elle, indépendamment bien sûr de son suivi médical. Elle lui rappelle ensuite ses obligations. *Tout ça je connais, je la laisse parler. Tant qu'elle parle, je suis peinard. Ça, c'est une tactique qui m'a toujours bien réussi.* Lécuyer hoche la tête, bien sagement, signifiant : *Oui madame, j'ai bien compris.* Elle lui pose enfin sa première question. Traditionnelle entrée en matière.

— Votre vie en dehors de la prison se passe bien ?

— Oui, oui, pas de problème.

Tout ça déclaré d'une petite voix mal assurée.

— On ne dirait pas à vous entendre. Vous n'êtes pas bien en liberté ?

— Si, bien sûr.

Lécuyer tente de raffermir sa voix, sentant le danger s'il n'y arrive pas.

— Vous travaillez toujours dans la même entreprise de plomberie ?

— Oui, voilà mon dernier bulletin de paye.

— Le suivi chez le psy... (elle regarde maintenant le dossier), faites-moi voir votre document de passage chez le psy. (Elle vérifie les tampons.) Bon, tout est en ordre... du moins administratif. (Elle porte son regard sur Lécuyer.) Vous ne me paraissez pas particulièrement heureux de profiter de la vie. Qu'est-ce que vous faites quand vous ne travaillez pas ?

— Euh... (Lécuyer ne sait pas quoi répondre)... rien.

— Comment ça, rien ? Vous ne sortez pas de votre maison ?

Lécuyer réfléchit à toute blinde. Il a envie de hurler : *Mais si, je fais des tas de choses, connasse, je repère notamment des gosses pour les buter, et je suis avec ma collection le reste du temps. Tu vois que je m'occupe ! Et si je voulais je te pulvériserais.* Il se racle la gorge en toussant :

— Euh... je me balade, je vais dans les centres commerciaux.

Cette phrase, il l'a entendue mille fois en prison chez les jeunes taulards. Leur passion, c'est de passer les week-ends dans les centres commerciaux. Alors, pourquoi pas lui ?

— Et vous y faites quoi dans les centres commerciaux ?

— Rien de particulier, dit-il en haussant les épaules. Je regarde les magasins. Je m'achète à manger, je fais des choses comme ça.

— Vous avez de la famille ?

— Presque plus, et elle n'est pas à Paris. Je crois qu'elle n'a pas envie de me voir après ce que j'ai fait.

— Oui, effectivement…

— Je peux entrer en contact avec votre employeur pour savoir si de son côte tout va bien aussi.

— Oui, bien sûr, c'est normal.

Lécuyer est assis sur des braises. Il appréhende Da Silva, le père, depuis qu'il a paradé dans le magasin avec son caban. Da Silva l'a regardé avec crainte, comme s'il venait de deviner qu'une personnalité terrifiante se masque derrière ce petit bonhomme à l'apparence inoffensive.

Lécuyer a le dos qui le picote. Il n'aime pas ces espèces d'entretiens auxquels il doit se soumettre, attendant le piège au détour de chaque phrase.

Elle lui rappelle encore ses obligations de soin, d'avoir un travail et de répondre à toutes les convocations. Il acquiesce simplement de la tête.

— Vous habitez toujours rue Samson ?

Question anodine.

— Oui, toujours. Cet appartement m'appartient depuis la mort de mes parents.

Réponse anodine.

Il commence mentalement à souffler et sent la fin de l'entretien proche. Il est relativement satisfait. Cependant, la dernière phrase du contrôleur judiciaire le cloue net, tel un papillon dans un cadre.

— Il se peut qu'une assistante sociale passe voir vos conditions de vie. Je peux le lui demander.

— Oui, bien sûr.

Mais Lécuyer ne comprend rien du tout. En une seconde, tout s'écroule. Il entrevoit le chantier qu'il a mis dans l'appartement, la chambre des parents dévastée, la sienne avec son tipi, des magazines pornos découpés bien proprement, des vêtements sales dans tous les coins, sans parler de la cuisine. Il a du mal à déglutir.

— C'est un appartement de célibataire... Elle viendra quand ?

— Elle viendra quand je le lui demanderai. Voilà, nous en avons fini. Je vous remercie, et continuez de vous tenir tranquille.

Fin abrupte de l'entretien.

Il se retrouve sur le trottoir, le feu aux joues, dans un état de fébrilité qu'il essaye de cacher tant bien que mal. Il s'enferme dans la voiture et tente de maîtriser ce tremblement qui le secoue, accentué par une température basse qui n'arrange pas les choses. Il passe une journée de travail épouvantable, ne décroche pas un seul mot, un mal de tête lui broie les tempes et la nuque. Il a la nausée, il a froid, il ne sait plus comment se sortir de ce piège. Il a envie de fuir. Mais pour aller où ? Il termine la journée en lambeaux, épuisé. Il a complètement oublié l'enfant de la rue d'Avron et celui de la gare du Nord. Il a questionné mille fois les démons qui, invariablement, lui répondent : *Tais-toi, fais ce qu'on te dit.* Maintenant, il n'ose plus les appeler. Vers dix-neuf heures, après avoir terminé son travail, il s'arrête dans une pizzeria et repart avec une pizza. Il la mange presque brûlante, dans la voiture, en la découpant avec les doigts. Il va ensuite dans une pharmacie acheter de l'aspirine et enfin rentre chez lui.

Il avance lentement à pied dans la rue Samson, redoutant le moment où il arrivera dans son immeuble. Il s'attend à trouver une assistante sociale dans le hall d'entrée. Personne. Il grimpe les marches en se dévissant la tête pour essayer d'apercevoir si quelqu'un l'attend sur le palier. Personne. Il entre enfin chez lui et boucle la porte à double tour avec soulagement. Il ferme ensuite tous les volets et ouvre en grand les radiateurs. Il crève de froid. Au bout d'une heure, après avoir avalé deux aspirines, il commence à se sentir mieux. Il fait rapidement le tour de l'appartement sans ouvrir cependant la chambre de ses parents. Il met un semblant d'ordre, mais se refuse à démonter son tipi. C'est au-dessus de ses forces. De temps en temps, il colle son oreille contre la porte pour écouter les bruits. Silence. Silence qui contribue à le calmer. Il se plante devant la télévision pour regarder le journal de la nuit.

Mistral s'accorde le temps de prendre le petit déjeuner en famille. Il sait que les enfants n'aiment pas se coucher sans avoir vu leur père. Et si en plus, il part avant qu'ils ne se lèvent, la journée sera rude pour tout le monde. Il veut, dans la mesure du possible, préserver ce petit moment où ils sont ensemble, et démarrer la journée calmement.

Dès qu'il est dans la voiture, il allume la radio Police sur la fréquence de la Brigade criminelle et l'autoradio programmé sur France Info.

Arrivé Quai des Orfèvres, il sacrifie le traditionnel café à l'état-major pour se rendre directement chez Françoise Guerand. Il expose la conversation qu'il a eue avec le psy et la conclusion qu'il faut qu'il aille se montrer à la télévision pour être vu du Magicien. Guerand pose plusieurs questions. Elle est réticente, mais au fur et à mesure des réponses et des développements, elle admet le bien-fondé de la démarche. Au final, elle en est totalement convaincue.

— C'est une carte à jouer, et je ne vais pas m'en priver. On nous a suffisamment reproché de ne pas avoir communiqué dans la première série de meurtres. Là, on démontre qu'on inverse la tendance.

Elle téléphone devant Mistral au secrétariat du préfet. La réponse à la demande d'audience vient rapidement, à onze heures elle est attendue.

Ludovic Mistral fait un saut à l'état-major pour lire les notes rangées dans le parapheur et les télégrammes de la nuit. Rien de particulier n'attire son attention. « Calderone est passé », l'informe l'officier de permanence. Mistral regagne ensuite son bureau pour faire le point sur les différentes affaires. Puis il appelle Dumont. Son adjoint répond qu'il est sur le terrain. Expression consacrée dans la police pour dire que le type est dehors. Mistral téléphone à Dumont sur son portable. Message d'absence. Message de Mistral : « Rappelle-moi quand tu peux. »

Mistral demande à Calderone de le rejoindre à la machine à café. Les deux hommes ne commencent à parler qu'après avoir bu leur première gorgée. Mistral explique en détail la stratégie développée chez le psy et l'attente du feu vert du préfet.

— Il a raison, le psy, commente sobrement Calderone, ça me paraît logique. Le Magicien vous a certainement entendu ; il faut qu'il vous voie, maintenant. Vous avez une idée de quel jour vous passeriez à la télé ?

— Il faudrait que je puisse le faire rapidement. Demain soir serait l'idéal. Plus tard, ça sentirait trop l'arnaque. Là nous sommes encore dans l'affaire, les journaux continuent d'en parler.

— Je propose que l'on mette votre téléphone de bureau sur écoute. Si le Magicien appelle, il faut qu'on puisse le piéger.

— J'ai des doutes, je ne crois pas qu'il appellera ici. Tous les gens pensent que les téléphones de la police sont dotés d'un bouton où il suffit d'appuyer pour enregistrer les communications.

Les deux hommes regagnent le bureau de Mistral. L'adjoint de Calderone, un capitaine expérimenté, lui transmet un dossier cartonné sur lequel est inscrit au feutre noir LE MAGICIEN au moment où ils entrent chez Mistral. Calderone y jette un bref coup d'œil et le referme.

— C'est le point sur les différentes vérif', répond Calderone au regard interrogateur de Mistral.

— Je vous écoute.

— Ça va être bref. Des équipes ont fait toutes les écoles de magie de la capitale et de la petite couronne, y compris celles qui venaient d'ouvrir. Le portrait-robot a été présenté. Cela n'a strictement rien donné.

— Je m'en doutais un peu, commente Mistral. Quoi d'autre ?

— Celles qui travaillent sur l'affaire de la rue Watt se sont concentrées sur les entreprises de plomberie du XIIIe arrondissement. Il n'y a aucun type qui correspond au signalement du Magicien. Il va falloir élargir les recherches au reste de Paris et de l'Île-de-France... Je ne vois pas d'autre solution.

— D'autant que la piste des plombiers est la seule que nous avons. Si on peut parler de piste... Vous voyez, Vincent, plus que jamais je dois tenter le coup de la télé. Il n'y a pas d'autre chose à faire pour reprendre la main.

Dumont donne signe de vie par téléphone en fin de matinée. Il indique à Mistral qu'il ne lâche pas l'affaire Destiennes et qu'il a voulu se rendre compte de visu des endroits où demeurait le personnel. Il ajoute qu'il suit les enquêtes sur les homicides pris par les autres services, obéissant aux ordres. Les deux hommes raccrochent. Avant de quitter le stationnement devant la gare du Nord, Dumont appelle son collègue de la 3e DPJ pour savoir ce que donne l'enquête sur l'homicide d'Irène Meunier, rue des Cinq-Diamants. Le policier est assez évasif, ce qui se résume par un « pas grand-chose, à vrai dire rien. Aucun témoin visuel. Les gens du coin sont étonnés qu'elle se soit fait planter et qu'on lui ait laissé son magot ».

Dumont regagne la Brigade criminelle. Une radio diffuse un reportage sur les tueurs en série aux États-Unis, et des tas de spécialistes autoproclamés interviennent sur la question. Dumont ne peut s'empêcher de dire à haute voix d'un ton amer : « Il ne nous manque plus que Mistral pour faire joli dans le paysage. »

Vers douze heures trente, Guerand appelle Mistral. Elle l'attend dans le bureau avec le chargé de communication du préfet.

— Le préfet est d'accord. Il trouve l'idée excellente, mais il ne veut pas qu'on se plante.

Pas de commentaire de Mistral.

— Il a appelé le cabinet du ministre, poursuit Guerand, qui se met en rapport avec les chaînes télé. Ce sera TF1 ou France 2, de préférence demain soir. Nous le saurons dans l'après-midi. Entre-temps, il veut que tu fasses le point avec M. Marot, son chargé de communication. Quelques trucs à savoir.

Mistral et Marot ont passé une grande partie de l'après-midi à parler de l'enquête, du choix de certains mots plutôt que d'autres, de postures physiques à avoir.

— Je ne veux pas passer un concours pour être présentateur télé, souligne Mistral très amusé par le côté pointilleux de Marot.

— Certes, mais vous êtes le vecteur d'un message qui va durer de deux à trois minutes. Donc, vous devez mettre le paquet.

— Vous avez raison, convient Mistral.

À dix-sept heures, Guerand appelle Mistral pour lui confirmer qu'il passera le lendemain dans le journal de vingt heures sur TF1 et qu'il devra être sur le plateau à dix-huit heures pour préparer l'entretien. Marot décide de l'accompagner.

Mistral informe le juge d'instruction de la décision prise par le préfet. Il explique au magistrat le sens de cette interview et insiste sur le fait qu'il n'y aura pas de violation du secret de l'instruction. Celui-ci répond que cette intervention devant la télévision est une bonne idée et qu'il regardera sa prestation.

Après l'appel téléphonique au magistrat et le départ de Didier Marot, Mistral avale coup sur coup deux cafés et une demi-bouteille d'eau. Il relit ses notes ainsi que les points essentiels qu'il veut faire passer. Il téléphone ensuite à Clara. Il a besoin de faire une coupure et entendre la voix de son épouse. Les deux petits sont rentrés de l'école et sont contents de parler à leur père. Puis il appelle Jacques Thévenot, le psychiatre, pour lui dire qu'il passera le lendemain au journal de vingt heures sur TF1. Réaction immédiate du psy :

— Formidable ! Enregistrez votre intervention. C'est important de voir et d'entendre ce qu'on a dit et comment on l'a dit. Cela pourra nous donner une éventuelle indication de la perception qu'en aura eue le Magicien.

— J'y avais pensé, mais merci du conseil.

— Si vous le souhaitez, on pourra la visionner ensemble et en parler ensuite.

— Avec plaisir.

Mistral fait venir Calderone.

— Vincent, j'ai pensé que ce serait mieux si on prévenait toutes les familles. Je n'ai pas très envie qu'elles découvrent subitement à la télé que tout est relancé. Qu'est-ce que vous en dites ?

— Vous avez raison, je vais les appeler. Leur espoir va renaître, j'espère qu'elles ne seront pas déçues.

— Dites-leur qu'on met le paquet. Cela ne fera pas revenir les enfants, mais si on chope ce salopard, elles seront peut-être un peu apaisées.

Vers dix-huit heures trente, Mistral reçoit un appel de Perrec. Le Breton ne s'embarrasse pas des traditionnelles phrases de bienvenue et va droit au but. Il parle d'une voix lourde au débit lent et saccadé.

— Je crois que j'ai trouvé ce que le Magicien a prélevé de ses crimes.

— J'appelle Calderone et je mets l'ampli.

Mistral a senti dans l'inflexion de la voix de l'ancien policier qu'il ne s'agit pas d'une phrase en l'air. Il appelle Calderone sur une ligne intérieure. Celui-ci arrive quelques secondes plus tard.

— Vincent est à côté de moi, nous vous écoutons.

— Je me suis uniquement concentré sur les photos que vous m'avez données. Celles où il n'y a que les gamins en gros plan. Tout d'abord, je n'ai rien vu. Ensuite, je les ai regardées à la loupe. Toutes. Dix fois, vingt fois chacune, je ne sais plus, millimètre par millimètre. Et je pense avoir trouvé, mais quand je dis je pense, en fait j'en suis sûr !

— Quoi ?

Mistral et Calderone n'osent plus respirer.

— Je crois que ça dépasse tout ce qu'on a pu imaginer.

— C'est-à-dire ?

Mistral et Calderone se sont regardés, redoutant ce qu'a trouvé Perrec.

— Les ongles !

— Quoi, les ongles ?

— Ils sont coupés.

— Comment ça, coupés ?

— À ras. Aux doigts des deux mains. À tous les gosses.

— Oui, et alors ?…

Mistral et Calderone écoutent la démonstration du Breton, même s'ils l'ont intuitivement comprise.

— Le Magicien n'emporte rien de la scène de crime proprement dite, il prend quelque chose qu'il prélève sur l'enfant.

Perrec parle lentement en détachant bien chaque mot.

— Ça aurait pu être des cheveux, remarque Calderone, mais on n'y avait pas pensé non plus.

— J'ai réfléchi, depuis, poursuit le Breton. Les ongles, ça demande une concentration et une prise de risques supplémentaire. Et il s'en souviendra, quand il les manipulera plus tard. Regardez les mains de votre dernière victime et dites-moi si c'est pareil.

Calderone sort presque en courant du bureau et revient avec les notes qu'il a prises à l'autopsie. Pendant ce temps, Mistral a ouvert une chemise qui était sur son bureau et qui contient les photos en couleurs des petites victimes. *Ça ce voit quasiment à l'œil nu*, pense-t-il. *Mais c'est tellement évident que je ne l'ai pas vu.*

— Il est écrit : « Les ongles sont coupés à ras », confirme Calderone. Je vais demander aux parents s'ils peuvent me confirmer ce détail. Les autres parents, ce n'est plus la peine, c'est beaucoup trop ancien.

— Cela conforte notre analyse, commente Mistral. Le Magicien a besoin de revivre les scènes finales qui sont beaucoup trop rapides pour lui faire baisser la pression. Ce qui signifie qu'il a coupé les ongles des mains des enfants pour les coller quelque part. Il doit rajouter le prénom ou d'autres éléments pour bien s'en souvenir, et se refaire les scènes en effleurant simplement ces petites aspérités.

— Ce mec, c'est un putain de monstre, dit Calderone.

— Je te l'ai toujours dit, Vincent, conclut sobrement Perrec.

Les trois hommes continuent de parler pour tenter d'exorciser ce qu'ils viennent de comprendre, qu'ils assimilent lentement, progressivement. Ils imaginent le Magicien penché sur les petites victimes. Tous les trois, avec leur propre interprétation de la vie, se demandent comment une telle chose est possible. Ils sont à ce moment-là incapables de nommer ce que la raison refuse d'admettre.

Mistral et Calderone parlent par interphone interposé à Perrec. Ils ne peuvent pas cesser leur conversation aussi brutalement après une telle discussion. Ils ne peuvent pas non plus discuter de la pluie et du beau temps. Ils parlent tous les trois, parfois en même temps, en tâchant de faire abstraction du degré d'horreur qu'ils ressentent. Ils évoquent des pistes qui ont déjà été explorées, des témoins déjà entendus. Ils ont simplement envie de parler, laisser un petit peu retomber la pression. Si quelqu'un était entré dans le bureau à cet instant, il n'aurait strictement rien compris de ce qui se dit, tellement c'est décousu. À la fin, ils raccrochent.

— Vous allez le dire à Guerand ? Au psy ? Au juge d'instruction ?

— Pas ce soir, Vincent, à personne, j'ai ma dose, et je n'ai pas envie d'en parler, à qui que ce soit. Je rentre chez moi. Demain sera un autre jour.

— Ce soir, c'est l'anniversaire d'un des lieutenants de mon groupe. Je vais en profiter pour boire un coup, dit calmement Calderone.

Mistral quitte le Quai des Orfèvres en ressassant la découverte de Perrec, plus déterminé que jamais, si besoin en était, à mettre hors d'état de nuire le Magicien.

Ce type m'obsède comme ce n'est pas imaginable, admet-il.

Il ne peut s'empêcher de penser à ses propres enfants et au calvaire que doivent vivre les parents des petites victimes. Il sent monter en lui une colère qu'il sait déraisonnable et qu'il tente vainement de calmer.

Vus de très haut, Mistral et le Magicien sont comme deux toupies lancées sur une piste, tournant sur leur axe à deux cents à l'heure, et qui, lentement mais immanquablement, se rapprochent pour entrer en collision. La toupie qui gagnera sera celle qui continuera de tourner sur son axe après le choc, et qui, après avoir dangereusement tangué, aura su l'absorber. L'autre, la toupie perdante, aura été propulsée en dehors de la piste.

Mistral ne rentre pas directement chez lui. Il s'arrête sur les Champs-Élysées pour faire un saut au Virgin Mégastore. Il se rend rapidement au rayon DVD enfants pour choisir quelques films, puis au sous-sol pour prendre des bandes dessinées.

Quand il rentre chez lui, les enfants terminent de dîner. Ils sautent sur leur père dès qu'ils le voient, et c'est la fête quand Mistral les leur offre.

Ce soir-là, Clara remarque au premier coup d'œil que quelque chose ne va pas chez Ludovic, et qu'il n'a aucune raison d'apporter des cadeaux aux enfants. Elle préfère ne rien dire et se fait plus attentive à son mari.

Mistral reste plus longtemps que d'habitude à lire une histoire aux enfants.

Clara doit plusieurs fois insister pour qu'il les laisse s'endormir, au grand dam des deux garçons qui trouvent très bien que leur père lise plus longtemps que les autres soirs.

Mistral raconte à Clara qu'il a passé une partie de sa journée à préparer sa participation à l'émission de télévision du lendemain soir et l'autre partie à des tâches administratives. Que la journée a été ordinaire et ennuyeuse. Clara ne le croit absolument pas, son instinct détecte autre chose, et qu'il vaut mieux ne pas le demander.

Cette nuit-là Mistral n'arrive pas à lire. Il reste plus d'une demi-heure sur la même page, les yeux dans la vague. À la question de Clara, qui l'observe, pour savoir comment il trouve ce livre, il répond qu'il est formidable. Clara répond « tant mieux » et ne fait aucun commentaire.

Mistral garde les yeux grand ouverts dans le noir, revoyant sans cesse les photos des enfants et entendant les paroles de Perrec.

Il n'est satisfait que d'une seule chose : que le Magicien ne soit pas en face de lui en ce moment.

Mistral ne dort pas et le jour silencieux qui peine à se lever le trouve dans le même état d'esprit que la veille.

Ce matin-là, Mistral se lève le premier et prépare le petit déjeuner pour la famille. Il se sert un café et ouvre les volets de la cuisine pour constater qu'il va encore pleuvoir. Le bulletin météo de la radio annonce des giboulées glacées.

Cette même nuit, le Magicien quitte son fauteuil sans éteindre la télé, il baisse seulement le son. Cette télé continue à fonctionner nuit et jour depuis qu'il a mis les pieds dans l'appartement après son retour de prison. Il prend sa collection et entre dans son tipi. Il s'assoit en tailleur, son grand cahier ouvert sur ses jambes. Il regarde avidement ses découpages, des visages d'enfants remplaçant des visages d'adultes, sur des corps dans des poses pornographiques.

Il remonte loin en arrière dans ses crimes, bien loin, bien avant qu'il n'aille en prison. Il lit un prénom, Éric, et effleure du bout de ses doigts de la main droite les petites coupures d'ongles qu'il avait prélevées avec son coupe-ongles et patiemment collées ensuite. Grâce à ce contact, il revit instantanément cet épisode depuis son stratagème pour piéger l'enfant jusqu'au moment final dans le local à vélos. Tout. Il revit tout. Et se souvient de tout. Entend tout. Son coupe-ongles fait partie de sa panoplie, de ses objets fétiches qu'il a en permanence sur lui, inséparable de ses dés, ses cartes, ses pièces. Ce coupe-ongles a séjourné dans le greffe de la prison pendant douze ans. Quand le greffier le lui a rendu à sa sortie, il a éprouvé un immense plaisir, bien dissimulé dans son attitude inexpressive.

Il passe ainsi en revue plusieurs de ses crimes dans une sorte de cinéma intérieur. Revivre ses émotions le laisse pratiquement épuisé. Haletant, il sort de son tipi, range sa collection et se couche en chien de fusil, les mains croisées entre les genoux. Cinq minutes plus tard, il dort. Dix minutes après, les cauchemars le prennent par la main pour l'emmener faire un tour.

Ses cauchemars le conduisent en prison des années auparavant. Arnaud Lécuyer range des livres dans une bibliothèque. Ils sont une dizaine, taulards et surveillants compris. Lécuyer sort les livres d'un carton et les range par genre. Il en a fait plusieurs piles. Une sur le jardinage, une sur le bricolage, une sur la pêche et une sur la mécanique. Ensuite, il prend une pile et l'amène dans la rangée où se trouve le rayonnage correspondant. En passant devant un des rayons, il voit qu'un des hommes qu'il a côtoyé pendant dix-huit mois en cellule est agenouillé, seul, dos tourné, absorbé dans la lecture d'un livre qu'il doit ranger. Lécuyer revient sur ses pas. À côté d'un des cartons qu'il a ouverts, il y a une cordelette en nylon. Il s'agenouille avec sa pile de livres et fait un nœud coulant. Un gardien est à moins d'un mètre de Lécuyer et il ne remarque rien grâce à la formidable dextérité du petit homme. Lécuyer a quasiment fait le nœud coulant d'une seule main et en moins de cinq secondes. La cordelette est entourée autour de son poignet. Il retourne vers la rangée où se trouve sa cible. En passant, il voit qu'il parle avec un autre détenu. Lécuyer continue et va ranger ses livres. Au retour, le type est assis de nouveau, seul, plongé dans sa lecture, et un gardien vient de passer dans la rangée.

Lécuyer déroule la cordelette qui entoure son poignet gauche et libère le nœud coulant. En deux pas, il est sur le type qui ne l'entend pas arriver. Il se laisse tomber à genoux sur son dos en même temps qu'il lui passe la cordelette en nylon. Lécuyer tire de toute sa rage, en bloquant sa respiration, en même temps qu'il pousse avec ses genoux. Le type est tout d'abord surpris. Une seconde plus tard, il ne peut quasiment plus respirer ; après deux secondes, il se griffe le cou pour tenter d'arracher le lien ; huit secondes, il n'arrive pas à ramener ses jambes pour tenter de se relever ; neuf secondes, les genoux de Lécuyer qui l'écrase en avant sur ses jambes écartées l'empêchent de se mouvoir ; trente secondes, la trachée broyée il meurt ; quarante secondes, Lécuyer, les yeux fous, se relève, rouge et haletant. Il s'en fout si on le chope. En reprenant une respiration normale, il retourne vers ses cartons et refait des piles. Une minute plus tard, le sifflet des matons, « tous regroupés dans un coin, tous au mitard pour un mois ». Les policiers viennent faire l'enquête : « Mais, bon, vous savez comment c'est, hein, quand personne n'a rien vu et n'a rien entendu, qu'est-ce que vous voulez dire ? Y a pas de trace, pas d'indice, c'est pas facile ! »

Arnaud Lécuyer se réveille en pleine nuit, haletant, ankylosé, les mains crispées sur sa couverture. Il a du mal à reprendre sa respiration et ses mains lui font un mal de chien. Il lui a fallu quinze minutes pour se souvenir qu'il est dans sa chambre à Paris et non dans la bibliothèque de la prison. Il se lève péniblement et va mettre sa tête sous le robinet du lavabo. Il boit ensuite à même le robinet et s'essuie. Il ouvre les fenêtres et constate que la pluie tombe régulièrement. Il est trois heures du matin, et il s'en fout de voir la pluie. Il reste un long moment à respirer l'air froid et observe la buée qu'il produit en expirant. Il referme ensuite les fenêtres, repart se coucher et s'endort sans penser aux cauchemars. Il s'en fout des cauchemars.

21

Pressé, Mistral part de chez lui un peu plus tôt que d'habitude. Il arrive vingt minutes après Quai des Orfèvres et fait le tour habituel état-major-café. Il va ensuite chez Guerand avec les photos des gamins et lui explique ce que le Magicien emporte des scènes de crimes. Elle passe de la tristesse à la colère.

— N'en parlons pas tout de suite au préfet, il va réagir à chaud et on aura du mal à gérer cette affaire. Nous n'avons pas besoin de pression supplémentaire.

— Je suis d'accord, je vais faire de même avec le juge d'instruction. Ça n'amènera rien de plus pour l'instant. Mais je vais appeler Thévenot pour lui en parler. J'aimerais qu'il me dise ce que l'on peut en tirer.

— Comment tu te sens pour aller à la télé ce soir ?

— Bien. C'est une cartouche qu'il ne faut pas gaspiller. Nous avons une chance de le faire réagir.

— Tu as vu Dumont pour son enquête ?

— Je l'ai eu au téléphone. Il a convoqué pour ce matin les quelques personnes qui travaillent pour Destiennes, pour les inquiéter en quelque sorte, et ensuite écouter les enregistrements de leurs réactions, si jamais elles s'appellent entre elles. C'est une piste qu'il faut exploiter. On verra ce que ça donnera.

— Tiens-moi au courant.

Mistral demande à Dumont de le rejoindre dans son bureau.

— C'est bien ce matin que tu as convoqué les gens dans l'affaire Destiennes ?

— Ouais. On prend leurs auditions et après on les largue petit à petit, à l'ancienne, et ensuite on écoute les zonzons.

— Sinon, tu as une autre piste ?

— Que dalle. Mémé s'est fait tirer le blé et les bijoux qu'elle avait dans son coffre. J'ai fait examiner les comptes bancaires de tous ses employés. Ils ont tous des problèmes de fric.

— Des gros problèmes ?

— Pas tant que ça. Mais ils sont tous dans le rouge à la banque. Si ça foire de ce côté-là, va falloir que j'aille poser des questions aux deux parlementaires. Et là, ça devient chaud ! Ensuite le ministre, pourquoi pas ?

Ricanement de Dumont.

— Ne t'emballe pas si vite. Faut que tu aies des billes si tu veux jouer sur le terrain des politiques.

— Tu as les jetons pour aller poser des questions à nos élus ?

— Tu es vraiment pénible ! Ce que je te dis, c'est que ce n'est ni impossible ni défendu d'entendre un parlementaire ou un ministre, mais il ne faut pas y aller bêtement sans bille.

— Je suis peut-être con mais pas suicidaire, et je suis soucieux de ma carrière.

— Sur ce dernier point, je m'en suis aperçu. Tiens-moi au courant quand tu auras fini les auditions.

Mistral appelle ensuite le psy pour lui raconter les prélèvements opérés par le Magicien sur les enfants. Thévenot reste quelques instants silencieux. Mistral l'interroge pour savoir ce qu'il en pense. Silence. Il se demande si le psy a entendu la question et s'il est toujours là. Il s'apprête à reformuler sa question quand le psy se manifeste.

— Eh bien, vous avez là un drôle de zigoto ! Je dois dire que des spécimens de son genre, ça ne court pas les rues tous les jours et c'est tant mieux !

— Qu'est-ce que vous en pensez ?

— Et vous ? lui retourne le psy.

— Eh bien, il a besoin de ces... euh... prélèvements pour revivre l'acte ultime qui est très fort mais très court. Je dirais qu'il entretient le feu de ses fantasmes.

— C'est très bien analysé, admet le psy. Effectivement, ce qu'il emporte lui permet de ne rien oublier de chaque crime. Il ne faut pas perdre de vue que ce type est dans ses fantasmes toute la journée. Le soir, il les revit en détail, lentement, à travers cette manie tactile.

— Il doit aussi ressentir un pouvoir absolu sur ses victimes. Il veut, il prend.

— Je suis assez d'accord avec cette hypothèse. Réfléchissez à sa personnalité quand vous passerez aux infos, et restez technique.

— Je vais essayer.

En fin de matinée, Mistral appelle Dumont pour savoir comment se sont passées les auditions dans l'affaire Destiennes. C'est le chef de groupe qui prend l'appel. Mistral ne cache pas son étonnement de l'absence de Dumont, surtout en pleine procédure. Le chef de groupe explique que Dumont s'est absenté environ une heure pour un problème personnel et qu'il ne tardera pas à revenir. Quant à l'audition des employés, cela n'a pas donné grand-chose, ils ont tous l'air de ne rien comprendre à ce qui arrive, et répondent bêtement aux questions.

Didier Marot, le chargé de communication du préfet, vient chercher Mistral pour déjeuner. En sortant du Quai des Orfèvres, Mistral observe que la météo a une fois de plus raison et que des giboulées glacées s'abattent maintenant sur Paris. Ils déjeunent rapidement dans un restaurant place

Dauphine où Mistral va de temps à autre. Ils regagnent ensuite la Brigade criminelle où les deux hommes passent en revue une énième fois le déroulement de l'interview télé.

Vers dix-sept heures, Mistral repense à Dumont et lui demande de venir. Ce dernier a, une fois de plus, sa tête des mauvais jours.

— Il paraît que tu m'as cherché. Y a un problème ?

— Je voulais simplement que tu me rendes compte des auditions dans ton affaire.

— Le chef de groupe fait aussi bien l'affaire.

— Peut-être, mais d'abord je m'adresse au chef de section. Toi en l'occurrence. C'est comme ça que ça marche. Il paraît que tu as un problème perso ?

— Rien d'important. Bon, les gens n'ont dit que des banalités, on les a laissés partir et maintenant mes gars ont le casque sur les oreilles pour écouter ce qui va se dire. Voilà le point sur l'affaire. Tu vois, c'est vite fait ! Je peux partir, maintenant ?

Il a prononcé cette dernière phrase d'un ton faussement ironique.

Mistral ne répond pas. Dumont se lève et quitte le bureau. Avant de sortir, il se retourne vers Mistral.

— Alors, c'est ce soir que tu vas à la télé. Toute la France te regardera. C'est formidable, non ?

Toujours sur le ton de la plaisanterie désagréable.

— Si j'ai l'occasion, je parlerai de l'affaire Destiennes. Qu'est-ce que tu en dis ? Tu veux que je prenne un rendez-vous télé pour toi ?

Mistral a prononcé cette phrase d'un ton légèrement moqueur.

Dumont s'abstient de répondre et quitte le bureau en haussant les épaules.

Arnaud Lécuyer a passé une journée qu'il qualifie d'harassante. Il l'a commencée en allant dans le bar où il écoute les commentaires des habitués cramponnés au comptoir. Plus rien sur lui, le Magicien, et plus rien non plus sur la vieille cloche. Jusqu'à la prochaine fois. Aujourd'hui, il ne s'est pas senti très bien. Une circulation rendue abominable par les intempéries, et des interventions chez des gens qui n'arrêtaient pas de vouloir parler. Il termine sa tournée vers dix-sept heures, n'a aucune difficulté pour passer pour un petit homme inoffensif chez les Da Silva et repart avec sa liste d'interventions. Il n'a même pas envie de regarder si des dépannages le ramèneront près de la rue d'Avron ou près de la gare du Nord. Il est fatigué, a froid et envie de rentrer chez lui. Ce qu'il fait après avoir pris une pizza, une portion de tarte aux pommes et une grande bouteille de Coca.

Mistral reçoit un appel téléphonique de Calderone qui sort de chez les parents du petit Guillaume. Il lui donne deux informations. La première, c'est le père qui d'habitude coupe les ongles de son fils. La seconde, le gosse apprenait à jouer de la guitare et il avait les ongles de la main droite plus longs que ceux de la main gauche. Conclusion, il n'avait en aucun cas les ongles coupés à ras le soir de sa disparition. Perrec a vu juste. Mistral l'appelle pour le lui dire. Celui-ci se contente d'une seule phrase : « Sortez-le de la circulation une fois pour toutes. »

Mistral et Didier Marot se rendent vers dix-huit heures dans les locaux de TF1. Calderone les accompagne. Ils rencontrent l'assistant de la présentatrice du journal de vingt heures pour préparer l'interview. Mistral lui remet une feuille sur laquelle figurent les questions qu'il veut qu'on lui pose.

— Ce n'est pas la pratique habituelle, fait remarquer l'assistant.

— J'imagine, commence Mistral, mais là, nous ne sommes pas dans une interview classique. Ces questions-réponses répondent à un but précis : obtenir une réaction de celui qui va peut-être nous écouter.

— Je comprends. Vous allez vous exprimer pendant environ deux minutes trente. Cela peut paraître peu, mais c'est en fait très long dans un journal comme le vingt heures. Vous croyez qu'en si peu de temps vous allez pouvoir délivrer votre message ?

— Oui. (C'est Didier Marot qui répond.) Ces questions-réponses ont été calibrées pour atteindre la cible sur un temps minimal.

— OK. Si vous le voulez bien, nous allons les passer en revue.

Mistral se prête au jeu de la répétition minutée par l'assistant. Ce dernier a un chronomètre et refait à trois ou quatre reprises le test. Didier Marot surveille tout au millimètre. Calderone regarde le réglage des coulisses du journal télé. À dix-neuf heures, l'assistant emmène Mistral à la salle de maquillage.

— Tous nos invités passent par cet endroit. Il faut que votre visage puisse prendre correctement la lumière.

Mistral se laisse faire avec le sourire.

Quelques instants plus tard, la présentatrice du JT, Cécile Keller, s'assoit à côté de Mistral pour la séance de maquillage.

— Alors, fin prêt pour le passage ? demande la journaliste d'un ton chaleureux.

— Je pense, répond Mistral.

— C'est la première fois que vous intervenez en direct sur un plateau ?

— Oui. Je n'ai jamais participé à une émission de télévision. C'est la première fois.

— Tout va bien se passer. Cette histoire de meurtres d'enfants est horrible. Vous avez une piste pour arrêter ce monstre ?

— Pas vraiment. C'est pour ça que je suis là. Je vais répondre à des questions dont les réponses sont censées le faire sortir de l'anonymat. À condition qu'il regarde le journal ce soir, et qu'il réagisse comme on le souhaite. Cela fait beaucoup d'incertitudes ! Mais nous n'avons rien d'autre pour agir.

— Je comprends parfaitement que vous ayez voulu cadrer vos questions. Voulez-vous que nous les revoyions une dernière fois ?

— Avec plaisir.

— C'est parfait. Voilà comment nous allons procéder : quand je prends l'antenne, je présente les titres du journal et je dis ensuite : « En fin de journal, notre invité, le commissaire Ludovic Mistral de la Brigade criminelle de Paris, fera un point sur l'affaire du meurtre du petit Guillaume Marchand. » Vous serez assis à la table du JT, la caméra va vous filmer pendant deux secondes. Vous ne dites rien. Quand ce sera à nous, en fin de journal donc, je me tournerai vers vous pour poser les questions. Une fois l'interview finie, vous resterez à la table, et nous la quitterons ensemble quand nous ne serons plus à l'antenne.

— D'accord, dit simplement Mistral.

Un quart d'heure plus tard, une voix retentit dans un haut-parleur : « L'antenne dans cinq minutes. » La présentatrice entraîne Mistral sur le plateau du journal. Il prend place sur le fauteuil qu'on lui indique. Cécile Keller s'installe et une technicienne lui place une oreillette translucide dans l'oreille droite qui lui permet d'être en liaison avec la régie. Un technicien fixe un petit micro au revers de la veste de Mistral. La présentatrice regarde ses notes et le prompteur sur lequel son texte va défiler. En coulisse, Marot et Calderone observent le ballet des techniciens.

Le générique du journal de vingt heures retentit. Le silence absolu se fait sur le plateau. La présentatrice, les bras légèrement appuyés sur le bureau, détendue, fait tourner un stylo. Elle adresse un sourire et un regard encourageants à Mistral.

Le préfet, retenu, a demandé qu'on lui enregistre le journal.

Guerand est dans son bureau avec des commissaires d'autres brigades. Elle a mis une cassette dans le magnétoscope. Dumont s'est refusé à regarder le vingt heures, il s'est éclipsé. La plupart des policiers de la Crim' et de la Brigade des mineurs sont plantés devant leur télé.

Messardi, une nouvelle fois seul ce soir, attend les infos. Installé dans son fauteuil, il fume avec calme et des gestes élégants une cigarette plantée dans un fume-cigarette noir. Le chien est affalé sur les pieds de son maître. Ils viennent de rentrer de leur promenade. Le chien ne comprend pas pourquoi ils ne vont plus dans la petite rue.

Da Silva père termine son dîner en compagnie de son épouse, et augmente machinalement le volume du son avec la télécommande posée à côté de ses couverts, quand il entend le générique du journal.

Da Silva fils est dans son garage le nez dans un moteur de Golf GTI, sa passion.

Clara a couché les enfants un peu avant vingt heures et mis une cassette pour enregistrer les déclarations de son mari.

Le psy est dans son bureau devant une petite télé, il a bu deux portos en claquant la langue, plaqué sa mèche, et pris ses dispositions pour enregistrer le journal.

Les imbibés composant le trio des piliers de comptoir sont, chacun chez soi, assis devant leur télé, à un stade plus ou moins avancé de leur plateau repas.

Carmassol joue à la belote, dans un petit café-restaurant tenu par un de ses amis bougnat, avec trois autres Aveyronnais. La télé est dans son dos. Les Aveyronnais ont des assiettes de cochonnailles, des grosses tranches de pain de campagne et du vin de Cahors à côté d'eux.

Le Magicien, affalé dans son fauteuil, vient de terminer son dîner et boit à même la bouteille d'un litre et demi de Coca.

Les familles, toutes les familles, ont reçu l'appel de Calderone avec de l'espoir. Elles ont les yeux rivés sur l'écran de télévision. Leur chagrin encore à vif.

À la fin du générique apparaît Cécile Keller. Elle prononce sa phrase rituelle : « Madame, monsieur, bonsoir, les titres du journal. » Suit l'annonce des sujets avec de brèves images. Elle finit par : « En fin de journal, notre invité, le commissaire Ludovic Mistral de la Brigade criminelle de Paris, fera un point sur l'affaire du meurtre du petit Guillaume Marchand. » Caméra cadrée sur Mistral qui ne bouge pas. Changement de caméra sur elle : « Mais voyons maintenant notre premier titre de l'actualité... »

Le Magicien est dans une sorte de léthargie somnolente quand débute le journal. Quand il entend la journaliste dire : « ... notre invité le commissaire Ludovic Mistral... », il s'arrête automatiquement de respirer, redevenu plus lucide que jamais. Il voit deux secondes le visage du type. Il lui est vaguement familier. Il se demande pourquoi le visage de l'ennemi lui dit quelque chose. Comme au ralenti, il pose sa bouteille de Coca à côté de lui et augmente le volume du son. Le petit homme n'est plus du tout fatigué. Ses joues se sont creusées, ses lèvres sont devenues invisibles et blanches, et ses yeux, deux points noirs où se concentre toute la haine du monde qu'il porte en lui. Il n'a pas besoin de magnétoscope. Son cerveau enregistrera tout. Il attend avec impatience l'intervention de « ... notre invité, le commissaire Ludovic Mistral... ».

Pendant la diffusion du dernier reportage, Cécile Keller indique de sa voix calme à Ludovic Mistral : « Maintenant, c'est à nous. » Instinctivement, Mistral rectifie sa position. Didier Marot et Vincent Calderone ne perdent pas une seconde de ce qui se passe.

Caméra cadrée sur la présentatrice.

— Bonsoir, Ludovic Mistral. Vous êtes commissaire de police à la Brigade criminelle de Paris et directeur d'enquête sur cette terrible affaire qu'est le meurtre du petit Guillaume Marchand. Peut-on faire un rapprochement avec la série de meurtres qui avait soulevé tant d'émotion dans le pays il y a une dizaine d'années ?

Caméra cadrée sur Mistral.

— Bonsoir. Je crois qu'il est encore trop tôt pour le dire. Mais beaucoup d'éléments laissent penser au retour de celui que nous avons appelé le Magicien, en raison des tours de magie qu'il utilise pour attirer les enfants.

Caméra cadrée sur Cécile Keller.

— Cet homme, le Magicien, est-il le génie du crime que l'on imagine ?

Plan serré sur le visage grave de Mistral.

— Non, contrairement à l'idée reçue, le Magicien n'est certainement pas un génie du crime. C'est vraisemblablement un être fruste, petit, mal à l'aise dans le monde qui l'entoure, à l'intelligence moyenne, et qui a le sentiment d'être fort, tout-puissant, parce qu'il s'attaque à beaucoup plus faible que lui, aux innocents.

Caméra cadrée sur Cécile Keller, visage grave également.

— C'est cet aspect qui le rend autant insaisissable ?

Caméra cadrée sur Mistral.

— Je dirais plutôt que c'est ce qui lui a permis jusqu'à présent de passer inaperçu. C'est toujours très difficile de courir après un être gris et sans consistance. Il est d'autant plus effrayant qu'il ressemble à monsieur tout-le-monde. Personne ne le remarque.

Caméra cadrée sur Cécile Keller.

— Oui, bien sûr, et j'imagine que les moyens mis en œuvre pour sa recherche sont considérables. Pouvez-vous mettre fin aux agissements de ce meurtrier s'il est aussi insignifiant, aussi invisible que vous semblez le penser ?

Caméra cadrée serrée sur Mistral.

— Vous comprendrez que je reste discret sur les moyens mis en œuvre pour cette traque. Mais la donne vient de changer. Quand nous l'aurons mis hors d'état de nuire, tout le monde verra que c'était bien un petit homme à l'apparence malingre et quelconque qui a fait tant de mal.

— Plus que deux questions, chuchote Didier Marot à Calderone. Il s'en tire très bien. Visage grave, diction calme et posée. Il fait savoir à tous ceux qui regardent que la police met le paquet et qu'il ravale au rang de néant le Magicien.

— Si on se plante, ce sera un désastre, objecte Calderone, conscient que ce que dit Mistral devant des millions de personnes aura un effet dévastateur en cas d'échec.

— Vous avez raison. Mais si le type est devant son écran, il ne peut que réagir.

Carmassol, une allumette coincée au coin de la bouche, a posé son jeu de cartes dès qu'il a entendu le mot « Magicien », s'est levé de table et regarde la télé sans rien dire. Ses partenaires de jeu lui ont rappelé gentiment qu'il n'est plus de service. Ce à quoi Carmassol a répondu de sa voix rocailleuse : « Dans des cas comme celui-là, tu es toujours de service. »

Caméra cadrée sur Cécile Keller, qui sait qu'elle pose la dernière question.

— Quels conseils peut-on donner aux parents et aux enfants ?

Caméra cadrée sur Mistral qui, sachant que c'est la dernière question, commence à relâcher la pression.

— La première des précautions est de dire aux enfants de fuir quiconque tente d'attirer leur attention en faisant des tours de magie, la seconde...

Pendant que Mistral parle, le régisseur envoie un message dans l'oreillette de la journaliste : « On a un léger problème technique pour lancer les images de fin, il faut que tu lui poses une question supplémentaire pour le faire encore tenir une trentaine de secondes. » La journaliste, en bonne professionnelle, sait qu'elle n'a plus aucune question sur la feuille, et ignore encore ce qu'elle va pouvoir dire. Elle entend Mistral prononcer sa dernière phrase et le voit se détendre. Les yeux de la présentatrice accrochent l'alliance de Ludovic Mistral.

Caméra cadrée sur Cécile Keller qui regarde Mistral avec un très léger sourire qui se veut rassurant. Elle démarre de sa voix feutrée :

— J'aurais une dernière question, plus personnelle. Vous êtes peut-être père de famille. Comment arrive-t-on à dissocier le professionnel de l'affectif ?

Mistral est assommé, mais ne laisse rien paraître. Marot se retient de sauter en l'air de stupeur. Le psy devant sa télé hurle : « Mais, putain, elle la sort d'où cette question à la con ? Grouille-toi de répondre, Mistral, sinon t'es mort. » Il est debout devant sa petite télé, survolté, tel le supporter de foot moyen pendant une séance de tirs au but éliminatoires.

Caméra cadrée sur Mistral qui ne répond ni par oui ni par non. Trois secondes de réflexion. Son débit est plus lent que dans les questions réponses préparées.

— Ce n'est pas une question qui se pose en ces termes. Ce n'est pas le travail d'un homme contre un homme. C'est toute une institution qui participe à la traque d'un meurtrier d'enfants. Ce type d'affaire requiert de la lucidité, de la minutie et ne peut être abordé que sous l'angle froidement professionnel. L'affectif n'y a pas sa place.

Caméra cadrée sur Cécile Keller.

— Ludovic Mistral, je vous remercie d'avoir répondu à nos questions. Nous allons terminer maintenant sur une note plus gaie avec...

Le psy souffle après la réponse de Mistral, et toujours à haute voix : « Ça va, il ne s'en est pas trop mal sorti de cette question pourrie, même s'il a démarré sa réponse un poil trop tard. »

Générique de fin du journal. Mistral ne bouge pas. Les lumières s'éteignent. « Terminé », dit une voix dans le haut-parleur. La journaliste enlève son oreillette. Un technicien ôte le micro de la veste de Mistral. Elle regarde Mistral et comprend qu'il y a quelque chose qui coince.

— Je suis désolée, la régie m'a demandé de vous poser une dernière question à cause d'un problème technique. Mais vous vous en êtes bien tiré, personne n'aura rien vu, croyez-moi.

Mistral hoche la tête lentement.

— Ce n'est pas le problème de la dernière question non préparée. Il s'agit de son contenu, mais vous ne pouviez pas le savoir. Dans la traque d'un tueur en série, il ne faut jamais que le tueur puisse personnaliser, comprendre, imaginer la vie de celui qui le traque. C'est pour cela que je n'ai pas répondu à votre question.

— Je l'ignorais. Vous avez répondu sans à-coup, et c'était très cohérent ce que vous avez dit.

— Je l'espère.

Une fois le journal terminé, Clara, les policiers, les familles, Messardi, Da Silva, le trio de piliers de comptoir trouvent Mistral très bien.

Carmassol reprend ses cartes. Il n'est plus vraiment au jeu, son esprit préoccupé par ce qu'il vient de voir et d'entendre.

Le Magicien ne bouge pas d'un millimètre. Il respire à peine, visage encore plus émacié et plus blanc. Ses pupilles noires sont devenues deux pointes minuscules. Il continue de fixer la télé, mais il ne la voit ni ne l'entend. En fait, il projette sur l'écran ses propres images mentales, celles qu'il a enregistrées de Mistral répondant aux questions de la journaliste.

Le Magicien sait maintenant à quoi ressemble l'ennemi, celui qui vient de l'humilier devant la France entière. Il a été pris d'une peur panique quand il s'est souvenu pourquoi le visage du flic lui semblait familier. Il en est absolument certain. C'est le type qu'il a vu entrer chez le psy l'autre soir. Le policier et le psy se connaissent. C'est pour cela qu'il était aussi sûr de lui, ce connard de flic. Le psy avait dû sans doute lui dire qui est le Magicien. Il pouvait faire son numéro devant des millions de gens. Les démons rentrent dans sa réflexion. *Si le psy savait qui tu es réellement, il l'aurait déjà dit, et à l'heure qu'il est, tu serais dans une cellule, le flic serait passé à la télé avec toi en arrière-plan montant dans une voiture, une couverture sur la tête et les menottes aux poignets. Donc ils ne savent rien, ni l'un ni l'autre.*

Le Magicien hoche la tête au message rassurant des démons. Ils ont une fois de plus raison. Mais ils commencent à l'emmerder sérieusement avec leur côté donneurs de leçons, et ça n'est plus le moment. Il a décidé de se passer d'eux, mais ne veut pas le leur dire. Statufié devant sa télé, il revoit l'interview. Il se passe son enregistrement mental une fois, deux fois, dix fois, vingt fois. Puis à haute voix, il dit :

— Une, deux, trois secondes. Tu as été trop long pour répondre à la dernière question, le flic, et tu as parlé plus lentement. Tu ne voulais pas que je sache quelque chose. Mais je le sais. J'ai deviné. Je ne suis pas le connard que tout le monde croit. Tu es marié et tu as des enfants. Je le sais, je le sais, je le sais.

Il a prononcé ces derniers mots avec une voix d'enfant. Il se lève enfin et trottine autour de la table, bras écartés, répétant à l'envie « je le sais ». Puis il baisse les bras, s'arrête de trottiner, rentre dans sa chambre, prend sa collection et s'installe dans son tipi en décidant d'y passer la nuit. Les démons profitent de cette accalmie pour intervenir : *Fais gaffe, le flic t'a volontairement provoqué. Il n'a rien pour te retrouver. Il ne faut absolument pas que tu réagisses. Ne bouge pas. Tu vas les rendre dingues. Tu ne vas plus jamais rue d'Avron et à la gare du Nord. T'as compris ?* Le Magicien souffle bruyamment d'ennui, cherche mentalement un bouton, de ceux qui éteignent les radios, et le tourne sèchement, coupant ainsi le contact avec les démons. Il en a plus que marre qu'on lui dicte sa conduite. Les démons comprennent qu'il est temps de mettre les voiles. Ils plient bagage. Définitivement.

Mistral, Calderone et Marot quittent l'immeuble de TF1 vers vingt et une heures. Calderone conduit. Marot devant, Mistral derrière. Ils poursuivent une discussion entamée dès la fin du journal.

— Je vous le répète, dit Marot, vous avez été excellent. C'est sûr que cette dernière question nous a tous surpris mais, on le verra au visionnage, c'est passé inaperçu.

— Je n'en sais rien. Je ne me rends pas bien compte comment j'y ai répondu. Il faudra effectivement que l'on visionne la cassette et que…

Mistral sent son téléphone vibrer dans sa poche. Il voit que le numéro qui s'affiche est celui du portable du psy.

— J'ai vu le journal télé. Il faudrait que je vous en parle assez vite.

— C'est urgent ?

— Non, on ne peut pas dire ça, mais c'est important de débriefer rapidement. Je vais être pris les prochains jours et donc moins disponible, je ne serai pas tous les jours au cabinet, voilà.

— Vous voulez que je vienne maintenant ? Vous êtes encore à votre cabinet ?

Mistral regarde sa montre.

— Oui, bonne idée, passez. Ce ne sera pas long.

— Je suis chez vous dans dix minutes.

Thévenot ouvre la porte à la première sonnerie. Mistral présente Calderone et Marot. Le psy sort trois verres et sert du porto. Les trois hommes apprécient et boivent en silence.

— Merci d'être venu rapidement. Comme je vous le disais, les prochains jours, je vais être indisponible. Un congrès de psychiatres. J'ai enregistré votre passage à la télé. Vous avez été très bien. Si le type l'a vu, il réagira. Mais il y a un mais.

— La dernière question, je parie.

— Tout juste. Regardons d'abord.

Le psy bataille quelques secondes avec sa télécommande et lance l'enregistrement depuis le début. Les quatre hommes sont très concentrés. À la fin de la dernière question, Thévenot arrête l'enregistrement.

— Alors, qu'est-ce que vous en dites ? questionne-t-il.

— Il y a environ trois secondes de silence avant la dernière réponse. Ce qui n'existait pas pour les autres réponses, intervient Marot. Mais il n'y a que nous qui pouvons le dire, parce qu'on connaît tout le processus de A à Z.

— Et vous, qu'est-ce que vous en dites ? questionne le psy en regardant Mistral.

— Je suis assez partagé. Mais je crois que le laps de temps est trop infime pour qu'il puisse être détecté et interprété. On le voit parce qu'on le sait.

— À mon avis, commence Thévenot en lissant sa mèche de cheveux, il faut faire gaffe. Je vais vous dire pourquoi. Vous intervenez à la télé à un moment de grande écoute. Votre message apparaît comme une info pour le public. Mais en réalité, vous ne voulez toucher qu'un type. Ce type, s'il est devant son écran, va recevoir le message pour lui, en pleine tête. Donc il va être très très attentif. N'oublions pas qu'il s'agit d'un psychopathe dangereux et nous savons tous qu'il est particulièrement aux aguets. Alors, si vous voulez mon avis, oui il peut avoir perçu ces trois secondes de temps de réaction.

— Et alors ? réagit Calderone.

— Alors, renchérit le psy, il va essayer de savoir pourquoi le type qui a dit autant d'horreurs sur lui a démarré avec retard la dernière réponse.

— Je vois où vous voulez en venir. Je ne connais pas d'attaque personnelle sur un policier par un meurtrier même dingue, observe Mistral. C'est possible en théorie, mais c'est rarissime dans la réalité.

— Vous avez sans doute raison, admet le psy, mais je balaye large le spectre de réactions d'un dingue, comme vous dites.

Quand Ludovic Mistral referme la porte de chez lui, il entend le bruit de la télé en sourdine et voit de la lumière dans le salon. Clara, assise dans le canapé, les jambes repliées sous elle, accueille son mari avec un sourire.

— Je t'attendais, dit-elle. Tu as été très bien. Tes parents et les miens ont téléphoné pour dire que tu étais sérieux, et que tu savais de quoi tu parlais. Ils espèrent que tu arrêteras rapidement ce monstre.

— Et moi donc ! (Mistral s'assoit contre son épouse et passe son bras autour de ses épaules.) Comment tu as trouvé l'interview, cohérente ?

— Oui, pourquoi ? Tu as donné l'impression qu'il y avait toute une équipe derrière toi pour trouver ce bonhomme que tu as d'ailleurs descendu en flèche. Il ne va pas aimer.

— C'est le but recherché. Sinon rien d'autre ?

— Non. Pourquoi, il y a autre chose que je n'ai pas vu ?

— Pas du tout, je voulais seulement avoir ton avis.

— Elle est comment Cécile Keller hors antenne ?

— Très pro, très rassurante.

Clara prend un paquet qui était posé contre le canapé.

— Tiens, c'est pour toi.

Mistral, au toucher, sent que c'est un livre. Il ôte l'emballage et découvre un livre de photos sur la Patagonie. Son rêve de gosse. Il le feuillette en silence avec un léger sourire.

— Quand cette affaire sera terminée, nous partirons tous les quatre un mois. On commencera par Buenos Aires où nous danserons le tango et ensuite, direction la Patagonie et les grands espaces. Je raconterai aux enfants l'histoire de Butch Cassidy et Sundance Kid qui avaient fui en Patagonie.

— Ne le leur dis pas encore, sinon ça va les exciter, et tous les soirs ils vont te demander la date du départ.

22

À son arrivée au service le lundi matin, Mistral doit commenter au moins dix fois son passage aux infos de vingt heures, au directeur et à ses collègues. Tout le monde le félicite à l'exception de Dumont qui fait comme si de rien n'était. Il reçoit également plusieurs appels téléphoniques amicaux qui l'encouragent.

Mistral réunit Calderone, les chefs de groupes, les effectifs de la Crim' et de la Brigade des mineurs engagés sur l'affaire, soit près de quatre-vingts policiers.

— Une des rares pistes que nous ayons, et encore ce n'est qu'une supposition, c'est que le Magicien travaille comme plombier. Partant de là, soit il bosse uniquement comme plombier, soit dans une de ces boîtes de dépannage qui font un peu de tout. Dans un premier temps, nous allons nous concentrer sur les entreprises de plomberie à Paris uniquement, sauf celles du XIIIe qui ont déjà été vérifiées. Si ça ne donne rien, on élargira le cercle. Des questions ?

Pas de question. Les policiers sont attentifs au plan dévoilé par Mistral.

— Voilà comment nous allons procéder. Vincent, faites voir la carte.

Calderone déplie un plan de Paris découpé par arrondissements, sur lesquels figurent des indicatifs radio de la Brigade criminelle et de la Brigade des mineurs.

— Vous allez vous répartir avec la Brigade des mineurs dans les arrondissements parisiens. Vous ferez des équipes mixtes avec les policiers d'arrondissement. Comme ça, on associera la connaissance de l'affaire à la connaissance du terrain, et on pourra ratisser tout Paris, rapidement je l'espère, en même temps. Des questions ?

Pas de question. Les policiers sont toujours attentifs et approuvent ce que dit Mistral.

— Vincent Calderone coordonnera le tout. C'est lui que vous appellerez en priorité et à qui vous rendrez compte. Grosso modo, vous serez trois équipes mixtes par arrondissement. Vincent va donner à chacun de vous un document qui comprend le secteur sur lequel vous allez bosser, les coordonnées des policiers locaux, les indicatifs radio et les numéros de téléphones portables de toutes les équipes. Si vous avez besoin de renfort en urgence, vous pouvez appeler les copains. Des questions ?

Pas de question. Les policiers quittent la salle de réunion dans le brouhaha, prenant au passage connaissance de leurs instructions. Mistral et Calderone peuvent enfin prendre un café.

Quand le Magicien pointe son nez dehors avec crainte, il croit que tout le monde va lui sauter dessus. Il pense que la description qu'a faite Mistral de lui le désigne aux yeux de tous. Mais après avoir croisé une quinzaine de passants, qu'il a comptés très exactement sur le chemin pour aller à son bar quotidien, il voit avec soulagement que personne ne fait attention à lui. Strictement personne. Même pas un coup d'œil à la dérobée. Il marche de plus en plus confiant, le visage droit, les mains plantées dans les poches de son caban, le col relevé bien haut. Achat du journal. Entrée dans le bar. Les trois braillards habituels. Assis à sa place. Lecture du journal. Rien. Sucre avalé. Café bu. Observation. Rien à signaler. Le Magicien commence à relâcher doucement la vapeur. Il ne se passe rien. Tout est comme d'habitude. Donc, cet abruti de flic a dit des âneries. Il n'a que dalle.

C'est toujours lui le boss. Lui qui a les cartes en mains, lui le Magicien. Il commande un autre café et se met à réfléchir. Il redoute un peu le père Da Silva. A-t-il vu le flic à la télé ? Si oui, a-t-il fait, ou va-t-il faire le rapprochement avec lui ? *Il faudra être prudent,* se dit-il.

Il vient de franchir un autre cap. Il en est conscient. Il est content d'avoir réduit au silence ses démons. Enfin, il peut être lui-même, sans qu'on lui dicte, qu'on lui impose sa conduite. Il reconnaît qu'ils ont été de bon conseil. Au début. Mais à force, ils devenaient étouffants. C'est avec un certain optimisme qu'il sort du bar pour aller travailler.

Il termine sa matinée avec la réparation d'une fuite d'eau importante dans un bar, dans le quartier piétonnier de Beaubourg. En quittant les lieux, il s'aperçoit qu'il n'est qu'à quelques minutes du Quai des Orfèvres. Avec une sorte de frisson, il se dirige, comme aimanté, vers le lieu où travaille son ennemi. Il longe le quai, ralentit au niveau du 36. Il voit des gardiens de la paix en faction et des voitures de police garées devant. Il fait encore un tour, puis se dirige vers le parking souterrain de Harlay, dont l'entrée est juste avant le 36. Il éprouve un sentiment partagé. À la fois une profonde terreur et une sorte de jouissance d'être si près de l'ennemi, lui, le Magicien recherché par tous. Il marche lentement sur le trottoir longeant la Seine, observant les policiers qui entrent et sortent du 36. Il continue ainsi quelques centaines de mètres et s'arrête sur le pont ne sachant plus quoi faire. En face, il y a une brasserie, il entre acheter un sandwich et ressort aussitôt.

Le Magicien en a maintenant assez d'être dans ce quartier. Il s'est prouvé qu'il ne craint rien ni personne. Il décide de regagner sa voiture. La circulation est dense, boulevard du Palais. Il fait froid et humide et la pluie est imminente. Il traverse sur les passages protégés – toujours ne pas attirer l'attention – en mangeant son sandwich. Il reprend en sens inverse le chemin pour aller au parking. Au feu rouge du quai des Orfèvres et de l'angle du boulevard du Palais, une Peugeot 406 bleu foncé est arrêtée. Il regarde machinalement cette voiture et son regard glisse du capot au pare-brise et du pare-brise au conducteur. C'est son ennemi au volant. Mistral, le flic, avec un autre type à côté. Le Magicien, le cœur cognant à fond, dirige son regard ailleurs et ne change pas son allure. En une demi-seconde, il a noté le numéro d'immatriculation de la voiture. Il ne sait pas encore ce qu'il en fera, mais c'est bien d'avoir quelque chose de son ennemi, alors que ce dernier n'a rien. *Je suis vraiment fort*, se dit-il, *et dire qu'il me fait passer pour un abruti !*

Lécuyer se souvient de ce que disaient les voyous en prison. « Pour savoir comment et avec quoi roulent les flics, il suffit de se planquer devant leur service et d'attendre. Non seulement tu connais la couleur de leur caisse, mais aussi leur numéro d'immatriculation et en plus, tu vois leur tronche. Comme ça, quand tu rentres chez toi et que t'as pas la conscience tranquille, tu fais un grand tour et tu mates. Si tu repères des caisses de flics en planque, c'est peut-être pour toi, alors tu vas dormir à l'hôtel et tu te rencardes en souplesse. »

Le Magicien en conclut qu'en prison, il a vraiment blindé les bases du métier pour ne pas se faire choper. Il le vérifie tous les jours. Et il est bien résolu à les appliquer.

L'après-midi voit le retour de la pluie et de la circulation bloquée. Curieusement, Arnaud Lécuyer est détendu. Il se sent rassuré sans trop savoir pourquoi. Vers seize heures, en sortant de chez une cliente dont la douche était bouchée par des cheveux, il a envie de boire un café. La dame lui en a proposé un, mais, fidèle à son comportement, il n'a eu qu'une hâte, fuir les gens qui parlent, et même ceux qui ne parlent pas, d'ailleurs. Il marche détendu sur le trottoir quand le bruit d'un échappement, tel un coup de fusil, fait s'envoler des dizaines de pigeons. Arnaud Lécuyer observe les oiseaux qui s'envolent des arbres et des toits des maisons. *C'est curieux*, se dit-il, *les pigeons pour décoller plongent d'abord vers le bas avant de remonter telles des flèches*. Pendant quelques secondes, il les regarde s'envoler de partout. Il se souvient d'autres pigeons qui venaient manger du pain ou des graines. C'était qui ? Un vieux avec un chariot et un chien sale. C'était où ? Ah oui, rue d'Avron. Il repense alors au jeune garçon. En entrant dans le bar, il dit presque à haute voix : « Ne nous précipitons pas. »

En fin de journée, Dumont exulte. Il est allé gare du Nord et a rencontré les responsables de la surveillance. Comme bobard, il leur a raconté qu'il travaillait sur une équipe de trafiquants de stups dont un, recherché pour un meurtre sur un autre dealer. Il n'a eu aucune difficulté pour obtenir les enregistrements des zones qui l'intéressent. Les enregistrements sont conservés huit jours, et si rien de particulier n'est signalé, ils sont automatiquement écrasés par un autre enregistrement. Il demande à visionner la journée où Carmassol lui a dit avoir vu le drôle de type qui manie les dés de façon diabolique.

Le technicien met en mode lecture le disque dur de l'ordinateur en sélectionnant le créneau horaire indiqué par Dumont. Celui-ci a les yeux plantés sur l'écran de contrôle. Il voit apparaître Carmassol et redouble d'attention. Les images sont saccadées, c'est de l'enregistrement séquentiel, une image enregistrée toutes les cinq secondes. Dumont scrute attentivement les personnages. Il repère le gamin sur le banc et plus vaguement le type à côté. Dumont en a la bouche sèche d'excitation. Un voyageur, debout, qui lit son journal grand ouvert, masque en partie le voisin du gamin. Cinq secondes plus tard, le type plie son journal et le ramène vers lui.

Dumont l'entrevoit à peine, visage de profil, tourné dans la direction de Carmassol. Dumont regarde toute la bande sans plus de chance. Dans l'intervalle des cinq secondes, le gars a dû se lever et sortir du champ de la caméra. Il demande de faire un arrêt sur la seule vue où on semble voir l'homme et l'enfant. Le technicien s'exécute. Dumont est déçu. Le visage, de profil, est flou. Aucune photo de l'homme ne peut être extraite de cette bande. Pas assez lisible. Il obtient sans difficulté qu'une copie des enregistrements à venir lui soit transmise. C'est mieux que rien. Et si le type réapparaît dans cette zone, où se tiennent régulièrement les fugueurs, il verra comment exploiter l'info.

En regagnant le « 36 », Cyril Dumont trouve un message sur son bureau demandant de rappeler Lucien Carmassol. Ce qu'il fait sans attendre.

— Salut, Lucien, tu as cherché à me joindre ?

— Oui... L'autre soir, j'ai regardé le journal télévisé et j'ai vu Mistral. J'ai l'impression que tu me balades, Cyril. Ce type a l'air particulièrement impliqué dans l'affaire, pas simplement pour un passage télé. Je me trompe ?

— Non, pas du tout. Où tu veux en venir ?

Dumont, sentant le vent mauvais qui se lève, cherche à biaiser en souplesse.

— Simplement que c'est lui qui dirige l'enquête et pas toi. Si c'est vrai, Cyril, ce n'est pas comme ça que je t'ai appris à bosser. On ne double pas les copains. Alors, je t'écoute. Sois bien clair, parce qu'au téléphone on entend tout, surtout ce qu'on ne dit pas.

Carmassol a parlé lentement, d'un ton pesant, avec son inimitable voix rocailleuse.

— Écoute, Lucien, pour l'instant c'est Mistral le boss de la Crim', c'est normal que ce soit lui qui parle à la télé. Mais tu sais comment ça marche. Il suit l'affaire, mais moi je m'occupe de tout l'aspect investigations.

Dumont sait qu'il doit lâcher un peu de lest.

— Tu lui as parlé de notre conversation, de notre virée à la gare du Nord ?

— Pas encore. On met le paquet sur des entreprises de plomberie. Mais très rapidement, je vais lui parler de la gare, ment Dumont.

— J'espère que tu dis vrai, mon gars. À bientôt certainement.

Carmassol raccroche sans attendre la réponse de Dumont. Le chef de groupe travaillant sur l'affaire Destiennes entre dans le bureau alors que Dumont, l'air ennuyé, tient encore le téléphone à la main. Le commandant a l'air excité.

— Qu'est-ce qui t'arrive ? demande un peu brutalement Dumont.

— Bingo, chef ! Dans l'affaire Destiennes, les écoutes téléphoniques ont donné.

— Quoi ? Qu'est-ce que tu dis ?

Dumont est encore empêtré dans la conversation téléphonique avec Carmassol.

— Je dis tout simplement qu'on tient la solution dans l'affaire Destiennes.

— Je t'écoute.

Dumont commence à retrouver le moral.

— C'est le majordome et le chauffeur qui ont fait le coup. Ils s'y sont mis à deux pour tuer Solange Destiennes. Ensuite, ils ont piqué le contenu du coffre. Mais il y a un nœud.

— De quoi tu parles ? Quel nœud ?

— Ils ont découvert dans le coffre une enveloppe avec des photos. On ne sait pas ce qu'il y a sur ces clichés, mais ils flippent à mort. Ils ne savent pas quoi faire avec, comme si des braises leur brûlaient les doigts. Ils voudraient bien se barrer rapidos, mais le fourgue[1] ne les a pas encore casqués.

— Ça, c'est top comme info. (Dumont regarde sa montre.) Il est vingt heures. Soit on va les chercher avant vingt et une heures, soit demain matin six heures.

L'officier regarde Dumont sans l'interrompre dans sa réflexion.

— Voilà ce qu'on va faire. Vous mettez en ordre la procédure, que tout soit carré pour demain. Un type reste aux zonzons en direct cette nuit. On met une équipe sur les dom'[2] des deux lascars et on les tope demain matin à six heures sans les croissants. Mets ça sur pied, je vais en parler à Mistral.

1. Receleur.

2. Abréviation fréquemment employée par les policiers signifiant domicile.

— C'est parti. Le commandant démarre rapidement pour organiser le dispositif.

Mistral, se balançant dans son fauteuil, regarde Dumont qui vient de lui relater les derniers dénouements de l'affaire.

— Tu as bien manœuvré. Félicitations ! Pour cette histoire de photos, je vais en parler à Guerand, elle va appeler rapidement le préfet. Tu pars dans combien de temps ?

— Pas tout de suite. J'attends. Si les choses se précipitent, autant que je sois là.

Dumont, en quittant le bureau de Mistral, souhaite avoir une embellie avec la gare du Nord comme celle qu'il vient d'obtenir dans l'affaire Destiennes. Et là, il est gagnant sur tous les tableaux.

La pluie a repris. Arnaud Lécuyer est dans sa voiture, écoutant en sourdine la radio. Cela fait une heure qu'il est là tranquille, la fenêtre légèrement entrouverte pour éviter que les vitres se couvrent de buée. Il est stationné quai du Marché-Neuf, presque à l'angle du boulevard du Palais. Il observe les voitures qui arrivent du quai des Orfèvres. Il attend la voiture de Mistral. Il est obligé de passer par là, le quai des Orfèvres étant à sens unique. Il reste encore une heure ou deux, il ne le sait pas. S'il ne voit pas Mistral ce soir, il reviendra demain. Ainsi de suite, jusqu'à ce qu'il le voie. Il n'est pas pressé, c'est lui le Magicien, le maître du temps qui a le jeu en main.

Vers vingt et une heures trente, Guerand appelle Mistral pour lui dire que Dumont a le feu vert pour son opération du lendemain matin, mais qu'il doit absolument retrouver les photographies. Mistral répercute l'info à Dumont et le renforce de dix policiers supplémentaires, le temps des interpellations et des perquisitions. Dumont apprécie et ne fait aucun commentaire.

À vingt-deux heures cinq, Mistral et Dumont quittent le Quai des Orfèvres en même temps dans leur voiture de service. Tous les deux ont une Peugeot 406 bleu foncé. Ils en ont marre de leur journée. L'un suivant l'autre et voyant qu'il n'y a pas de circulation boulevard du Palais, ils ne s'arrêtent pas au feu rouge, sous l'œil révolté du Magicien. Il a cru apercevoir Mistral dans la deuxième 406, mais n'en est pas absolument sûr. Il démarre en trombe alors que les deux voitures, qui viennent de traverser le pont, tournent à droite et prennent très rapidement la voie de bus. Lécuyer attaque le quai quand les deux 406, franchissant le feu du Pont-Neuf qui est au vert, filent cinq cents mètres loin devant. Lécuyer, les essuie-glaces balayant à fond le pare-brise de la pluie qui tombe drue, aperçoit les deux voitures qui plongent en contrebas vers la voie rapide. Contrairement à toutes règles de prudence, Lécuyer, bien au-delà des cinquante kilomètres heure réglementaires en ville, n'arrive pas à recoller le train des deux voitures de police. Elles roulent très rapidement. Lécuyer a dans sa ligne de mire deux points rouges qui sont les feux arrière de la dernière 406. Un léger ralentissement permet à Lécuyer de revenir à une centaine de mètres des deux voitures, mais pas suffisamment près pour voir si c'est celle de Mistral qui est devant lui. Arrivé devant le pont Mirabeau, la première Peugeot prend le pont en direction de la Maison de la radio pendant que la seconde continue rapidement sur les quais.

Lécuyer s'arrête. Observe où il se trouve et dit à voix haute, satisfait de lui-même : « Le petit homme fruste, gris et insignifiant reviendra demain ici et suivra la bonne voiture. » Il rentre chez lui, en pensant qu'en prison il a entendu expliquer comment suivre une voiture sans se faire remarquer. Il faut du temps. Ne pas la coller tout le temps. Faire des sauts de puce. De carrefour en carrefour. Ne pas attirer l'attention. Jusqu'à la destination finale. Lécuyer a du temps et suffisamment de colère et de rage pour faire le tour du monde.

Mistral, en partant du Quai des Orfèvres, a mis dans son lecteur CD un disque de Till Brönner qui le déconnecte complètement de sa journée. Du jazz cool. Il aime rouler de nuit, quand il pleut, avec un bon CD dont la musique emplit l'habitacle. C'est la meilleure façon qu'il a pour marquer un intervalle entre sa vie professionnelle et sa vie familiale. Même si le Magicien envahit son esprit en permanence. Quand il arrive chez lui, les enfants dorment. Il entre doucement dans les chambres pour écouter leur respiration paisible. Clara lui demande si le Magicien s'est manifesté.

— S'il a regardé la télé, c'est beaucoup trop tôt pour qu'il bouge, il doit ruminer dans un coin, lui répond Ludovic.

Il fait ensuite des projets pour leur voyage en Patagonie. Clara, pragmatique, remarque en souriant qu'il s'y prend vraiment longtemps à l'avance.

— Les voyages commencent d'abord dans la tête, réplique Ludovic. Quand tu mets ton pied sur la passerelle de l'avion, tu réalises le rêve que tu as mûri quelques mois auparavant, et alors là, tu en as pleinement conscience et tu profites.

Ce matin-là, la pluie cesse, mais le froid persiste. Ludovic Mistral arrive à la Brigade criminelle à six heures moins le quart. Il veut être au service quand Dumont reviendra avec les deux types arrêtés dans l'affaire Destiennes. Il a envoyé un bref message radio demandant la position des équipes mais qui signifie en fait « salut, mec, si tu as besoin de quoi que ce soit, je suis là ». Dumont a compris le message.

Les écoutes téléphoniques n'ont pas tourné de la nuit, et les deux suspects n'ont pas bougé de chez eux. Les policiers attendent six heures, l'heure légale pour pouvoir pénétrer dans les domiciles.

Mistral fait son circuit café habituel, même si c'est plus matinal que d'habitude. L'activité de la nuit a été extrêmement calme pour la Police judiciaire. Les policiers de nuit de la première division ont été sollicités par le magistrat de permanence pour déterminer si la personne découverte pendue dans son appartement de l'avenue Bosquet dans le XVIe arrondissement s'est bien suicidée. Parfois des suicides apparents sont des meurtres déguisés. Les policiers, en présence d'une telle affaire, disent alors de la victime qu'« elle a été suicidée ». Mais cette fois, ce n'est pas le cas. Une lettre laissée par la victime, une enquête de voisinage établissant son état dépressif, l'attestent.

Vers neuf heures, les équipes en charge de la recherche du Magicien arrivent progressivement à la Crim'. Vincent Calderone réunit les chefs d'équipes pour faire le point sur les investigations chez les plombiers. Conclusion : retour à la case départ. Quelques types correspondent vaguement au signalement, mais ils ont été rapidement mis hors de cause. Les équipes travaillant sur les quatre arrondissements formant le centre de Paris, qui sont les plus petits, en ont terminé. Vincent Calderone les déploie sur les grands arrondissements en périphérie de la capitale pour aider leurs collègues. Leur travail est bien loin d'être fini. Calderone pense que si le Magicien n'est pas localisé parmi les entreprises de plomberie, ils vont devoir passer à la phase deux, c'est-à-dire les entreprises « tous services ». Et là, leur nombre est vraiment considérable. La recherche d'un tel criminel nécessite de la patience, de la méthode et de ne pas céder au découragement.

À dix heures trente, Dumont et ses équipes arrivent à la brigade avec les deux suspects interpellés, le majordome et le chauffeur. Un type qui a été arrêté au saut du lit, ça se reconnaît immédiatement, quel que soit son statut social. En général, il n'est ni coiffé, ni rasé. Et ces deux-là ne dérogent pas à la règle. Ils sont menottés, mains dans le dos, avec un policier qui tient les menottes. Mistral les regarde entrer dans les bureaux pour les auditions. Ils ont perdu de leur superbe, moral à zéro, et sont habillés « confortable » pour la garde à vue, pull, jean et chaussures de sport. Ils ont dû être conseillés par les policiers. Mistral imagine sans peine comment ça va se passer une fois dans le bureau. Un jeune lieutenant prendra une boîte en carton dans laquelle il mettra les lacets, la ceinture, les bagues, chaînes et montres. Moral à moins dix. Ensuite, un autre policier leur notifiera leur mise en garde à vue qui a débuté à partir de l'heure d'interpellation, vraisemblablement six heures, et leur donnera connaissance de leurs droits, c'est-à-dire avocat, visite par un médecin, personne à prévenir. Moral à moins vingt. Puis début des auditions. *Vraisemblablement, ils vont nier*, pense Mistral. Même si le butin a été retrouvé, ils impliqueront un troisième larron inexistant. Fin de la première journée. Moral moins trente. Prolongation de garde à vue, nuit au dépôt, repas froid. Moral moins quarante. Le lendemain matin pas rasé, pas lavé, ayant peu ou pas dormi, ils avaleront un café et les auditions redémarreront. Maintien de leurs déclarations. Un policier leur fera écouter les bandes des communications téléphoniques enregistrées. Moral moins cent. Lèvres blanches, plus de salive dans la bouche, effondrement, pleurs. Confrontation entre les deux lascars qui se rejetteront mutuellement la responsabilité du crime : « C'est pas moi c'est lui qui l'a tuée, moi je voulais juste la voler. » Fin de la garde à vue. Départ pour le dépôt, le juge d'instruction, la cour d'assises, la prison. Question traditionnelle avant de quitter les services de police : « Je risque combien ? » Réponse : « Entre quinze et vingt ans. » Moral à moins mille. Rideau.

Et c'est comme ça que cela s'est passé. Après ils ont beaucoup pleuré et ils ont donné le nom et l'adresse du fourgue chez qui a été retrouvé le butin. Comme prévu, ils se rejettent mutuellement la responsabilité du meurtre de Solange Destiennes.

Guerand, Mistral et Dumont regardent les photographies sur lesquelles le préfet a attiré leur attention. Ce sont des photos couleurs d'excellente qualité qui représentent une bonne quinzaine de personnes dans des situations pas jolies-jolies, dixit Guerand. C'est un mélange de « people », de sportifs connus et de politiques de tous bords qui visiblement ont beaucoup picolé, respiré autre chose que de l'air, et qui doivent avoir chaud, parce qu'ils ne portent plus de vêtements.

— Ils avaient des projets pour les photos, tes deux lascars ? demande Guerand.

— Pas vraiment. Ils les ont découvertes une fois chez eux, quand ils ont déballé le contenu du coffre, répond Dumont. Au début, ils ont balisé quand ils ont compris quelle bombe ils avaient entre les mains. Ensuite, ils ont décidé de les garder, de réfléchir pour savoir que faire, et essayer de ramasser un max de blé avec.

— S'ils avaient joué à ce petit jeu, on les aurait retrouvés suicidés, ou victimes d'un accident de la route mortel. Il y a des lignes à ne pas franchir et ils n'auraient pas eu les épaules pour ça, ajoute Mistral en regardant les photos en détail. Il y a vraiment du beau monde !

— Tu l'as dit !

— En tout cas, le préfet est content. Je suis sûr qu'il ira remettre le jeu de photos, sous pli cacheté, en main propre au ministre, avec comme message subliminal : « Vous voyez comme je suis indispensable. » (Guerand regarde sa montre.) Je ne vais tarder à y aller, il m'attend dans un quart d'heure.

— Tu sais pourquoi Solange Destiennes détenait ces photos ? questionne Mistral.

— Non. Aucune lettre ne les accompagnait. Et quand j'ai fait la fouille de l'appartement Destiennes, je n'ai rien trouvé non plus. J'imagine mal le préfet nous dire pourquoi mémé avait reçu cette patate chaude en garde, termine Dumont.

Le Magicien passe ces deux journées relativement détendu. Il bosse selon son rythme, calmement, rapidement et en silence. Il a envie de retourner à la gare du Nord et rue d'Avron. Simplement pour sentir l'atmosphère des lieux. Mais il sait que ce n'est pas très prudent et qu'il va devoir redoubler de vigilance à cause de ce salopard de flic qui, à la télé, a mis en garde publiquement les parents.

Le Magicien songe sérieusement à changer de stratagème pour attirer les enfants, de peur de se faire repérer. Mais il ne sait faire que de la magie pour les piéger. Il décide pour l'instant de ne rien changer, mais d'être plus prudent. En tout cas, il n'écarte pas l'idée de changer d'approche.

Il arrive vers vingt heures à proximité du pont Mirabeau pour tenter de voir passer la voiture de Mistral. À vingt-deux heures, épuisé de guetter toutes les voitures qui passent, il en a marre et rentre chez lui.

Mistral passe dix minutes plus tard, rapidement comme toujours, avec les riffs du grand Miles Davis à fond dans la caisse, pour se laver l'esprit de sa journée de travail qu'il a commencée seize heures plus tôt.

23

Le matin, Lécuyer refait surface, toujours dévasté par ses rêves. Après avoir sacrifié à son rituel de toilette matinale, il se précipite chez le marchand de journaux et ensuite dans le bar pour savoir ce qui se dit. Il est persuadé qu'il apprendra ce que font les flics pour le choper. Les trois types débitent vingt conneries à la seconde, mais au moins, se persuade-t-il, il sait quel est le centre d'intérêt. Un matin, il a entendu le journaliste télé dire que les assassins de la vieille dame tuée le même jour que le petit Guillaume ont été arrêtés.

— Y manque plus que l'avorton, comme a dit le flic l'autre soir, celui qui bute les gosses, a braillé un des trois types, et on sera peinards.

Les deux autres et le patron ont approuvé avec force. Mais depuis plusieurs jours, c'est le foot qui est sur le tapis, à cause d'une équipe, le Magicien n'a pas retenu le nom, que les clients du bar soutiennent et qui prend le bouillon.

Lécuyer voit bien que tout le monde se fout de la gueule du Magicien après que le flic l'a mis plus bas que terre à la télé. Ces abrutis sont en quelque sorte rassurés de savoir que le Magicien n'est pas grand-chose. Arnaud Lécuyer se dit qu'il faut inverser le cours des choses. Il ne digère pas d'être publiquement désigné devant des millions de gens comme un petit être fruste et insignifiant.

Pendant les jours qui suivent, il n'a de cesse d'essayer de trouver où habite Mistral. Plus rien d'autre ne compte autant pour lui. Il l'a inscrit en priorité. Il ne sait pas ce qu'il fera une fois qu'il l'aura, mais il détiendra un avantage de plus sur l'ennemi, il connaîtra des éléments de sa vie personnelle. Ce qu'il désire, il faut qu'il l'obtienne. Le Magicien a décidé de ne plus retourner ni à la gare du Nord ni rue d'Avron tant qu'il ne saura pas où le flic habite. Il s'est, en quelque sorte, fixé une sorte de défi teinté de rage.

— Le petit être va te montrer qu'il n'est pas insignifiant. Je sais pas encore ce que je vais faire, mais certainement pas la connerie que tu attends. Avec moi, la provocation, ça marche pas, et je vais te baiser la gueule. Je vais te baiser la gueule, je vais te baiser la gueule.

Le Magicien a pris l'habitude de parler à haute voix dans la voiture. Il hurle, surtout quand il pense à Mistral. Et comme il en est obsédé, il crie souvent. Comme si une sorte de douleur le faisait réagir violemment. Et donc il vocifère comme un dément : « Je vais te baiser la gueule. »

Pris d'un doute sur l'itinéraire emprunté par Mistral pour rentrer chez lui, Lécuyer recommence à se poster ce soir-là, dès dix-neuf heures, à l'angle de boulevard du Palais et du quai du Marché-Neuf. À vingt-trois heures, il voit débouler la 406 qui s'arrête au feu rouge cette fois, ce qui lui permet d'apercevoir Mistral au volant. Dès que la 406 s'engage sur les quais, Lécuyer démarre. Contrairement à toutes les règles de prudence qu'il s'est fixées, il passe au rouge pour ne pas perdre la voiture de Mistral. Celui-ci roule rapidement dans le couloir réservé au bus. Lécuyer conduit vite lui aussi, mais dans la partie de la route réservée aux voitures. L'heure tardive lui permet d'être à deux cents mètres de la Peugeot sans rencontrer de difficulté pour le suivre, il suffit d'être dans le flot de la circulation. Les deux voitures plongent sur la voie qui longe les quais. Quatre voitures séparent Mistral de Lécuyer. Mistral regarde dans le rétroviseur de temps à autre, mais sans voir, encore absorbé par sa journée. Pour décompresser, il a recours à une compilation de *Creedence Clearwater Revival* et monte fort le son, quand le groupe attaque l'extraordinaire version de *I put a Spell on You.*

La 406 file. Cinq voitures derrière, un homme, sans aucune limite, sans aucun sens du bien et du mal, n'a ce soir qu'un seul objectif, suivre le plus longtemps possible ce salopard de flic pour savoir où il habite. La 406 passe devant le pont Mirabeau et continue sur les quais à allure soutenue. Le Magicien se glisse dans le flot de circulation derrière Mistral. Quand il sent qu'il risque d'être repéré, il abandonne.

De saut de puce en saut de puce, il lui a fallu une dizaine de jours pour localiser le domicile de Mistral à La Celle-Saint-Cloud. C'est une jolie maison avec un jardin en façade. Elle est entourée de hauts murs sur les côtés qui la séparent des maisons voisines. En bordure de rue, il repère un grillage très épais masqué par une haie d'arbustes. Il ne sait pas encore comment il exploitera cet incroyable avantage. En attendant, il exulte, il est fier de lui, mais ce qui l'ennuie, c'est qu'il sait qu'il ne pourra partager cette information avec personne, faire savoir que le boss c'est lui. Il a une autre source de satisfaction : il a relevé et réussi le défi qu'il s'était imposé, donc il peut retourner rue d'Avron et à la gare du Nord dès qu'il en aura envie.

Après son succès dans l'affaire Destiennes, Dumont, plutôt satisfait, reçoit, avec l'autorisation de Guerand, les journalistes. Pour ne pas déroger au sacro-saint secret de l'enquête, ce fameux article 11 du code de procédure pénale, bien connu des officiers de Police judiciaire, Dumont se livre à des acrobaties verbales afin de livrer quelques informations. Les journalistes habitués aux affaires de police connaissent bien cette difficulté et attendent patiemment que Dumont lâche des bribes pour pouvoir les exploiter. Ce petit jeu des questions-réponses dure près d'une heure. « On ne vous citera pas », dit un vieil habitué du 36, « on mettra : "une source proche de l'enquête", ça vous va ? » Et ainsi de suite pendant une heure.

Quand les journalistes quittent la Brigade criminelle, Dumont est ravi de sa prestation. En revenant de raccompagner les journalistes, il croise Mistral et lui raconte son interview.

Le Magicien se sent fort. Le fait d'avoir plusieurs coups d'avance sur son ennemi le satisfait pleinement. C'est dans cet état d'esprit qu'il termine sa journée. Il jette un coup d'œil à son planning qui indique que son dernier rendez-vous se situe rue des Pyrénées. Ses yeux se bloquent sur cette dernière adresse. Rue des Pyrénées, Paris XXe. Il ne s'en était pas rendu compte tout de suite. XXe arrondissement égale aussi rue d'Avron, égale aussi le gosse qui le fait fantasmer. Le Magicien n'a pas cinq secondes d'hésitation, il démarre et moins d'un quart d'heure plus tard, il est chez le client qu'il expédie de manière professionnelle. Il se met ensuite en chasse du môme. Dans un premier temps, il file vers l'immeuble où habite l'enfant. Les fenêtres de l'appartement sont éteintes. Il repart vers la rue d'Avron. Sur la droite, il y a le passage qui donne dans la rue du Volga. C'est dans ce passage, qui ressemble à une place de village de province, qu'il a vu le vieux donner à manger aux pigeons. Le vieux n'est pas là. Mais, assis sur un muret, le jeune garçon a l'air de s'ennuyer.

Le Magicien se retient de ne pas hurler sa joie. La chance est vraiment au rendez-vous. Il a localisé la maison de Mistral, et maintenant, il est à moins de dix mètres du môme. Il est d'autant moins fébrile qu'il n'est pas en phase de chasse et de manque. Il a le temps de jouer avec sa proie. Un peu comme un pêcheur qui vient de prendre un beau poisson, mais qui, pour jouer un peu, parce que la prise a été trop facile, le remonte doucement au moulinet, le relaisse filer, le remonte à nouveau, jusqu'au moment où il décide de le remonter définitivement, de le sortir de l'eau avec l'épuisette, de lui arracher l'hameçon de la gueule et de le jeter dans sa besace. Le Magicien joue donc avec son moulinet.

L'enfant le regarde venir, pas inquiet. Il le reconnaît. C'est le gars qui a fait des tours de passe-passe dans l'Abribus. Et comme il s'ennuie, le type va certainement le distraire un moment.

Le Magicien a vu que le gosse le regarde venir et qu'il n'a pas l'intention de partir. *C'est vraiment trop facile,* pense-t-il. *Ce con de flic à la télé et à la radio, il a voulu faire le mariolle, mais je continue de lui baiser la gueule.*

Il s'assoit sur le muret à côté de l'enfant, à sa gauche. En totale confiance. Dominateur contrôlant sa proie et le cours des événements.

— Salut, dit-il à l'enfant sans le regarder.

— Salut, répond l'enfant. Tu vas faire encore des tours ?

— Si tu veux. Tu vas où à l'école ?

Il a ses mains enfoncées dans les poches de son caban. La gauche triture son coupe-ongles, la droite un jeu de cartes.

— Je vais au collège qui est juste à côté, je suis en sixième.

Il est hyperexcité et sent son cœur qui cogne. C'est cette sensation qui l'enivre complètement. L'adrénaline qui le propulse dans la stratosphère. Les yeux braqués sur les environs, sans jamais regarder le gosse, le sentir près de lui lui suffit. Rapidement, trop sans doute, il sort sa main droite de la poche de son caban en tenant son jeu de cartes. Le gosse, qui a ses yeux plantés sur les mains du type, voit un bout de papier plié tomber de sa poche. Sans réfléchir, il met le pied dessus en pensant : *C'est le secret de ses tours.* Et il faut dire que le Magicien est époustouflant. La tête ailleurs, les cartes et ses doigts en toute liberté. Cela dure quelques minutes. Le gosse a les yeux remplis d'étoiles de voir autant de tours sans rien comprendre.

Et puis le vieux au chien sale et au caddie rempli de pain dur arrive. Les pigeons qui n'attendent que cela se posent tout autour dans un grand bruissement d'ailes qui fait voler la poussière. Le Magicien fait alors disparaître son jeu de cartes et se lève en même temps que les pigeons se posent. Il s'en va calmement, sans rien dire et sans regarder le gosse. Le fait de s'éloigner lentement dans ces bruissements d'ailes, et de traverser la nuée de pigeons, donne au Magicien, dans son caban sombre au col relevé, des allures un peu fantasmagoriques. Il est calme, il sait qu'il pourra revenir quand il le souhaitera, que le gosse a l'hameçon qui lui traverse la bouche. *Il ne faudra pas oublier l'épuisette une de ces prochaines fois*, se dit-il, *mais j'ai encore le temps.*

L'enfant regarde les pigeons qui sont pris de frénésie en mangeant le pain. Au bout de quelques minutes, il salue le vieux d'un petit signe de main et quitte son muret. Il parcourt quelques mètres et se souvient du papier qu'il retourne ramasser. Il rentre chez lui en courant, comme tous les mômes de son âge qui cavalent au lieu de marcher. Son père vient d'arriver, il sent le pastis. Le père et le fils dînent de surgelés passés au micro-ondes. Quand l'enfant rentre dans sa chambre, il prend le papier et le déplie. Il est déçu par ce qu'il lit. Au lieu d'un secret sur des tours de magie, c'est un texte idiot qui commence par : « J'AI PASSÉ UNE ENFANCE HEUREUSE AVEC MA MÈRE LILIANE ET MON PÈRE GÉRARD. JE N'AI PAS EU DE FRÈRE NI DE SŒUR, MAIS ÇA M'A PAS MANQUÉ. MA MÈRE NE TRAVAILLAIT PAS, M'ACCOMPAGNAIT À L'ÉCOLE ET VENAIT ME CHERCHER À LA SORTIE. JE N'AI JAMAIS MANGÉ À LA CANTINE… »

L'enfant, déçu par ce qui est écrit, lit distraitement le reste du texte et jette le papier sur son bureau. Il prend son cahier de récitations et révise la poésie qu'il doit retenir pour le lendemain, « Mon cartable » de Pierre Gamarra. Il faudra qu'il l'illustre aussi.

La Renault Laguna bleu foncé est garée avenue Gambetta, dans le XXe arrondissement. À bord, quatre personnes, trois hommes et une jeune femme. À l'avant, un conducteur et une passagère, à l'arrière les deux autres types. Silence dans la voiture. Un des deux hommes à l'arrière relit des notes figurant dans une chemise cartonnée. La jeune femme regarde distraitement par la fenêtre, le chauffeur, les yeux fermés derrière des lunettes sombres, a la tête calée contre l'appui-tête. Un crachotement radio se fait entendre dans l'habitacle de la Laguna qui ne dérange pas ses occupants. Le crachotement reprend, mais avec cette fois un message clair :

— Turquoise 40 de S2, Turquoise 40.

— Réponds, Magali.

C'est l'homme avec le dossier sur les genoux qui a parlé.

Magali décroche le micro :

— Parlez, S2. Turquoise 40 vous écoute.

— Turquoise 40, vous pouvez nous appeler par téléphone ?

— Affirmatif, S2.

Turquoise 40 est l'indicatif d'un des véhicules de la Brigade des mineurs. Le passager à l'arrière, le commandant de police Michel Vidal, est le chef de groupe. Son voisin est un gardien de la paix du secteur. Une équipe mixte comme l'a indiqué Mistral. À l'avant, le conducteur, le gardien de la paix Serge Gosselin, et la jeune femme, le capitaine Magali Delahaye.

Le commandant appelle l'état-major. Pendant qu'il compose le numéro, il dit simplement, peut-être à lui-même : « En général quand l'EMPJ[1] demande de rappeler par téléphone c'est qu'il y a une merde. » Les trois autres acquiescent en silence.

— Salut, c'est Vidal, véhicule Turquoise 40, tu nous as appelés ?

— Oui. Vous êtes bien sur le XXe arrondissement ? Sur les plombiers ?

— Affirmatif. Pourquoi, il y a un problème ?

— C'est toi qui vas nous le dire. Vous allez au commissariat central du XXe, il y a un officier qui souhaite vous parler. Il y aurait un de ses gars qui a vu un type bizarre. Quand tu as fini, rappelle-moi.

— Serge, démarre, on va au CP 20[2].

1. État-major de la Police judiciaire.
2. Central de police.

Les trois policiers de la PJ se tiennent debout dans un bureau. En face d'eux, l'officier de l'arrondissement, un jeune capitaine, et un gardien de la paix qui a l'air gêné. Le commandant de la Brigade des mineurs s'adresse au gardien de la paix.

— Je vais répéter ce que vous venez de me dire. Si je me trompe, vous rectifiez. Donc, pour faire court (il regarde ses notes), vous avez quitté votre service vers dix-sept heures et vous rentriez chez vous en bus, avec le PC. Le bus s'est arrêté boulevard Davout peu après la rue d'Avron. À cet arrêt sont descendus et montés des passagers. Vous étiez assis et, en regardant à l'extérieur, vers l'arrêt du bus, vous avez vu un gosse assis à côté d'un type qui faisait des tours de magie avec des cartes. Affirmatif ?

— Affirmatif, reprend le gardien. J'ai pensé que c'était un professionnel parce qu'il avait une dextérité hallucinante.

— C'était quand ?

— Un mois, peut-être un peu plus.

— Pourquoi vous ne l'avez pas dit avant ?

— J'en sais rien. (Le type hausse les épaules.) Je n'avais pas fait le rapprochement avec le Magicien et je n'y pensais plus. Ça m'est revenu quand j'ai vu l'autre soir le journal télé. Quand j'ai pris mon service hier, tout le monde en parlait, j'ai pensé qu'il y avait peut-être un rapport avec le type que j'avais vu depuis le bus. J'en ai parlé hier à mon chef de brigade. Voilà, c'est tout.

— Le gars avec le môme, vous pouvez le décrire ?

— Euh... pas vraiment, je regardais surtout ses mains. Très fines, blanches, avec des doigts longs. Je crois qu'il était mince et habillé en sombre.

— Et le môme ?

— Je m'en souviens encore moins. Je regardais surtout les mains du type. Je sais que c'était un garçon d'une dizaine d'années, c'est tout.

— Ok, merci.

Puis s'adressant à l'officier :

— Qu'est-ce que vous avez comme effectif dans le quartier du boulevard Davout et de la rue d'Avron, habituellement ?

— Des îlotiers, des gardiens en VTT, et il y a aussi des agents de la circulation. (En parlant, le capitaine regarde sur un plan détaillé de l'arrondissement.) Maintenant, on va renforcer et...

— Certainement pas, le coupe le commandant de la Brigade des mineurs. Tu ne changes rien aux habitudes du secteur. C'est nous qui reprenons la main. Imagine qu'on soit sur le bon mec et qu'il repère des flics en surnombre. Qu'est-ce que tu crois qu'il va faire ? Eh bien, il va se barrer le gars, et comme on cherche un courant d'air, autant essayer de mettre les chances de notre côté, pour une fois. Laisse-nous faire. Quant à vous (il s'adresse au gardien), vous allez à la Brigade criminelle, pour qu'on prenne votre déposition. Je vais téléphoner pour prévenir.

En regagnant la voiture, le commandant Vidal appelle l'EMPJ pour rendre compte, et dire qu'il va faire un tour rue d'Avron. Les policiers ont moins de scrupules que Lécuyer pour stationner la Laguna en se mettant sur un emplacement « livraisons ». Alors qu'ils ont fait quelques mètres, une contractuelle, chargée des contraventions, leur dit :

— Vous pouvez pas rester là, c'est pour les livraisons.

Les policiers se retournent et la voient. C'est une grosse femme, une Antillaise avec une incroyable coiffure en hauteur, ramassée à la diable avec la casquette réglementaire posée dessus. Le chauffeur présente sa carte de police et dit qu'ils sont en enquête. La grosse femme répond laconiquement « pas de problème » et continue son chemin.

Les trois policiers restent plus d'une heure dans le quartier pour prendre la température et s'approprier les lieux. Eux aussi empruntent le passage donnant sur la rue du Volga et font tout un tour pour voir les différentes rues, bars et boutiques diverses. Après avoir pris quelques notes, ils regagnent la Brigade criminelle pour faire le point avec le commandant Calderone qui pilote toutes les vérifications.

Mistral aperçoit Dumont de dos qui quitte le service vers dix-neuf heures quarante-cinq. Calderone et Mistral ont passé une partie de l'après-midi à faire le point avec les équipes du XXe arrondissement, et notamment celle qui a discuté avec le policier du central 20. Il a décidé de confier l'enquête dans cette rue à l'équipe de la Brigade des mineurs qui a obtenu ce renseignement. Le commandant Vidal est déterminé à mettre le paquet très rapidement sur cette rue pour vider l'abcès. Soit ils sont sur la piste du Magicien et il faut des renforts, soit cela ne donne rien et dans ce cas, ils dégageront vite fait pour chercher ailleurs. Tout le monde est conscient qu'il ne faut pas perdre son temps.

Mistral rentre chez lui comme à son habitude avec de la musique dans la voiture. Ce soir, il a mis un CD d'Arno. Il aime sa voix et sa façon de chanter. Il a téléphoné à Clara pour dire qu'il arrive, aussi les deux enfants attendent-ils impatiemment leur père. Quand il rentre, ils veulent s'asseoir contre lui dans le canapé. Il leur annonce que bientôt, ils feront tous un grand voyage, ce qui a pour effet de les énerver avant de se coucher. Ils veulent tout savoir, où, quand, comment, etc. Mistral, ravi de les voir sauter sur place, leur répond chaque fois : « Surprise ! » Il les emmène au lit et poursuit la lecture d'une histoire de pirates jusqu'à ce que Clara vienne le chercher pour qu'il laisse les enfants s'endormir.

Le Magicien, sur sa dynamique de succès, se rend le lendemain à treize heures, pendant sa coupure déjeuner, à la gare du Nord. Il stationne son véhicule et se dirige calmement vers l'entrée principale de la gare. Il achète un sandwich et une bouteille d'eau dans un des kiosques et s'assoit à l'endroit où il avait rencontré le jeune fugueur. Il y reste un quart d'heure. Au moment où il part, il reconnaît l'ado à qui il avait fait un tour de magie. Le gosse le reconnaît aussi et lui adresse un léger signe de tête. Le Magicien lui répond de la même façon, mais comme il craint d'être en retard, il quitte la gare, se promettant de revenir. Il se sent gonflé d'orgueil. Décidément, tout lui réussit, il n'a qu'à claquer des doigts et tout se déroule comme il le veut. Dans la rue, il aperçoit son reflet dans une vitrine, et se trouve beaucoup trop assuré ; aussitôt il rectifie la position, rentre les épaules, ralentit l'allure et se remet dans la peau de l'insignifiant. *Heureusement que j'ai remis mes lunettes*, dit-il en guise de conclusion quand il entre dans sa voiture.

Le commandant Michel Vidal a fait venir trois équipes de quatre en renfort dans le secteur de la rue d'Avron. À seize, ils ont passé en revue tous les commerces du boulevard Davout et des rues proches avec les maigres informations qu'ils possèdent : un vague signalement et un portrait-robot banal. Ils terminent la première journée sans avoir avancé d'un millimètre, mais sans céder au découragement. Eux aussi ont renoncé à observer les véhicules utilitaires blancs, il y en a beaucoup trop.

Le lendemain, le Magicien se tient à carreau et se borne à faire tranquillement sa tournée.

Dumont téléphone à la SNCF qui lui promet de lui faire parvenir les enregistrements dès que possible.

Calderone planifie les enquêtes chez les plombiers et reçoit des informations sans intérêt.

Mistral accompagne Guerand chez le préfet qui revient doucement à la charge sur le Magicien, maintenant que l'affaire Destiennes a été résolue.

Vers douze heures trente, le commandant Vidal et ses trois équipiers se trouvent dans le passage entre la rue d'Avron et la rue du Volga. Il vient de demander aux autres équipes de les rejoindre pour déjeuner dans le quartier.

Un vieil homme, avec un chien sale, tirant un caddie contenant du pain dur, entre dans le passage. Des dizaines de pigeons se posent dans de bruyants battements d'ailes, soulevant des kilos de poussière. Le chien se couche le nez entre les pattes. Le type commence à lancer doucement les morceaux de pain. Les trois policiers s'éloignent pour éviter la poussière qui vole dans tous les sens. Quand il a fini la distribution, le vieil homme observe les pigeons qui picorent. Certains se battent pour défendre leur bout de pain. Quelques minutes plus tard, plus une seule miette ne restant sur le sol, les pigeons s'envolent.

Le capitaine Magali Delahaye, jeune Marseillaise dynamique, s'approche du vieux monsieur et lui parle quelques minutes. Les deux autres policiers attendent, ne voulant pas déranger cette discussion. Le vieil homme et le chien sale repartent par où ils étaient venus. Magali Delahaye rejoint ses coéquipiers avec un large sourire.

— J'ai une info en béton, commence-t-elle.

— Vas-y, on t'écoute.

— Le pépé connaît le gosse de vue et a déjà croisé le type à deux reprises.

— Tu déconnes ou quoi ? dit calmement Serge.

— Le gosse habite dans le coin, ses parents le laissent traîner dans la rue. C'est un môme sans histoire qui paraît souvent s'ennuyer. De temps en temps, il vient le voir donner à manger aux pigeons, mais ce n'est pas régulier.

— Ce type de môme, c'est la proie rêvée pour les pédos et autres salopards. Et pour le type, qu'est-ce qu'il dit ?

— Qu'il lui fait peur. Texto. C'est un petit bonhomme avec souvent des lunettes sombres et un visage inexpressif. En ce moment, il porte une sorte de manteau foncé avec le col relevé. Il ne l'a toujours vu qu'à pied.

— Moi, je vous dis qu'on est sur la piste de ce pourri. Je sens ça.

Serge, qui parle très peu, commente à sa façon la déclaration de Magali Delahaye.

— Déjà, on va commencer par laisser en permanence une équipe ici à partir de seize heures trente, après la fin des classes, jusqu'à vingt heures, le mercredi et le week-end toute la journée. Si le gosse vient de temps en temps, nous, on doit y être tout le temps. J'en parlerai à Calderone ce soir pour que l'on établisse des tours de permanence.

Le commandant Vidal met sur pied un plan d'urgence en attendant la grosse armada.

Quand les autres équipes de la Brigade des mineurs apprennent l'info, ils veulent assurer eux-mêmes les tours de permanence. Attitude classique et louable d'un service qui estime devoir aller jusqu'au bout de l'enquête quand il tient une piste. Le chef de groupe dit qu'il proposera à Calderone de les laisser assurer jusqu'au bout les planques de cette partie de la rue d'Avron. Ils partent déjeuner avec le moral en forte hausse. En sortant du restaurant, le commandant Vidal reconnaît la contractuelle antillaise avec sa casquette posée sur son échafaudage de coiffure.

— J'ai repéré votre voiture, dit-elle, encore sur une livraison. Heureusement que j'ai l'œil, sinon elle serait déjà partie à la fourrière.

— Il y a longtemps que vous êtes dans le quartier ? demande Magali Delahaye.

— Bientôt dix ans. Je suis chez moi ici, je fais partie du paysage.

Le tout ponctué d'un rire sonore en bougeant la tête. Elle saisit le regard des trois policiers.

— Rassurez-vous, ma casquette est bien arrimée, j'ai l'habitude. Et vous, qu'est-ce que vous faites ici à tourner dans tous les sens ? J'ai appris que vous cherchiez un enfant et un type. De qui il s'agit ?

Elle surprend le visage étonné des trois policiers.

— Je vous dis que je suis chez moi ici, les gens me parlent. Ils m'ont raconté qu'il y avait des policiers qui étaient dans le quartier. C'est normal qu'on me dise ces choses-là, non ?

— Oui, bien sûr.

Le commandant sort d'une chemise le portrait-robot et communique à la contractuelle les informations données par le vieil homme qui donne à manger aux pigeons.

— Je n'ai jamais vu le type en question. Jamais. En plus, avec votre portrait-robot, on arrêterait la moitié de la ville, tellement il est banal. Mais je connais l'enfant. Il vit seul avec son père rue des Maraîchers, je crois que c'est au 42. Je ne connais pas son nom de famille, mais vous le trouverez facilement dans cet immeuble. Il sera ce soir chez lui vers dix-sept heures trente. Il sort du collège vers seize heures trente. Il est en sixième. Je le fais traverser tous les soirs. C'est un gentil garçon qui ne fait jamais de bêtises. La concierge de l'immeuble vous en dira plus, elle habite au premier étage.

Les policiers trouvent facilement l'immeuble, et la concierge leur indique précisément de qui il s'agit et où habite l'enfant. Elle leur confirme qu'il vit seul avec son père, un brave type légèrement alcoolique. La mère a disparu du paysage il y a deux ou trois ans. Le commandant calme ses équipiers passablement excités par l'avancée de l'enquête et décide de récupérer l'enfant à la sortie du collège. Ils rencontrent le proviseur et le mettent dans la confidence. Cinq minutes avant la fin de la classe, le proviseur envoie chercher l'enfant en classe. Les policiers le regardent venir dans le couloir avec soulagement. Ils ont décidé de le mettre sous protection tant que le Magicien ne sera pas arrêté.

Quand le garçon est dans la voiture, Magali Delahaye, qui a un très bon contact avec les enfants, le rassure et lui explique qu'ils cherchent le monsieur qui fait des tours de magie. Il leur dit qu'il ne l'a vu que deux fois. Pendant que Serge conduit, Michel Vidal appelle son chef de service à la Brigade des mineurs et ensuite Vincent Calderone. Ce dernier lui passe Mistral qui félicite le groupe. Mistral leur dit également qu'il les rejoint sur place.

L'équipe de la Brigade des mineurs est chez le petit. Ils commencent à parler avec le père, qui vient d'arriver, quand Mistral, accompagné de Calderone, entre. Vidal raconte dans le détail leur enquête depuis le début. Mistral se tourne vers le père.

— Vous étiez au courant que votre fils a rencontré un gars qui fait des tours de magie ?

— Euh, non. Vous savez, le gamin il me dit pas tout.

— Vous regardez la télévision ? Les informations ? poursuit Mistral.

— De temps en temps. C'est toujours malheurs et compagnie, et de ce côté je suis servi.

— Qu'est-ce que vous faites comme métier ?

— Chauffeur-livreur depuis deux ans. Mais avant, j'étais marin, répond le gars avec fierté. Dans la marine marchande. J'ai fait vingt fois le tour du monde, mais comme une andouille j'ai gaspillé tout mon argent. Vie de marin, vie de bon à rien. Voilà ce qu'on dit. Et ma femme a pas supporté. Elle s'est tirée.

Silence dans la pièce où tout le monde devine que ce ne doit pas être évident tous les jours pour le type et son gosse. Le commandant Vidal s'adresse à l'enfant.

— Est-ce que le Magicien t'a dit quand il reviendrait ?

— Non, il ne parle presque pas. Il dit juste « salut », et il fait des tours sans regarder ses mains, il est trop fort, et après il s'en va.

— Tu sais comment il s'appelle ?

— Non.

— Tu l'as toujours vu au même endroit ?

— Non. Une fois à l'arrêt de bus et une fois dans le passage qui donne dans la rue d'Avron. C'est tout.

— Qu'est-ce que tu connais d'autre de lui ?

— Rien.

— Il est gentil ?

— Je ne sais pas, je pense que oui.

— Tu vois, nous, on ne sait pas s'il est gentil ou pas (c'est Mistral qui a repris la parole). Tant qu'on ne l'aura pas trouvé, on t'accompagnera à l'école et on viendra te chercher. Le mercredi, le samedi et le dimanche. Tu nous diras ce que tu voudras faire et on t'emmènera avec ton papa te promener. Qu'est-ce que tu en dis ?

— Vous croyez qu'il est si dangereux que ça ? demande le père.

— Bien plus que vous ne le pensez, lui répond Mistral.

— Je crois que son père s'appelle Gérard et sa mère Liliane, dit subitement l'enfant.

La phrase est tombée de manière plutôt inattendue. Silence instantané dans la pièce. Tous les policiers le regardent avec stupéfaction.

— Comment tu le sais ? demande doucement Magali Delahaye.

— Parce qu'il a fait tomber un papier de sa poche et que c'est écrit dessus. Je l'ai ramassé sans qu'il le voie. Je croyais que c'était les secrets des tours de magie.

— Il est où ce papier ? Tu l'as encore ? demande Mistral.

— Oui. Il est sur mon bureau, je vais le chercher.

Personne dans la pièce surchauffée ne parle, ne bouge, ni n'ose respirer. L'enfant revient quelques secondes plus tard avec un papier chiffonné qu'il donne à la jeune femme. Magali Delahaye le déplie avec précaution et lit :

J'AI PASSÉ UNE ENFANCE HEUREUSE AVEC MA MÈRE LILIANE ET MON PÈRE GÉRARD. JE N'AI PAS EU DE FRÈRE NI DE SŒUR, MAIS ÇA M'A PAS MANQUÉ. MA MÈRE NE TRAVAILLAIT PAS, M'ACCOMPAGNAIT À L'ÉCOLE ET VENAIT ME CHERCHER À LA SORTIE. JE N'AI JAMAIS MANGÉ À LA CANTINE. LE MERCREDI ON ALLAIT SE BALADER DANS PARIS. PARFOIS MON PÈRE M'EMMENAIT AU CINÉMA ET APRÈS IL M'ACHETAIT UNE GLACE. LE WEEK-END QUAND IL FAISAIT BEAU ON ALLAIT PIQUE-NIQUER DANS LES FORÊTS AUTOUR DE PARIS. L'ÉTÉ ON PARTAIT EN CAMPING AVEC UNE CARAVANE EN VENDÉE ET ON RESTAIT DEUX MOIS. MON PÈRE TRAVAILLAIT ET MOI JE RESTAIS AVEC MA MÈRE. C'ÉTAIT BIEN. JE ME BAIGNAIS ET Y AVAIT DES ENFANTS DE MON ÂGE. MES PARENTS FAISAIENT PLEIN D'EFFORTS POUR ME FAIRE APPRENDRE MES LEÇONS, MAIS J'AVAIS DU MAL SURTOUT AU COLLÈGE. JE N'AVAIS PAS ENVIE DE TRAVAILLER JE NE SAIS PAS POURQUOI. JE SUIS PARTI EN APPRENTISSAGE, J'AIMAIS BIEN.

Quand elle a fini de lire, le silence dans la pièce est impressionnant. Plus personne ne doute que la piste est la bonne. Mistral hoche la tête et dit à Magali Delahaye :

— Mettez ce document dans une enveloppe, qu'on ne l'abîme pas.

Il s'adresse ensuite au commandant Vidal :

— Vous allez prendre les déclarations du père et du fils. Demain matin, vous passerez à la Crim'. Je rentre mettre sur pied le dispositif de protection de l'enfant. Vous avez un bon contact avec lui, je préfère que ce soit votre équipe qui s'en occupe, au moins la première semaine, pour l'accompagner à l'école le matin et le récupérer le soir. Après, on verra.

Gosselin et Delahaye sont sortis devant l'immeuble pour fumer une cigarette.

— Je connais un autre proverbe breton qui irait comme un gant au père, dit calmement Serge Gosselin en écrasant sa cigarette sur le trottoir.

— Nous à Marseille, les proverbes bretons on connaît pas trop. Vas-y, je t'écoute.

— Qui trop écoute la météo navigue souvent au bistro.

— Bien vu, commente la jeune femme en rigolant franchement.

Mistral, de retour au 36, est avec Françoise Guerand. Elle a le document rédigé par le Magicien sur son bureau. Le directeur résume ce que pensent les policiers.

— Je reprends espoir. Enfin, nous avons quelque chose de concret. Ce morceau de papier froissé est ce qui peut nous relier au tueur.

— Il faut que nous gardions cette information la plus secrète possible. À mon avis, il est trop tôt pour que tu en parles au préfet. Je vois d'ici le film. Il va tout de suite appeler le ministre, et tant qu'on n'aura pas interpellé le Magicien, ça va être invivable.

— Tu as raison, je vais garder cette information au chaud. Je la sortirai si vraiment ça coince, pour calmer le jeu et lui dire qu'on n'est pas restés les bras croisés. Qu'est-ce que tu comptes en faire ?

— Je vais demander l'avis de Thévenot. Il est bien ce type. Il percute, et tu sens qu'il veut nous aider. Pour mon passage à la télé, il a été de bon conseil. Je l'appellerai demain matin (Mistral regarde sa montre), il a dû quitter son cabinet. Sais-tu pourquoi je suis convaincu que ce papier nous relie au Magicien, et qu'il a bien été écrit de sa main ?

— Non, je ne vois pas.

Françoise Guerand essaie de se creuser les méninges mais ne voit pas le lien.

— Dans la première affaire que je prends, commence Mistral, celle où le gosse doit la vie au clochard qui se fait planter, rappelle-toi, le gosse dit que le type qui fait des tours de magie s'appelle Gérard. Or, dans cette lettre, le type dit que son père s'appelle Gérard. Je ne crois pas aux coïncidences. J'ai hâte que le psy me décode le reste du document.

Mistral file chez lui. La montre du tableau de bord indique vingt heures trente. Il pense qu'il arrivera juste à temps pour embrasser les enfants dans leur lit. Il est plus optimiste et a retrouvé espoir. Il se dit qu'il téléphonera à Perrec pour lui donner cette info.

C'est sur la trompette de Chet Baker qui résonne dans la voiture que Mistral échafaude des plans d'attaque pour stopper le Magicien.

Il ignore que ce dernier est trois cents mètres derrière lui et râle à haute voix contre le policier qui ne respecte pas les limitations de vitesse : « Ça se croit tout permis parce que c'est flic ! »

En fait, le Magicien, par sécurité, s'assure des habitudes de Mistral. Pas très loin de La Celle-Saint-Cloud, il décroche. Mistral va trop vite pour être suivi dans des rues où il n'y a plus grand monde. La filature donne au Magicien un sentiment de puissance. « Je suis derrière toi, connard, alors que ce devrait être le contraire », voilà ce que se répète en boucle Arnaud Lécuyer.

Arrivé chez lui, le Magicien trouve dans sa boîte aux lettres un rappel de la convocation pour son rendez-vous chez le psy dans deux jours. Sans réfléchir, il porte la main à sa poche pour y prendre le papier sur lequel il a écrit le début de sa vie inventée. Il n'en a pas besoin, mais c'est un geste machinal. Rien dans la poche droite, rien dans la poche gauche du caban. Rien dans les poches du pantalon. Agacé, il retourne à la voiture où il regarde sous les sièges, dans la boîte à gants, à l'arrière parmi les outils. Il lui faut se rendre à l'évidence, il a perdu son papier. Première réaction : *je m'en fous, je connais le texte par cœur.* Deuxième réaction : inquiétude. Et si quelqu'un l'avait trouvé ? Troisième réaction : rassuré. Si c'est le cas, personne ne ferait le lien jusqu'à lui.

Mais bon, au fond de lui, il est vraiment agacé.

24

Le lendemain matin, Arnaud Lécuyer ressort du bar avec des tissus de conneries dans les oreilles, débitées au kilomètre par le patron et les trois piliers du zinc. Il se sent en pleine forme et en totale possession de ses moyens. Le fait de suivre le flic quand il le veut n'a fait qu'accroître son sentiment d'invincibilité. Il sait qu'il a eu raison d'ignorer la stupide provocation du flic à la télé. Le Magicien se doute que Mistral aurait voulu qu'il l'appelle ou qu'il lui écrive, pour essayer de le faire sortir de l'ombre protectrice de l'anonymat. Tout ce qu'il a réussi à la télé, c'est livrer des éléments sur sa vie personnelle. C'en était à pleurer de rire. Sauf que le Magicien ne sait ni pleurer ni rire.

Aujourd'hui, il a décidé qu'il ira faire un tour à la gare du Nord et rue d'Avron. Juste pour humer l'air de ses futurs terrains de chasse.

Sa journée se déroule de manière ordinaire. Il change des joints, installe des appareils, raccorde des tuyaux, soude. Il ne parle pas, oublie de prendre les pourboires que les gens lui laissent sur la table à côté des factures, et passe au client suivant. Pendant l'heure du déjeuner, il se rend gare du Nord et s'installe avec un sandwich sur les bancs où il a vu les jeunes fugueurs. Il les repère en train d'essayer de voler des sacs de sport à des touristes étrangers occupés à déchiffrer les horaires des trains. Le plus jeune, celui à qui il a fait des tours de magie, s'approche de lui en faisant un geste de la main en guise de salut. Il fait comprendre du regard au Magicien qu'il est trop occupé pour s'arrêter ; le gamin suit deux jeunes touristes dont le sac à dos entrouvert l'accapare. Le Magicien répond à son regard par un autre qui dit : « J'ai compris, je reviendrai. »

Mistral essaie de joindre à plusieurs reprises le psy au téléphone, mais il tombe chaque fois sur le répondeur. En début d'après-midi enfin, il trouve sa secrétaire qui l'informe que « le docteur Thévenot est de service aujourd'hui jusqu'à demain midi à l'hôpital ». Mistral, après réflexion, décide de faire porter une photocopie du document découvert chez le gamin de la rue d'Avron, et de joindre un mémo explicatif accompagnant le document qui se termine par « une fois que vous aurez pris connaissance de ces deux documents, merci de me rappeler ». Il met le tout dans une enveloppe avec l'inscription « strictement personnel » et la fait porter au cabinet du médecin.

Aux alentours de dix-sept heures trente, le Magicien arrive rue d'Avron et trouve une place de stationnement lui permettant de voir à la fois l'immeuble où habite sa future proie et le chemin qu'il emprunte pour rentrer chez lui. Quinze minutes plus tard, une Renault Laguna bleue pénètre dans la rue au ralenti. Le Magicien regarde cette voiture qui roule doucement et a un mauvais pressentiment. Il se tasse sur le siège, le regard au ras du tableau de bord. Il voit d'abord le conducteur et le passager qui descendent de voiture et entrent dans l'immeuble de l'enfant. Un des deux types revient et fait un signe au passager arrière. Une jeune femme en sort, suivie d'un gamin. Celui qu'il a mis dans sa ligne de mire mentale, tient la main de la jeune femme. Ils entrent tous dans l'immeuble.

Le Magicien s'étouffe et ressent comme une sorte d'étau qui va lui faire exploser la tête. Il se redresse, démarre lentement et quitte le quartier pour regagner son appartement. Il y arrive comme un zombie. Une fois la porte refermée, il s'affale dans son fauteuil pour réfléchir. Dans son cerveau chaotique est bloquée une évidence : *les flics protègent l'enfant.* Mille questions arrivent en même temps, et les réponses lui donnent le vertige. *Comment le savent-ils ? Depuis quand ? Est-il piégé ?* Ainsi de suite. Il a un regret de deux secondes en pensant aux démons qui auraient pu lui donner un coup de main. Ils sont partis définitivement et il n'a pas envie qu'ils reviennent, il arrivera à tout maîtriser. Il ferme les yeux et réfléchit. Il arrive à la conclusion que si les flics protègent effectivement l'enfant, ils n'ont pas réussi à l'identifier, sinon il serait déjà à plat ventre avec les poignets menottés dans le dos.

Si le flic a pu localiser sa future victime, c'est qu'il est plus avancé qu'il n'y paraît. Le Magicien reste toute la nuit dans son fauteuil, les yeux plantés dans sa télé. Il essaie de réfléchir aux fautes qu'il a pu commettre pour que ce salopard de flic soit en mesure de protéger l'enfant. Mais il ne trouve pas et ça l'inquiète. Le dernier journal télévisé ne lui apprend rien d'intéressant. Il attend que le jour se lève pour se décider à agir. Il ne sait pas encore comment.

Les infos du matin qui passent en boucle dans le bar sont d'une banalité affligeante. Il se traîne toute la journée. Quand il se déplace de client en client, il a les yeux rivés sur le rétro, s'attendant à tout moment à ce que les flics lui tombent dessus. Il prend la résolution de ne plus mettre les pieds rue d'Avron. Dans l'immédiat. C'est plus fort que lui. Il s'accorde quinze jours de délai. Si rien ne se passe, il ira faire un tour discrètement. C'est hors de question qu'il abandonne sa cible. Il fantasme trop pour pouvoir passer à autre chose. Il arrive presque à se persuader que les flics sont probablement avec le gosse pour autre chose. Mais comme il n'en est pas sûr, il préfère jouer la prudence.

En fin d'après-midi, il va chez les Da Silva, comme prévu par son planning. Le père est assis derrière son comptoir en train d'écrire avec application sur un grand cahier. Lécuyer est tellement dérouté d'avoir vu les policiers avec le gosse sous leur contrôle qu'il n'a pas à se forcer pour apparaître comme un petit bonhomme insignifiant et désorienté. C'est tellement criant de naturel que Da Silva n'a plus aucune suspicion dans son regard et qu'il considère Lécuyer avec une certaine bienveillance.

— T'as pas l'air dans ton assiette, mon gars. Y a un truc qui va pas ?

— Je ne sais pas, murmure Arnaud Lécuyer, je suis fatigué. J'ai mal à la tête depuis trois ou quatre jours et ça m'empêche de dormir.

— Tu voudrais pas aller voir un toubib et t'arrêter quelques jours ? Tu reviendrais en meilleure forme. D'autant qu'on peut s'organiser, ici.

— J'ai rendez-vous chez mon psy ce soir. Je vais lui en parler.

— Tiens-moi au courant et prends soin de toi.

Arnaud Lécuyer arrive chez le psy en avance. Il n'a pas le courage de descendre de voiture et de patienter dans la salle d'attente. Le mal de tête qui lui pulvérise le cerveau et lui donne la nausée le laisse littéralement KO. Il attend la dernière minute pour entrer chez le médecin.

Thévenot a regagné son cabinet en fin de matinée. Il a passé des heures noires à l'hôpital avec un malade qui s'est suicidé et deux autres qu'il sent proches de passer à l'acte. Il n'est pas en grande forme quand il s'assied derrière son bureau. Sa secrétaire lui apporte un volumineux courrier et un paquet. Il sourit quand il voit le nom de l'expéditeur sur le colis. C'est un vieux copain bordelais avec qui il a fait tout son internat. Il déballe une bonne bouteille de cognac. Une étiquette porte ces quelques mots : « À ne pas utiliser avec modération. » Il suit les consignes de son camarade et s'octroie un verre de cognac qu'il trouve fameux. Il s'empresse de rédiger un petit mot de remerciement à son ami et commence à dépouiller son courrier. Entre deux patients, il se verse un verre de cognac. Il ouvre le courrier « strictement personnel » et lit la signature de Mistral en bas de la lettre rédigée par le policier qui commence par ces lignes : « Avant de lire la photocopie du document joint à mon courrier, je souhaitais vous expliquer dans quelle circonstance nous sommes entrés en possession de ce papier. Nous avons envoyé des équipes dans tous les arrondissements parisiens pour vérifier les employés travaillant chez les plombiers. L'une de ces équipes qui était dans le XXe… »

Thévenot s'interrompt dans sa lecture du document de Mistral, se verse un autre cognac, le garde au chaud dans le creux de sa main quelques instants et le déguste à petites gorgées. Le psy compte mentalement qu'il a bu quatre verres d'alcool. Le sandwich du midi est loin. Il sent une légère ivresse l'envahir et se dit qu'il déconne, même s'il se sent mieux. La sonnerie de son téléphone intérieur le tire de sa rêverie. Sa secrétaire annonce Arnaud Lécuyer. Le psy pose sur la moquette au pied de son bureau la bouteille de cognac et le verre. Il rajuste son nœud papillon, se plaque la mèche de cheveux, rappelle sa secrétaire pour qu'elle fasse entrer Lécuyer. *Je suis complètement schlass*, admet-il pour lui-même.

Au premier coup d'œil, le psy comprend que ça ne tourne pas rond pour son patient. Il a le visage gris de quelqu'un qui souffre. Quand Lécuyer est installé dans le fauteuil, Thévenot débute par sa question traditionnelle, bien qu'il connaisse la réponse.

— Comment allez-vous ?

— Pas fort. Je me traîne et j'ai mal à la tête.

Le psy a envie de lui répondre : « Moi aussi j'ai mal à la tête, mais c'est parce que j'ai picolé ». Les questions-réponses continuent, le psy écrivant ce que Lécuyer raconte.

Le Magicien est à un mètre environ du bureau de Thévenot. Ses yeux regardent le psy, parfois son regard se porte sur les tableaux accrochés aux murs, parfois sur des objets posés sur le bureau. En ce moment, son regard suit les doigts du psy qui visse et dévisse le capuchon noir de son stylo encre. Dix centimètres devant les doigts du psy, il y a un papier déplié posé en travers d'une enveloppe.

Le Magicien croit avoir une hallucination quand il pense reconnaître son écriture. C'est une photocopie, mais au bout de quelques secondes, il en est persuadé : c'est bien le texte qu'il a écrit pour baiser le psy, et il l'a là sous les yeux et l'autre fait comme si de rien n'était. Lécuyer a du mal à ne plus regarder ce document. Des milliers de questions se télescopent dans son cerveau en bouillie et il ne peut plus se consacrer à la réflexion. Le psy a senti que Lécuyer déraille. Pendant une minute, il ne lui parle plus et Lécuyer n'a pas l'air de se rendre compte de ce long silence. Quand le psy reprend, il faut qu'il lui pose trois fois la question avant de tirer Lécuyer de son mutisme.

— Qu'est-ce qui ne va pas ?

— Euh… rien… tout… enfin… rien. J'ai vraiment mal à la tête, répète-t-il.

— Vous suivez le traitement que je vous donne ?

— Oui, bien sûr !

Lécuyer ne prend aucun médicament. Il garde les tranquillisants pour les mélanger à une boisson qui lui servira à entraîner une de ses futures victimes. Évidemment, il ne peut pas le dire au psy.

— J'ai bien envie de vous mettre au repos quelques jours.

— Je veux bien. J'en ai besoin.

Lécuyer est satisfait. Il veut sortir du cabinet pour réfléchir.

Il voit le psy rédiger une ordonnance et la lui tendre avec son carton de passage tamponné.

Le Magicien vient de prendre une décision. Décision qui s'est imposée. Il doit tuer le psy, mais pas dans son cabinet.

Thévenot jette un bref coup d'œil à sa pendulette de bureau, ramasse quelques documents qui sont sur son bureau, dont la photocopie du texte que Lécuyer n'a pas quittée des yeux, et se lève. Lécuyer fait de même. Le départ du psy lui facilite la tâche, il va le tuer dehors.

— Je vais partir en même temps que vous. Ce soir, je suis en retard.

Les deux hommes sortent ensemble du cabinet. Lécuyer regagne sa voiture garée à quelques mètres, bredouille un vague au revoir au médecin et s'assoit autant pour se faire oublier que pour voir quelle direction Thévenot prend. Il voit le psy partir à pied, lui laisse une centaine de mètres d'avance et se décide à le suivre discrètement. Thévenot ne marche pas très vite, il ralentit même son allure.

Le psy est légèrement ivre, pas de quoi tituber et être incohérent, juste le cerveau et les réflexes au ralenti. Il éprouve une sorte de malaise mais n'arrive pas à dire de quoi il s'agit. Il passe en revue les trois derniers patients de la soirée et en conclut que le malaise vient du dernier, Arnaud Lécuyer.

Il se remémore la consultation du petit homme dans son cerveau embrumé par le cognac. C'est vrai qu'il n'avait pas l'air en forme, il n'entendait pas les questions ou mettait un temps fou à y répondre.

Thévenot essaie de le visualiser assis, tassé sur son siège avec ses yeux de chien battu. Ses yeux, ah oui ses yeux qui n'arrêtaient pas de fixer le bureau. Plus exactement, un document. Quel document ? Le psy se revoit ramasser les différents courriers qu'il n'a pas eu le temps de lire. Tout en marchant, il ouvre sa sacoche et fouille parmi les papiers qu'il y a fourrés en vrac. En prenant la photocopie rédigée en majuscules qui accompagne la lettre de Mistral, Thévenot se souvient que c'est précisément sur ce document que Lécuyer était en arrêt.

Le Magicien le voit sortir un papier de sa sacoche et le lire tout en marchant. Il comprend, au brusque changement d'attitude du psy, que le papier en question est la photocopie de son texte. Le médecin s'est arrêté net, comme foudroyé. Il regarde la feuille et lève les yeux, incrédule, comme cherchant des gens pour les prendre à témoin.

Il se dirige vers le métro dont l'entrée est juste devant lui et s'arrête. Il hésite avant de descendre les marches. Il prend son téléphone portable, fouille fébrilement dans sa poche et ouvre un carnet. Le Magicien l'observe, sentant la panique gagner le psy. Il se rapproche doucement, lentement, le long des voitures en stationnement. Des gens sortent de la station, bousculent légèrement le psy qui, visiblement agacé, doit s'y reprendre une nouvelle fois pour composer le numéro.

Le Magicien regarde derrière lui, personne ; de l'autre côté de la rue, personne : à la bouche du métro, personne. Il sait qu'il n'a que quelques secondes pour agir, après ce sera plié. Le psy, envahi de panique et les idées embrumées par l'alcool, a du mal à coordonner ses mouvements, tenir la sacoche ouverte et le document, déchiffrer à la fois son carnet d'adresses et composer le numéro pour lequel il se plante régulièrement, ce qui a le don de l'exaspérer. Panique et exaspération condamnent le psy qui ne parvient toujours pas à composer correctement le numéro de téléphone de Mistral.

Le médecin se retourne brusquement et, reconnaissant le Magicien, en lâche de frousse son téléphone. La peur gigantesque qui l'envahit l'empêche de parler. Le Magicien a rallumé ses projecteurs de haine. Il le pousse de toutes ses forces dans l'escalier. Thévenot tombe à la renverse sans avoir eu le temps de crier, sa tête cogne à plusieurs reprises les arêtes métalliques des marches. La sacoche et les documents volent de tous les côtés. Le Magicien aussi paniqué n'arrive pas à retrouver la photocopie de son mémo. Il descend les quelques marches pour essayer de la récupérer parmi les feuilles éparpillées dans les escaliers. Il entend les portillons de la station qui s'ouvrent, signe que des gens arriveront dans cinq secondes. Il renonce à chercher, se redresse et donne de toutes ses forces un coup de pied dans la tempe du psy. Puis il remonte rapidement les marches et se dirige lentement vers sa voiture. Il marche sur la chaussée en longeant les voitures en stationnement. Les premiers voyageurs qui sortent de la station diront aux policiers n'avoir vu personne quand ils sont arrivés sur le trottoir, en haut des marches.

Le Magicien rentre chez lui complètement démonté, au bord de la crise de nerfs. C'est trop ce qu'il endure depuis deux jours. Trop et inexpliqué pour l'instant. Pour résumer, les flics l'ont devancé et protègent le gosse de la rue d'Avron, ensuite, son texte se retrouve photocopié sur le bureau du médecin. Mais visiblement, le psy n'avait pas encore lu ce papier avant de recevoir Lécuyer, sinon c'est les flics qui auraient été au comité d'accueil. Une seule explication : la police et le psy n'ont pas encore fait le lien.

Deuxième nuit sans dormir. Rien aux infos de la nuit. Il a besoin de se recharger en émotion. Il décolle du fauteuil et part s'engouffrer sous sa tente avec sa collection. Tout y passe, du début jusqu'à la fin. Les doigts posés sur les fines aspérités prélevées sur les petites victimes le ramènent dans tous les lieux où il est allé avec des enfants. Il traverse toute la nuit dans une sorte de transe.

Le lendemain, il sort complètement hagard de son tipi. Il prend une douche, se rase, enfile des vêtements propres et se verse la moitié du flacon d'eau de toilette sur la tête et dans le cou. Rien dans le journal concernant la mort du psy, rien aux infos télé du matin dans le bar. Il se traîne vers sa voiture en marchant comme si ses chaussures avaient des semelles de plomb de cinquante kilos.

Mistral appelle Thévenot. C'est une secrétaire effondrée qui lui apprend la nouvelle. Il téléphone dans la foulée à son collègue du commissariat d'arrondissement qui a l'enquête sur les bras et lui explique la nature des relations professionnelles qu'il entretenait avec le psy.

— J'ai la procédure sous les yeux, que veux-tu savoir ?

— Ce qui s'est passé.

— Apparemment, l'affaire est simple. Le type s'est cassé la figure au bas de l'escalier. Il est actuellement dans un coma qui ne laisse rien présager de bon. Cette nuit, les urgentistes lui ont fait une prise de sang et ont trouvé un taux d'alcoolémie d'environ 1,30 gramme dans le sang. Pas suffisant pour être complètement ivre, mais assez pour t'encadrer en voiture si tu conduis et te casser violemment la figure dans l'escalier si tu loupes une marche.

— Des témoins ?

— Des gens qui sortaient du métro l'ont trouvé sans connaissance dans l'escalier. D'autres sont sortis mais n'ont vu personne. Il a une fracture du rocher et un énorme hématome au niveau de la tempe droite, plus de multiples contusions dans le dos. J'en parlais avec le toubib de l'hosto ce matin ; conclusion et je cite : « polytraumatismes occasionnés par la chute ». Rien, apparemment, ne lui a été volé. On a retrouvé son portefeuille avec de l'argent, son mobile qui a morflé pendant la chute et sa sacoche qui devait être mal fermée parce que ses dossiers se sont répandus dans l'escalier. Voilà, tu sais tout.

— Merci. Je peux venir faire un tour pour jeter un coup d'œil à ses affaires ?

— Quand tu veux.

Mistral appelle Françoise Guerand pour l'informer de l'accident de Thévenot. Question immédiate à Mistral :

— Tu penses à quoi ?

— À rien de précis… Pour l'instant, la thèse de l'accident tient la route, mais, bon, à voir… Je vais aller discuter avec la secrétaire et faire un tour ensuite au commissariat pour lire la procédure. Mais je dois dire que c'est troublant.

Mistral, Calderone et un jeune lieutenant se rendent au cabinet du médecin. La secrétaire n'arrête pas de pleurer et annule tous les rendez-vous de Thévenot. Mistral demande à voir le bureau du médecin. En y entrant avec la secrétaire, il se souvient des discussions qu'ils avaient eues et la sympathie réciproque qu'ils éprouvaient. Mistral voit la bouteille de cognac sérieusement entamée et le verre posés à même le sol derrière le bureau. Cela confirme l'enquête de son collègue.

Il indique à la secrétaire qu'il demandera vraisemblablement à venir avec un membre du Conseil de l'ordre des médecins pour savoir quel genre de patients il avait reçus l'après-midi avant son accident et consulter son carnet de rendez-vous. La secrétaire, qui n'a pas la tête à répondre aux policiers, ne dit que des banalités sur les patients de la journée.

Pour elle, ce n'était que des gens qui avaient des problèmes mais pas des méchants.

Les policiers passent ensuite au commissariat, et la lecture de la procédure ne leur apprend rien de nouveau. Mistral demande à son collègue de regarder les affaires de Thévenot. Le commissaire les fait apporter dans son bureau. Mistral parcourt rapidement les documents du médecin et découvre qu'il y avait son courrier ainsi que la photocopie du texte écrit par le Magicien. Aucun commentaire n'a été porté par le psy. Soit il n'avait pas eu le temps de le lire, soit il n'y avait rien d'extraordinaire à relever. Les policiers regagnent ensuite le service en silence, Mistral réfléchissant avec qui il va pouvoir désormais échanger sur l'aspect psychologique du Magicien.

En fin de matinée, Lécuyer est au bord de l'explosion. Il dépose chez Da Silva sa feuille d'arrêt maladie. Da Silva père l'encourage à se reposer. En repartant, le Magicien s'arrête dans un bar, commande un sandwich, une tarte aux pommes et un café. Et il se met à réfléchir. Il arrive à la conclusion que depuis ces derniers jours, il subit les événements, alors qu'il avait l'impression de les contrôler. Son ennemi tisse en silence une toile pour le capturer. Il doit reprendre la main.

En sortant du bar, instinctivement, il prend la direction de La Celle-Saint-Cloud où se trouve la maison de Mistral. Il ne sait pas encore ce qu'il va y faire, mais il a besoin d'aller sur le terrain personnel de ce flic qui dirige la traque pour éprouver son sentiment de puissance. « Je dois reprendre la main », dit-il à haute voix.

En respectant scrupuleusement le code de la route, il se rend sans se tromper chez Mistral. Il fait un premier passage dans la rue. C'est un quartier calme, résidentiel, sans commerce. Plus de la moitié de la rue est bordée de murs d'enceinte des maisons. Quelques-unes, dont celle de Mistral, sont fermées par un grillage et des haies qui les dissimulent de la vue des rares passants. Il s'arrête derrière deux voitures en stationnement à quelques mètres de la maison du policier, et se tasse sur son siège. Il réfléchit. À vrai dire, il ne sait pas quoi faire. Mais il veut pousser son avantage, et a besoin de s'assurer qu'il continue à tenir le jeu. Il voit le portail de la maison s'ouvrir et une voiture en sortir avec une femme au volant. Dès qu'elle a tourné le coin de la rue, Lécuyer reçoit cela comme un signal. Il va prendre dans sa caisse à outils une grosse pince coupante pour s'ouvrir un passage dans le grillage. L'endroit qu'il a repéré pour cisailler est la partie qui rejoint le mur mitoyen avec une autre maison. Un arbre en bordure de rue, un transformateur électrique et sa voiture en stationnement le dissimulent des voitures qui passeraient ; mais pas des piétons. Il avisera le cas échéant.

Il enfile des gants en latex. Il ne lui faut que quelques minutes pour cisailler la clôture. Il se glisse dans le jardin et avance à toute vitesse, courbé, jusqu'à la maison. Il a un petit sac à dos contenant divers objets et il tient serré dans sa main son tournevis affûté au cas où un chien se manifesterait. Silence. Il fait le tour de la maison. Avec un pied de biche, il force une fenêtre. Avant de s'y introduire, il enfile un bonnet en caoutchouc sur ses cheveux et des sacs en plastique sur ses chaussures qu'il fixe avec des élastiques aux chevilles. C'est la règle de base, apprise en prison, celle des voleurs et des violeurs qui pénètrent dans les maisons et les appartements en évitant le plus possible de laisser des traces ADN. La fenêtre qu'il vient de fracturer donne dans un couloir. Il enjambe le rebord et ramène le battant en position fermée.

Quand il est à l'intérieur de la maison de celui qui le traque, lui, le Magicien, qui est un chasseur, il éprouve un sentiment de puissance jamais égalé à ce jour. Être dans la maison de l'ennemi, alors même que celui-ci ne connaît ni son nom ni son adresse. *Je suis réellement le plus fort !* pense-t-il. Il se déplace silencieusement dans les pièces. La tension lui donne chaud, ses oreilles bourdonnent, son cœur bat la cadence. Il contrôle sa respiration pour se calmer. Il pénètre dans les chambres des enfants et de son doigt ganté touche les jouets. Il visite ensuite la chambre du couple et s'appuie contre le mur, regardant le lit. Un invraisemblable chaos règne dans son esprit. Il visite avant de passer à l'action. Il inspecte plus rapidement la cuisine et le salon. Il trouve que c'est bien plus luxueux que chez tous les gens chez qui il va pour faire ses interventions de plombier. Il pousse une porte et se retrouve dans le bureau de Mistral. Il le comprend tout de suite et, chose étrange, n'ose pas franchir le seuil immédiatement, intimidé par le lieu. Après deux minutes d'observation, il entre et va s'asseoir dans le fauteuil de Mistral. Son cœur cogne fort et il en entend les battements désordonnés.

Il passe tout en revue, de droite à gauche et de gauche à droite. Il y a des tas de bouquins, des CD ; sur un meuble un drôle de cavalier en ferraille tient une lance. Il y a aussi toute une série de bandes dessinées dont le héros est un marin. Ensuite, ses yeux se bloquent sur une chemise cartonnée posée à un angle du bureau. Sur la chemise, en gros, au feutre noir et en majuscules : LE MAGICIEN.

Il reste complètement hypnotisé par cette chemise qui le concerne. Doucement, il la fait glisser devant lui, attend encore quelque secondes et l'ouvre. Il n'y a que trois feuillets qu'il lit lentement, en silence, ses lèvres formant les syllabes des mots. Il ne lit qu'une fois. C'est un tissu d'abominations le concernant. Ce que Mistral a dit de manière soft à la télévision s'étale plus violemment sous ses yeux. Des mots, qui semblent se détacher des feuillets, lui arrivent droit dans les yeux et lui explosent le cerveau. « Fou dangereux, maniaque sexuel, peur des femmes, rejeté », etc. Il se saisit de son tournevis à deux mains et ne se contrôlant plus le plante vingt ou trente fois dans les maigres feuillets, faisant autant de trous dans le bureau. Au bout d'un moment, le souffle court, il ferme les yeux pour empêcher les mots de venir le percuter. Quand il les rouvre, il entend une femme qui parle fort à des enfants. Il ne les avait pas entendus rentrer.

Clara est revenue de l'école une trentaine de minutes après être partie de la maison. Les enfants voulaient des croissants, ce qui lui a fait faire une halte inopinée. Pendant que les deux garçons partent en trombe dans leur chambre,

Clara se dirige dans la cuisine pour faire chauffer de l'eau et prendre un thé. Elle s'arrête net au milieu de la cuisine et ferme les yeux. Elle perçoit une odeur inhabituelle, mais qui ne lui est pas complètement inconnue. Elle se concentre sur son nez et sur sa mémoire. Il ne s'agit pas exactement de celle qu'elle avait captée il y a deux ou trois mois. Dans son souvenir, elle est associée à quelque chose de désagréable. C'était une eau de toilette dont les produits de base avaient mal vieilli et tourné. Tandis que cette odeur-là provient d'une eau de toilette récente avec à peu près la même base, même si ensuite les composants diffèrent.

Quand elle a rouvert les yeux, elle a failli s'évanouir d'effroi en associant l'odeur à celle détectée sur le morceau de tissu que Ludovic avait sur son bureau. L'assassin, le tueur d'enfants, est entré dans la maison, il y est peut-être encore. Elle ne sait plus quoi faire, elle hurle les prénoms des enfants et se précipite vers leur chambre. Ils sont pétrifiés quand ils entendent leur mère. Elle entre comme une folle dans la chambre de l'aîné où ils se trouvaient, et les prend par la main en les arrachant littéralement du sol. Quand elle ouvre la porte de la maison pour s'enfuir, elle voit par la porte entrebâillée du bureau de son mari un type assis derrière le bureau avec un bonnet sur les cheveux et des gants en latex qui se tient le visage à deux mains. Elle sort de la maison en courant, tirant les gosses en pleurs qui sont tombés et qui n'arrivent pas à se remettre debout. Elle déboule dans la rue et, toujours en courant, part vers le premier endroit venu où il y aura un téléphone.

Le Magicien a entendu des hurlements, des pleurs, des portes qui claquent, qui ont pour effet de le sortir de sa léthargie. Il range son tournevis, quitte la maison par la porte, calmement, et, avant de sortir dans la rue, enlève son bonnet et les sachets qu'il porte aux pieds. Il met le tout dans son sac à dos avec la paire de gants. Il se dirige alors vers sa voiture et, fidèle à lui-même, met sa ceinture de sécurité, clignotant gauche, et rentre chez lui. Dans sa tête, il essaie d'analyser ce qu'il vient de déclencher.

Cinq cents mètres plus loin, Clara est entrée chez un menuisier. Quand le gars la voit arriver dans son atelier avec la tête de quelqu'un qui a croisé le diable, les enfants en pleurs et débraillés, il lui indique le téléphone dès qu'elle le lui demande.

Trente minutes plus tard, trois voitures de police gyrophares et deux tons en action arrivent à grande vitesse dans la rue. La première continue jusque chez le menuisier. Mistral déboule en courant et se précipite vers sa femme et ses deux enfants. Clara se met alors à pleurer, se réfugie dans les bras de son mari pour évacuer sa peur par les larmes. Les deux enfants, qui ne comprennent rien, fondent en larmes à leur tour. Ils regagnent tous les quatre la maison.

Huit policiers ont pris possession de la maison. Ils ont vérifié qu'elle était vide et attendent les techniciens de la scène de crime, spécialistes dans les prélèvements. Quand ils arrivent, Mistral les fait commencer par les chambres, ce qui permet à Clara de s'isoler ensuite avec les enfants. Puis ils examinent la fenêtre fracturée et ne font aucun prélèvement. Ils entourent d'un ruban jaune marqué « police scientifique – scène de crime » la partie du jardin jusqu'au grillage par où le Magicien est entré. Il y a des projecteurs qui éclairent comme en plein jour le jardin et la clôture. Des empreintes de pas sont relevées. Elles ne peuvent indiquer qu'une pointure ; les techniciens de la PTS établissent rapidement que le type s'est déplacé avec des sacs recouvrant ses chaussures. Ils prélèvent des filaments sombres accrochés dans le grillage pouvant provenir d'un vêtement porté par l'homme. Les techniciens se consacrent ensuite au bureau de Mistral. Ils examinent avec soin le sol et ne décèlent rien d'exploitable. Ils font ensuite plusieurs prélèvements microscopiques de fibres vestimentaires sur le siège. Ils mettent les feuilles transpercées dans des enveloppes pour tenter de trouver des traces d'empreintes digitales ou d'ADN. Ils photographient en gros plan les trous laissés sur le plateau du bureau par l'instrument du Magicien.

Mistral doute qu'ils découvrent quoi que ce soit. D'autant que Clara a vu qu'il portait un bonnet et des gants. Il reste un long moment au téléphone avec Françoise Guerand qui veut savoir tous les détails. Elle est inquiète de la tournure que prend cette affaire. Elle est persuadée que Mistral, en provoquant le Magicien, l'a fait réagir contre lui. Mistral en conclut que le type a vu son intervention télé et qu'il a décodé la dernière question foireuse. Thévenot avait raison.

Les policiers quittent les lieux vers vingt-deux heures. Clara a eu du mal à endormir les enfants. Une voiture de police stationne bien en évidence toute la nuit. Vincent Calderone insiste auprès de Mistral pour que deux policiers du service restent dans la maison. Mistral met sur pied un système de protection pour sa femme et ses enfants qui seront accompagnés en permanence par des policiers, tandis que la maison restera sous surveillance constante, à l'intérieur comme à l'extérieur, jusqu'à la neutralisation du Magicien.

Quand tout est redevenu calme, Clara, Mistral et les deux policiers dînent en essayant de parler d'autre chose.

25

À sept heures, la relève est à pied d'œuvre. Mistral prend le temps de rester avec les enfants pendant le petit déjeuner et les accompagne à l'école. Clara annule son départ pour Grasse qu'elle devait effectuer prochainement.

Quand Mistral arrive au service, des policiers d'autres brigades viennent l'encourager, lui témoignent des marques de sympathie et lui proposent des renforts. Mistral apprécie, et leur dit que si la traque doit se poursuivre sur plusieurs mois, il fera appel à eux.

Il convient avec Guerand qu'il ne diffusera pas à la presse l'intrusion de son domicile. Il sent que le Magicien a agi par pulsion. Mistral a été suivi. Il s'en veut de ne pas avoir fait attention à ses arrières ; si Clara n'avait pas détecté la présence du Magicien, le pire aurait pu avoir lieu.

En fin de matinée, l'Identité judiciaire informe Mistral que les traces laissées par le Magicien sur le plateau de son bureau ne sont dues ni à un couteau, ni à un poinçon, mais plutôt à une pointe taillée et aiguisée manuellement compte tenu de la forme des impacts qui présentent tous la même irrégularité. Mistral fait aussitôt le rapprochement avec l'arme qui a servi au meurtre du clochard, dans le XVIe arrondissement et dont la mort a sauvé la vie d'un enfant.

Il téléphone à sa femme toutes les heures pour savoir si tout se passe bien. Il est à l'écoute d'une radio qui ne le quitte plus, en permanence branchée sur la fréquence du dispositif de protection de sa famille. Il sent monter en lui un désir de vengeance qui, il le sait, est incompatible avec son métier de policier. *Garde la tête froide, Ludo, le Magicien veut te faire péter les plombs et t'embrouiller dans l'enquête.* Il se souvient d'une phrase prononcée par le professeur de procédure pénale à l'école des commissaires de Saint-Cyr au Mont-d'Or : « Je trace autour de vous un cercle. Celui de la procédure pénale, du droit, de la légalité. Je le marque très fortement pour que, si vous franchissez cette ligne, vous la sentiez immédiatement. » Mistral se la répète pour être sûr de ne pas se tromper de chemin.

Dumont n'a pas la conscience tranquille, surtout depuis ce qui est arrivé à Mistral. Le fait d'enquêter en solo sans en rendre compte va finir par se savoir, mais c'est plus fort que lui. Il se voit poser sur le bureau de Mistral son compte rendu d'enquête sur le Magicien en trois feuillets, du genre « heureusement que je suis là ». Il appelle le responsable du centre de surveillance générale de la gare du Nord qui lui fait savoir qu'il aura les enregistrements dans quelques jours, pas avant, compte tenu des incidents techniques que les informaticiens tentent de régler. Dumont, agacé, ne dit rien et se contente de ce délai imprécis.

Après son raid chez Mistral, le Magicien en est revenu avec un sentiment mitigé. Il en est sûr, il a marqué des points psychologiques sur son adversaire. Il lui a dit en substance : « Je viens chez toi quand je veux, et toi tu en es incapable. » Bon, mais, à part ça, il en est au même point. Il se dit qu'il a mal profité de cet avantage. Le fin du fin aurait voulu qu'il parte avec un gosse de Mistral sous le bras. *Là j'aurais fait fort, tandis que maintenant, loin d'être affaibli, il doit rêver de revanche.*

Le Magicien est resté encore une grande partie de la nuit dans son fauteuil. Rien aux infos. Les yeux grand ouverts, fixes, il réfléchit à s'en faire exploser la tête. Avant d'aller se coucher, il fait un détour par son tipi avec sa collection morbide. Quand il en ressort, apaisé, avec des images de fureur et des cris plein le cerveau, il est quatre heures après minuit. Il s'allonge sur son lit et s'endort accompagné de ses éternels cauchemars qui lui tiennent compagnie depuis des années.

Il sort de son sommeil vers six heures trente, et il lui faut environ quinze minutes pour savoir où il se trouve. Dans ces cas-là, il ne bouge pas, statufié, les bras le long du corps, jusqu'à ce qu'il se souvienne qu'il est chez lui. Il se lève et décide qu'il ne se rasera pas, ne fera pas sa toilette ni ne se changera jusqu'à ce qu'il reprenne son travail. Avant de sortir de son immeuble, il reste comme d'habitude quelques instants caché derrière les fenêtres sales de la porte d'entrée pour scruter l'extérieur. Tout lui paraissant calme, il se dirige vers le bar habituel pour prendre son café. Il y reste plus longtemps que d'habitude. Son journal et son café-croissant lui donnent un statut de type banal, ce qu'il recherche volontiers. Il écoute les piliers de bar et le patron brailler comme d'habitude. Ils parlent de leur sujet favori : le foot, et une équipe dont le Magicien n'a pas toujours pas retenu le nom, qui se traîne en bas de tableau malgré le budget et les joueurs qu'elle aligne sur le terrain. Plusieurs fois, il a failli être pris à témoin dans leur discussion, mais comme il n'a pas réagi, au bout d'un moment ils l'ont ignoré en haussant les épaules.

Vers neuf heures, il entame son périple par la gare du Nord. Cela fait une quinzaine de minutes qu'il est assis, toujours au même endroit, quand le jeune garçon qu'il a déjà rencontré vient s'asseoir à côté de lui. Le Magicien interprète cela comme un bon présage. Le gamin lui demande au bout de deux-trois minutes :

— Tu fais toujours tes tours de magie ?

— Tu veux que je t'en fasse voir d'autres ?

— Oui, mais tu pourras m'en apprendre pour que je gagne des sous avec les touristes ?

— Si tu veux.

Le Magicien sort de sa poche un jeu de cartes et mystifie complètement le garçon pendant quelques minutes. Il s'empare ensuite de ses dés et leur fait faire une sorte de sarabande qui laisse admiratif le gosse. Le Magicien s'arrête net quand il voit que des voyageurs, debout devant eux, les regardent amusés. Il se dit qu'il devrait être plus prudent compte tenu de la campagne télé du flic.

— Je reviendrai un autre jour, dit le Magicien en rangeant ses dés dans sa poche.

— Tu as peur du monde ? demande le garçon qui s'est rendu compte de l'intérêt qu'il suscitait parmi les voyageurs.

— Non, mais je n'aime pas qu'on regarde mes tours.

— Tu crois qu'on va les deviner ?

— Oui… peut-être. Je te montrerai un autre jour. Je dois partir. Mais, si tu veux que je te les apprenne, il faut un endroit tranquille avec moins de monde.

— Ça, c'est vraiment pas difficile, s'exclame l'ado ravi. On se retrouve ici et je t'emmène dans un endroit calme. Je connais la gare comme ma poche et y a des endroits où personne ne va.

— Elle est bien ton idée. Allez, salut, j'y vais.

Le Magicien profite d'un mouvement de foule pour se lever et partir. Quelques secondes plus tard, il a quitté la gare, direction la rue d'Avron.

En entrant dans son bureau, ce même matin, Dumont voit plusieurs Post-it sur son sous-main. Sur l'un d'eux est indiqué le numéro de téléphone de son collègue de la troisième DPJ qui enquête sur le meurtre d'Irène Meunier, rue des Cinq-Diamants. Dumont sans s'asseoir compose le numéro indiqué et demande à parler à Hervé Cazal. Les deux hommes se connaissent, étant tous deux de la même promotion de commissaires. Pendant deux ou trois minutes, ils échangent des banalités et Dumont entre enfin dans le vif du sujet.

— À part ça, tu voulais me parler ?

— Je voulais te parler plus tôt, mais on m'a dit que tu ne touchais pas terre avec l'affaire Destiennes.

— Exact, mais elle vient d'être bouclée. Sur un coup de pot monstrueux ! J'ai fait brancher les téléphones des employés et on a attendu. Après les avoir un peu titillés en audition, on les a remis dehors. Ces cons se sont téléphoné. Le majordome et le chauffeur ont eu deux minutes de conversation téléphonique qui leur vaut vingt piges. En gros dix ans la minute.

— Bravo, mec ! De toute façon, les coups de bol font partie du jeu. C'est pour tous les jours où on rame comme des malades pour sortir les affaires.

— Tu l'as dit ! Alors, pourquoi tu m'appelles ?

— J'ai une affaire pour toi à vingt-trois millions de dollars, tu payes ?

— Aucun problème, passe par ici je te paye un café, ce sera toujours un acompte à défalquer. Alors, c'est quoi ton truc ?

— J'ai les résultats de l'autopsie d'Irène Meunier, celle qui s'est fait planter rue des Cinq-Diamants, l'autre jour.

— C'est ça qui vaut vingt-trois millions de dollars ? Tu pratiques l'inflation.

— Laisse-moi venir, après tu vas te rouler par terre. Eh bien, figure-toi qu'elle n'a pas reçu un coup de couteau. Si tu préfères, ce n'est pas une lame de couteau qui lui est rentrée dans la bidoche et qui lui a embroché le cœur.

— C'est quoi ?

Dumont est redevenu sérieux. Il connaît Cazal, volontiers déconneur mais un pro de la PJ.

— Une sorte de pointe d'une bonne vingtaine de centimètres, avec un bout perforant. C'est ce que dit le légiste.

— Oui ?

Dumont réfléchit. Ce que dit Cazal ne lui est pas complètement étranger, mais il ne voit pas.

— Je lis le compte rendu, tu vas comprendre. Le légiste a écrit dans la marge à la main, je cite : « Il s'agit vraisemblablement d'un poinçon ou d'un tournevis aiguisé, quelque chose dans le genre. » Tu vois à quoi je fais allusion, maintenant ?

— Bordel ! Au clodo du XVIe, boulevard Murat, qui a été planté de la même façon.

Dumont fait tout de suite le rapprochement qui le conduit au Magicien.

— Va plus loin, continue ton raisonnement... Ce qui signifie... Allez, je t'écoute... Qu'on a un tueur de clodo sur le secteur, ne peut s'empêcher d'ironiser Dumont.

— Dumont, tu me prends pour un con ? Tu le fais exprès ou tu ne veux pas casquer ? Je te signale qu'on a eu en copie le rapport d'expertise sur le clodo. Tu veux que je te rappelle qui est fortement suspecté de ce meurtre ?

— Le Magicien.

Dumont a répondu dans un souffle.

— Bravo, mon gars ! Le Magicien, continue sur le ton de l'humour Cazal. Conclusion que d'aucuns considéreraient comme hâtive, mais qui pour moi me conviendrait bien. Irène Meunier a très vraisemblablement croisé dans un début de matinée pluvieuse, rue des Cinq-Diamants, le Magicien. Et le mec l'a embrochée. Pourquoi ? Comment ? C'est à toi de nous le dire.

— Comment tu as fait le rapprochement ? Par les légistes ?

— Le rapprochement a été fait connement. Ce sont deux légistes différents qui ont pratiqué les autopsies, donc ce n'est pas par eux. Figure-toi qu'un jeune lieutenant de chez moi fricote avec une jolie nénette de la première division. Et, dis-moi, qu'est-ce qu'ils se racontent deux policiers une fois qu'ils se sont expliqués dans un plumard ?

— Des histoires de policiers, se marre Dumont.

— Gagné !

— Putain, à quoi ça tient !

— Tu l'as dit !

— Comment on fait pour la procédure ? Peux-tu garder cette info ultra-secrète, disons deux ou trois jours ?

— C'est chaud ce genre de truc et personne n'aime les cachotteries. Si ça vient à se savoir, je suis mort pour la PJ.

— Je te demande seulement de me laisser deux ou trois jours, c'est tout.

— Tu veux baiser Mistral ?

— T'es con ou quoi ! Je veux seulement qu'il ne me casse pas les couilles pendant un petit laps de temps pour que je puisse bosser peinard, ensuite j'ai des billes ou pas, mais je lui rends compte. Il faut que l'on soit sûr de la piste du Magicien.

— Je la sens moyen ton histoire.

— Ne te fais pas de bile, y a rien de tordu !

— J'espère... Donc, c'est vous maintenant qui prenez la suite de l'histoire Meunier. Il y a une belle enquête à faire dans le quartier.

— Je suis d'accord. Comme ta procédure va prendre le chemin officiel, les magistrats et tout le toutim, je t'envoie un de mes gars pour que tu lui passes une copie. Ça te convient ?

— Mouais... Si on me reproche de n'avoir rien dit, je dirai que c'est toi qui l'as voulu. Je ne peux pas aller au-delà.

— OK, ça me va. Mais comprends que si le préfet met la main sur cette info trop tôt, il ne nous lâchera plus tant qu'on n'aura pas serré le gus. Tu as gagné tes vingt-trois millions de dollars, plus une bouffe avec fromage et dessert.

Dumont s'assied en même temps qu'il raccroche. Il est pensif. Cette info est explosive. Il n'a vraiment pas envie de la partager tout de suite avec Mistral. Ce qu'il veut, c'est voir sur place à quoi ressemble le quartier. Il ferme les yeux et se met à réfléchir. Deux ou trois minutes plus tard, il prend son téléphone et compose un numéro interne, celui de Laurent Martinez le « chef des archives à vie ».

— Martinez ? Salut, c'est Dumont.

— Salut, Dumont. Toi, tu as besoin de quelque chose ou je me trompe ?

— Gagné ! Mistral a dû te le dire, il m'a chargé de travailler sur tous les meurtres non résolus pendant la première campagne du Magicien.

— Exact. Je croyais que tu te serais manifesté plus tôt.

— J'avais du boulot et bosser sur deux affaires en même temps, ce n'est pas mon truc.

— Puisque tu le dis... J'ai la liste avec les noms.

— Il y en a combien ?

— À mon avis, il faut commencer par les deux années où il a fait parler de lui et les encadrer par l'année avant son premier meurtre et l'année après le dernier. Sur quatre ans, tu as trente-deux homicides non résolus, tout confondu. Alors tu les veux ces procédures ?

— Quand je peux les avoir ?

— Demain début d'après-midi, je ne peux pas faire mieux. Il me manque du monde et je suis débordé de boulot.

— Pas de problème, ça me va.

En fait, Dumont aurait voulu les avoir tout de suite, mais s'il s'était montré trop empressé, Martinez aurait pu avoir la puce à l'oreille et appeler Mistral.

Après avoir quitté la gare du Nord, le Magicien erre sans but précis. Il roule dans la ville, balayant des yeux les trottoirs, pas encore en chasse mais toujours attentif. Il s'arrête pour déjeuner dans un bar du XIIe arrondissement non loin des anciens entrepôts de Bercy. Assis devant son sandwich-café, il réfléchit pour reprendre l'avantage sur le terrain même des policiers, c'est-à-dire rue d'Avron. Il se donne comme délai les deux jours à venir.

Après avoir avalé son café, il prend la direction de la rue d'Avron. Arrivé à proximité du quartier, il gare sa voiture, ôte son caban que l'enfant a pu décrire aux policiers et, petit homme anonyme en pull et pantalon gris, il s'engage dans la rue non sans appréhension. Il essaie de marcher à un mètre environ de deux ou trois types qui déambulent dans la rue, histoire de se fondre, de se diluer, parmi les passants. Le Magicien a les yeux qui balayent tout. Les trottoirs et les voitures. Il fait un passage dans un sens, remonte le trottoir dans l'autre sens et refait un troisième passage pour aller cette fois jusqu'au croisement de la rue où habite le gosse. Il remonte une quatrième fois et va jusqu'à sa voiture où, transi de froid, il se laisse tomber. Constat : il y a deux voitures de police banalisées, une au début de la rue d'Avron, l'autre au croisement de la rue des Maraîchers. Un fourgon blanc à l'arrêt, sans aucun nom d'entreprise, est garé à cheval sur le trottoir en face de l'entrée de l'immeuble du gosse. Commentaire du Magicien : *Les flics me prennent pour un cave. En taule, tout le monde sait qu'ils appellent ces fourgons des soums*[1]. D'un autre côté, il est flatté de voir un tel dispositif, cela veut dire qu'il fait peur. Il met le chauffage à fond et démarre en direction du collège que le gamin fréquente.

Il fait un premier passage à seize heures et ne voit aucune voiture de police. À seize heures trente, sans son caban, il se mélange aux parents qui viennent chercher les gosses. Il a le cœur qui cogne de tant d'audace et de risques. Pas de policiers, pas de gamins. Il part avec d'autres parents et enfants voyant que le gosse ne sort pas. Il reste en planque aux abords du collège. À dix-sept heures, il repère la Laguna bleue des policiers. À dix-sept heures trente-cinq, le môme sort du collège et s'engouffre dans la voiture. Le Magicien, satisfait de sa découverte, se glisse dans le flot des véhicules et rentre chez lui.

Le lendemain, le Magicien revient à dix-sept heures au collège et constate que les policiers sont toujours présents. Il risque une filature à distance de la voiture de police. Il est content d'inverser les rôles, cela lui redonne confiance. La Laguna s'arrête devant l'immeuble, un homme et l'enfant en sortent. Les policiers resteront jusqu'au retour du père. Le Magicien décide de venir faire la sortie du collège pendant une semaine pour être sûr de connaître toutes les heures de sortie. Après il avisera.

Dumont reçoit les trente-deux procédures dans le milieu de l'après-midi. Il s'est fixé un plan de travail. Avant de rentrer dans le détail de chaque procédure, il les classera par mode opératoire, ensuite en fonction de ce premier tri, il les classera par lieu. Ces informations figurent sur la page de garde de tous les comptes rendus d'enquête de chaque procédure qui

1. Abréviation de sous-marin. Ce sont des fourgons banalisés de surveillance.

récapitulent les éléments essentiels. Il ne lui faut que dix minutes pour voir qu'il n'y a qu'une procédure qui se dégage du lot. Il s'agit d'un meurtre sur un automobiliste qui a eu lieu un soir dans le XIIIe arrondissement, rue Gérard.

Dumont vérifie sur un plan où se trouve cette rue. Complètement surexcité, il sait qu'il tient là une réelle piste et que la solution se trouve vraisemblablement dans cette portion étroite du XIIIe, le quartier de la Butte-aux-Cailles, où deux personnes, à douze ou treize ans d'intervalle et à environ cinq cents mètres de distance, se sont fait planter de la même façon. Il a le rapport du légiste de l'époque qui évoque une pointe et non une lame de couteau, exactement comme la bonne femme de la rue des Cinq-Diamants et le clochard du XVIe.

Il sort de son bureau prendre un café pour avoir les idées plus calmes et pouvoir réfléchir. Il croise Mistral qui l'invite. Mistral lui fait remarquer qu'il a l'air agité, ce à quoi Dumont répond par la négative et tente de se calmer. Il constate que Mistral ne lui tient pas rigueur de ses incartades, mais il ne renonce pas pour autant à avancer le plus loin possible dans l'affaire du Magicien. Il veut que tout le monde sache que Dumont est le meilleur enquêteur, et que c'est lui qui avait logé le Magicien après avoir résolu l'affaire Destiennes.

Dumont quitte en trombe, seul, la Brigade criminelle. Il a une radio et son téléphone mobile. Il est joignable, donc pas de problème. Sur la lancée du succès de l'affaire Destiennes et avec l'incroyable révélation que vient de lui faire Cazal, il se sent sur une dynamique de réussite.

Il gare sa 406 boulevard Blanqui et remonte la rue des Cinq-Diamants, où est morte Irène Meunier. Il marche lentement, regardant de tous les côtés comme s'il cherchait un message. Arrivé place de la Butte-aux-Cailles, il s'arrête, ne sachant où poursuivre, à droite ou à gauche. En face de lui, il y a un bar et un marchand de journaux, à côté, sur sa droite, un restaurant, et sur sa gauche une épicerie. Il ne se voit pas entrer dans ces endroits pour dire : « Je cherche un type pas très grand, mince, les cheveux bruns et l'air bizarre. » Il aurait quitté ces commerces depuis un quart d'heure que les gens continueraient à se marrer en se tapant sur les cuisses, son signalement correspondant à des centaines de milliers de types. Il part vers la gauche dans la rue de la Butte-aux-Cailles. Il ouvre son plan pour se repérer, et voit que la rue Samson qui prend à gauche rejoint la rue Gérard, où un type s'est fait planter treize ans plus tôt. Il emprunte la rue Samson, en ignorant qu'il longe l'immeuble où habite le Magicien. Il continue de humer l'air ambiant comme s'il pouvait déceler quelque chose. Il a renoncé, comme tous les policiers sur l'enquête d'ailleurs, à s'intéresser aux véhicules utilitaires de couleur blanche. Il y en a trop, et même, il a l'impression de ne voir que ça.

Il quitte le XIIIe arrondissement pour se rendre dans le XVIe, boulevard Murat où le Magicien a commencé à faire parler de lui. Changement de décor, quartier bourgeois. Rien à voir avec la rue des Cinq-Diamants. À cet endroit, le Magicien a tenté d'assassiner un gosse et a tué le clochard qui a en quelque sorte échangé sa vie contre celle du môme. Même si les quartiers sont différents, il aurait pu y avoir une similitude de lieux, deux halls d'immeubles par exemple. Mais en l'occurrence, non. Un local à vélos dans le XVIe, la voie publique dans le XIIIe. Avec en plus le meurtre d'un enfant rue Watt, là aussi dans le XIIIe. La balance penche pour le XIIIe. Dumont rentre à la Brigade criminelle et inscrit toutes ces recherches sur une feuille qu'il enferme à clef dans un des tiroirs de son bureau avant de quitter le service pour rentrer chez lui.

Dumont arrête une stratégie qu'il pense pouvoir tenir. Tout d'abord, il ne rendra pas immédiatement à Martinez les procédures qui n'intéressent pas l'enquête. Ce dernier ferait vite le rapprochement et ne manquerait pas de prévenir Mistral. Il range dans son placard les procédures et met de côté celle du meurtre de l'automobiliste.

Il lit la copie de la procédure du meurtre d'Irène Meunier, rue des Cinq-Diamants et constate les similitudes du mode opératoire entre les trois meurtres d'adultes. Il sait qu'il a avancé à grands pas dans l'affaire, mais pour l'instant, il lui est difficile de progresser seul. La stratégie commanderait que toute la Crim' mette le paquet dans le quartier en faisant du porte à porte avec les portraits-robots, même s'ils sont peu exploitables. Il y aurait comme un grand coup de pied dans la fourmilière, et peut-être qu'il en sortirait quelque chose.

Dumont trouve Mistral à son bureau et prétexte qu'il a besoin de deux jours de congé pour régler des affaires personnelles. Mistral les lui accorde sans poser de question.

Il a pris cette décision, la plus risquée, pour avoir les coudées plus franches et être libre de ses mouvements. Il retourne dans le quartier de la Butte-aux-Cailles. Mistral est plutôt focalisé sur la rue d'Avron, ce qui lui laisse quelque répit. Il pense également aux enregistrements que la SNCF lui enverra. Il a plusieurs fers au feu, mais il sait aussi qu'il joue un jeu dangereux. Si ça merde, il se retrouvera au fin fond d'un commissariat pourri, à vie, et ce, dans le meilleur des cas. Pour que tout se passe bien, il doit arriver avec suffisamment de billes pour que le Magicien soit coffré grâce à lui, mais sans laisser apparaître qu'il a joué trop perso en voulant baiser tout le monde, ce qui est la règle numéro un dans la police à ne pas transgresser. Et entre les deux options, gloire ou rejet à vie, la frontière est plus mince que du papier à cigarette.

26

Arnaud Lécuyer a repris son travail en bien meilleure forme, pas loin de penser qu'il est de nouveau maître du jeu. Da Silva remarque qu'il a bien fait de se reposer. Il lui remet une liste de clients et Lécuyer travaille comme à l'accoutumée, rapide et silencieux. Il peut aller tous les soirs à dix-sept heures s'assurer que le môme sort bien à la même heure et que les policiers sont toujours fidèles au poste. La confirmation de ces horaires réguliers et la protection policière dont fait l'objet l'enfant laissent le Magicien dubitatif. Il ne sait pas comment s'y prendre pour agir.

Perrec, qui vient de rentrer à Paris, se rend, non sans un pincement au cœur, tout de suite à la Crim'. Il s'attarde avec Mistral et Calderone et constate que les policiers travaillent sur de nombreuses pistes, ce qui lui redonne le moral. Ils déjeunent tous les trois, et la discussion ne sort pas du cadre du Magicien.

— J'ai mis tous les effectifs disponibles, y compris les renforts des autres services, sur le Magicien pour essayer de le choper rapidement, dit Mistral comme une sentence.

Les trois hommes en sont à la fin du repas.

— Pourquoi vous insistez sur le « rapidement » ? questionne Perrec.

— Parce que je pense qu'il ne va pas tarder à se remettre en chasse. On lui a fait sentir qu'on se rapprochait et il va vouloir reprendre la main. Il a dû nous repérer rue d'Avron. Sa première réponse a été de venir chez moi. La seconde sera de faire une victime pour nous dire que c'est toujours lui le boss. C'est ça le risque.

Calderone et Perrec se regardent en hochant la tête. Perrec demande à Mistral d'être prévenu si le type est interpellé. Compréhensif, il accepte.

Mistral règle avec le magistrat du parquet une question de procédure pour se faire attribuer l'enquête sur l'accident de Thévenot. Il obtient enfin l'autorisation du Conseil de l'ordre des médecins de saisir le carnet de rendez-vous du psy.

Dans l'après-midi, Calderone entre dans le bureau de Mistral avec une tête de conspirateur. Il ferme la porte du bureau, Mistral le regarde avec interrogation.

— Qu'est-ce qui se passe, Vincent ?

— Ceci, dit-il en sortant de la poche de sa veste un fin boîtier en plastique.

— C'est quoi ?

— C'est un DVD. Je suis sûr que ça va vous plaire. Enfin, jusqu'à un certain point.

Calderone désigne du regard le lecteur situé sous la télévision.

— Allez-y.

Calderone met en marche la télé et lance le DVD. Au tout début, des parasites en noir et blanc envahissent l'écran, puis une image en couleurs apparaît progressivement et enfin la séquence se stabilise. Mistral regarde sans comprendre des images qui représentent des personnes assises sur des bancs. Il en déduit, au bout de quelques minutes, qu'il s'agit d'une gare. En incrustation sur l'écran, il y a la date et l'heure. Les images, qui apparaissent de manière saccadée, ont été enregistrées au cours des dix derniers jours.

— Et alors ? demande Mistral

— Vous allez voir, répond seulement Calderone.

Avec la télécommande, il accélère la lecture et s'arrête sur les séquences qui correspondent à une date de sept jours plus tôt. Les images qui défilent sur le téléviseur sont saccadées.

— Pourquoi les images sont saccadées ? questionne Mistral.

— Parce qu'elles proviennent d'une caméra de surveillance et qu'elles sont enregistrées sur DVD. Si l'enregistrement se faisait normalement, à vitesse réelle, il faudrait une quantité gigantesque de stockage. Si on programme l'enregistrement avec une image toutes les cinq secondes, cela permet d'en stocker davantage sur un même support. Sur ce DVD, il y a plusieurs jours d'enregistrement de cassettes vidéo.

Une séquence montre des voyageurs de profil regardant manifestement vers le quai. Puis progressivement, les voyageurs se tournent sur leur droite, vers le banc. Mistral se demande ce qui les attire. Les voyageurs étant dans le champ de la caméra, ils occultent les personnes assises sur le banc. Puis il y a, pendant deux ou trois secondes environ, un espace entre deux personnes et Mistral peut voir de face un homme et un enfant. L'enfant regarde les mains de l'homme qui manipule des dés. Inconsciemment, Mistral cesse de respirer. Les voyageurs cachent de nouveau l'homme et l'enfant, cette fois en pivotant vers les quais. Quand les voyageurs partent, il n'y a plus que l'enfant sur le banc.

— C'est le Magicien ? demande Mistral.

— Ça m'en a tout l'air.

— On va faire un arrêt sur image, pour voir quelle tête il a.

— J'ai essayé, ce n'est pas fameux. Le moment où il apparaît est beaucoup trop court. On obtient une image floue qui ne permettra pas un tirage papier exploitable.

— Ça ne fait rien. Si c'est lui, c'est la première fois qu'on sait à quoi il ressemble. Ça fait drôle d'avoir sous les yeux un type qu'on cherche depuis douze ou treize ans !

— C'est vrai, ça change tout. Il a enfin une consistance.

— D'où vous sortez ça ?

— Je me trouvais au secrétariat quand un coursier de la SNCF est venu déposer ce DVD à l'attention de Cyril

Dumont. J'ai appelé ses chefs de groupes qui, visiblement, n'étaient pas au courant de quelle enquête il pouvait s'agir. J'ai pris la liberté de le visionner et voilà ce que j'ai découvert.

— Qu'est-ce qu'on fait, maintenant ?

Calderone désigne du menton la télévision.

— Rien. (Mistral réfléchit.) Je veux dire par là qu'on ne dit rien à Dumont, je préfère attendre qu'il m'en parle, je lui laisse une chance. À part ça, vous allez tout de suite aux services techniques pour qu'ils nous fassent une série de tirages photos du type. Il faudra les montrer au gosse du XVIe, à celui de la rue d'Avron et à ma femme. Pour la suite, je verrai.

— Le tirage ne va pas être fameux.

— Je sais. Mais c'est tout ce que nous avons. Il faut essayer de l'exploiter.

Une fois Calderone parti, Mistral hésite entre convoquer Dumont pour savoir ce qu'il a dans le ventre ou le laisser s'expliquer de lui-même. Il choisit la deuxième solution et va voir Guerand. Quand elle apprend la nouvelle, elle veut immédiatement convoquer Dumont pour qu'il s'explique. Mistral temporise, il s'emploie à la convaincre de laisser une chance à Dumont de le faire spontanément. Mais comme il a pris deux jours de congé, cela peut attendre. Elle accepte de mauvaise grâce.

Deux heures plus tard, Calderone revient à la brigade avec une cinquantaine d'exemplaires de la même photo du type et du gamin. Mistral regarde intensément cet homme au visage flou, mais qui paraît inexpressif et dont l'attitude révèle qu'il est aux aguets. Il est fasciné de voir enfin à quoi il ressemble, persuadé qu'il s'agit du Magicien. Il n'a aucune preuve formelle, seulement du ressenti. Il n'arrive pas à détacher ses yeux de ce petit bonhomme.

— Au moins, dit-il, c'est la première fois qu'on voit ce type. Même si l'image n'est pas top, on tient quelque chose de concret.

— J'espère que c'est le bon, et j'aimerais partager votre optimisme, mais je suis superstitieux et tant que nous ne sommes pas sûrs… tempère Calderone en laissant sa phrase en suspens.

— Vous avez raison ! Mais bon, au bout d'un moment, il faut que la poisse cesse et se raccrocher à tout pour la stopper.

— Entièrement d'accord !

— Vincent, n'oubliez pas de constituer une planche photos avec des types du même genre que lui, dans laquelle vous mettrez sa photo pour que l'on puisse la présenter aux témoins.

— C'est en cours. Un gars de mon groupe est en train de trier des clichés pour faire une présentation homogène.

Et il poursuit sur le ton de l'humour pour détendre l'atmosphère :

— C'est sûr que si on monte une planche photos avec des gros joufflus moustachus et lui au milieu, le premier avocat stagiaire nous démontera la procédure.

Cette remarque arrache un sourire à Mistral particulièrement tendu, sentant que l'enquête s'accélère et qu'il ne faut rien lâcher.

— Dès que c'est prêt, commencez par la secrétaire de Thévenot, on gagnera du temps dans l'épluchage du carnet de rendez-vous. S'il n'est pas dans le lot, on ne se focalisera pas sur ses patients.

— Je vais lui téléphoner pour prendre rendez-vous afin d'être sûr qu'elle est au cabinet.

— OK. Dès demain, prenez les effectifs disponibles et montez gare du Nord pour tenter de mettre la main sur le gosse et demandez à la surveillance générale qui a commandé quoi et pourquoi, et surtout qu'ils continuent de laisser tourner les enregistreurs des caméras.

Mistral se lève et va compléter sur son tableau les avancées de ces derniers jours dans la traque du Magicien. Il se retourne vers Calderone :

— Si ce type est bien le Magicien, il va sentir notre présence peser davantage encore. Pensez à ce que je vous ai dit tout à l'heure au déjeuner, il ne va sûrement pas tarder à se mettre en chasse en réaction à notre pression.

— Ce serait catastrophique !

— Ce serait le pire qui pourrait arriver, en effet. Mais j'ai l'impression qu'on tient quelque chose, non ?

Mistral désigne la photo de l'homme et de l'enfant épinglée au tableau.

— Je vous l'ai dit. Je demeure superstitieux et je préfère ne rien dire.

— D'accord, Vincent, dans un sens, je vous comprends.

Mistral quitte son service vers vingt heures pour regagner son domicile. Dans la voiture, il appelle le portable de Dumont et tombe sur sa messagerie. Il préfère ne pas laisser de message, et reste songeur jusqu'à ce qu'il arrive devant chez lui. Il discute quelques minutes avec les policiers en faction devant chez lui. Avant de rentrer, il fait le tour de la maison pour vérifier que les volets sont bien fermés. Les deux enfants lui sautent dessus au moment où il entre. L'aîné lui pose le premier LA question :

— Papa, tu as arrêté le méchant ?

— Pas encore, mais ça ne va pas tarder.

— Raconte.

— C'est trop tôt et c'est un secret.

Dès qu'il est seul avec Clara, il lui raconte les derniers déroulements de l'enquête, ce qui contribue à la rassurer. Il lui parle de Dumont et elle lui pose la question de savoir s'il joue en franc-tireur. Ludovic lui répond qu'il a un ego surdimensionné et que c'est bien son genre de faire cavalier seul, mais il espère qu'il ne commettra pas cette folie.

Lécuyer, toujours prudent, a garé sa voiture à quelques centaines de mètres de chez lui. Le vent s'est levé. C'est un vent froid de mars qui transperce tous les vêtements et glace jusqu'aux os. Le printemps va être en retard cette année.

Il est vingt et une heures trente. Lécuyer, en forme, a d'abord dîné dans un bar puis a traîné dans les sex-shops du nord de Paris. Il revient avec une provision de livres pornos. Il sent, à des signes avant-coureurs, qu'il va devoir, sans trop tarder, se remettre à l'affût. Dans sa poche, tous ses objets fétiches sont prêts, du jeu de cartes jusqu'au coupe-ongles.

La reprise de la traque est la réponse qu'il oppose à la montée en puissance de la police.

Dans les rues, le vent secoue fortement les auvents des magasins qui claquent. Lécuyer assimile ce bruit à des applaudissements qu'on lui décerne. Il arrive complètement à se maîtriser et ne fait plus aucun effort pour apparaître comme un petit homme insignifiant. Il attaque enfin la rue Gérard, il est à trois cents mètres de chez lui. Pour une raison inexpliquée, il se met à marcher comme il y a une douzaine d'années, le jour où ça s'était mal passé dans la rue. Le pied gauche sur le trottoir, le droit dans le caniveau, comme font parfois les gosses. Il marche ainsi sur une centaine de mètres. Il pénètre dans le hall de son immeuble et patiente deux à trois minutes dans l'obscurité pour voir si tout est calme. Rassuré, il rentre chez lui.

Le Magicien s'assoit devant sa télé pour le journal de la nuit, puis s'engouffre dans son tipi. Il en ressort vers trois heures du matin et finit lamentablement sa nuit tout habillé sur son lit.

Lécuyer avale un café et part dépanner son premier client à huit heures trente. C'est dans le Xe arrondissement, pas très loin de la gare du Nord. La tentation est grande et il ne se donne pas la peine d'y résister. Il s'apprête à entrer dans la gare, quand il reconnaît le jeune garçon près des taxis. Il s'arrête aussitôt, inquiet. Le gamin le voit et se dirige vers lui en courant. Lécuyer regarde de tous les côtés.

— C'est plein de keufs dans la gare. Ils ont une photo de toi et moi et ils te cherchent.

— Comment tu le sais ?

— Des copains me l'ont dit. Je n'étais pas encore arrivé dans la gare que des keufs leur faisaient voir une photo où on était assis sur le banc, l'autre jour. Ils recherchent un type qui fait des tours de magie. Mes potes sont venus me prévenir, j'allais partir quand je t'ai vu arriver. Qu'est-ce t'as fait, t'es un bandit ?

— J'ai rien fait, c'est une erreur.

— T'es un tricheur au jeu ? Tu plumes les friqués au poker ? Tu peux me faire voir tes tours de magie ? Je connais un endroit peinard.

— Pas aujourd'hui, je n'ai pas le temps. Je repasserai la semaine prochaine. Salut.

Lécuyer sent sa nuque le piquer, une frousse à tout casser le submerge. Il fait demi-tour en direction de sa voiture, en essayant de marcher normalement, sans courir. Il démarre calmement en se retenant de hurler. Dès qu'il met de la distance entre lui et la gare, il commence à souffler. Son corps est parcouru de frissons, il claque des dents et sa mâchoire lui fait mal. *Mais, putain, comment c'est possible que ces enculés de flics soient là avec ma photo et celle du gosse en plus ? Je deviens fou. Je n'ai pourtant commis aucune erreur. C'est ce connard de Mistral qui orchestre tout. Il croit me tenir, mais il ne me connaît pas encore.* Lécuyer hurle en silence dans sa tête, incapable d'articuler un son, et donne des coups de poing sur le volant en pensant qu'il a failli se faire serrer.

Calderone appelle Mistral depuis la gare du Nord.

— On a identifié le gamin qui était avec le supposé Magicien. C'est un fugueur qui a quatorze ans, mais qui en paraît dix ou douze.

— Vous avez une chance de mettre la main sur lui ?

— À mon avis non, parce que les gosses qu'on a rencontrés l'ont vraisemblablement prévenu. On passe la main à la Brigade des mineurs. Ils connaissent parfaitement ce type de population, et sont meilleurs que nous pour les localiser.

— Bon, d'accord. Vous avez vu la surveillance générale pour l'enregistrement des vidéos, vous savez qui l'a demandé ?

— Oui... (Calderone gêné.) J'ai eu confirmation. C'est Dumont qui s'est pointé seul, il a dit qu'il enquêtait sur un meurtre de dealer.

— C'est quoi ce bordel ? (Mistral a du mal à cacher son agacement.) Bon, il va falloir que je mette la main sur lui, et vite.

Arnaud Lécuyer arrive mentalement en loques et en retard chez son second client. Mais, comme le travail est impeccable et rapide, celui-ci ne dit rien. Il poursuit dans le même état tous ses dépannages et ne s'arrête pas pour déjeuner. Trois de ses clients s'étant décommandés, Lécuyer termine sa journée vers treize heures et se rend directement chez les Da Silva.

Le père et le fils sont présents dans la boutique quand Lécuyer entre. Il n'a pas son caban, uniquement un pull gris sur une chemise, et il paraît tout fluet. Ajouté à cela qu'il ne va pas bien, mais vraiment pas bien. Le fils regarde le père d'un air narquois. Le père examine Lécuyer par-dessus ses lunettes et répond au fils par un regard : « Tu as raison ! Il pèse pas lourd. »

Georges Da Silva hausse les épaules, rassemble des outils, et rejoint deux des employés qui l'attendent dans une voiture.

— Alors, mon gars, t'en es où ? enchaîne le père.

— Tenez.

Il sort de la poche arrière droite de son pantalon les chèques et de celle de gauche les espèces et les doubles des factures.

— Parfait. (Luis Da Silva vérifie que tout cadre.) Tiens, je t'ai préparé une nouvelle liste de clients que tu pourras attaquer dès demain. Dis donc, tu m'as l'air frigorifié, tu as perdu le caban ?

— Non, il est dans la voiture, mais pour conduire je l'ai enlevé.

— On dirait que ça gaze pas, tu m'as l'air tout contrarié.

— Non, non vraiment, y a rien. Tout va bien.

Il a envie de rajouter : *Et arrête de me faire chier, c'est pas le moment !*

— Au fait, dans la liste, il y a une intervention qui concerne un remplacement de...

Le téléphone sonne dans la boutique, interrompant la discussion. C'est une forte sonnerie destinée à bien se faire entendre, y compris de l'arrière-boutique. Avant de décrocher, Da Silva vérifie que son grand cahier de rendez-vous est ouvert, passe sa main droite pour lisser la page sur laquelle il va écrire, sort un stylo de la poche de poitrine de sa salopette et dit à Lécuyer :

— Attends, j'en ai pour deux minutes.

Il appuie sur la touche « main libre » et dit d'une voix habituelle :

— Entreprise Da Silva, j'écoute.

— Bonjour, monsieur.

La voix de la personne à l'autre bout du fil résonne dans la boutique. Da Silva a mis le haut-parleur au maximum pour être sûr de ne rien perdre de la conversation, ce qui a pour effet que toute la boutique en profite.

— Oui, bonjour. Ici M. Renaud. Je suis déjà client chez vous. Je voudrais un rendez-vous pour l'installation d'un lave-vaisselle.

— Je vais vous dire ça... Je vous propose mardi prochain onze heures, ça vous va ?

— Parfait. Est-ce qu'il vous serait possible d'envoyer l'ouvrier qui est déjà venu, un petit mince, qui ne parle pas beaucoup mais qui travaille bien ? C'est celui qui fait des tours de magie. Mon petit garçon l'a trouvé formidable.

— Oui, oui, bien sûr. J'ai votre adresse dans mon fichier, je m'en occupe. Au revoir, monsieur.

La voix de Luis Da Silva est devenue étrangement lointaine, songeuse.

Luis Da Silva raccroche le téléphone doucement, remet le capuchon au stylo et le range dans la poche de poitrine de sa salopette. Toujours assis, il fait pivoter son siège et se tourne vers Lécuyer qui est debout derrière le bat-flanc.

Les deux hommes se dévisagent, et tout est dit en un quart de seconde. Da Silva reprend la parole, d'une voix mal assurée et altérée par l'angoisse qui lui arrive à fond la caisse et qui l'empêche de déglutir.

— Alors, comme ça, c'est toi le Magicien ! Y en a (il désigne le téléphone d'un coup de menton) qui ne regardent pas les infos, et c'est dommage.

Da Silva, sans bouger, vient de se saisir d'un gros ouvre-lettre en acier que Lécuyer n'avait pas vu.

Lécuyer a fait glisser son tournevis dans sa main droite. Se sachant découvert, il ne donne plus le change. Da Silva, toujours assis, regarde ce petit bonhomme dont le visage s'est brutalement transformé en un masque de haine aux lèvres aussi minces que des lames de rasoir et livides. Le Magicien se tient maintenant bien droit, les épaules en arrière et le visage levé. Oubliée la posture du petit homme insignifiant, il se sent bien.

— Je savais que quelque chose en toi me gênait, je l'ai toujours dit à mon fils.

Lécuyer ne parle pas, il analyse la situation, attentif à tout ce qui l'entoure.

Mistral appelle une nouvelle fois Dumont sur son téléphone portable. Au moment où, particulièrement remonté, il s'attend à ce que le répondeur se déclenche encore, Dumont prend l'appel. Mistral attaque en essayant de maîtriser sa colère.

— Salut, Cyril, j'ai besoin de te voir rapidement.

— Ouais, salut, ça ne peut pas attendre demain ? J'ai des trucs perso à faire.

— Je m'en fous de tes trucs perso, tu es à mon bureau dans une heure maxi.

Mistral raccroche le téléphone violemment. Dumont regarde son téléphone portable comme si quelque chose devait se passer. Au bout de quelques secondes, il le range dans son étui et réfléchit. Il est garé place de la Butte-aux-Cailles à trois cents mètres de chez Arnaud Lécuyer, dit le Magicien. Il ne le sait pas, bien évidemment, mais se doute fortement que la clef de cette affaire est dans ce quartier. Les deux meurtres commis à dix ou douze ans d'intervalle avec une arme de même type, qui paraît artisanale, lui désignent les alentours comme l'épicentre où peut se trouver le Magicien. Ajouté à cela, l'enlèvement du gosse à quelques centaines de mètres. Dumont trouve que cela fait beaucoup pour un même arrondissement, et trois coïncidences en matière de police judiciaire, c'en est une de trop.

Le coup de fil de Mistral ne lui plaît pas, mais alors pas du tout. Ce n'est pas le ton, mais la menace qui semble se profiler derrière cet appel. Pour tout dire, Dumont commence à craindre les représailles si Mistral s'est aperçu qu'il essaie de doubler tout le monde. Il va prendre un café dans le bar favori de Lécuyer. Au bout d'une vingtaine de minutes, perdu dans ses pensées, il se dirige pas très rassuré, vers le Quai des Orfèvres.

Le proviseur du collège est en grande discussion avec l'intendant qui lui annonce qu'ils vont devoir faire des économies s'il veut financer une partie du voyage de fin d'année des classes de troisième en Espagne. Les questions d'argent agacent profondément le proviseur. Quand le téléphone sonne, il n'a pas envie de décrocher, mais la sonnerie se fait insistante. Il répond enfin. Une voix autoritaire à l'autre bout.

— Bonjour, monsieur, je suis le policier chargé de la protection du jeune Sylvain.

— Oui, bonjour, que puis-je faire pour vous ?

— Notre enquête avance et nous souhaiterions lui présenter plusieurs photos cet après-midi à seize heures. Pourrait-on venir le chercher à quinze heures trente ?

— Oui... bien sûr... si vous ne pouvez pas faire autrement.

Le proviseur a du mal à cacher son agacement.

— Je vous remercie de votre compréhension.

À quinze heures vingt-cinq, la Laguna bleue stationne devant le collège, attendant le jeune garçon. Du haut du deuxième étage de son bureau, un des surveillants de l'établissement a vu arriver la voiture des policiers, il attend que l'enfant entre dans l'auto pour retourner à son travail.

Au même moment, Dumont entre dans le bureau de Mistral. Il est accueilli par un bref « salut, assieds-toi » sans chaleur.

— Je vais te faire voir un truc et tu vas me donner ton avis, démarre Mistral.

— Oui… c'est quoi ? questionne Dumont.

— Regarde.

Mistral désigne la télé et appuie sur la télécommande. Il a dans son champ de vision à la fois la télé et Dumont. Au bout de quelques secondes, il sent que Dumont n'est pas à l'aise. En silence, il laisse le DVD tourner, il voit Dumont écarquiller les yeux de surprise au passage du Magicien assis sur le banc avec le gosse. Mistral maintient le silence qui commence à devenir franchement pesant. C'est Dumont qui parle le premier en se tournant carrément vers Mistral, prêt à l'affrontement.

— Ouais, tu veux savoir quoi ?

— Ce qu'on vient de voir. Explique et ne finasse pas, ce n'est plus le moment.

Mistral observe Dumont qui réfléchit à toute allure. Il le laisse faire, attendant qu'il rompe le silence. Celui-ci hoche la tête, comme s'il se parlait intérieurement. Au bout d'une minute, Dumont prend la parole et déballe tout. Carmassol, la gare du Nord, le coup de fil de son collègue Cazal qui lui a permis de faire le lien entre les meurtres des deux clochards, celui non résolu d'un automobiliste dans le XIIIe arrondissement, le quartier de la Butte-aux-Cailles. Tout. Mistral écoute Dumont qui raconte calmement son enquête en franc-tireur.

— Et voilà, tu en sais autant que moi, maintenant, conclut-il d'un ton de défi.

— Pourquoi ?

— Pourquoi ? Mais parce que tu m'as cassé les couilles en te pointant à la Crim' et en me doublant sans que cela te gêne. Parce que je ne l'ai pas encaissé, parce que je suis passé pour le roi des cons auprès des trois quarts de la brigade, parce que je pouvais très bien driver cette affaire, parce que, parce que… Rien.

— Tu fais fausse route et tu le sais. Je n'ai pas choisi de te doubler en venant à la Crim'. J'y suis venu parce que tu n'étais déjà plus dans la course. Ton comportement, tes méthodes perso et ton « regardez-moi comme je suis le meilleur » ont agacé tout le monde avant que je n'arrive. Alors, ne me raconte pas de conneries, veux-tu ! Tu t'es carbonisé tout seul.

— Je ne suis pas d'accord. Je…

— Je m'en fous que tu sois d'accord ou pas, c'est la réalité. Au cours de cette putain d'enquête, je t'ai donné l'occasion de bosser avec moi. Ensemble. Pas que tu exploites les tuyaux pour ton compte. Mais bordel tu sors d'où ? Qu'est-ce qu'on t'a appris ? Tu te crois au cinéma ? Est-ce que tu mesures que tes conneries auraient pu avoir des conséquences catastrophiques sur ma famille ?

— Non, je… euh… je m'en excuse, je me suis emballé, je voulais…

— Ça m'est égal ce que tu voulais. Tu as déconné à fond, et tu vas en supporter les conséquences. Nous allons voir Guerand ensemble, pour lui raconter l'histoire. Je suis sûr qu'elle va beaucoup aimer.

Le Magicien descend de la Renault Laguna bleue. L'enfant dort profondément à l'arrière, d'un sommeil provoqué par l'absorption d'une dose massive d'un cocktail composé de Rohypnol et de Témesta mélangés à un jus de fruits. Lécuyer est assez content de lui. *Au moins*, pense-t-il, *les médicaments que me donnait ce con de psy papillon auront servi à quelque chose.*

La Renault est garée dans un endroit discret derrière le boulevard MacDonald dans le XIXe arrondissement. Il allonge le môme entre les sièges avant et arrière et le dissimule de la vue éventuelle des rares passants en le couvrant de son caban. Il part à pied récupérer son véhicule qui est stationné à une vingtaine de minutes, rue de Flandre. En marchant, il grelotte de froid, surtout en raison de la baisse de la tension après ce qu'il vient d'accomplir en si peu de temps. En quittant la boutique des Da Silva, quelques heures plus tôt, il est parti sans savoir où il allait, errant au hasard des rues, sous le choc.

Il ne se souvient plus de s'être arrêté dans la rue de Flandre. Il est descendu de sa voiture comme un automate et a marché sur quelques centaines de mètres sans savoir où aller. Une Renault Laguna bleu foncé l'a frôlé alors qu'il traversait une rue. Il a cru mourir de peur en reconnaissant la voiture de police qui pilait devant lui. Tétanisé, il s'est attendu à voir bondir les policiers et le plaquer au sol. Il ne s'est même plus posé la question de savoir comment ils l'avaient débusqué. Depuis plusieurs jours, les policiers faisaient la course en tête, et il ne savait ni comment ni pourquoi. Alors un peu plus, un peu moins...

En fait, une jeune femme avait surgi de la Laguna et s'était précipitée pour aller poster une lettre, laissant la porte ouverte et le moteur en marche. L'occasion était trop belle ! Une voiture de marque et de couleur identiques à celle des flics. Lécuyer a bondi dans la voiture et s'est enfui avec. Si on lui avait posé la question de savoir pourquoi il a fait cela, il aurait été bien en peine de répondre. Il a agi d'instinct, sans savoir ce qu'il allait faire après. Dans l'immédiat, il aurait peut-être répondu, et c'est vrai, qu'il avait entendu « Caïd », celui qui dispensait des leçons à ses codétenus, dire :

— Quand t'as besoin d'une tire, tu fais pas comme dans les séries télé à trois balles, casser la vitre, arracher le dessous du tableau de bord et faire toucher les fils pour la démarrer, parce que ce plan, c'était bon avec les caisses d'y a trente ans.

— Alors comment qu'on fait ? avait demandé un curieux.

— Facile, tu vas te mettre devant une poste ou une banque et t'attends. T'en as toujours un qui sort de sa caisse en courant pour aller poster une lettre ou prendre du fric en laissant les clefs sur le contact. Alors toi, tu montes et tu te casses.

— Ouais, mais si y a personne qui vient, qu'est-ce tu fais ?

— Tu attends à un feu rouge dans une rue tranquille. Si c'est une gonzesse, c'est mieux. Tu ouvres la portière, tu jettes par terre la gonzesse et tu te casses avec la tire. Rien de plus simple.

Lécuyer avait enregistré cette leçon et l'a mise en pratique inconsciemment. Si, évidemment, il ne savait pas pourquoi il était monté dans la Laguna bleue, il ne lui avait fallu que très peu de temps pour trouver à quoi elle allait lui servir.

Flash-back. *Il s'est calmé une quinzaine de minutes, arrêté dans une rue calme, et a mis son plan au point. Il doit reprendre la main sur les flics. À tout prix. Il vérifie dans son sac à dos s'il a bien ce dont il a besoin. Il ouvre la boîte de Témesta et en verse plusieurs comprimés dans une bouteille de jus de fruits, et rajoute le Rohypnol. Il secoue la bouteille plusieurs fois pour bien dissoudre et mélanger les médicaments. Il va dans une cabine téléphonique, compose le numéro des renseignements pour obtenir le téléphone du collège et appelle ensuite le proviseur d'une voix sûre. Rien de plus simple. Conséquence : le gamin dort dans la voiture.*

Avant de récupérer son véhicule, il fait une course dans une droguerie. Il rejoint ensuite la Laguna. Il entre prudemment avec sa voiture dans la rue qui est toujours aussi calme, seulement bordée d'entrepôts, à peu près tous fermés. En un rien de temps, le gamin, qui dort toujours aussi profondément, est transbahuté d'un véhicule à l'autre. Lécuyer, s'assurant que personne ne vient, rentre de nouveau dans la Laguna et lacère les sièges avant et arrière. Il sort de son sac ses achats : des allume-barbecue et des allumettes. Il insère dans les fentes des sièges les tiges de paraffine et les allume. Il sait, leçon de Caïd, que les allume-barbecue vont se consumer lentement, puis mettre le feu à la mousse des sièges, et que toute la voiture s'embrasera d'un seul coup quelques minutes plus tard, une fois que lui, le Magicien, sera loin. Fin, pas de trace, pas d'indice dans une voiture entièrement calcinée.

Alors que la discussion vire à l'aigre chez Guerand, un officier de l'état-major entre précipitamment dans son bureau pour annoncer que le Magicien a enlevé le gosse au collège. Il vient de recevoir un appel téléphonique de l'équipage qui le récupère habituellement à la sortie des classes. Selon le proviseur du collège, les policiers ont téléphoné pour venir le chercher plus tôt et un surveillant du collège a vu entrer l'enfant dans la Renault bleue.

En un millième de seconde, l'histoire Dumont est balayée. Instruction ferme de Guerand : « Tu bosses sur l'affaire et on en discutera plus tard. » Sursis.

Mistral fait passer un appel général sur la fréquence S2 à tous les véhicules PJ pour signaler l'enlèvement du jeune Sylvain. L'information est également relayée aux autres directions de Police. Quelques minutes plus tard, l'état-major de la PUP signale qu'une Renault Laguna a été découverte entièrement calcinée dans le XIXe arrondissement. Il s'agit d'une voiture volée dans l'après-midi devant un bureau de poste de la rue de Flandre. Couleur de la voiture ? Bleu foncé.

Mistral envoie aussitôt une équipe pour recueillir les déclarations de la victime et essayer surtout d'obtenir des indications sur l'auteur du vol. D'autres policiers partent en patrouille dans le quartier Flandre. Mistral questionne la PUP pour savoir si d'autres événements se sont produits dans la journée à Paris. Il reçoit, quelques instants plus tard sur sa messagerie, un document qui relate les diverses interventions les plus notables des policiers dans la capitale. Mistral parcourt des yeux le document qui recense des accidents, des vols et un incendie important dans le XVIIIe. Le commentaire dit qu'il s'agit d'une entreprise de peinture qui a entièrement brûlé. Les pompiers n'ont pu circonscrire le sinistre que tardivement, compte tenu des nombreux bidons de peinture et des solvants stockés dans l'arrière-boutique qui ont fourni le combustible pour alimenter le feu. Bilan : un mort, le propriétaire des lieux qui a été découvert entièrement carbonisé.

En fin d'après-midi, les policiers, qui ont présenté les planches photos au jeune garçon du boulevard Murat, rentrent au service pas entièrement satisfaits. Commentaire des policiers : l'enfant ne reconnaît pas le visage, mais dit que le Magicien a la même allure que le type sur la photo. Clara

Mistral, quant à elle, ne peut le reconnaître. Elle ne l'a aperçu qu'une fraction de seconde avec une sorte de sac sur les cheveux. Pas de présentation dans l'immédiat à la secrétaire de Thévenot qui n'est pas joignable.

Mistral demande à Calderone qu'il fasse exploiter le carnet de rendez-vous de Thévenot.

Il donne pour instruction à Dumont, qui reste profil bas, de ratisser le quartier de la Butte-aux-Cailles avec ses équipes. Dumont, soulagé dans l'immédiat, se garde de tout commentaire et regagne son bureau pour faire le point avec ses équipes. Mistral appelle ensuite sa femme pour lui dire qu'un enfant a été enlevé par le Magicien et qu'il ne sait pas quand il rentrera.

Il s'apprête à faire le point avec Guerand, quand elle reçoit un appel téléphonique du cabinet du préfet.

— Je vais aller voir le préfet pour lui rendre compte de cette affaire. Qu'est-ce que je lui dis au sujet du gosse ? D'après toi, il va passer à l'acte ?

— Très probablement, mais pas tout de suite. L'intervalle de cinq ou six mois qu'il observe entre deux meurtres ne veut plus rien dire aujourd'hui.

— Tu peux préciser ?

— Que la traque non-stop, ce qu'on a dit de lui dans les radios, à la télé, le fait qu'on ait trouvé et protégé le gamin qui était une future cible, puis celui de la gare du Nord, tout cela l'a poussé à agir. Il est sorti du bois. Il est venu chez moi. Il a perdu les pédales et a voulu nous dire qu'il reprenait la main en enlevant le gosse. Donc ce soir, il en a un sur les bras, mais il n'est pas encore au stade du passage à l'acte. Il va falloir qu'il se stimule.

— Donc ? demande Guerand atterrée par la réponse qu'elle devine.

— Donc, il faut le retrouver dans les prochaines heures. Suggère au préfet qu'on fasse le grand jeu dans les médias dès ce soir.

Guerand revient à dix-neuf heures quarante-cinq de chez le préfet. Il vient de donner comme instruction de passer l'information sur les radios et de retransmettre la photo du gamin dans les journaux télévisés. Les radios diffusent le message du rapt de Sylvain dans tous leurs flashs d'info. Les policiers n'ayant obtenu que tardivement une photo récente de l'enfant, seul le journal de vingt-trois heures de France 3 est en mesure de la diffuser avec une interview de Françoise Guerand qui raconte également le vol et la découverte de la Laguna bleue ayant servi à l'enlèvement.

27

Arnaud Lécuyer est très en colère. Il a reçu un courrier lui indiquant qu'une assistante sociale viendra visiter son domicile. De rage, il a pulvérisé le document et ne se souvient plus quand « cette putain d'emmerdeuse viendra », hurle-t-il. Il s'assoit devant sa télé en mangeant des tranches de pain de mie et du jambon. Il essuie ses mains sur son pantalon et de temps en temps boit au goulot en plastique d'une grande bouteille de Coca. Il a attendu qu'il fasse nuit pour porter l'enfant chez lui. Il l'a dissimulé dans une grande bâche, l'a bâillonné et attaché. Ensuite, il a trouvé une place de stationnement boulevard Blanqui, à côté du métro aérien, non loin de l'endroit où il avait enlevé le jeune Guillaume.

Il quitte son fauteuil et entre dans sa chambre. Le gamin dort sur son lit, de nouveau profondément, abruti de sommeil par la nouvelle charge du cocktail médicaments et jus de fruits. Le Magicien a vu qu'il commençait à bouger vers vingt-deux heures. Il l'a fait boire de nouveau. L'enfant, complètement assommé, n'a pas résisté, et a ingurgité le mélange. Moins d'une minute plus tard, il a replongé dans l'inconscience. Le Magicien lui a entravé les mains et les pieds avec un ruban adhésif épais, même si cela ne sert à rien.

Il retourne s'avachir dans son fauteuil pour réfléchir. Les événements se précipitent et cela ne lui plaît pas. En fait, il se contente de réagir par rapport aux policiers, et même s'il a la main, comme on dit au poker, il sait que cette main est faible. C'est la première fois qu'il amène une victime chez lui. Ce gosse le faisait fantasmer, mais ce n'est pas comme cela qu'il avait imaginé qu'il procéderait. Cela est arrivé beaucoup trop tôt. Il a accéléré le mouvement à cause du père Da Silva qui l'a découvert. Après, la machine s'est emballée : le meurtre du plombier, l'incendie de la boutique, la Laguna bleue, le collège, l'enfant. Il se trouve maintenant avec un gosse sur les bras, alors que sa machine à fantasmes n'est même pas encore en marche. Il fait le constat qu'il ne pourra pas continuer à le garder chez lui, même abruti de médicaments. Il faut qu'il se calme, qu'il laisse venir peu à peu ses émotions.

Lécuyer repense à sa collection. Et au moyen de l'enrichir d'une nouvelle page. Cette idée commence à faire son chemin. Le générique du journal de la nuit de France 3 le tire de sa réflexion. Il a hâte de savoir ce qu'on va dire de lui. Parce que c'est obligé que l'on parle de lui. Et cela ne tarde pas. Premier titre consacré à l'enlèvement du gosse. Photo du môme. Visage et commentaires graves du présentateur. Le point sur l'enquête. Journaliste filmé « en direct » devant le Quai des Orfèvres. Allées et venues des flics. Interview du directeur de la Police judiciaire. Une femme. Elle raconte les circonstances, la voiture utilisée, volée, retrouvée, calcinée. Les phrases habituelles. « Rien n'est laissé au hasard. Toutes les pistes sont exploitées. Tous les policiers sont mobilisés sur l'enquête. »

Le Magicien se lève et dit à voix haute : « Blablabla, pipeau, pipeau. » Satisfait, il entre dans sa chambre et regarde l'enfant dormir. Il lui détache les mains et, méticuleusement, lentement, lui coupe les ongles. Quand il a fini, il récupère les petites coupures, s'installe à sa table et les colle avec application sur la page de droite. *C'est la première fois que je le fais dans cet ordre*, se dit-il. Il retourne dans sa chambre, attache de nouveau les mains de l'enfant, et entre dans son tipi. Il vient d'enclencher le cycle infernal.

Il décide de commencer par le début. Le grand jeu. Il feuillette sa collection pour regarder les découpages pornographiques et les prénoms en lettres bâtons. Plus tard, il recommencera par la première page, celle de droite, et les yeux fermés, en effleurant seulement les petits trophées collés, il revivra et entendra tout. Alors, il sera prêt pour terminer la dernière page qu'il vient de préparer.

Mistral a reçu un coup de fil de Jean-Yves Perrec. L'ancien policier, ayant appris la nouvelle aux informations de vingt-trois heures, veut l'encourager. Il termine son appel par cette phrase :

— C'est peut-être la fin. Vous pouvez gagner. Mais s'il s'échappe, ce sera terrible. Vous avez une piste ?

— Aucune pour l'instant. Nous exploitons tout ce qui nous passe entre les mains. Dumont a de bonnes raisons de penser qu'il est dans le XIIIe, et je suis assez d'accord avec sa théorie. Mais de là à savoir où, c'est une autre histoire.

— Dumont ?

— Je vous en parlerai plus tard, si cette affaire se termine bien. Pour tout vous dire, j'estime que nous n'avons que quelques heures, mettons six ou sept, avant qu'il ne tue le môme.

Dumont et les deux groupes de policiers arrivent vers vingt-deux heures dans le quartier de la Butte-aux-Cailles. Ils ont tous un plan du XIIIe arrondissement, la photo approximative du Magicien et celle du gamin kidnappé. Ils commencent par montrer le cliché du Magicien dans les commerces ouverts, principalement des restaurants. Aucune réponse positive, « la photo n'est pas nette » est la phrase qui revient le plus. Le bar où Lécuyer et Dumont ont pris leur café est fermé, de même que le marchand de journaux et la boulangerie. L'épicerie de la place de la Butte-aux-Cailles est ouverte, mais les personnes présentes ne reconnaissent pas l'individu en photo. Les équipes parcourant les différentes rues passent à plusieurs reprises devant le petit immeuble vétuste où se trouvent le Magicien et l'enfant. Vers une heure et demie, Dumont regroupe ses équipes et fait un point par téléphone avec Mistral.

— On a fait tous les commerces ouverts, des restaus pour la plupart, et personne n'a reconnu le mec, et pourtant, on a élargi le cercle, on a tapé large. Donc zéro pointé pour résumer.

— Qu'est-ce que vous comptez faire ?

— Dans la journée, le quartier est différent, tu as des commerces plus variés, boulangerie, marchand de journaux, cafés. Le soir, c'est plus touristique. Il faudra recommencer demain matin dès l'ouverture sur ce type de commerce.

— S'il n'est pas trop tard ! Je t'envoie toutes les équipes que j'ai ici avec pour mission d'identifier tous les utilitaires blancs stationnés dans le quartier.

— OK. Je vais essayer de présenter encore la photo en les attendant.

Mistral et Calderone vont boire un café avec les nuiteux de permanence de la salle de commandement de l'état-major. Ambiance de crise. Trafic radio important, identification de véhicules, passage au fichier de personnes contrôlées. Les écrans télé calés sur LCI pour voir les réactions à l'enlèvement du petit Sylvain. Françoise Guerand vient de regagner son bureau. Tous les policiers des brigades centrales du Quai des Orfèvres sont consignés dans leur service pour être prêts à intervenir. Ludovic Mistral se sent le point de mire du dispositif.

Il y a plusieurs personnes dans la salle d'état-major, dont une jeune femme que Mistral a déjà vue et qui est commissaire à la deuxième DPJ. Un papier à la main, elle discute avec un des officiers. Quand elle voit Mistral, elle lui pose la question naturelle :

— Alors, tu as des billes sur le gamin ?

— Pas grand-chose à vrai dire. On avance, mais pas assez vite à mon goût. Je me sens cloué par l'inaction alors qu'un compte à rebours s'est enclenché et je ne sais pas quand il va s'arrêter. Et toi, qu'est-ce qui t'amène ?

— Mon compte rendu à l'état-major. Je préfère le faire ici plutôt que par téléphone. Le parquet nous a saisis de l'incendie de la petite entreprise du XVIIIe. Il y a un mort, le patron des lieux. On a retrouvé son cadavre entièrement calciné, ce n'était pas beau à voir.

— C'est quoi la cause ? Accidentel ?

— À dire vrai, je n'en sais rien. Le labo est sur place pour essayer de comprendre et de trouver des indices, s'il en reste. L'incendie, hyperviolent, a tout ravagé et les pompiers ont fait le reste. La moitié de la rue a été évacuée.

— Bon courage ! Je vais voir si nous avons des infos qui remontent.

Mistral, Calderone et deux autres policiers discutent, leur café à la main.

— Je crains, dit Calderone, que si on met la main sur le gars, ça finisse à l'I3P[1].

— À vrai dire, je n'en sais rien, reprend Mistral. Si le type est complètement dingue, c'est probable qu'il finisse en psychiatrie. Pour ça, il faut que les psys établissent qu'il l'était au moment des faits. Mais c'est quoi le principal ? Dingue ou pas, il faut le retirer de la circulation…

— … et qu'il finisse ses jours enfermé, termine un des policiers.

Mistral et Calderone hochent la tête.

Les appels téléphoniques et le trafic radio sont constants. Mistral a une oreille en permanence branchée sur la radio, même quand il parle. Il jette un bref regard vers la fenêtre qui donne sur la Seine. *Je ne sais pas quand j'aurai de nouveau le temps de regarder tranquillement à travers cette fenêtre,* pense-t-il.

1. I3P : jargon typiquement parisien pour IPPP, Infirmerie psychiatrique de la préfecture de Police. Établissement médical qui reçoit les personnes interpellées par la police parisienne et présentant des troubles psychiatriques.

Il revient à la réalité en répondant à deux ou trois questions de ses collègues. Il y a un silence de quelques secondes entre les quatre hommes absorbés dans leurs pensées. Il est couvert par les commentaires du commissaire qui dicte son message sur l'incendie.

— La victime, Luis Da Silva, né le 19 janvier 1935 à Porto au Portugal, plombier, dirigeant l'entreprise « Tous travaux immobiliers », est domiciliée à Vincennes, 61, allée du Bois.

Dans le silence de ces quelques secondes, Mistral et Calderone se regardent et se tournent vers la jeune femme, qui se sentant observée, lève les yeux vers les deux hommes.

— Qu'est-ce qu'il y a ? Pourquoi vous me regardez comme ça ? Qu'est-ce que j'ai dit ?

— Tu as dit, commence Mistral, que le type carbonisé était plombier. Ce n'était pas une entreprise de peinture ?

— Oui et non. C'est une entreprise qui fait tout. Le proprio était plombier, mais il travaillait avec son fils et embauchait d'autres gars, de divers corps de métiers, dont un en permanence qui était en réinsertion. L'entreprise fonctionnait comme ça depuis quinze ans. C'est ce que m'a expliqué le fils, qui était complètement effondré, et qui avait du mal à parler.

— Tu sais qui travaillait précisément dans l'entreprise ? Tu as les noms ?

— Moi non, parce que tous les registres, personnel et compta, ont cramé. Mais le fils oui, il pourra nous le dire exactement. Il possède un double de tous les documents. D'ailleurs, j'ai rendez-vous avec lui à neuf heures pour son audition. Pourquoi ces questions ?

— C'est peut-être un peu tiré par les cheveux, mais dans l'homicide du gamin sur le XIIIe, le labo a découvert des traces sur ses vêtements de produits utilisés par les plombiers. Depuis, cette piste est exploitée, et on n'a rien d'autre pour tenter de retrouver le Magicien. Toutes les entreprises de plomberie de la capitale sont en train d'être passées au crible.

— Oui, et alors ?...

— En plus, tu me parles d'un type en réinsertion. Ça n'a peut-être rien à voir, mais ce serait bien de savoir de qui il s'agit. Rapidement.

— Tu veux que je fasse quoi ?

— J'aimerais bien que tu appelles le fils Da Silva pour qu'il te passe les états civils de tous ses employés.

— Quand ? Maintenant ? Il est plus de deux heures du matin ! Je vois le type à neuf heures, tout à l'heure.

— Écoute, je me suis peut-être mal fait comprendre. C'est tout ou rien, cette histoire de plombier. Tu vas l'appeler maintenant. Si tu le lui expliques, le type comprendra. Dans sept heures, il sera vraisemblablement trop tard.

— D'accord, moi je comprends, mais le pauvre gars va se demander ce qui lui arrive. J'appelle tout de suite.

— Va dans mon bureau, tu seras plus tranquille qu'ici.

Le Magicien sort de son tipi et s'étire. Il observe quelques minutes l'enfant qui dort puis va dans la cuisine boire à même le robinet. Il s'essuie la bouche du revers de sa manche et s'approche de la fenêtre qui donne sur la rue. Il a chaud et le front brûlant. Il appuie son visage contre la vitre de la fenêtre qui est glacée. Le froid contre son front lui fait du bien. Il reste ainsi quelques minutes dans la pièce sombre à regarder vers l'extérieur. Dans sa rue, il y a deux restaurants animés, et les derniers clients quittent l'établissement. Il les entend parler fort. Trois types passent en silence en les croisant. Un quart d'heure plus tard, ces trois mêmes types repassent dans l'autre sens. Le Magicien, la tête appuyée contre la vitre et le regard planté sur eux, réfléchit. Il a du mal à se convaincre que ce ne sont pas des policiers. Panique panique. Il ne sait que faire. Il reste là sans bouger tous ses sens en éveil, guettant par la fenêtre les allées et venues du trio. Au bout d'une vingtaine de minutes, ne les voyant plus, il va coller son oreille sur la porte d'entrée. Il vérifie qu'elle est bien fermée à double tour. N'entendant aucun bruit dans le hall, il retourne à la fenêtre. Il y reste encore quelques minutes et, à moitié rassuré de n'avoir vu personne, retourne dans sa chambre en prenant soin de garder avec lui son tournevis. Sans regarder l'enfant, il s'engouffre dans sa tente et s'installe de nouveau avec sa collection sur les genoux. Cinq minutes plus tard, il repart dans son trip de cris et de violence. Il effleure les collages des pages de droite, qui déclenchent la machine à souvenirs et à fantasmes. Il est deux heures quarante-cinq du matin.

Mistral a accompagné la jeune femme jusqu'à son bureau. Elle parle avec Georges Da Silva au téléphone qui, bourré de calmants, a du mal à comprendre qui l'appelle et pourquoi.

Calderone, qui est parti voir où en sont ses équipes, revient quelques minutes plus tard pour parler à Mistral. Il laisse la jeune femme avec le fils Da Silva et le rejoint dans le couloir.

— Je viens de discuter avec les gars qui sont sur le carnet de rendez-vous du psy. Il y a peut-être des trucs intéressants, mais il va falloir vérifier. Le soir où il est tombé dans l'escalier du métro, il venait de passer trois jours à recevoir en consultation dans son cabinet et à l'hôpital des types en obligation de soin.

— Qu'est-ce que vous voulez dire par là ?

— Simplement qu'il regroupait tous les quinze jours environ les types qui sont en conditionnelle. Au début, on a été étonnés de voir tant de mecs avec des palmarès pas possibles se succéder. Après on a compris : la même fréquence se répète régulièrement.

— Parmi ceux que vous avez passés au fichier, il y a des types intéressants pour nous ?

— On ne peut pas être sûrs à 100 %. Comme mes gars ne disposent que du nom et du prénom et pas de l'état civil complet, ils doivent balayer large parmi les gens qui ont le même état civil. Mais pour l'instant, aucun violeur ou meurtrier d'enfant. Des mecs qui ont tué, des incendiaires, des alcooliques, des escrocs, etc. Un bel échantillon !

— Des délinquants sexuels ?

— Quelques types poursuivis pour agression sexuelle sur mineur, dont un que le psy a vu dans l'après-midi où il s'est cassé la figure dans le métro, mais ce n'était pas le dernier patient. Le dernier type qu'il a reçu en consultation a été poursuivi pour viol et tentative d'homicide volontaire sur personne vulnérable. C'était une personne âgée. On est loin des gamins de dix douze ans !

— En effet.

— Continuez de creuser.

Trois heures. Mistral se dirige vers son bureau. Sa collègue remet au net les notes qu'elle a prises avec Georges Da Silva.

— Le type est complètement dans le potage. Il a dû forcer les doses de médicaments pour encaisser le choc. Je me demande s'il va se souvenir de la conversation qu'on a eue.

— Il en ressort quoi ?

— C'était une petite entreprise de sept personnes qui employait des gars spécialisés dans divers travaux, peinture, carrelage, maçonnerie et plomberie. Selon le fils, l'entreprise marchait bien, pas de problème, le comptable nous le confirmera.

— Et les employés ?

— Voilà, j'ai la liste au complet avec les états civils. (La jeune femme montre un papier.) Il y a bien un mec embauché dans le cadre de sa réinsertion. Depuis janvier.

— Il faisait quoi ?

— Plombier.

— Son nom ?

— Arnaud Lécuyer.

— Pourquoi il était allé en taule ?

— Le fils a eu du mal à s'en souvenir exactement, mais d'après lui, c'était une agression ou un truc du même genre.

— Des problèmes avec ce gars ?

— Non, apparemment pas, plutôt sérieux dans le travail.

— Et avec les autres employés ?

— Strictement rien. La plupart étaient là depuis au moins dix ans.

— Le type en question, Lécuyer, il habite où ?

— Il n'en sait rien. C'est son père qui s'occupait des ex-taulards, et qui possédait chez lui le double des documents.

— Tu fais quoi, maintenant ?

— Rien de particulier, j'allais rentrer. Pourquoi ?

— Reste ici. Comme tu as le contact avec le fils Da Silva, il se peut qu'on ait besoin de le rappeler. Il faut que je vérifie un truc.

Mistral ne laisse pas le temps à la jeune femme de répondre. Il part rapidement chez les hommes de Calderone qui bossent sur le carnet de rendez-vous du psy. Il entre en trombe dans le bureau.

— Y a-t-il un Arnaud Lécuyer parmi les patients du psy ?

Un des types décolle les yeux de l'écran de son ordinateur et regarde rapidement la liste.

— Affirmatif. C'est d'ailleurs le dernier client qu'il a reçu le soir où il a eu son accident.

— Ce n'était pas un accident. C'est Lécuyer qui lui a fait la peau. Où il habite et pourquoi il est allé au trou ?

Mistral tâche de rester calme, il sent que la machine de la chasse à l'homme vient de s'enclencher en moins d'une seconde.

Le policier regarde ses notes et refait une vérification sur le STIC[1] et répond :

— Arnaud Lécuyer, né le 17 mars 1970 à Paris XIIIe, demeurant 46, rue Samson, dans le XIIIe également, pour-

1. Système de traitement de l'information criminelle. Base de données recensant les auteurs et les victimes d'infractions pénales sur l'ensemble du territoire national

suivi pour viol et tentative d'homicide sur personne vulnérable. C'était une personne âgée, complète le policier.

— Il y était quand en prison ?

Un des policiers interroge la base de données et répond :

— Il est entré en 1990 et en est sorti en janvier 2002. Cela fait presque quatre mois qu'il est dehors.

— On vient d'identifier le Magicien, dit sobrement Mistral. Les meurtres d'enfants se sont arrêtés en 1990 quand il est allé au trou, et ont repris quand il en est sorti.

Il se dirige, suivi du regard étonné des trois policiers, vers un grand plan de Paris accroché au mur, repère la rue Samson en mettant le doigt dessus.

— Pile en plein milieu des deux meurtres commis à douze ans d'intervalle, l'automobiliste rue Gérard et la vieille SDF rue des Cinq-Diamants.

Les gars le regardent en silence. Pendant une trentaine de secondes, personne n'ose parler.

Trois heures trente. Mistral, étonnamment calme, regagne son bureau. Sa collègue relit ses notes sur l'incendie.

— Tu vas appeler le fils Da Silva. Demande-lui quel véhicule utilise Arnaud Lécuyer. Vas-y. Je reste là.

Georges Da Silva décroche à la dixième sonnerie. Il répond qu'Arnaud Lécuyer utilise un Peugeot Expert blanc. Un véhicule utilitaire, précise-t-il.

— Demande-lui l'immatriculation.

La jeune femme répercute la demande de Mistral. Visiblement, Georges Da Silva doit faire des efforts pour retrouver l'information qu'il donne deux minutes plus tard. Et deux minutes, c'est très très long, surtout dans ces moments.

— 3240 FBS 75.

Mistral remercie la jeune femme et part en courant vers la salle d'état-major où se trouvent Calderone et d'autres policiers qui supervisent les recherches. Il fait lancer un appel général radio à tous les services de police de la capitale pour rechercher le véhicule utilisé par Lécuyer.

Il décroche son téléphone mobile de sa ceinture et appelle Dumont.

— Où es-tu ? demande Mistral

— En train de ratisser le XIIIe autour de la place d'Italie sur les véhicules utilitaires blancs, pourquoi ?

— Tu as trouvé quelque chose ?

— Que dalle. Je viens d'entendre le message radio de S2. Comment tu as eu l'identification du véhicule ? C'est celui du Magicien ?

— Un coup de bol. Je t'expliquerai. Fais demi-tour. Tu vas au 46, rue Samson, et discrètement, je dis bien discrètement, tu n'envoies qu'un seul mec. Dis-moi s'il y a un Arnaud Lécuyer qui y habite. J'attends ton appel. Fais-le immédiatement.

— OK, on y va. C'est qui ? Le Magicien ?

— Ça se pourrait. Appelle-moi le plus rapidement possible.

Il coupe la communication, ne laissant pas à Dumont la possibilité de poser d'autres questions.

Mistral se tourne vers Calderone et les deux autres policiers qui n'ont pas interrompu Mistral pendant l'appel radio et son coup de fil à Dumont. Ils attendent que Mistral donne des explications.

— Je crois qu'on tient une bonne piste pour le Magicien. Dumont est parti faire une vérif' rue Samson dans le XIIIe. J'attends son appel.

Mistral raconte l'éventuelle localisation du Magicien. Les policiers l'écoutent complètement abasourdis.

— Si c'est positif, on monte tout de suite. Ça va aller très vite, toutes les équipes sont dans le secteur.

La tension a grimpé d'un cran chez les policiers. Tous ont dans la tête les mêmes pensées qu'ils ne veulent pas exposer à voix haute. La première : si ce n'est pas le bon type, c'est foutu pour le gosse. La seconde : si c'est le bon, pourvu qu'il ne soit pas trop tard.

Le téléphone de Mistral vibre à sa ceinture. Mistral reconnaît le numéro de Dumont qui s'affiche sur l'écran.

— Je t'écoute.

— Il y a bien un Arnaud Lécuyer qui y habite, au premier étage droite.

— Tu as combien de gars avec toi ?

— Vingt-cinq.

— Tu en mets quatre dans le hall de l'immeuble, quatre à chaque extrémité de la rue, et avec les autres vérifie si l'immeuble du mec n'a pas des fenêtres qui donnent sur une rue derrière. J'arrive avec deux types qui ont le matos pour exploser la porte. Reste à l'écoute radio.

Puis il s'adresse aux autres :

— Appelez les pompiers et demandez-leur d'envoyer une ambulance et un médecin. Il faut qu'ils positionnent leur véhicule place de la Butte-aux-Cailles, mais surtout qu'ils viennent silencieusement, sans la sirène.

Mistral a transmis ses ordres à l'état-major.

Trois heures cinquante. Mistral va rendre compte à Guerand des derniers développements, mais reste prudent par superstition.

— Je mets la radio sur ta fréquence, préviens-moi tout de suite, dit Guerand pleine d'espoir.

Mistral appelle ensuite le juge d'instruction pour lui annoncer qu'il va intervenir de nuit dans un appartement où ils ont peut-être localisé le Magicien et l'enfant.

Les policiers ont pris position rue Samson et aux abords. Ils se sont préparés dans un silence nerveux. Celui qui précède une opération. Ils sentent qu'ils touchent au but. Chacun vérifie discrètement son matériel, dans une sorte de rituel. Lampe torche, menottes, radio, brassard « Police ». Personne ne sort son arme pour faire monter une balle dans le canon. Ça, c'est pour le cinéma. Certains réajustent leur gilet pare-balles. Mistral fait de même.

Quelques instants plus tard, en silence, les policiers descendent l'escalier du Quai des Orfèvres. Deux voitures démarrent rapidement avec le seul gyrophare bleu sans le deux-tons. Il leur faut moins de dix minutes pour arriver dans le quartier. Les chauffeurs s'arrêtent à quelques centaines de mètres de la rue Samson. Mistral appelle Dumont à sa radio qui lui confirme le dispositif mis en place, et lui précise que l'immeuble de Lécuyer ne communique pas avec une autre rue. Les policiers marchent sur le trottoir en file indienne, sans parler, radios branchées sur les écouteurs.

— Béryl 2 de S2.

Mistral entend dans son oreillette l'état-major qui l'appelle.

— Parlez, S2.

— Béryl 2, une voiture de la BAC[1] du XIIIe vient de localiser le véhicule sous surveillance. Il se trouve boulevard Blanqui, à hauteur du métro Corvisart. Quelles sont vos instructions ?

— Que la BAC attende à côté, j'arrive.

Mistral répercute l'information et part très rapidement avec trois policiers. Deux minutes plus tard, il saute de la voiture. Des policiers de la BAC se tiennent à côté du véhicule utilitaire blanc. Mistral balaye d'un coup de lampe torche l'habitacle de la voiture, mais ne peut voir l'arrière du véhicule.

— Forcez la porte arrière. On ne sait jamais, le gosse est peut-être dedans.

Un policier de la BAC, sans fioriture, explose d'un coup de masse la poignée et la serrure du véhicule. Coup de lampe des policiers. Rien. Uniquement de l'outillage. Mistral donne ses instructions et part reprendre la direction de l'opération de la rue Samson.

— Appelez une dépanneuse et faites remorquer le véhicule dans la cour du Quai des Orfèvres. Prévenez S2 des résultats de l'opération et n'oubliez pas de faire votre rapport.

Quatre heures quinze. Les équipes se rejoignent place de la Butte-aux-Cailles. Les pompiers qui viennent d'arri-

1. Brigade anticriminalité.

ver écoutent Mistral faire le dernier point avant l'intervention.

— Voilà comment on va procéder. Les deux ouvreurs pètent la porte et s'écartent, j'entre avec deux types derrière moi. Calderone et quatre autres suivent immédiatement. On ne sait rien de la topographie de l'appartement. On ne sait pas combien il y a de pièces ni comment elles sont situées. Si le type n'est pas derrière la porte, je file avec mes deux gars vers le fond de l'appartement, Calderone et son équipe prennent les pièces latérales. S'il n'y a qu'une pièce, c'est vite vu, mais dans le cas contraire, il faudra bien se déployer comme je viens de le dire. Si le gosse est dans l'appartement, aussitôt les pompiers interviennent.

Acquiescement silencieux des concernés.

— Et moi, je fais quoi ? questionne Dumont.

— Tu fais en sorte que personne n'entre ou ne sorte de l'immeuble. Tu maintiens tes guetteurs au bout de la rue. Imagine que le mec ne soit pas dans l'appartement, et qu'il se pointe pendant qu'on est chez lui, il vaut mieux assurer. De plus, je ne veux aucune bagnole ou piéton dans la rue pendant l'opération.

Dumont ne dit rien. Il n'est pas en mesure d'objecter quoi que ce soit, et Mistral le sait.

Le Magicien est parcouru de picotements dans le dos. Sa machine s'est mise en marche plus tôt qu'il ne l'aurait pensé. Ça part de son cerveau, descend dans son bas-ventre, remonte, redescend, et ainsi de suite. C'est une sorte de circuit qu'il connaît bien, celui qui, lorsqu'il est enclenché, ne permet plus de revenir en arrière. Il est encore plus excité que d'habitude, sa proie est là à côté, neutralisée, sans bouger, qui l'attend. Il passe une dernière fois ses mains sur les petits trophées prélevés. De ces effleurements qui ont tout déclenché et qui ont permis à la machine de s'emballer. Frissons. L'homme sort de son tipi avec sa collection et la pose sur une table. Il s'approche de l'enfant, coupe les liens, le soulève du lit et l'allonge sur le sol à plat ventre, le visage tourné vers la droite. Il lui écarte les bras, les paumes contre le sol, doigts également écartés. Il se redresse pour l'observer. Arnaud Lécuyer est dans la peau du Magicien, la machine à tuer. Tout dans ses mouvements, ses gestes, son allure est aux antipodes d'Arnaud Lécuyer petit homme insignifiant. Il s'agenouille et prend une cordelette qu'il passe autour du cou de l'enfant.

Les policiers ont monté l'escalier en silence. Deux hommes tiennent un appareil qui va pulveriser la porte. L'un d'eux y plaque une sorte de stéthoscope, et se concentre sur les bruits à l'intérieur. Personne ne bouge dans l'escalier. Les policiers se retiennent de respirer. Une minute plus tard, il se retourne vers Mistral et chuchote à son oreille :

— Il y a une télé qui marche en sourdine. C'est le seul bruit que je capte.

— Il est peut-être devant sa télé, répercute Mistral aux deux policiers qui vont entrer avec lui.

Les deux types attendent le signal de Mistral pour fracasser la porte. Les policiers ont allumé la lampe torche fixée sur leur pistolet qu'ils tiennent à deux mains, canon pointé à l'horizontale. Mistral fait un léger signe de tête. Les deux policiers déclenchent l'appareil qui arrache la porte dans un bruit épouvantable et s'écartent. Mistral et ses deux équipiers, arme braquée vers l'avant, se ruent dans l'appartement. En moins d'une seconde, ils voient qu'il n'y a personne devant la télé en marche. En deux pas, ils pénètrent dans un petit couloir, les faisceaux des lampes montées sur les armes balayent à toute vitesse les lieux. À droite une porte fermée, à gauche une porte ouverte. Ils entrent dans la pièce pendant que les autres policiers investissent la cuisine, et la chambre fermée.

Le Magicien est agenouillé à côté de l'enfant. Il vient d'entendre un vacarme assourdissant, du bois qui explose et des hurlements. Quatre secondes plus tard, des lampes torches l'éclairent. Il pivote sur ses genoux, fou de rage et de frustration, et tel un animal sauvage, yeux dilatés et bouche grande ouverte, détend son bras droit terminé par son tournevis tenu comme une épée vers celui qui l'aveugle de sa lampe. Moins d'une seconde après, le tournevis plonge entre la ceinture et le gilet pare-balles de Mistral, qui tente de l'éviter, mais le perfore sans rencontrer de résistance.

Les deux policiers qui étaient avec Mistral racontèrent plus tard comment ils avaient perçu cette intervention. Entre le moment où ils avaient pénétré dans l'appartement et celui où ils s'étaient trouvés dans la chambre du Magicien, quatre secondes s'étaient écoulées. Les reconstitutions le démontrèrent. Eux pensaient que cela avait duré beaucoup plus longtemps. Ils étaient persuadés que cette intervention où le stress était au paroxysme s'était faite en silence, alors que tous les autres policiers dirent, et les locataires le confirmèrent, qu'ils avaient hurlé. Les deux policiers au côté de Mistral avaient enregistré dans leur cerveau des images de cette intervention au ralenti. Ils se revoyaient entrer dans l'appartement puis dans la chambre éclairée par les lampes torches. Des images en noir et blanc étaient imprimées dans leur cerveau, dues sans doute à la lumière blanche et crue que projetaient les lampes. Ils avaient vu le type à genoux et quand les faisceaux de lumière avaient convergé vers lui, ils avaient été frappés par ce visage qui se tournait vers eux, et dirent que, malgré leurs armes pointées sur lui, ils avaient eu peur de ce regard. Ils avaient été impressionnés pendant deux secondes, laps de temps que le Magicien avait mis à profit pour planter Mistral. Les deux policiers s'étaient rués sur lui pendant que Mistral s'écroulait à genoux.

Le Magicien ne répondit à aucune question. Plus personne n'entendit le son de sa voix. Il se souvenait d'avoir planté son ennemi et il était content. Le reste lui importait peu. Il observait ce qui lui arrivait avec détachement, spectateur assistant à son propre spectacle. Il espérait seulement qu'il remettrait la main sur sa collection.

Françoise Guerand a suivi en direct l'assaut et entendu, bouleversée, qu'une voix stressée appelait le SAMU en urgence pour Mistral.

L'enfant ne se souvient que d'une seule chose : il avait bu un jus de fruits et s'était endormi. Il s'est réveillé à l'hôpital sans savoir pourquoi. Il ne lui est rien arrivé, et il ne saura que longtemps après à côté de quoi il est passé.

Clara, décomposée, dit que son mari n'aurait jamais laissé le soin à quiconque d'entrer avant lui. Ce type l'obsédait tellement qu'il incarnait pour lui le mal absolu. Elle refuse toutes les demandes d'interview des télés, des radios et des journaux.

Dans le bar où Lécuyer prenait son café tous les matins, le patron, le barman et les trois piliers du comptoir sont restés plus d'une minute sans parler, bouche bée, quand ils ont vu sur l'écran télé s'afficher en gros plan le visage du Magicien. Ils ont reconnu le petit homme bizarre, silencieux, qui avalait son sucre avant de boire son café. Ensuite, quand l'image a fait son chemin des regards aux cerveaux, ça a été un déchaînement de discussions où chacun pratiquait la surenchère.

Omar Messardi est un observateur attentif et attristé de tous les reportages télé qui décortiquent le phénomène du Magicien. Il écoute en silence, le bras droit sur l'accoudoir de son fauteuil, la main prolongée par son fume-cigarette. Une cigarette dans le cendrier.

Dumont a été prié d'aller exercer ses compétences dans le commissariat d'une ville de province où il y a des quartiers sensibles.

Les deux greffiers de la prison de Moulins regardent une petite télé qui passe en boucle l'arrestation du Magicien.

L'ancien dit laconiquement au plus jeune : « Trois mois pleins dehors. »

Jean-Yves Perrec a retrouvé le sommeil et cesse de regarder le ciel avec des suppliques muettes quand il fait du cerf-volant.

ÉPILOGUE

Trois mois plus tard, Clara et les enfants regardent les bateaux quitter le port d'Ushuaia en Patagonie. Elle les tient serrés contre elle et ne peut empêcher ses larmes de couler.

— Pourquoi tu pleures, maman ? demande le plus petit.

— Pour rien, dit-elle à voix basse.

Les deux enfants s'éparpillent en criant pour faire s'envoler des dizaines d'oiseaux qui, gavés de poissons, ont du mal à décoller.

— C'est vrai ! Pourquoi pleures-tu ?

— Pour rien, dit-elle une seconde fois en se retournant.

Elle sèche rapidement ses larmes avec un petit mouchoir.

— Ça va aller, maintenant. C'est fini. C'est beau la Patagonie. Une prochaine fois, nous irons danser le tango à Buenos Aires. Ce soir, je vais vous faire écouter un CD du chant des baleines et demain, nous prendrons le bateau pour aller les voir.

Ludovic, amaigri, le visage blanc, les traits tirés, se remet lentement.

FLEUVE NOIR
12, avenue d'Italie
75627 Paris Cedex 13

Achevé d'imprimer sur les presses de

BUSSIÈRE

GROUPE CPI

à Saint-Amand-Montrond (Cher)
en janvier 2008

— N° d'imp. : 080262/1. —
Dépôt légal : février 2008.

Imprimé en France